천재 공학도의 20세기 역사산책

소설 김봉한

천재 공학도의 20세기 역사 산책

소설 김봉한

공동철 지음

문학의 문학

프롤로그

진리의 빛을 찾아서

인도 독립 영웅 간디는 "참된 인간이라면 애국자가 되어야 한다"라고 말했다. 자신을 절제하고 남을 생각해 주는 마음은 자연히 자신이 속한 집단인 국가와 민족을 아끼는 마음으로 이어진다는 것이다. 달리 말하면 "휴머니스트는 본질적으로 애국자가 된다"고 말할 수 있다. 나는 경험적으로 이 말이 진실임을 알고 있다. 괜찮은 사람치고 애국자가 아닌 사람은 없다. 그러나 솔직히 말해서, 최근 나는 우리나라에 국가와 민족을 진정으로 아끼고 사랑하는 참된 애국자와 민족주의자가 과연 몇 명이나 되는가에 대해 심한 회의에 빠져 있었다. 왜냐하면 인류 역사상 보기 드문 우리 민족의 업적을 사람들 대부분이 무시하는 것을 보았기 때문이다.

그 업적이란 것은 김봉한 박사가 내놓은 〈봉한학설〉이다. 나는 그 업적이 세종대왕이 창제한 자랑스런 한글에 버금가는 대단한 업적이라고 확신한다. 노벨상을 몇 번씩이나 받고도 남을 그러한 세계적인 업적이라는 확신에는 아직도 변함이 없다.

감추어져 있던 그 업적을 몇 년 전에 벅찬 감동으로 세상에 소개한 바 있었는데, 돌아온 반응이란 언급하기조차 어려울 정도로 미미했다. 우리 민족의 가능성에 대한 자신감의 결여라고 보기에도 부끄러운 사실이었다.

그러나 시중에서 힘든 여건 속에서도 열심히 살아가는 보통 사람들을 보면서, 나는 내가 소개한 업적을 미처 모르고 있을 뿐인 진정한 애국자와 휴머니스트가 많이 있다는 것을 다시 깨달았다.

그러고는 섣불리 민족을 비하시킨 경솔함을 반성했다. 또한 과거에 소개한 방식이 딱딱하고 거칠었다는 반성도 했다.

그 내용을 좀더 부드럽고 쉽게 꾸미고 다듬어서 보다 세련된 모습으로 내놓으면 어떨가 하는 생각이 들었다. 소설의 형식을 빌린 다큐멘터리라고 할까? 대부분의 개별적인 사건들은 실제로 있었던 일과 역사적 문서를 바탕으로 꾸민 것이다.

뒷부분에 가서 미래의 어느 시점이 설정되어 있지만, 그것 또한 리얼리티에 입각했다고 자신한다. 왜냐하면 그것이 앞으로 얼마든지 실제로 일어날 수 있는 상황이고, 또한 나 자신 실제로 일어나기를 간절히 바라고 있기 때문이다. 소설의 형식을 빌려 풀어쓴 미래의 사업계획서라 보아도 좋다. 이 책을 진지하게 읽은 독자라면, 끝에 커다란 무거운 것이 가슴에 남을 것이다. 나중에 그것들을 모두 풀어놓고 신명나는 한판 굿을 벌일 수 있는 날이 오기를 기대한다.

1997년 겨울

공동철

김봉한의 '산알'과 '경락'에 대해

공동철씨의 〈소설 김봉한〉이 재발행된다고 하는 소식과 함께 추천사 내지는 소개글을 써 주었으면 좋겠다는 부탁을 받았을 때, 20여년 전에 필자의 연구실을 방문하였던 공동철 씨의 모습이 아련히 떠올랐다. 김봉한에 대한 관심과 함께 서로 이런저런 이야기를 나누면서 김봉한의 학설에 대해 지속적인 후속연구가 이루어지지 않는 것에 대해 아쉬움을 교환하였었다. 신과학, 한의학, 대체의학 등에 대해 폭넓게 의견을 나누면서 당시 필자가 보고 있었던 소마티드와 산알의 연결 가능성에 대해서도 토론하였던 기억이 새롭다. 이미 고인이 되었지만 김봉한을 국내에 널리 알린 공은 결코 작지 않다고 보아야 할 것이다. 실제로 이것이 계기가 되어 봉한학설에 대한 깊이 있는 연구가 남한에서 진행되었고, 이제는 그 학설이 당시로서는 혁신적인 결과였었으며 봉한관의 실체가 있는 것이라는 것이 서서히 세상에 드러나고 있다.

김봉한이 1960년대 초에 당시로서는 최첨단 연구 장비였던 전자현미경까지 동원하여 밝힌 경락의 존재에 대해, 소광섭 교수와 이병천 교수가 같이 노력하여 봉한관의 해부학적인 실체를 증명함과 동시에 이 결과가 세계적인 학술지에 게재되면서 이제는 인체의 세 번째 순환계로 이해되고 있기도 한다.

한의학에 본디 관심이 많았던 필자가 김봉한의 이름을 처음 접한 것은 〈경락의 대발견〉라는 책을 읽으면서였다. 당시에는 그 이력을 보면서 특이한 사람이구나 하고 생각하면서 읽었었다. 경락의 존재를 밝혔다고 하나 그 자세한 내용이 실려 있지 않아 경락이 실재하기는 하나보다 하는 정도로 이해했다. 이 책에서도 '산알'이라는 용어가 나오지만 이것이 무엇인지는 전혀 의미가 와 닿지 않았었다. 다만 살아 있는 알이라는 뜻에서 '산알'이라고 썼다는 것이 뇌리에 박혔다.

그 후 〈Vibrational Medicine; 파동의학〉이라는 책을 읽으면서 김봉한의 이름을 다시 발견하게 되었다. 도대체 이 사람이 누구이기에 한국에는 잘 알려져 있지 않은데 서양에서 이름이 거론되는 정도인가 하는 호기심이 크게 일었다. 이 시기에 공동철이 김봉한에 대한 책을 냈다는 소식을 접하면서 '봉한학설'이 널리 알려지게 되어 경락에 대한 실질적인 연구가 이루어지면 좋겠다는 소망을 품었다. 몇 년 후 소광섭 교수와 이병천 교수가 이 연구를 한다는 소식을 듣고 김봉한이 일하던 때와는 연구 장비들이 엄청나게 달라졌으니 좋은 결과가 얻어지겠구나 하고 기대를 하였다. 결과는 해외 학술지에 여러 편의 논문이 실릴 정도로 대성공이었다. 이를 널리 알리고 실용화하는 것은 또 다른 이들의 몫일 것이다.

필자는 소광섭 교수와 이병천 교수가 경락에 대해 연구하는 동안 '물'과 '소마티드'에 대한 연구에 집중하였었다. 물에 대한 연구를 통해 물이 생명의 기원과 대사 작용에 핵심적인 역할을 한다는 것을 다시 인식하게 되었다. 물과 소마티드의 관계에 대해서는 나중에 상술할 기회가 올 때로 미루겠다. '소마티드'는 잘 알려져 있지 않은데 이 단어는 캐나다의 네상이 1980년대에 처음 사용한 단어로서 비교적 새로운 신조어이다. 인터넷을 통해 자료를 수집하면서 추적해 나가니 이미 90년대에 이와 관련된 책을 입수하였었다는 것을 알고, 다시 찾아서 읽어보니 당시 대략 훑어보면서 특별한 내용이 없구나하고 넘어갔던 것을 알게 되었다. 그러나 오늘날에는 정보를 입수하는 것이 너무나 빠르고 쉽기 때문에 90년대와는 비교도 안 될 정도로 많은 정보를 순식간에 입수할 수 있다.

소마티드를 재탐구하는 과정에서 현재의 세균병인설을 다시 살펴보게 되었는데 이것은 파스퇴르가 처음 주장한 것으로서 그 유명한 S자형 플라스크를 만들어서 자연발생설의 가능성을 부정하는 실험을 통해 확립한 이론이다. 이 내용은 상식처럼 되어 있고 실제로 여러 방면에서 활용되면서 많은 이들의 생명을 구하였다. 흥미로운 것은 이 이론이 제기된 당시에 자연발생설을 주장하는 사람들이 있었다는 것이다. 그 대표적 인물이 베샹이다. 세균이 자연발생적으로 생긴다니 있을 수 없는 일이라고 오늘날에도 많은 이들은 거들떠보지 않을 것이다. 그러나 세균이 몸 안에 들어온다고 하여 100% 발병하는 것은 아니며, 체내의 환경이 중요하다는 것이 알려지면서 이제는 이 두 가지 이론이 모두 맞는다는 방향으로 흐르고 있다.

자연발생설을 주장한 학자들이 연구한 결과는 다형체설로 알려져 있는데 그것은 미생물의 형태가 주변 환경에 따라 달라진다는 것을 주장하였기 때문이며, 미생물의 시초는 아주 작은 생명체라고 하였다. 이것을 베샹은 '마이크로지마'라고 하였고 네상은 '소마티드'라고 명명한 것이다. 소마티드는 몸 안에서 여러 형태 변화를 거치는 순환과정에 따라 변하면서 몸 안의 환경, 즉 건강상태가 안 좋아지면 본격적으로 객체의 해체 작업에 들어가면서 병원균이 되거나 혹은 죽은 뒤에 시체를 분해하는 역할을 한다. 건강할 때는 아무런 문제를 일으키지 않고 체내에서 형태를 바꾸어가면서 순환한다. 이들은 생명력과 밀접한 관계가 있는 것으로 추정되고 있다. 네상에 따르면 암 환자의 경우는 혈액 중의 소마티드 함량이 일반인보다 매우 적다고 한다. 이 관찰 결과를 바탕으로 네상은 항암성분이 많은 나무의 소마티드를 분리 채취한 후, 이를 인체에 주입하여 암을 치료하는데 쓰고 있다.

네상이 '소마티드'가 형태를 달리하면서 변해가는 과정을 그림으로 나타낸 것을 보면 김봉한이 그린 '산알'의 변화과정과 너무나 똑같다다는 것을 발견하게 된다. 소마티드의 형태 변화과정을 이미 인지하고 있었던 필자는 카이스트에 있었던 이병천 교수의 실험실을 방문하였을 때 김봉한이 제시한 산알의 변화 과정 그림을 보게 되었는데 당시 그림이 너무나 유사하여서 놀랐었다. 그 후 지속적인 연구를 하면서 산알이 소마티드와 유사하며 이들은 줄기미생물이라는 생각이 강하게 들기 시작하였다. 세포에 줄기세포가 있다면 미생물에도 줄기미생물이 당연히 있어야 할 것이다. 줄기세포가 만능줄기세포 단계에서는 온갖 종류의 세포로 분화할 수 있듯이, 미생물도 하나의 줄기미생물에서 시작하여 환경에 따라 온갖 종류의 미생물로 분화한 것으로 이해할 수 있다. 일단 분화가 완료되면 세포가 동일한 세포로 분열하여 성장하듯이, 미생물도 분화가 완료된 다음에는 동일한 미생물로 계속 분열. 성장하는 것이다. 이 줄기미생물을 김봉한은 '산알'이라고 하였고 네상은 '소마티드'라고 한 것이 아닌가 하는 생각이 강하게 드는 것이다.

정리하면 다형체설은 줄기미생물의 입장에서 본 것이고, 세균병인설은 분화가 완료된 다음의 세포 분열과 성장에 대한 것이다. 결론적으로 이 두 가지 모두 맞는 것이 된다. 필자는 김봉한의 '산알'이 줄기미생물이라고 생각한다. 아직 실험적 증거는 부족하지만 만약 줄기미생물의 실체가 밝혀진다면 생물학 교과서를 다시 써야 할 것이다. 생명의 기원에 대해서도 큰 실마리가 풀리게 될 것으로 기대된다. 지금은 경락의 발견이라는 그늘에 가려서 산알이 주목을 받지 못하고 있으나 어쩌면 김봉한이 발견한 산알이 더 큰 영향을 가져올 수도 있을 것으로 추정된다.

첫 번째 응용 분야는 질병이 심화되기 전에 몸의 상태가 안 좋다는 것을 미리 진단할 수 있을 가능성이 높다는 점이다. 산알이 많으냐 적으냐로 건강 상태를 가늠할 수 있을 것이다. 두 번째로는 몸의 건강을 유지하는 방법으로서 생명력이 강한 산알을 줄기세포 치료법과 같은 방식으로 활용할 가능성이다. 이 책을 통하여 김봉한의 경락에 대한 발견만 아니라 산알에 대한 업적도 재조명될 기회가 생기기를 기대해 본다.

2019년 6월 10일

방건웅
한국뉴욕주립대학 석좌교수

인류의 난치병 치료에 새로운 희망을 보다

참으로 묘한 일이다. 오늘 미국에서 파시아(모든 장기 하나하나를 싸는 섬유막) 해부조직과 경락연구의 대가인, James L. Oschman 박사로부터 최근 봉한관 발견에 대하여 긍정적인 회신이 왔다. 박사는 한국의 봉한관 발견을, 최근 개정판(Fascia: The tensional network of human body) 중 자신의 Chapter에 넣을 생각이라고 전해주었다. 그런데 곧이어 〈공동철의 김봉한〉 책 개정에 여념이 없으신 홍행숙 대표로부터 추천사에 대한 문의가 왔다. 우연의 일치일까? 그 순간 지난 봉한학 연구의 성과와 진실을 독자와 함께 나눠야 한다는 생각이 강하게 들었다.

바로 지금 이 순간에도 아무도 알아주지 않는 기초의학, 기초과학에 종사하는 무명의 연구자들, 남북으로 이어진 연구와 밝은 미래를 염원하는 사람들, 그리고 사람을 분석의 대상으로만이 아니라 숨을 쉬고 스스로 치유해 가며 살아가는 온전한 생명체로 바라보는 참 생명의학에 대한 갈구를 가진 사람들을 위해서, 봉한학 연구 현장의 기록을 몇 자라도 전해야 한다는 의무감 같은 것이었다. 2002년부터 현재까지 많은 어려움 속에서 봉한관을 찾아왔기에 이제 필자의 진솔한 생각을 〈김봉한〉 책 개정을 앞두고 독자에게 전해야 한다는 그 서늘한 사명감.

김봉한… 그는 대체 1960년대 북한의 격동기에 무엇을 본 것인가? 그 시절 노동신문의, 한구영 기자의 펜 끝에서 김봉한의 발견이 야기가 시작된다. "한방의학 및 생물학 연구에서의 새로운 과학적 발견"의 기사에서 그는 "최근 평양 의학대학 생리학 강좌장 김봉한 부교수는 유구한 력사를 가진 한방의학을 연구하는 과정에서 그의 기초 리론 체계로 되는 경락(經絡) 리론의 물질적 실체인 경락계통을 생물체 내에서 발견하는 데 성공하였다……"라고 전하고 있다. 김봉한의 발견이 1961년 8월 18일, 평양 의학대학 학술보고회에서 발표된 것이다. "경락 실태에 관한 연구"라는, 길지 않은 논문의 발표였다. 그러나 이는 의과학사에 혁명적 변화를 야기한 첫 번째 발견이었다. 이후 그는 1965년까지 방대한 발견을 하여 2편의 논문을 계속해 발표한다. 그리고 이렇게 수립된 경락체계에 정점을 찍는 연구가 발표된다. "산알학설"이다. '산알' 즉, '살아있는 알'이란 뜻이다. 1미크론(머리카락 두께의 약 10분의 1크기) 정도 크기의 둥근 산알이 경락체계를 순환하면서, 새로운 젊은 세포를 생기(生氣)가 흐르는 동안 끊임없이 만들어낼 수 있다는 놀라운 주장을, 1965년 4월과 10월에 논문으로 발표한다. 이 책의 저자 공동철은 어느 잡지 기고문에서, 그때의 상황을 이렇게 전했다. "~규명해놓고 보니 경락은 고전 경락학설에서의 설명을 훨씬 뛰어넘는 엄청난 것이었다. 경락은 생명의 발생과 유지를 원천적으로 책임지고 있는 조직이었다……" 그러나 60년대 후반 어느 날 김봉한과 그의 연구는 어디론가 사라졌다.

소광섭… 그의 탁월한 혜안이 2,000년대 초기에 없었다면 봉한학설은 영원히 살아나지 못했을 것이다. 소광섭 교수는 봉한관 추적 연구를 서울대학교 물리학부에서 처음으로 진지하게 시작했고, 지금도 위대한 기여를 지속하고 있다. 많은 논문을 과학잡지에 게재했고 세계학회를 통해서 봉한학 연구 결과를 발표한다. 2002년부터 2009년까지 나는 그의 연구실에서 국내외 우수한 연구원과 함께 봉한학을 연구했다.

필자가 KAIST에서 연구실을 운영해 가던 2014년, 어느 날부턴가 새로운 봉한관 논문이 발표되지 않았다. 거의 다 그때까지 발표한 논문의 종설(review)일 뿐이었다. 그동안 연구를 시작했던 많은 사람들이 이제 봉한관 연구를 하지 않는다. 왜 그런가? 필자 또한 소심장 안쪽, 토끼 뇌척수, 림프관 림프액 중에도 봉한관이 존재한다는 등 많은 발견 내용을 발표했으나 세계학회의 반응은 잠깐뿐이었다. 필자는 이러한 반응의 가장 큰 이유를 다음과 같이 생각한다. 첫 번째는 같은 해부학적 조직의 재현이 어렵다는 점, 두 번째는 김봉한이 처음 주장한 그 조직과는 많은 차이가 보인다는 점이라고 생각해 왔다. 김봉한은 분명히 그의 논문에서 처음부터 끝까지, 경락은 가는 도관의 묶음(다발의 북한 표현)으로 그물처럼 퍼져 전신에 뻗어 있다고 주장했다. 이것을 재현성 있게 발견해야 봉한학설의 촛불이 꺼지지 않고 다시 타올라 눈부시게 꽃처럼 피어날 것이다. 필자는 오랫동안 그렇게 생각해 왔다. 수많은 실패를 온몸으로 체험해 가면서……

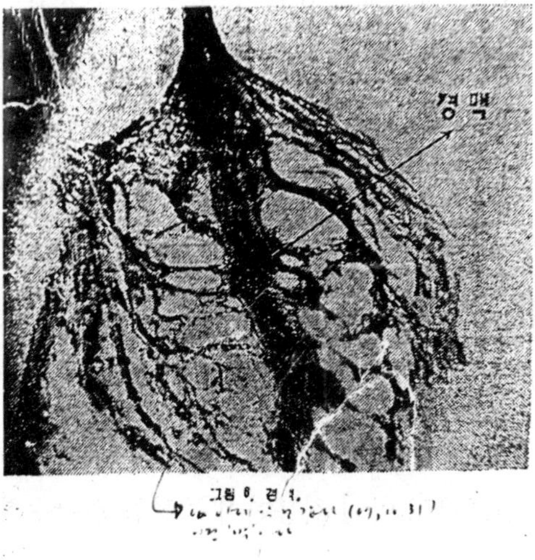

아, 이제 알 것 같다. 이건 막이다(2007. 10. 31.)라고 필자가 김봉한 논문(경락 실태에 관한 연구, 1962년 제9권 1호)에 적어 놓은 사진.

하늘의 도우심인가. 가는 도관 다발 구조체를 이제야 재현성 있게 찾을 수 있게 되었다. 필자가 봉한관을 찾기 시작한 지 17년 만에 이에 대한 논문을 지난달에 출판했다. 봉한관이 가는 도관 다발로 많은 섬유에 엉긴 채 숨어서 그물처럼 뻗어 있었다. 이 사실을 이제야 입증하였으나, 경맥 봉한관이 소위 파시아라고 하는 섬유막 속에 있다는 것은, 2007년 10월 31일 서울대학교에서 김봉한 논문의 사진을 유심히 살펴볼 때부터 상상했었다.

김봉한의 봉한관 재현에 성공한 후에, 다시 김봉한의 1편 논문을 보았다. 김봉한 자신도 경락이라고 발견한 조직이, 신경다발이 아닐까 하고 노심초사한 모습을 논문에서 볼 수 있었다. 그도 경맥이 신경다발처럼 다발구조인데, 세포질로 차있는 신경과는 달리 그 가는 한 가닥 한 가닥의 빈속으로 산알과 봉한액이 흐를 수 있다는 것을 처음에는 믿을 수 없었던 것 같다. 똑같은 심적 고통을 KAIST 구석 실험실에서 홀로 고스란히 3년을 더 겪은 후에야 필자도 그것은 신경다발이 아니라 하나하나가 비어 있는 가는 관다발임을 알았다. 신경도, 혈관도, 림프관도 아닌 김봉한이 주장한 경락순환계의 도관이 존재하는 것이다!

어떤 뜻있는 사업가 한 분이 한국에 있다. 한국에서 노벨상을 받을 수 있는 연구에 투자하려는 순수한 열정을 가진 분이다. 그분의 사업이 지금 시작되고 있는 줄 안다. 부디 이런 뜻있는 사업가들이 남을 따라 하는 연구가 아니라 우리 민족고유의 지혜와 과학인 봉한학 연구에 투자하여, 많은 젊은이들이 북한에서 처음 발견하고 남한에서 재현해 가는 새로운 의과학 분야에서 인류사에 기여할 뛰어난 업적을 이루어내서 우리나라에서도 노벨과학상이 나오길 빌어본다.

BTS는 우리나라 말로 세계무대에서 노래하지 않던가. 그렇게 행복을 줄 수 있는 음악이라면 모두가 따라 하는 것이다. 봉한학이 바로 모든 사람들에게 그렇게 다가 갈 수 있는, 우리가 발견하고도 50년간 잊고 있었던 한민족의 보물이다. 이 보물을 공동철이 소설 "김봉한"으로 얘기하고 있다. 역사적 사실과 과학적인 접근을 기반으로 한 그의 세심한 서술은 연구자에게는 연구에 대한 영감을 주고, 위정자에게는 우리가 잊고 있던 남북한이 함께 일궈낸 과학적 공적을 일깨워 줄 것이다. 또한 국민 누구라도 우리 민족의 자긍심을 느끼게 할 것이다.

벌써 10년 전 2009년 무렵이다. '중의학연구원'이라는, 북경에 있는 중의학의 본산지에서 필자를 초대해 림프관 내 봉한관의 시연을 요구한 적이 있었다. 그때 필자는 중국의 저력을 볼 수 있었다. 봉한학설을 아무도 기억하지 못할 것이란 선입견이 완전히 무너지는 날들이었다. 중국 각지에서 온 많은 사람들이 그룹으로 참석한 가운데 시연자에게는 막막하기만 한 순간들…… 마침내 필자는 토끼의 림프관에서 봉한관이 있음을 보여주는 데 성공했다. 그러나 내가 놀란 것은 단순히 시연의 성공에 대한 반응이 아니라, 그들이 봉한학설 전반에 대해 너무나 잘 알고 있다는 사실이었다. 1960년대 북한에서 진행된 봉한연구의 중요성을 잘 알고 있는 80대의 노인, 심지어 90대의 은퇴한 노교수도 있었다. 필자가 제시한 토끼의 림프관 내에 있는 봉한관을 원로 교수들이 현미경으로 연신 보고 또 보는 장면에서 중국이 가진 잠재력을 느낀 것이다.

그러나 우리나라에도 봉한학설의 중요성을 1970년대부터 이미 간파한 의사가 있었다. 의사 이종수가 그분이다. 그의 수많은 임상 경험에서 나온 짧은 논문의 마지막 언급을 인용하면서, 본 필자가 간절한 마음만 앞서 중언부언한 〈공동철의 김봉한〉 추천 글을 마칠까 한다.

“인류는 봉한학설에 의한 암 연구를 하기 전에는 영원히 암 원인의 규명이 불가능할 것으로 사료됩니다.”(최신의학 별책 제47권 제3호 2004: ‘암의 원인은 봉한계통의 병변에 있다’)

2019년 6월 13일

이병천
전 KAIST 교수

차례

프롤로그 진리의 빛을 찾아서 · 공동철 4

추천의 글 김봉한의 '산알'과 '경락'에 대해 · 방건웅 6

인류의 난치병 치료에 새로운 희망을 보다 · 이병천 12

1부

1. 새로운 출발 27
2. 어린 민족주의자 34
3. 병 못 고치는 병원 43
4. 한국전력 발전소 51
5. 호남정유 공장 62
6. 단전호흡 71
7. 전통무예 80
8. TM 프로젝트 87
9. 전통의학의 지혜 96
10. 차단기 개발실험 103
11. 유격전 116

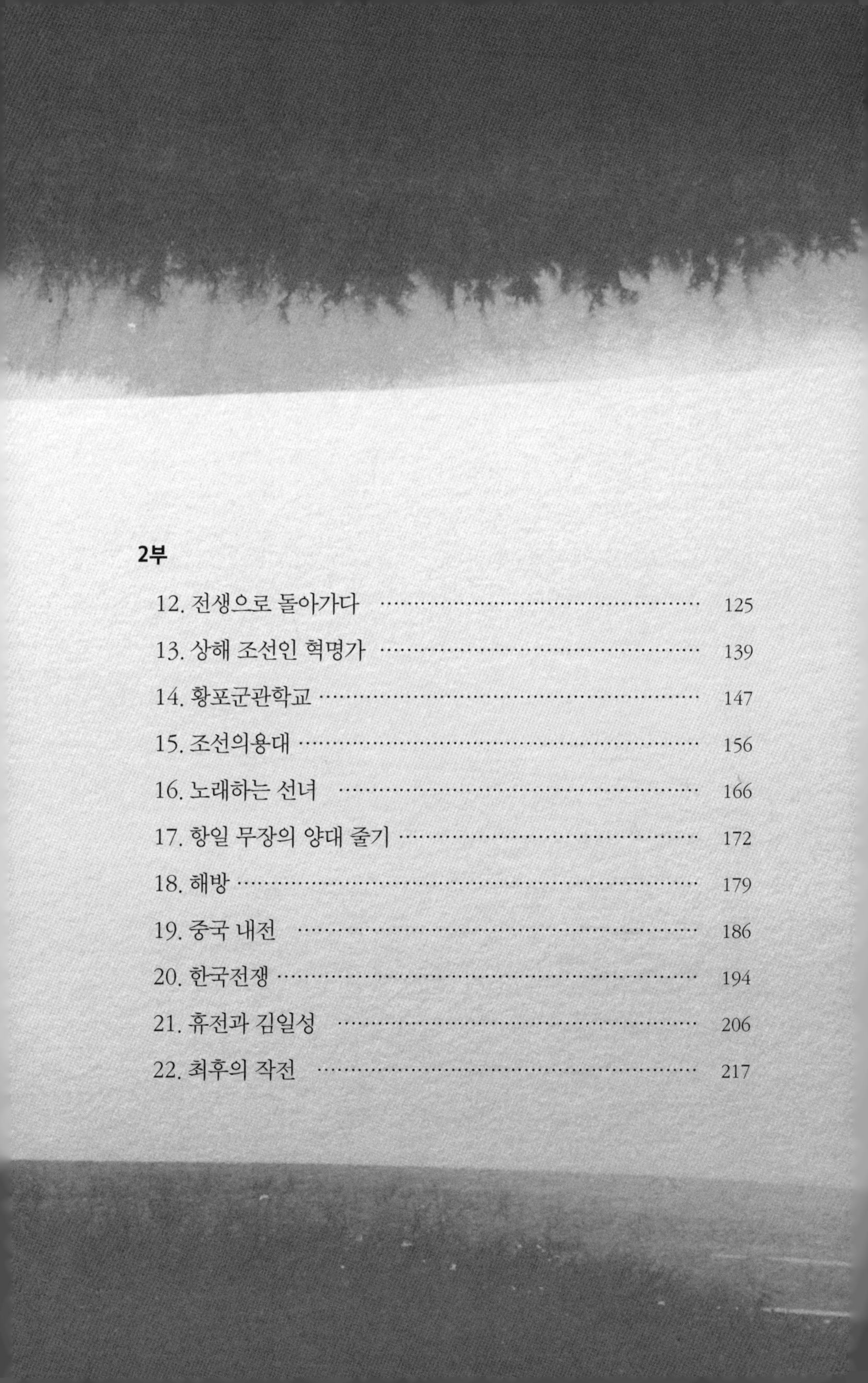

2부

12. 전생으로 돌아가다 ········· 125
13. 상해 조선인 혁명가 ········· 139
14. 황포군관학교 ········· 147
15. 조선의용대 ········· 156
16. 노래하는 선녀 ········· 166
17. 항일 무장의 양대 줄기 ········· 172
18. 해방 ········· 179
19. 중국 내전 ········· 186
20. 한국전쟁 ········· 194
21. 휴전과 김일성 ········· 206
22. 최후의 작전 ········· 217

3부

23. 운명적 만남 ······ 231
24. 경성제대 의학부 ······ 241
25. 원자물리학에 심취 ······ 252
26. 조선인이 살아 있었다 ······ 257
27. 조헌영의 한의학 운동 ······ 266
28. 해방 전후 ······ 274
29. 미군의 진주 ······ 283
30. 해방 공간의 과학자들 ······ 288
31. 1950년 여름-한국전쟁 ······ 304
32. 9·28 퇴각-월북 ······ 315
33. 만포 제2후방병원-경락의 관찰 ······ 324
34. 평양 귀환 ······ 337
35. 과학자 대회 ······ 345
36. 휴전과 김일성 ······ 351

4부

37. 경락 실체의 예견 …… 359
38. 납북인사들 …… 368
39. 로동당의 동의학 과학화 추진 결정 …… 381
40. 제1논문 …… 390
41. 기(氣)의 정체를 밝히다 …… 402
42. 제2논문 …… 410
43. 제3논문 및 제4논문 …… 417
44. 세계 의학계의 경악 …… 423
45. 봉한학설의 위기 …… 431
46. 숙청과 추방 …… 437
47. 다시 태어나다 …… 447
48. 신봉한학설과 질병의 극복 …… 451

개정판을 내면서 · 홍행숙 …… 462

1부

1. 새로운 출발

2. 어린 민족주의자

3. 병 못 고치는 병원

4. 한국전력 발전소

5. 호남정유 공장

6. 단전호흡

7. 전통무예

8. TM 프로젝트

9. 전통의학의 지혜

10. 차단기 개발시험

11. 유격전

1
새로운 출발

• • •

동현은 태평양으로 이어지는 푸른 바다 저 너머를 바라보았다. 원만한 호를 그리고 있는 푸른 수평선 너머 채 시선이 닿지 않는 곳으로부터 흰 구름 몇 개가 유영하듯 떠밀려왔다. 발목까지 부딪혀왔다 흩어져가는 하얀 포말을 내려다보다가 문득, 언젠가 이 자리에 이렇게 서 있었다는 생각이 들었다. 출발을 앞두고 있어서일까. 설렘과 불안감이 교차하였다. 미래와 과거가 한 지점에서 맴돌이하는 듯해 조금 어지럽기도 했다. 바닷가에 서 있으면 동현은 언제나 다음과 같은 질문을 듣곤 했다. '너는 지금 어디에 서 있으며, 어디로 가고 있는가.' 내일이면 상행선 기차를 타고 서울로 올라가야 한다. 어린 시절 열여덟 해 동안 자신을 키워준 항구도시를 떠나 더 넓은 세계로 가야 한다. 이제야말로 진정 하나의 독립된 존재로서 거친 파고를 헤치고 나가듯 스스로 운명을 개척해나가야 한다. 자유롭고 불안한 삶, 아직은 알 수 없는 미래…… 동현은 푸른 바다를 뒤로하고 미지의 세계를 향해서 몸을 돌렸다.

삶이란 무엇인가. 운명이란 무엇인가. 만성적인 두통과 결핵으로 몸이 생사의 문턱을 넘나들 때마다 이런 근본적인 질문에 사로잡히곤 했다.

동현은 성장하는 내내 건강이 좋지 못했기에 건강의 회복을 위해 부심해 왔다. 서울에 올라 온 그는 오랫동안의 학습과 노력 끝에 드디어 그의 건강 문제에 대한 가닥을 잡았다. 좋지 못한 건강은 동현의 운명이었고, 그로 말미암아 훗날 봉한학설의 복원 및 전통의학의 현대적 재정립에 관심을 갖게 되었고 남북통일 문제까지 아우르게 되었던 것이다. 그 이유는 무엇인가. 개인의 건강은 사회나 역사의 구조적 건강함과 밀접한 관계를 맺고 있으며 사회가 건강하고 평화롭게 유지되어야 개인이 평안해지는 것이요, 세계문제는 더 말할 것도 없다.

동현은 태생 자체가 불안정했다. 출생 자체가 남북 분단과 그에 따른 동족 전쟁에서 비롯되었다. 그는 서울에서 살다가 전쟁 때문에 부산으로 피난 와 있던 이혼녀와 부산에서 직장생활하고 있던 유부남 사이에서 잉태되었다. 말하자면 혼외자였다.

전 남편과의 사이에서 난 딸을 하나 데리고 살던 어머니는 주로 식당이나 선술집을 운영하면서 생계를 꾸려갔다. 아버지는 선술집을 드나들던 손님 중의 한 사람이었다. 남북전쟁이 아니었더라면 두 남녀는 일평생을 살면서 단 한번이라도 만날 확률이 거의 없는 사람들이었다. 분단과 전쟁이 두 사람을 만나게 하였고, 또한 새로운 생명까지 만들었던 것이다.

동현은 태어나서 아버지의 호적에 들어가지 못하고 어머니의 성을 따를 수밖에 없었다. 누나는 그녀의 아버지 성을 따라 동현과 성이 달랐다. 이러한 가정적 혼란스러움이 그의 성장기 내내 알게 모르게 그를 괴롭히고 짓눌러왔다.

잉태란 무엇일까? 아버지의 정자와 어머니의 난자가 합쳐져서 잉태된 것이 생명이라고 하는데, 나는 누구이며 어디에서 왔는가? 나는 왜 하필이면 결손으로 태어났는가? 불가(佛家)에서 말하듯이, 전생(前生)에 죄를 많이 지었기 때문에 그렇게 된 것일까?

사람들은 훌륭한 아이를 낳기 위해서 태교(胎敎)가 중요하다고 한다. 마음가짐을 바로 하고, 행동거지를 무겁게 해야 아이에게 좋은 영향을 미친다고 한다. 아름답고 깨끗한 것만 보고 듣고, 그렇지 못한 것에는 근처에 가지도 말라고 한다.

심지어 어떤 이들은 임신한 후에는 이미 늦었다고 주장한다. 임신하기 전에 미리 준비해야 한다고 한다. 임신이라는 성스러운 목표를 위해 부부가 함께 몸과 마음을 충분히 닦아야 한다는 것이다. 옛날 우리 조상들이 날짜의 운명을 따져 부부가 합방했던 것도 그러한 연유에서인 듯하다.

어떤 이는 아내가 임신하기 전에 100일 기도를 하였다고 한다. 그 자신도 100일 동안 아내에 버금가는 수양을 하면서 언행을 조심하였던 것이다. 그러고는 임신을 하고 딸을 얻었는데 그 딸이 나중에 “총명하면서도 상냥한 훌륭한 숙녀로 자랐다”고 말하였다.

부부의 당시의 마음가짐에 따라 잉태되는 아이의 품성이 결정된다는 말이다. 부부사이라 할지라도 함부로 관계를 가져서 잉태하지 말라고 가르치고 있는 것이다. 그런데 하물며 부부가 아닌 남녀의 혼외관계에 의해 잉태된 경우에는 오죽하겠는가?

가정적 결손이 있는 아이는 무슨 문제가 있어도 있기 마련이다. 사람들은 그 사실을 잘 알고 있다. 세상을 놀라게 한 각종 범죄의 뒤에는 가정 결손이라는 문제가 숨어있는 경우가 있다.

그러나 결손 상태의 출생일지라도 자라면서 제대로 보살핌을 받으면 그러한 결손이 만회되는 경우도 많이 있다. 역사상의 위인들 중에서도 드물지만 그런 사람을 찾아볼 수 있다. 편모 또는 편부의 헌신적인 사랑에 의해 훌륭한 인간으로 성장한 사람도 많다.

결손 가정의 아이가 인격적 결함이 있을 가능성이 크다는 것은 현대 과학으로 설명할 수 없다. 관련 과학인 생물학이나 의학은 이러한 문제에 답을 주지 못한다. 그런데 놀랍게도 동양 전통의학은 그 문제에 답을 줄 수 있다.

동양 전통의학에서는 사람의 마음을 지배하는 것이 오장육부이다. 감정 또는 정서의 바탕이 되는 것이 인체 내부의 오장육부인 것이다. 아이들의 오장육부는 주변 사람들과의 감정교류에 의해 성장한다. 그렇게 성장한 오장육부는 사람의 인격이 바탕이 된다. 그런데 감정교류가 부실해지면 오장육부의 성장도 부실해질 수밖에 없다. 따라서 결손 가정의 아이들은 오장육부가 부실해지기가 쉬운 것이다.

성장기에 주변 사람들과의 감정교류가 원만하면 오장육부가 제대로 형성이 되어 무난한 사람으로 성장할 수도 있다. 출생의 결손이 있더라도 성장의 결손은 극복될 수 있는 것이다. 그러나 대개의 경우, 출생의 결손은 성장의 결손으로 이어지기 마련이다. 동현의 경우에도 그러하였다.

이렇듯 동양 전통의학에는 서양의학에 결여된 소중한 지혜가 많이 담겨 있었다. 고전에 담겨 있는 그러한 지혜들은 현대적 감각에 맞게 다듬어서 내놓을 필요가 있었다. 그러나 오늘날 전통의학을 한다고 하는 사람들은 그러한 소중한 지혜는 내팽개쳐 두고, 한약 장사에만 정신이 팔려 있다. 전통의학의 현대적 재정립의 필요성이 제기되는 시점이다.

가족의 생계를 책임져야 하는 어머니는 대개 일과를 밖에서 보냈기 때문에 어린 동현을 그렇게 살뜰하게 보살필 수 없었다. 동현은 늦게까지 오줌을 가리지 못하여 5~6세까지도 기저귀를 벗어나지 못할 정도였다. 더 나이가 들어서도 가끔 그런 경우가 있었다. 자다가 이부자리에 오줌을 싸서 아침에 그 벌로 소쿠리를 들고 이웃집에 소금을 얻으러 가서는 아주머니들의 질펀한 꾸지람을 듣곤 하였다.

또한 균형 감각이 떨어져서 잘 넘어지거나 높은 데서 굴러 떨어지는 경우가 허다했다. 그래서 초등학교에 입학하기 전에 이미 온몸, 특히 머리에 상처가 수를 셀 수 없을 정도로 나 있었다.

동현이 학교에 다니면서 느낀 사실은 소화기와 비뇨기 계통이 다른 애들에 비해 약하다는 것이었다. 그리고 추위를 많이 타고 손발이 차다는 것이다.

추위를 많이 타고 손발이 찬 것은 우리가 흔히 원기(元氣)라고 부르는 기본적인 생명력이 부족하기 때문이다. 소화기와 비뇨기가 약하다는 것도 사실은 이러한 원기의 부족 때문이고, 그것은 태생적 결손 때문이었다.

집에서는 크고 작은 분란이 드물지 않게 일어났다. 씨 다른 누님은 가출해서 집에 없는 기간이 많았고, 어머니는 가족의 생계를 위해 계속 무언가 벌이가 되는 일을 해야 했다. 거의 건달에 가까웠던 외삼촌들이 누나인 어머니에게 손을 벌리는 경우도 많았다.

동현의 아버지와의 관계가 끊어진 이후에도 어머니의 주변에는 항상 다른 남자가 있었다. 동현에게 있어서 집안을 수시로 드나드는 어머니의 남자는 대단히 껄끄러운 존재였다. 집안에 남자를 끌어들이는 어머니가 너무도 야속했다.

그런 부조리한 상황이 동현의 오장육부의 성장을 위축시켰다. 나중에 커서야 당시는 여자 혼자 살아가기 힘들기 때문에 어머니로서도 어쩔 수 없었을 것이라고 이해하게 되었다. 아무튼 당시 어린 동현에게는 소화해내기 버거운 상황이었다.

여러 남자와의 만남과 헤어짐이 교차하는 와중에서 삶이 힘들고 고통스러웠던 어머니는 술을 자주 마셨다. 그러다가 항상 내뱉는 한 마디가 있었다.

"내가 괴로워서 죽고 싶지만, 동현이 저 녀석 때문에 못 죽고 있다."

이 말의 의미를 정확히 짚지는 못하였지만, 어머니의 심신이 무척 고통스러운 상태에 있다는 것을 느낄 수 있었다. 또한 그 말은 괴로운 삶 속에서 그래도 어린 아들이 다소나마 삶의 보람을 가져다주었다는 뜻이기도 했다.

살림이 풍족하다고 느낀 적은 없었지만, 동현이 배를 곯은 기억은 거의 없었다. 오히려 다른 집 아이들은 잘 먹지 못하는 양과점 빵과 생과자를 어머니는 가끔씩 사다 먹이곤 했다. 동현은 특히 어린 시절 어머니가 사다 주던 요깡(팥범벅)과 나마까시(생과자)의 맛을 잊을 수가 없었다. 어린 동현이었지만 그것들은 먼 옛날에 맛본 적이 있다는 이상한 느낌이 들게 하였다.

2
어린 민족주의자

• • •

가세에 따라서 이사도 무척 많이 다녔다. 그중에서도 부산 북구의 서면에서 가장 오래 살았다. 1960년대, 즉 동현의 초등학교와 중학교 시절은 거의 서면 일대에서 살았다.

서면 북쪽의 범전동과 연지동 일대에는 남한 최대 규모의 미군부대의 하나인 하야리아 캠프가 자리잡고 있었다. 부산항으로 들어오는 모든 미군 군수품을 관리하는 군수기지 사령부였다. 거대한 미군부대 주변은 하나의 기지촌 같은 성격을 띠고 있었다.

생계가 어려운 전국의 처녀들이 이 미군부대 주변에 몰려들었다. 그러나 송탄이나 동두천 같은 본격적인 환락가와 기지촌은 존재하지 않았다. 그것은 아마도 군수기지이기 때문에 야전 병사들은 얼마 안 되고, 하사관이나 장교가 많기 때문인 듯하였다. 미군을 상대로 하는 여자들은 대개 일반 가정집에 방을 얻어 살고 있었다. 이 일대의 가정집에는 철모르는 조무래기들, 중고등학교에 다니는 청소년들, 그리고 미군을 상대로 하는 여자들이 같이 살고 있었다.

동현이 세 들어 살고 있던 집에도 미군을 상대하는 양공주가 있었다. 주말에는 미군이 그 양공주를 찾아 왔다. 미군이 오는 날이면 양색시 방에서는 초저녁부터 여자의 자지러지는 웃음소리, 비명, 신음 소리 등이 끊임없이 흘러나왔다. 어린 동현으로서는 어쩐지 한국의 여자들이 미군에게 유린당하는 듯한 느낌이 들었다. 아닌 게 아니라, 미군이 왔다 간 다음 날, 양색시의 얼굴과 온몸에 시퍼런 멍이 들어 있는 때도 있었다.

미군들은 자기 색시들에게 상당량의 군수품을 갖다 주었다. 그들이 가져오는 군수품에는 없는 것이 없었다. 분유, 초콜릿, 비스킷, 스파게티, 맥주, 고기통조림, 버터, 치즈 등의 식품과, 청바지 같은 의류, 화장품, 비누, 치약 등으로 시중에서는 찾아보기 힘든 귀한 고급품들이었다. 대개의 양색시들은 그것들을 팔아서 용돈을 마련했다.

동네에는 양색시들이 갖고 오는 물건을 대량으로 구입해다가 소매상 또는 보따리장사꾼에게 파는 중간수집상 격의 집이 많이 있었다. 이런 집은 대개 단골 양색시들을 다수 확보하고 있었다. 미군들이 왔다 간 다음날이면 이런 집에는 미제 물건이 잔뜩 집결되기 마련이었다. 동현의 어머니도 가끔씩 그것을 집에 사다 놓고, 아는 사람들에게 조금씩 판매하기도 하였다. 덕분에 동현은 각종 미제 물품을 구경하고 맛보기도 했다. 무척 신기하고 별난 것들이었다.

이렇게 양색시 한 명이 풀어놓는 물품은 얼마 되지 않았지만, 그것이 일단 모이면 상당한 양이 되었다. 이렇게 모인 물품은 부산의 국제시장으로 흘러 들어갔다. 국내 생산 기반이 없던 1960년대까지는 흘러나온 미제물건으로 형성된 국제시장이 전국 최대 규모의 시장으로 군림할 정도였다.

중간수집상 집에서 거래가 끝난 후 양색시들은 방에서 전축을 틀어놓고 맥주를 마시며 춤추고 놀았다. 노출이 심한 옷을 입고 흔들어대는 그녀들은 대개 미인에다가 글래머였다. 개중에는 대학을 나오거나 중퇴한 여자들도 있다고 했다. 고학력의 여자가 딱히 일할 만한 곳이 없던 시절이었다. 그녀들은 낮에는 동네 아줌마 또는 건달들과 함께 어울려 종일토록 화투를 치거나 잡담을 했다.

동네에는 미군과 양색시 사이에서 태어난 혼혈아들을 심심치 않게 볼 수 있었고, 동현이 다니는 학교에도 더러 있었다. 생김새는 미국인인데 말은 한국말을 쓰는 것이 처음에는 무척 이상해 보였다. 결혼해서 미국으로 데려간다는 말을 믿고 애를 낳았는데, 막상 미군은 혼자 귀국해 버려 어쩔 수 없이 양색시 혼자 애를 키우고 있는 경우가 많았다.

가끔씩 미국 독립기념일에 일반인들에게 부대를 공개하는 경우가 있었다. 미군부대 내부는 별천지였다. 부대 주변 동네는 판자촌 달동네인데, 부대 내부는 미국의 한 도시를 옮겨다 놓은 것 같은 풍경이었다. 잘 닦인 도로, 넓게 펼쳐진 잔디, 그림 같은 장교 사택, 정연하게 늘어선 막사, 그리고 극장, 슈퍼마켓, 소방서, 발전소, 정수공장이 있었다. 그야말로 아메리칸 드림 그 자체였다.

그들은 한국의 상수도와 전기를 불신하여 그것들을 자체적으로 해결하고 있었다. 실제로 당시 동네 상수도와 전기는 끊기기 일쑤였다. 주변 동네는 정전이 되어 칠흑 같은 어둠인데, 부대 내부는 불야성을 이루는 경우가 많았다.

칙칙하고 음산한 동네와 불야성을 이루고 있는 미군부대, 그 광경은 언제나 동현에게 묘한 느낌을 주었다. 그것은 결코 불야성에 대한 동경만은 아니었다. 오히려 우리는 이렇게 사는데 저들은 왜 저렇게 특권을 누리는가 하는 생각이었다.

동현의 집에 있던 양색시는 동현을 귀여워해 주었다. 누나는 가출한 상태에서 어머니는 낮에 일을 나가니까 동현이 혼자 단칸방을 지키고 있는 경우가 많았다. 그러면 양색시 누나는 만화책을 잔뜩 빌려다 놓고 동현에게 자기 방으로 놀러 오라고 하였다.

둘은 같이 엎드려서 만화를 보았다. 바싹 붙어 있는 양색시의 화장 냄새가 어린 동현의 코를 자극하였고 그 냄새는 동현을 야릇하게 만들었다.

그런데 양색시의 만화 보는 속도가 무척 빨랐다. 동현은 반도 못 보았는데, 그녀는 한 권을 다 해치우고 다음 책을 펼치려 하였다. 나중에 안 일이지만, 그녀는 만화책의 글자는 거의 읽지 않고 그림만 보았다. 아마도 한글을 완전히 익히지 못하여 중간중간 막히는 단어가 많이 나오기 때문인 듯하였다.

양색시는 이따금씩 눈이 피곤하다면서 동현에게 만화책을 읽어달라고 하였다. 그것은 그녀가 이미 그림은 다 보아둔 책이었다. 무언가 관심이 가는 대목의 줄거리를 분명하게 알기 위해서였다. 그러면 동현은 짐짓 모르는 체하며 읽어 주었다.

책을 읽어 주다 보면 양색시가 잠드는 경우가 있었다. 노출이 심한 옷을 입고 잠들어 있는 모습을 보다가, 동현은 자신도 모르게 그녀의 몸을 더듬었다. 양색시는 더듬는 것을 아는지 모르는지 그냥 잠든 체하고 있었다.

바로 그러고 있던 어느 날이었다. 동현이 문 밖에 군홧발 소리를 느끼고 양색시 속옷 속으로 파고 들어가 있던 손을 화닥닥 빼내고 떨어져 엎드린 자세를 취했다. 문이 드르륵 열리면서 전봇대만한 키의 미군 병사가 얼굴을 쓱 들이밀었다. 예상치 못한 시간에 미군이 갑자기 외출을 나온 것이었다. 미군은 동현을 보자 다짜고짜로 손가락질하며 '게라웃(나가)'을 외쳐댔다. 그러자 양색시가 일어나서,

"화쓰 매러 유(어떻게 된 일이에요)?"를 연발했다. 한글도 제대로 모르는 한국 여자가 영어로 말하는 것이 신기해 보였지만, 그것은 양색시들에게서 흔히 볼 수 있는 일이었다.

동현은 혼비백산하여 방을 도망쳐 나왔다. 미군은 양색시에게 뭐라고 계속 고함쳐댔다. 둔탁한 소리와 비명소리가 들리는 것으로 보아 심하게 때리는 것이 분명하였다. 양색시는 울음 섞인 목소리로,

"파든 미, 프리즈(용서해 주세요, 제발)"를 연발했다.

겁에 질린 동현은 방구석에 틀어박혀 꼼짝도 하지 못했다. 하시라도 거구의 미군이 자신을 불러낼 것 같은 불안감에 싸여 있었다. 양색시의 방이 잠잠해지자, 동현은 그제야 '아, 내가 힘만 있으면 누나를 구해줄 텐데'라고 제법 호기있는 생각을 했다. 잠시 잠잠한 시간이 흐르자 양색시의 방에서는 자지러지는 웃음소리와 신음소리가 뒤섞여 들어왔다. 동현은 그날 밤 불안, 증오, 연민, 그리고 호기심 등의 여러 감정이 교차하는 가운데 늦게까지 잠들지 못했다.

동현이 중학교에 진학하면서 시대는 1970년대로 바뀌었다. 1970년대는 1960년대와 그 분위기가 사뭇 달라져 있었다. 무엇보다도

달라진 것은 물자가 풍부해지기 시작했다는 것이었다. 그 이유는 무엇보다도 1960년대 후반에 시작된 월남 참전이었다. 미미하기는 하였지만 국내 생산 기반이 마련되기 시작했던 이유도 있었다.

들리는 말로는, 한국군의 파월 경비 일체를 미국이 부담하고 있다고 하였다. 무기, 식량, 군수품 일체를 제공하고, 심지어는 장병 개개인에 대한 상당액의 월급까지 지급하였다. 말하자면 미국의 용병인 셈이었다. 뿐만 아니라 미국은 파월의 대가로 한국 정부에 대해 거액의 원조를 약속하고 있었다. 참으로 미국은 대단한 나라였다.

비록 졸병일지라도 식구 중에 파월 군인이 한 명이라도 있으면, 그 집은 가세가 달라졌다. 많은 돈과 물품이 집으로 부쳐졌다. 그 돈으로 집도 사고 땅도 샀으며, 집에는 당시로서는 대단히 귀했던 TV, 라디오, 시계, 카메라, 망원경 등 없는 물건이 없었다. 이런 이유로 집안 형편이 어려운 많은 군인들이 월남을 지원하였다.

1970년대 초, 월남 파병이 극성기를 맞고 있었다. 부산항 군용부두에서는 거의 매일 병사들을 월남으로 실어 날랐다. 부산 시내 중고등학교 학생들은 그때마다 순번을 정해서 동원되어 파월장병 환송식에 참가했다.

어느 날, 중2의 동현이 그러한 환송식에 동원되었다. 부두는 그야말로 인산인해를 이루고 있었다. 어마어마한 크기의 미국 수송선에는 장병들이 이미 다 승선하여 뱃전에서 모자와 손을 흔들고 있었다. 부두에는 손에 손에 태극기와 계급과 이름이 적힌 피켓을 들고 있는 수많은 군인 가족들, 군 관계자들, 그리고 동원되어 나온 중고등 학생들로 장관을 이루고 있었다.

부두 한켠에는 임시 무대가 가설되어 환송공연을 하고 있었다. 무대에서는 이름 모를 한 여가수의 가슴을 후비는 노래가 울려 퍼지고 있었다.

아 - 잘 있거라, 부산항구야,
미스 리도 잘 있구요, 미스 김도 안녕히
온다는 기약이야 있으련마는
기다리는 순정만은 버리지마라, 버리지마라.
아 - 또 다시 찾아오마, 부산항구-야

여가수가 끝부분에 '또 다시 찾아오마'를 처절하게 부르는 것을 듣고 있자니, 마치 저 배에 승선한 장병들을 대변하여 외치는 것 같아 눈물이 왈칵 쏟아지려 했다. 이때 받은 감동으로, 이 노래는 평생 동현의 애창곡이 되었다.

드디어 수송선이 뱃고동을 우렁차게 울리며 육중한 몸을 움직이기 시작했다. 환송식장은 떠나고 떠나보내는 이들의 가슴 북받치는 외침과 울부짖음으로 떠나갈 듯하였다. 학생들은 눈에 눈물을 글썽이면서 학교에서 열심히 배운 '백마부대'와 '청룡부대'의 노래를 불렀다.

나중에 안 사실이지만, 이 수송선에는 동현과 약 10년 뒤에 사회에서 고교 선후배란 인연으로 만나게 되는 백마부대 보병 김태민이 탑승하고 있었다. 그는 외국어대 무역학과에 재학 중 군에 입대하여 졸병 생활을 하다가 월남을 지원하였다. 그가 지원한 것은 다름이 아니고 겨울의 전방생활을 견딜 수가 없어서, 좀 더 따뜻한 근무지를 원했기 때문이었다.

동현의 학교생활은 비교적 만족스런 편이었다. 공부하는 것이 재미있었고, 항상 좋은 성적을 유지하였기 때문에 학교는 훌륭한 도피처가 되어 주었다. 동현은 누구보다도 학교 교육의 영향을 많이 받고 자랐다. 가정 교육이 결손된 상태에서의 학교 교육은 동현을 민족주의자로 만들었다.

가족의 울타리가 튼튼한 아이들은 국가의 울타리를 크게 인식하지 못할 것이다. 가족이라는 울타리가 거의 없었던 동현에게는 국가와 민족이라는 울타리가 강렬하게 와 닿았다. 그것은 아마도 가정이 부실한 상태에서, 어딘가에 소속감을 느껴 고독의 공포를 물리치고 안정감을 얻으려는 인간의 본능적인 지향성 때문인지도 몰랐다.

국사를 배우기 시작하면서부터 동현은 한심한 우리 근대사에 대해 분노와 실망을 금치 못하였다. 구한말의 역사는 너무도 치욕적인 것이었다. 특히 일본의 망나니들이 대궐에 침입하여 민비를 시해한 사건은 생각조차 하기 싫은 끔찍한 것이었다. 동현은 마치 자기 집 안방에서 어머니가 그렇게 당한 것과 같은 느낌을 받을 정도였다.

동현은 과학 과목을 좋아하였다. 수많은 과학적인 현상들이 동현의 호기심을 불러일으키고 있었다. 동현은 특히, 전기 현상에 대해 각별한 흥미가 있었다. 플레밍의 오른손법칙과 왼손법칙은 참으로 신기한 원리였다. 플레밍의 법칙은 자석 주변에서 전선을 움직이면 전선에 전기가 발생한다는 발전기의 원리였다. 동현은 국제 시장 내 전파상에 가서 자석과 전선을 구입해다가 직접 실험을 해 보기도 하였다.

당시 중학교의 과학 과목은 물상(物象)과 생물(生物)로 나누어져 있었다. 물상을 담당하고 있던 총기가 넘치는 젊은 선생님은 학생들에게 아주 자상하게 많은 과학적인 사고방식과 과학에 대한 흥미를 심어주었다. 당시의 척박한 교육 풍토에서 그러한 선생님을 만날 수 있었다는 것이 여간 다행스러운 것이 아니었다.

그 선생님은 어느 날의 수업에서 전기에 대한 것을 설명하였다. 전기를 만드는 곳이 발전소이고, 그것은 기다란 송전선을 통해 우리의 가정까지 전달되는 것이라 하였다. 송전선의 건설에는 많은 경비가 들고 또한 전기 손실이 있다고 하면서, 누군가가 송전선 없이 전기를 수송하는 기술을 발명한다면 아마도 노벨상을 받을 수 있을 것이라고 하였다.

그러면서 그는 "만약에 우리나라에서 그러한 기술이 발명된다면, 우리를 둘러싸고 있는 강대국들인 미국, 일본, 소련, 중공 등이 우리나라를 만만하게 보지 못할 것이다."라는 말을 덧붙였다.

이 말은 동현의 가슴 한구석에 강렬하게 각인되었다. 그때의 영향 때문이었는지, 동현은 나중에 공과대학 전기공학과에 진학하였다. 그런데, 공부를 해 가면서 알고 보니 송전선 없이 전력을 수송하는 기술은 비현실적이었다.

다만 전파라는 형태를 통해 소량의 에너지를 수송하는 기술이 엄청나게 발전하고 있었다. 그것은 에너지 수송이라기보다는 정보의 통신이었다. 그 기술은 계속 발전하여 오늘날의 눈부신 정보통신 시대를 열게 된 것이다.

3

병 못 고치는 병원

• • •

결손이란 꼬리표를 달고 있는 동현은 정서적으로도 많은 잠재적 문제를 안고 있었다. 정서불안을 보여주는 언행이나 분수를 모르는 행동을 할 경우가 많았다. 약간 위태로운 듯한 상황들도 더러 있었지만, 초등학교, 중학교, 그리고 고등학교 초반까지는 그런대로 큰 사고 없이 지나갔다.

학교에서 항상 좋은 성적을 유지하였기 때문에, 학교가 그런대로 편안한 도피처가 되어 주었다. 동현이 고1 때 오랫동안의 심신쇠약과 울화에 시달린 끝에 어머니는 고달픈 한평생을 마감했다. 겉보기에는 그 사건조차도 동현에게 커다란 영향을 준 것 같지는 않았다. 동현은 학교생활에만 충실할 뿐이었다.

일가친척이 거의 없는 상황에서 어머니마저 돌아가시자 동현은 완전히 혼자가 되었다. 가까운 혈육이라곤 출가한 씨 다른 누님 한

분뿐이었다. 동현을 보살펴 주고 싶은 마음은 없잖아 있었지만 자신의 생활도 여유가 없어서 쉬운 일이 아니었다.

고3에 접어들면서 문제는 드디어 물 위로 떠오르기 시작하였다. 어머니의 죽음, 입시의 중압감, 고독감, 그리고 정서불안 등이 겹쳐서 문제를 만들기 시작하였다. 고3 때의 생활은 지옥의 맛을 톡톡히 보여주었다.

아버지는 직장인 은행으로 찾아가야 어렵게 한 번씩 만날 수 있었다. 그때마다 약간의 용돈을 주곤 했는데, 그 이외에는 다른 어떤 보장 같은 것은 없었다. 오히려 자신도 월급쟁이여서 어려울 때가 많다고 하면서 너무 기대려 하지 말라는 눈치를 주는 것 같기도 했다. 정서적 성장이 더딘 어린 동현으로서는 무슨 말을 해야 할지 몰랐다. 무언가를 부탁한다든지, 요구한다든지 하는 것은 엄두도 내지 못하였다.

동현은 어렴풋이 스스로 살길을 찾아야 한다는 마음이 여물어 갔다. 앞날이 안 보이는 어두운 상황에서 오직 서울대학교를 가야 한다는 의지가 굳어갔다. 그것이 자력으로 학업을 계속하고, 또 동현의 꿈을 펼 수 있는 유일한 길인 것으로 판단되었기 때문이었다.

이 길이 아니면 대안이 없다는 절박한 심정 때문에 입시 공부는 처절한 긴장 그 자체였다. 몇 시간씩 공부를 악착같이 하고 나서도 무언가 모자라는 듯한 초조감이 항상 동현을 엄습하고 있었다. 학교를 마치고 돌아와 하숙집에서 저녁을 먹고는 즉시 책상으로 달려가 앉았다. 심지어는 책을 펴놓고 밥을 먹기도 했다. 이러한 습관이 특히 몸을 상하게 하였다. 누군가가 옆에서 "애야, 밥 먹고 그렇게 금방 책상 앞에 앉지 말고 좀 쉬었다가 시작하렴." 하고 가벼운 위로나 걱정의 말 한마디만 해주었어도, 그렇게 고난에 찬 세월을 보내지는 않았을 것이다.

동현의 고3 초기에 위장병 증상이 나타나기 시작하였다. 속에 무엇이 들어앉아 있는 것처럼 거북하고 소화도 잘 되지 않았다. 고민하던 끝에, 아버지를 찾아가 돈을 좀 타내어 병원에 갔더니 위십이지장염이라고 하였다. 처방해 준 약을 복용하고 잠시 증상이 없어진 듯했지만, 얼마 지나지 않아 다시 마찬가지가 되었다.

여름에 접어들면서는 신경쇠약 증상이 나타나기 시작했다. 그것은 처음에 두통으로 시작되었다. 책을 좀 보다 보면 두통이 생기기 시작하였다. 초기에는 책을 잠시 놓으면 괜찮아졌는데 나중에는 한참 동안 책을 가까이하지 않아도 좀처럼 두통이 없어지지 않았다. 두통 때문에 책을 제대로 볼 수 없다는 것은 절박한 수험생인 동현에게는 치명적인 것이었다.

가을에 접어들면서부터는 본격적인 신경쇠약 증세가 나타나기 시작하였다. 신경이 극도로 날카로워져서 주위의 조그만 소음에도 불쾌해지는 경향이 심해 갔다. 잠이 잘 오지 않았고 잠이 들었다 해도 깊게 잠들지 못하였다. 소변과 대변이 자주 마려웠다. 막상 화장실에 가면 배설되는 것이 거의 없었다. 자다가 악몽에 시달려 깨는 일이 잦아졌다.

이 모든 증상들은 입시 날이 가까워지면서 점점 더 심해졌다. 약국에서 가끔 사 먹는 약은 별로 도움이 되질 못하였다. 약국에 가면 약사는 진통제와 안정제가 들어간 약을 지어주면서 "고3이라 책을 안 볼 수도 없고 ……" 하면서 혀를 끌끌 찼다.

누군가가 지나가는 말이라도 "공부가 인생의 전부냐, 몸 생각하면서 공부해야지"라든지, "올해 안 되면 내년에 하면 되지 않느냐"라든지, "서울대 안 가도 먹고 살 수 있으니 그렇게 무리하지 마라"라고 조금이나마 위로해 주었다면 잠시 한순간만이라도 호흡을 가다듬어서 신체에 무리를 경감시킬 수 있었을 것이다.

그러나 모든 것을 혼자 해결해야 하는 고립된 고3 수험생이었던 동현은 병마의 깊은 질곡 속으로 빠져 들어가고 있었다. 나중에는 두통에도 불구하고 책을 붙잡고 있다가 머리가 깨질 정도의 아픔이 느껴져서야 책을 잠시 놓곤 하였다.

불면증은 점점 심해져서 입시 전날까지 동현을 괴롭혔다. 내일이 입학시험인데 12시가 넘도록 잠이 오지 않아서 불안감과 초조감에 시달려야 했다. 몇 시간을 뒤척이면서 괴로워하다가 새벽녘에 가서야 겨우 눈을 잠깐 붙일 수 있었다.

이러한 우여곡절 끝에, 처절했던 입시 준비는 그 결과를 확실히 보여주었다. 동현은 서울공대에 우수한 성적으로 합격했다. 그렇게 나쁜 컨디션으로 그 정도로 실력 발휘를 할 수 있었다는 것이 참으로 신기했다. 참으로 인간은 오묘한 존재였다. 그렇게 고통스럽고 엉망진창인 상황이었어도 노력한 부분은 확실히 결과를 나타내 주었다.

그러나 대학의 합격이 모든 문제의 끝은 아니었다. 입시 전투에서 승리는 얻었지만, 몸은 만신창이가 되었다. 그토록 처절한 전투를 벌였던 것이다. 동현은 그 모든 증상이 입시라는 상황 때문에 생긴 것이었기 때문에 대학에 합격하고 나면 자연스럽게 많이 완화될 것이라고 기대하고 있었다. 그런데 그것이 전혀 그렇지를 않았다.

두통과 불면증은 여전하였고, 오히려 심해지는 듯했다. 게다가 처음 서울생활에서 겪는 문화적 충격도 건강의 악화에 일익을 했다.

동현이 대학에 입학한 1975년은 유신정권의 분수령이 되는 해였다. 대학생과 지식인들은 그 어느 해보다 독재정권에 격렬하게 저항하였다. 학교는 학생들의 데모 때문에 수업을 하는 날보다 하지 않는 날이 더 많았다. 유신정권은 드디어 긴급조치를 발동하여 전국 각 대학을 거의 한 학기 가까이 폐쇄하였다. 여전히 머리가 개운치 않아 공부하기 힘든 상태였던 동현에게는 그것이 오히려 다행스러운 상황이었다.

정치적 인식이 그렇게 발달하지 못한 동현도 바른말 하는 동아일보를 광고탄압하는 데는 분개하지 않을 수 없었다. 그도 동아일보 격려광고 모금에 일조하기도 하였다. 그러나 어디까지나 그는 조국의 과학기술 발전과 번영에 공헌해야 한다는 생각에 가장 큰 비중을 두고 있는 공대생이었다.

대학 생활은 가정교사 입주, 자취, 하숙, 더부살이 등으로 이어졌다. 안정된 주거생활이 거의 없었다. 그런 때문이었는지 건강은 점점 나빠져 갔다. 무엇보다도 머리가 아픈 것이 큰 문제였다. 공부해야 할 것은 많은데 두통이 발목을 잡고 있으니 참으로 난감했다.

견디다 못해 부산의 아버지에게 장문의 편지로 SOS를 치고는 병원비를 좀 타냈다. 의료보험이 없던 시절이라 병원비가 만만치 않았기 때문이었다. 그러고는 서울대학병원에 가서 진료를 받아보리라 결정했다.

처음에 간 곳은 신경과였다. 속이 거북해서 먹고 소화시키는 데도 문제점이 있었지만, 무엇보다도 두통이 문제였기 때문이었다. 북새통 같은 복도에서 한참을 기다린 끝에 만나본 특진 교수 의사는 각종 검사 처방을 해주었다. 혈액검사, 요검사, X-선 촬영 등 갖가지 검사를 받고는 다시 의사를 찾았다. 상세히 말해주지는 않았지만, 검사 결과에는 아무런 이상도 나타나지 않은 듯했다. 나는 이렇게 자각증상이 심하고 고통스러운데 아무런 이상이 없다니, 참으로 답답한 노릇이었다.

나중에 알게 된 사실이지만, 병원에서 이런 경우를 경험한 사람들이 부지기수였다. 본인은 고통스러워 죽겠는데, 검사에는 아무런 이상도 나타나지 않는다. 그런 경우, 의사들은 대개 신경성 또는 심인성이니까 조금 안정을 취하면 좋아질 것이라고 말한다. 그러나 약간의 안정으로 좋아질 병이라면 그렇게 병원에까지 찾아가지도 않았을 것이다.

병원에 찾아온 사람들은 분명히 몸에 이상을 느끼는데, 병원에서는 그것을 찾아내지 못했다. 이런 점에서 볼 때 현재의 종합병원의 검사라는 것들이 인체의 이상을 제대로 밝혀낼 수 없다는 것을 알 수 있다. 그것은 다시 말하면, 현대 서양의학이 아직 인체에 대해 모르는 것이 많다는 것을 의미했다.

신경과 의사는 신경과에서 볼 병이 아니니까 정신과로 가보라고 했다. 그 소리를 듣고 동현은 의아해했다. 비록 몸에 정상이 아닌 곳이 많기는 하지만 사리분별을 못하고 헛소리를 할 만큼 정신이 이상한 것은 아닌데 정신과로 가보라니, 나중에 동현은 정신과라는 곳이 꼭 정신이상자들만 가는 곳이 아니고 동현의 경우처럼, 뚜렷한 이유를 모른 채 신경성 질환을 나타내는 환자들을 다루기도 한다는 사실을 알았다.

정신과에서 처방해 준 약을 먹고 조금 나아진 것 같았다. 두통과 소화불량이 약간 호전된 듯했다. 그러나 약의 부작용이 심한 것이 문제였다. 나중에 알게 된 사실이지만, 처방해 준 약은 진정제나 안정제를 다량 포함하고 있어서 사람이 무기력해지고 또한 자꾸 졸음이 온다는 것이었다. 그 지긋지긋한 증상들이 완화된 것까지는 좋았는데, 부작용 때문에 정상적인 생활을 할 수가 없었던 것이다. 따라서 그 약을 계속 복용하고 있을 수는 없는 노릇이었다.

정신과 특진 의사는 한편으로, 의사와의 대화에 의한 심리치료를 권했다. 특진 의사가 연결시켜 준 레지던트 의사와 일주일에 한두 번씩 만나서 대화를 하는 방식이었다. 나중에 프로이드의 '정신분석 입문'과 기타의 심리학 또는 철학 서적을 읽고 나서 알게 된 사실인데, 이러한 대화식 심리치료라는 것은 프로이드나 융의 정신분석 이론에 기초한 치료법이었다. 그러나 동현에게 있어서 그 심리치료라는 것은 약보다도 별로 도움이 되지 못했다.

시간이 지남에 따라 점점 서양의학에 대한 불신이 쌓여갔다. 질병의 전문가라는 사람들이 병을 제대로 진단도 못하고, 치료도 못하였다. 다른 대학보다 2년씩이나 더 배우고, 또 인턴이다 레지던트다 하면서 다시 몇 년씩 더 학습하는 사람들이 인체와 질병에 대해 이토록 무기력하단 말인가?

동현은 서양의학에 실망한 나머지 한의원을 찾아 나섰다. 진맥을 짚고, 침도 맞고, 한약도 먹어보았다. 한의학은 서양의학보다 나은 것이 별로 없었다.

'사람의 생명을 책임지고 있는 의학이 이토록 허술할 수 있단 말인가.'

동현이 나중에 알게 된 사실이지만, 대개의 경우, 질병의 최선의 치료법은 충분한 안정과 휴식이다. 양심적인 의사들이 자신의 환자들에게 가장 자주 하는 말,

"안정이 무엇보다도 중요합니다." 가 이러한 진리를 반영하고 있다.

그러나 동현에게 있어서(사실은 다른 환자의 경우에도 대부분 그렇다) 그것은 약이나 심리치료보다 더 얻기 어려운 것이었다. 가족도 없고, 주거도 불안정하여 성숙되지 못한 그로서는 정서적·심리적 안정을 얻는다는 것은 불가능한 것이었다.

휴식 역시 마찬가지였다. 학업을 계속하면서 충분한 휴식을 얻을 수는 없었다. 공과대학의 교과과목이라는 것이 하나도 만만한 것이 없었다. 교재는 대부분이 영어 원서여서 충분히 이해하고 학습하는 것은 고사하고 제대로 한 번씩 읽기만 하는 것도 힘겨운 일이었다. 방학 때 시간이 나기는 하였지만, 그때는 또 과외지도 아르바이트하고, 친구 만나고, 놀러 다니고 하면서 안정과 휴식과는 거리가 먼 것들로 분주하게 보내게 되는 것이었다.

4
한국전력 발전소

• • •

동현은 대학 졸업 후에, 당시 우리나라 최대의 기업체인 한국전력에 입사하기로 결심했다. 그것은 한국전력이 외국에서 아직 국산화되지 못한 발전설비를 구입하는 데 외화를 엄청나게 쓰고 있었기 때문에, 발전설비의 국산화에 힘이 되는 것이 조국 근대화와 산업화에 크게 기여할 것이라는 생각에서였다. 민족주의적 기질을 가진 젊은이다운 기특한 생각이었다.

동현의 대학 4학년이 저물어 갈 무렵, 10·26사태가 일어나 박정희 대통령이 사망하였다. 박 대통령은 분명히 조국의 산업화와 근대화에 큰 업적을 남긴 사람이었다. 동현은 박 대통령의 '자립경제'와 '자주국방'의 신념에 그 누구보다도 영향을 많이 받았다. 그러나 말년에는 몸가짐이 흐트러지고, 총기가 흐려져 무리하게 독재를 밀고 나가다 비명에 갔다.

12·12사태가 일어난 것은 동현이 한전연수원에 입소한 직후였다. 이때에도 여전히 동현은 서울의 봄을 믿고 있었다. 3김의 정국 주도와 민주화를 거부하는 군부의 움직임이 있다고는 하지만 민주화를 원하는 전 국민의 여망을 어떻게 거스르겠느냐고 낙관적으로 생각했다. 그러나 세상 경험 많은 직장 동료들은 심상치 않다는 의견을 피력했다.

아무튼 이제 동현에게 중요한 것은 교육을 잘 받아서 훌륭한 발전소 엔지니어가 되는 것이었다. 나중에 5·18광주민주화운동이 일어났을 때는 발전소 교육이 거의 끝나갈 무렵이었다. 그때서야 동현은 신중했던 동료들의 생각이 옳았음을 알았다.

신군부가 정권을 잡자마자 대숙정의 바람이 불었다. 바람은 동현이 이제 갓 입사한 국영기업체인 한전에도 불었다. 전 직원의 사표를 받는다는 것이었다. 이제 막 입사했는데 사표를 받다니, 이게 무슨 어린애 장난 같은 짓이야. 그러나 곧 극소수의 불운한 희생양을 제외하고는 전 직원의 사표는 반려되었다.

직장의 현실은 동현이 생각하는 것과는 달랐다. 사회에 대해 뭘 잘 모르고 있었던 것이다. 동현의 조국 근대화와 산업화에 기여하겠다는 기특한 생각은 하나의 이상에 불과하였고 현실로 이어지지는 못했다. 당시 한국전력의 정책상 신입사원에게는 사상 최장기간의 교육을 시키게 되어 있었다. 동현 역시 연수원, 변전소, 발전소를 거치면서 장장 6개월 동안의 교육을 받았다. 발전소에 대해서는 박사가 된 듯한 기분이었다.

당시 한전은 전 세계 발전설비의 전시장과도 같았다. 미국, 영국, 프랑스, 독일, 일본 등 각국의 발전설비가 들어와 있었다. 그것은 한국이 거대한 자본이 들어가야 하는 발전소를 지을 기술과 자본이 모두 없기 때문이었다. 각국은 차관을 공여하면서 자국의 발전설비를 판매했다. 그것은 선진국이 후진국에 플랜트를 판매하는 일반적인 전략이었다.

교육이 끝나고 평택화력발전소로 배치되었는데, 거기서도 근무의 형태는 교육과 다를 것이 없었다. 최신예 발전소에 대한 실무운전 교육이었다. 이만하면 알만치 알았다 싶은데도 도대체 일정한 일을 주지 않는 것이 답답했다.

동현은 평택화력에 근무하면서 보충역 훈련을 마쳤다. 동현은 징병검사에서 보충역 소집면제 판정을 받아 4주간의 훈련만 받게 되어 있었다. 병역법에서는 동현과 같은 태생의 젊은이는 현역병으로 받아주지 않았다.

많은 발전소를 돌면서 교육을 받은 끝에 절실히 느낀 점은 일본의 기술력이 대단하다는 것이었다. 당시 한국에는 발전설비를 제작하는 기업체가 하나도 없었는데, 일본은 미쓰비시, 히다찌, 도시바 등 세계적인 발전설비 메이커가 즐비하였다. 특히, 일본이 지은 발전소는 저렴한 건설비에 비해 성능이 우수하여, 고장이 적고 효율이 좋은 것으로 정평이 나 있었다. 따라서 한전은 일본의 발전설비를 매우 선호하고 있었다.

대단히 무서운 현실이었다. 우리가 일본이 싫다는 감정만 내세우고 있을 때가 아니었다. 일본은 실력과 힘으로 다시 한국의 산업과 경제를 공략하고 있었다. 일본도 초기에는 미국과 유럽의 기술을 도입할 수밖에 없었지만, 이제는 그들의 기술 종속에서 벗어나 오히려 그들을 능가하는 독자적인 기술을 구축하고 있었다.

그런 현실을 뼈저리게 인식할수록 동현은 마음이 급해졌다. 우선 발전설비 분야에서만이라도 일본을 극복해야겠다는 초조감이 들기 시작했다. 동현은 발전소의 구석구석을 유심히 관찰하였고, 퇴근해서는 발전소 기술에 관련된 책을 열심히 들여다보았다. 그러나 이러한 태도가 동현의 시원찮은 건강을 더 악화시키는 원인이 되었다.

참다못해 동현은 본사의 요직에 있는 대학 선배에게 본사의 국산화과로 보내달라고 부탁했다. 발전설비의 국산화에 이 한 몸 불살라 보겠다는 의지를 전했다. 선배는 힘써 보겠다고 긍정적으로 답해 주었지만 시간이 한참 지나도 소식이 없었다.

거대한 한국전력의 조직은 조그만 개인의 포부와 인사발령에는 관심이 없는 듯했다. 국가 산업현장에서의 중요한 역할에 대한 기대감에 차 있던 성질 급한 젊은이로서는 참아내기 힘든 세월이었다. 게다가, 그리 좋지 못한 건강이 차분한 인내를 어렵게 했다. 참으로 묘한 현상이었다. 건강이 좋지 못한데 마음은 조급해져서 하루속히 무언가 중요한 일을 해야 한다고 다그치고 있었다.

때마침, 어떤 고교 선배가 사업을 시작하면서 발전소에 정통한 후배 엔지니어를 찾고 있었다. 김태민이라고 하는 그 선배의 정보망에 동현이 포착되었다. 동현은 그 선배를 롯데호텔 지하 일식집에서 처음 만났다.

선배는 생전 들어보지 못했던 샤브샤브라는 요리를 주문하였고, 아울러 전에 마시다 남겨 둔 위스키를 청했다. 식사를 마치고 그는 동현을 롯데호텔 1층의 바로 데려가 칵테일을 주문했다. 그는 계산을 할 때마다 수표를 꺼내며 상당한 재력을 과시했다. 이런저런 이야기 끝에 그가 말했다.

"나는 자네가 마음에 들었는데, 자네는 어떤지 모르겠군. 자네 원하는 조건대로 해줄 테니 나와 같이 일해 보세."

1981년 봄, 그 선배의 간곡한 권유로 동현은 한전에 사표를 내고 그의 사업에 합류했다. 알고 보니 그는 동현과 비슷한 출생의 배경을 갖고 있는 고교 10년 선배였다. 놀랍게도, 그 역시 건강이 좋지 못했다. 완력은 좋은 편이었지만, 속이 여기저기 좋지 못했고 폭음을 하는 습관이 있었다. 또한 동현과 마찬가지로 추위를 많이 타고 손발이 차서 겨울에는 여간 고생을 하는 것이 아니었다. 동현은 그런 선배에게 연민의 정과 동지 의식을 느꼈다.

그는 육군 일등병 시절 월남 참전을 자원했다. 자원의 이유는 무엇보다도 졸병으로서 겨울을 나기가 너무 힘들었기 때문이었다. 전쟁터인 월남에 가면 죽을지도 모르는데 자원했다. 죽을 가능성보다 당장의 추위가 더 무서웠던 것이다.

훨씬 뒤에 알게 된 사실이지만, 그는 소설가 황석영 씨의 명저 『무기의 그늘』에 나오는 주인공의 모델이었다. 정확히 말하자면, 그 주인공과 거의 같은 형태의 군 복무를 했다. 그것은 주월연합군사령부의 군범죄수사대(CID)였다. 그는 육군 보병 일등병으로 월남행 미군 수송선에 승선했다가, 수송선에서 실시한 영어 시험에서 전체 수석을 하여 CID요원으로 차출된 바 있다.

주월연합군과 군속의 범죄는 대개 전쟁 물자와 관련된 것이었다. 무기, 군수품, 식량 등을 빼돌려 민간시장에 내다 팔거나 베트콩에 제공하는 것이었다. CID요원들은 군수물자를 민간시장으로 빼돌리는 군인 또는 군속을 수사하면서 그들 자신이 부정에 합세하기도 한다. 빼돌린 물자를 압수하여 개인적으로 착복하거나 부정을 눈감아주면서 일정량을 배당받는 식이었다.

CID요원들은 베트콩과 거래하는 군인 또는 군속들 또는 미국에 이익이 현저하게 방해가 된다고 판단되는 월남 정치인, 관리 등을 암살하는 작전을 하기도 했다. 김태민도 나중에 동현에게 술이 엉망으로 취한 상태에서 자신도 이러한 작전에 참가하여 권총의 방아쇠를 당긴 적이 있다고 실토하였다.

『무기의 그늘』에 나오는 주인공 안영규는 처음에는 엄청난 비리에 동참하는데 심한 거부감을 갖는다. 그러나 어쩔 수 없이 전임자들이 했던 것과 똑같이 임무를 수행한다. 그 자신에게로 돌아오는 배당도 받는다. 사람을 죽이는 작전도 한다. 전임자들은 상상을 초월하는 엄청난 부를 챙겨가지고 본국으로 돌아갔다. 이성이 지배하는 인간인 안영규는 고참이 되면서 그런 짓을 삼가기 시작한다. 그는 월남 복무를 마치고 완전히 빈손으로 귀국한다. 그는 귀국하면서 맹세했다. '월남에서 있었던 일은 완전히 잊어버리자'고.

소설 속 주인공 안영규와는 달리 김 선배는 엄청난 부를 챙겨가지고 귀국했다. 추위를 피하기 위해 자원한 월남에 가서 뜻밖에 횡재를 했던 것이다. 일반 보병으로 가도 한밑천 잡아오는 곳이 월남인데, CID요원으로서 오랫동안 조직적으로 챙겼으니 오죽했겠는가. 다만, 그 역시 안영규와 마찬가지로 월남에서 있었던 일은 좀처럼 다른 사람에게 이야기하지 않았다.

울산 출신인 그는 일찍이 청운의 꿈을 품고 부산고등학교로 진학했다. 그러고는 다시 대망을 품고 서울법대에 도전했다. 낙방한다는 것은 가정조차 해 보지 않았다. 자존심과 야망으로 똘똘 뭉친 사나이였다. 그러나 그는 서울법대에 낙방하고 처절한 쓴맛을 경험했다. 외대 무역과에 들어갔던 그는 학교 다니는 데 흥미를 못 붙이고 딴 짓으로 겉돌다가 일찌감치 군에 입대했다.

월남에서 엄청난 돈을 벌어 귀국한 그는 복학은 뒷전으로 미루고 돈을 물 쓰듯 쓰기 시작했다. 당시 그가 돈을 쓰고 다니는 모습을 본 사람들은 모두 여느 재벌 2세 못지않았다고 했다. 밤마다 호텔 나이트클럽을 드나들어 서울 시내 나이트클럽의 웨이터와 댄서 아가씨들이 그를 모르는 사람이 없을 정도였다. 한동안 매일 양복을 한 벌씩 맞추어 입을 때도 있었다. 이때 나이트클럽과 양복점에 돈을 얼마나 뿌렸었던지, 나중에 그가 사업을 하면서 급한 돈이 필요할 때면 웨이터와 양복점 주인에게서 돈을 빌릴 수 있을 정도였다.

돈을 주체하지 못한 그는 사업을 하기 시작했다. 1970년대 초반에 한창 붐을 타고 있던 봉제공장 사업이었다. 그러나 경험이 없는 젊은 사람의 사업은 그 많던 돈을 거의 다 삼켜버렸다

할 수 없이 취직을 했다. 일본 종합상사인 미쓰이(三井)의 한국 지사였다. 당시 미쓰이는 한국전력에 일본 메이커의 발전설비를 판매하는 대리점 역할을 하고 있었다. 그는 미쓰이에서 일본종합상사를 공부할 수 있었다. 일본은 메이커와 상사와의 분업이 잘 되어있는 나라였다. 메이커는 좋은 제품을 열심히 만들었고, 상사는 그것을 어떻게든 많이 팔아 주었다.

그는 여기서 처음으로 발전설비에 대해 알았고, 그 엄청난 투자규모에 놀랐다. 발전소 1기에 몇억 달러가 투자되었고, 공급권을 따

기 위한 전 세계 메이커들의 경쟁도 치열하였다. 발전소 수주는 웬만한 경제 실력자로서도 안 되고, 대통령과 줄이 닿아야 한다는 말도 들렸다. 그래서 과거에 발전소 수주를 둘러싼 엄청난 정치자금 의혹이 항상 붙어 다녔던 것이다.

덩치가 큰 만큼 상사에 떨어지는 커미션도 상당했다. 발전설비 중개의 엄청난 커미션에 자극을 받은 그는 또다시 야심이 발동했다. 그는 미쓰이에 사표를 내고 발전설비 판매대리점 사업을 하기 시작했다. 발전설비 오퍼(offer)의 요령을 익힌 그가 이익을 직접 챙기기 위해서였다. 그러나 발전설비에 대한 세부적인 지식이 없는 그로서는 엔지니어가 필요했고, 거기에 동현이 포섭된 것이었다.

당시 한전은 충남 보령에 대규모 화력발전소 단지를 계획하고 있었다. 돈이 없는 한전은 이 계획을 IBRD(세계개발은행) 차관을 바탕으로 추진하였다. 차관을 제공하기로 결정한 IBRD가 내세운 조건은 세계 어느 나라도 배제하지 않는 국제경쟁입찰을 해야 한다는 것이었다. 따라서 한국 시장에 납품 경력이 없는 업체에게도 기회가 있는 입찰이었다.

김 선배는 바로 이것을 노렸던 것이다. 국내에 진출한 경험이 있는 각국의 유수한 업체는 모두 국내에 대리점을 개설하고 있었다. 따라서 김 선배는 국내 진출 경험이 없는 유수한 업체의 대리점권을 노렸다. 게다가 발전소 건설 경력이 붙은 한전은 이 사업에서 최초로 발전설비를 16개의 패키지로 나누어 분할 입찰을 시도하였다. 따라서 적당한 업체와 연결되기만 하면 김 선배에게는 16회의 기회가 있는 셈이었다. 이 기회에서 어느 하나라도 성공하기만 하면 바로 안정적인 기업이 될 수 있었다. 그 까닭은 우선 발전설비중개로 거액의 커미션이 들어올 것이고, 아울러 그 설비의 향후의 보수유지품 공급이 모두 대리점을 통해서 이루어져서 매년 안정적 수입이 보장되기 때문이었다.

동현은 한전에서 6개월 동안 이론과 현장 교육을 두루 받아서, 발전설비에 대해서는 훤하였다. 거기에다가 학창 시절 갈고 닦은 영어 실력을 더하여 전 세계 발전설비 메이커에 보낼 편지를 작성했다. 편지에는 한전의 보령화력발전소 건설계획, IBRD의 차관 공여 조건, 그리고 약간 과장된 김 선배의 발전소 오퍼 경력을 설명함으로써 함께 입찰에 참여하자는 권유의 내용을 담고 있었다.

김 선배는 동현이 작성한 영문 편지를 보고 놀랐다. 공과대학 출신이 어떻게 그렇게 영문 편지를 잘 썼는지 믿어지지 않을 정도였다. 외국의 유수한 발전설비 메이커가 그 편지를 받기만 하면 바로 대리점권을 주겠다고 나올 것 같았다. 영어에 일가견이 있는 자신이 보기에도 그것은 명문이었다. 사업 초기에 불안한 생각을 갖고 있던 김 선배는 사람을 제대로 만났다는 생각에 안도의 한숨을 쉬었다.

김 선배의 예상대로, 동현의 편지로 인해 한국 시장에 관심이 없던 많은 발전설비 메이커들이 처음으로 한국 시장을 노크했다. 그것은 발전설비 입찰에 각국의 더 많은 경쟁업체를 끌어들여 구입가를 낮추는 공헌을 했다. 나름대로 보람을 느낄 수 있는 애국적 사업이었다.

김 선배는 뛰어난 영어회화 실력을 갖추고 있었다. 그것은 주월미군 CID에서 미군 장교들과 함께 지내면서 갈고 닦은 남다른 실력이었다. 김 선배는 끊임없이 한국을 방문하는 외국 발전설비 메이커

영업담당자들을 구워삶았다. 그는 또한 한전 고위층과 실무진을 상대로 접대를 게을리하지 않았다. 아울러 끊임없이 정계의 실력자에게 줄을 대려 시도하였다.

김 선배는 제5공 정권이 출범한 그때를 자신의 기회라고 보았다. 고교 선배들이 대거 정부 요직에 진출했기 때문이었다. 부산고 19회 졸업생인 그는 술자리에서 입버릇처럼 말했다.

"부고 10회가 정권을 잡은 거나 마찬가지야. 이 정권이 7년은 가게 되어 있으니까, 이때 한몫 잡아 놔야 된다구."

당시 정권의 핵심에 있던 3허씨 중에 누가 부고 출신이라는 것은 알만한 사람은 다 아는 일이었다. 그들의 힘을 증명이라도 하듯이, 그 해의 국회의원 선거에서 부산고 출신이 사상 최다수가 국회로 진출하였고, 그 대부분이 10회 출신이었다.

그의 로비와 요인 접대가 주효했는지 또는 동현의 능력이 밑받침이 되었는지, 아무튼 그는 사업 초기의 어려움을 극복하고 자리를 잡았다. 세계 유수의 발전설비메이커 몇 군데와 대리점 계약을 맺었고, 발전설비 입찰에서 몇 건을 성사시켜 상당한 액수의 커미션도 챙겼다.

그런데 김 선배는 애초에 동현과 했던 약속을 지키지 않았다. 이런저런 핑계를 대면서 애초에 약속했던 보수와 근무 조건을 지키지 않았다. 그는 삼류 장사꾼의 나쁜 습성을 갖고 있었다.

그는 공공연히 말했다.

"받을 돈은 빨리 받고, 줄 돈은 가능한 한 최대한 늦추어 주는 거야."

그는 또한 가끔씩 강자에게 약하고, 약자한테는 강한 모습을 보였다. 분수를 넘는 낭비벽도 있었다.

요인 접대를 한답시고 인사동 요정에 가서 하루 저녁에 30~40만원씩을 쓰면서 타이피스트 여직원 월급 12만원이 너무 많으니 어쩌니 하는 것이었다. 당시 대기업체 대졸 신입사원의 초임은 월 20만원 정도였다. 타이피스트 미스 김은 동현을 오빠처럼 의지하면서 잘 따르는 편이었다. 동현이 한 번은 술자리에서 정의감을 발휘하여 그러한 부조리를 지적하였다.

"하루 저녁에 수십만 원씩 날리시면서, 한 달 내내 부리는 여직원 월급 1만원 올려주는 것은 왜 그리 벌벌 떠십니까? 미스 김 월급 좀 올려 주십시오."

그러자 그는 버럭 화를 내면서 말하였다.

"내 돈 내가 알아서 쓰는데, 주제넘게 웬 참견이야!"

그 선배와의 몇 차례의 불화 끝에 동현은 결국 그의 곁을 떠났다.

5

호남정유 공장

• • •

'엎어진 김에 쉬어간다'고, 동현은 직장을 그만둔 김에 건강을 추스를 겸 한참을 쉬었다. 그러다가 건강도 좀 나아진 듯하고, 형편도 어려워지고 해서 다시 취업을 시도하였다.

1981년 가을, 마침 한미 합작회사인 호남정유에서 경력사원 모집 광고가 있었다. 기름회사 보수가 높다는 것은 익히 들어왔던 터이고, 게다가 한미합작회사라 배울 것도 많으리라 생각되었다. 전공 및 영어 테스트와 면접을 거쳐 꽤 치열한 경쟁을 뚫고 합격했다. '전기설계직 경력사원 모집 ○명'이라고 했었는데, 알고 보니 그게 단 1명이었고, 지원자는 수십 명에 달했었다.

호남정유는 공장이 여천석유화학단지에 자리 잡고 있었다. 서울 본사와 여천의 공장은 직원 수가 엇비슷하였다. 석유화학공장은 대개 장치산업이라서 다른 제조업체와는 달리 생산직 블루칼라가 상대적으로 적었다. 동양 최대 규모라고 하는 여천단지에는 60년대 말 호남정유를 필두로 에틸렌, PVC, 합성고무 등의 계열 산업체가 줄줄이 들어섰다.

정유회사는 역시 소문대로 대우가 좋았다. 정유회사의 봉급 수준은 당시 국내 최고라고 하는 대기업체 수준의 2배에 달하고 있었다. 정유회사는 사우디아라비아, 쿠웨이트, 이란 등의 중동 국가에서 원유를 수입해다가 휘발유, 경유, 중유 등으로 정유를 해서 판매하는 회사이다. 국가가 정책적으로 이익을 보장해 주는 업종이기 때문에 대우가 좋을 수밖에 없었다.

한미합작 정유공장의 풍경은 어릴 적 부산에서 보았던 미군부대를 연상시켰다. 공장 사택단지의 관리자 사택은 미군부대의 장교사택과 같은 형태의 전원 주택이었다. 전용 비행기와 전용 비행장이 있었고, 잔디 구장이 있었다. 동현은 태어나서 처음으로 잔디 구장에서 축구 경기를 해 보았다.

모든 경영 방식이 미국식이었고, 대부분의 문서는 영어로 작성되었다. 동현은 미국식 기업 조직의 치밀함과 정유 플랜트의 웅장함에 놀랐다. 19세기 텍사스에서 시작된 미국 석유산업의 유구한 전통과 노하우에 감탄하였다. 석유산업에 대한 감탄이 쌓여감에 따라 민족적 열등감이 생기기도 했다.

동현은 일찍이 구미 과학기술의 경이로움에 감탄해 마지않은 바 있었다. 동현이 고등학교에 다니던 1970년대에는 '교련'이라고 하는 군사교육 과목이 있었다. 제식훈련을 받고, 총검술을 익히는 과목이었다. 총검술 훈련은 진짜 총이 부족하여 목총으로 하였다.

그런데 교련의 또 하나의 필수적인 학습인 총기 분해조립은 진짜

총으로 하지 않을 수 없는 과정이었다. 그래서 각 학교에는 한 학급 인원수 정도의 M1소총이 배당되어 있었다.

처음 M1 소총을 분해 조립하면서 동현은 부품 중의 하나인 방아틀 뭉치의 놀라운 정교함에 감탄을 금하지 않을 수 없었다. 방아쇠의 작동을 위해 그런 정교함이 필요하다는 것과 강철을 그렇게 정교하게 가공할 수 있는 기술에 대해 놀란 것이다. 그것은 하나의 예술작품이었다. 아직 우리가 이런 것을 만들지 못하고 있다는 것이 안타까웠다. 몇 년 후 방위산업이 육성되어 M1보다 성능이 훨씬 우수한 M16을 생산할 수 있게 되었다는 소식을 접하게 되었다.

대학 졸업 후, 첫 직장인 한국전력에서 발전소의 보일러를 접하고 다시 M1 때와 비슷한 감동을 받게 된다. 입사하고 난 직후 6개월 동안 발전소 교육을 받는 과정에서, 현장 교육 시간에 화력발전소라는 데를 처음 가보았다.

거기에는 터빈과 발전기를 돌리는 증기(蒸氣)를 생산하는 핵심설비인 보일러가 있었다. 그것은 실로 하나의 기적과도 같은 장관이었다. 높이가 10층 건물 정도 되는 웅장한 건축물에, 손가락만한 두께에서 어른 키만큼의 두께에 이르는 각종 굵기의 파이프, 수백 수천 가닥으로 달리는 전선, 그리고 각종 기계설비·계측장치가 엄청나게 복잡하게 들어차 있었다.

파이프나 전선들을 그냥 복잡하게만 얽어 놓으라 하면 아무나 할 수 있을 것이다. 그러나 그것은 증기 터빈이 필요로 하는 좋은 품질의 증기를 정확하게 생산해 내는 설비이다. 그리고 증기 터어번은 발전기를 돌려 전기를 생산할 수 있게 한다. 사람이 그렇게 복잡한 설비를 설계하였다는 것과, 그런 도면상의 설계가 실제로 현실로 옮겨졌다는 것이 모두 믿어지지 않을 정도였다.

그렇게 해서 생산된 전기는 오늘날 인류의 생활을 역사상 그 어느 시대와도 비교할 수 없는 전기문명의 시대를 만들고 있는 것이다. 당시까지만 해도 보일러를 비롯한 발전소의 주요 설비기술이 모두 미국, 유럽, 그리고 일본에 있었다.

호남정유 여수 정유공장에서도 서구 과학기술에 대한 감탄이 이어지기는 매 한 가지였다. 정유공장은 중동에서 수입해온 원유로부터 LPG, 휘발유, 등유, 경유, 벙카-C유, 아스팔트 등을 뽑아낸다. 원유에서 그러한 것들을 뽑아낼 수 있다는 것을 어떻게 알았을까?

그러한 각종 유류는 원유증류탑(原油蒸溜塔 : crude column)을 비롯한 복잡한 여러 장치를 거치면서 차례로 만들어져 나온다. 그러한 생산품들은 오늘날 우리 일상생활의 거의 모든 부분, 즉 교통, 난방, 취사 등등에 필요한 연료가 되고 있는 것이다.

대학 졸업 후 사회생활이 해를 더해가면서 서구 과학기술의 위대함에 대해 감탄을 금치 못해 왔고, 상대적으로 낙후한 우리의 현실에 대해 아쉬움과 열등감이 끊임없이 생겨나곤 했다. 도대체 한민족 반만년 유구한 역사라고 하는데 조상들이 해 놓은 것이 무엇인가.

서구의 저 친구들이 저렇게까지 발전해 오는 동안 우리는 도대체 무엇을 하고 있었단 말인가? 우리에게 이렇다 할 전통이 있다면, 그것은 무엇인가?

그럼에도 불구하고, 최근 한국은 급속한 근대화와 산업화를 이루어 서구의 과학기술과 문명을 많이 따라잡았다. 뒤늦게 출발한 우리가 이렇게 짧은 시간에 이 정도나마 이룩해 놓은 것은 바로 우리 민족의 저력을 보여주는 것이었다.

그러나 동현은 민족의 저력이 그저 선진국을 따라잡는데 만족할 정도만은 아니라고 믿었다. 그러한 믿음은 민족주의적 성향을 지닌 동현에게 있어서 선천적인 것이었지만, 한동안은 오히려 서구의 과학기술에 대한 존경만 쌓여갔다.

그러다가 동현의 사회생활이 해를 쌓아가면서 그 경이적인 서구의 과학기술에 어떤 허점이 있다는 의문이 들었다. 그리고 그러한 허점을 메꿀 수 있는 지혜가 다름 아닌 동양의 정신과 전통의학에 담겨 있지 않은가 생각하였다.

호남정유 여수 공장은 건강이 좋지 않은 동현으로서는 비교적 다행스러운 안정된 직장이었다. 서울의 번잡한 생활과는 달리 차분함과 여유를 얻을 수 있었다.

공장에 근무하게 된 후 얼마 지나지 않아 동현은 공장의 난제(難題) 하나를 해결하는 공을 세웠다. 당시 호남정유 여수공장은 하루에 원유 38만 배럴을 처리할 수 있도록 제3차 확장공사가 마무리되고 있었다. 그런데 3차 확장공사와 1차 및 2차공사와의 전기(電氣)와 제어(制御) 연결 작업이 필요한데 그것이 하도 복잡하게 얽혀 있어서 기존 멤버들이 엄두를 못 내고 있었다. 회사에서는 외부의 엔지니어링사와 1억원에 계약하고 해결을 맡겼지만, 그들도 도중에 손을 들고 말았다.

동현이 그 과업을 맡아 몇 달 만에 깨끗하게 마무리지었다. 동현도 처음에는 어디서부터 풀어야 할지 난감하였다. 동현은 공장에 하루 종일 틀어박혀서 참고가 되는 문서와 설계도를 모조리 검색하였다. 문서 및 설계도의 검토와, 설계도에 따른 현장 조사를 반복하면서 길이 보이기 시작하였다. 드디어 완전한 감을 잡고는 설계에 들어갔다. 설계가 끝나고 공장의 건설팀에서 난색을 표했기 때문에 외주업체에 공사를 맡겼다. 불과 몇 주만에 공사를 마무리하고 성공적인 시운전을 마쳤다.

1억이 들어가야 할 프로젝트를 말끔하게 해치웠던 것이다. 그로 말미암아 동현은 특별 보너스와 특별휴가를 얻었다. 아울러 상사들로부터 신임을 받아 편안한 직장생활을 할 수 있었다.

동현은 '칼'이라는 대학교 때 얻은 자신의 별명이 허황된 것이 아니라는 것을 다시 한 번 느꼈다. 무슨 문제가 생겼을 경우 칼같이 해결을 잘 한다고 하여 얻은 별명이었다. 동현은 분명히 다른 사람 눈에는 잘 보이지 않는 것을 볼 수 있는 능력이 있었다.

한미 합작회사였던 호남정유는 모든 경영체제가 서구 방식으로 되어 있어서 배울 것도 많았지만 은근히 거부감을 일으키기도 하였다. 회사의 분위기가 타고난 민족주의자인 동현으로 하여금 은근히 우리 고유의 전통에 뭐 좋은 것이 없나하고 찾아보게 만들었다.

그러한 성향이 동현의 좋지 못한 건강과 맞아 떨어져서 찾게 된 것이 전통 생활문화와 전통의학이었다. 직장생활 속에서 얻은 여유는 자연히 자신의 문제를 해결하는 쪽으로 집중되었고, 그것은 스스로 건강법과 의학을 공부하여 자가치료를 해봐야겠다는 생각으로 이어지게 되었다.

우리의 전통의학은 소박하고 인간미가 있어 보였다. 서양의학처럼 거창한 것은 없지만, 또한 비인간적인 무자비한 면도 없었다.

한의학에 대한 책을 구해서 독학을 하고 나서부터 한약과 침구만이 전통의학의 전부가 아니라는 것을 알게 되었다. 한의학의 밑바탕에는 우리의 전통적 생활문화와 또한 우리의 고유사상이기도 한 동양 전통사상이 깔려 있었다. 그 동양 전통사상은 다름아닌 유교(儒敎)와 불교(佛敎)와 도교(道敎)의 가르침이었다. 동현은 새삼 유-불-선에 대해서 관심을 갖기 시작하였다.

동현은 점차로 유-불-선에 인간에 대한 대단히 중요한 지혜가 담겨 있다는 것을 깨닫게 되었다. 그러한 믿음이 생기는 데 결정적으로 기여한 것은, 미국인 저술가가 쓴 책이었다. 그 책은 미국 캘리포니아 버클리대학의 물리학자인 프리초프 카프라(Fritjof Capra) 교수가 쓴 「Tao of Physics」로서 한국에는 「현대물리학과 동양사상」이란 제목으로 번역돼 나와 있었다. 카프라교수는 이 책에서 현대물리학의 성과와 동양사상 사이에 상당한 유사점이 있다는 것을 주장하고 있었다.

현대물리학이란 서구 최고의 두뇌들이 20세기 상반기 동안 이룩한 물리학의 성과를 집대성한 것이다. 상대성이론, 양자론, 우주론, 소립자론 등으로 이어지는 현대물리학은 인류가 이룩할 수 있는 지성적 업적 중에서도 최고 수준의 것들이라 할 만한 것이다. 그것은 극도로 미세한 소립자로부터 광대무변의 우주에 이르는 법칙을 웅장하고도 정교한 아름다움으로 기술하고 있다.

그런데 그렇게 대단한 현대물리학의 개념들이 이미 수천 년 전에 성립된 동양사상의 개념들과 닮아 있다는 것이다. 이거야말로 방향을 크게 전환시키는 신선한 충격이 아닐 수 없었다.

불교의 경전 반야심경(般若心經)에는 '색즉시공, 공즉시색(色卽是空, 空卽是色)'이란 유명한 구절이 있다. 글자 그대로 해석하면, 물질이 곧 공간이고, 공간이 곧 물질이라는 말이다. 상식적으로 말이 안 되는 소리이다. 그런데 그것은 바로 소립자의 세계에서 일어나는 현상이었다. 가장 낮은 수준의 소립자인 쿼크란 것은 물질인 듯하다가는 공간이 되고, 공간인 듯하다가는 다시 물질의 성질을 띤다.

도교의 고전인 도덕경(道德經)의 첫머리는 이렇게 시작되고 있다. '도라고 할 수 있는 것은 참된 도가 아니고, 이름을 붙이면 이미 참된 이름이 아니다(道可道 非常道, 名可名 非常名).' 이 역시 무슨 말인지 이해가 안 되는 말이다. 그런데 알고 보니 이 역시 소립자의 세계에서 일어나는 현상이었다. 즉 유명한 '소립자와 게이지의 상호작용' 현상이라고 알려져 있는 것이었다. 소립자를 게이지로 측정하고자 하면 소립자는 변형되어 버린다. 따라서 게이지로 소립자를 정확하게 측정하는 것은 불가능하다. 따라서 게이지로 억지로 측정된 소립자는 참된 소립자는 아닌 것이다.

아인슈타인의 상대성이론에서는 종래의 물리학에서 이론의 여지가 없던 '시간의 절대성'에 이의를 제기하고, 시간이 경우에 따라서 지체될 수 있다는 도발적인 이론을 제시하였다. 그는 물체가 광속도(光速度)에 가까운 속도로 이동하면 시간의 지연이 눈에 띄게 나타난다고 하였다. 따라서 광속도에 가까운 속도의 로켓트를 타고 우주를 여행하고 지구에 다시 돌아요면, 지구에 있던 사람들이 훨씬 더 늙어버린 것을 알게 된다고 하였다.

아마도 대부분의 사람들에게 있어서 어렵게 그 책의 책장을 넘기고 나서 얻는 느낌은, 무언지 확실하게는 잘 모르겠지만, 동양사상의 심오함과 현대물리학의 휘황찬란한 법칙들 간에 어떤 연결성이 있다는 사실일 것이다.

동양사상에 대해 관심을 갖기 시작하면서, 동현은 인간과 생명에 대한 새로운 지혜를 얻을 수 있었다. 그렇게 소중한 지혜를 왜 이제사 알게 되었는가? 학교에서는 왜 그것을 제대로 가르치지 않는가?

그런데 어처구니없게도, 그러한 지혜가 생기면서 동현의 몸은 더욱 나빠지게 되었다. 지혜를 얻기 위해 독서의 폭을 넓혀가다 보니 그것이 또 하나의 무리가 되었던 것이다. 지혜는 쌓여 가는데 몸은 점점 쇠약해 갔다.

동현의 지혜가 스스로 만족할만한 완전한 것이 아니었기 때문에 도중에 그만둘 수도 없었다. 참으로 풀기 힘든 딜레마였다.

6

단전호흡

• • •

그런 딜레마 속에서 헤매고 있던 어느 날이었다. 언론에서는 어마어마한 사건을 보도하고 있었다. 누가 부산 미국문화원에 불을 질렀다는 것이었다. 미국에 대해 존경과 혐오의 감정을 동시에 갖고 있던 동현에게 있어서도 그것은 하나의 사건이었다. 하지만 동현의 방식은 그것이 아니었다.

'미국을 극복하기 위해서는 차분하게 국력을 신장시켜야 한다. 우선 발전소, 제철소, 정유공장, 전자산업 등의 산업기술이 어느 정도 기틀을 잡아야 한다. 그리고 우리 전통에서 그들을 압도하는 것을 찾아내어 발전시켜야 한다.'

들리는 말로는 방화자들이 5·18 광주민주화운동 당시 신군부의 편을 든 미국의 책임을 묻기 위해 저지른 일이라고 하였다. 그러나 언론 보도는 그 이유가 타당한가 아닌가에 대해서는 일절 말이 없었다.

아무튼 그 사건은 미국의 안이하고 오만한 성향에 대해 경종을 울리는 사건이었다. 그리고 제5공화국의 서슬 퍼런 정치에 대해 정면으로 도전을 한 최초의 사건이었고, 이후의 민주화운동에 커다란 영향을 끼친 사건이었다.

이즈음 매년 봄가을에 노조에서 주최하는 〈테니스대회〉 공고가 나붙었다. 호남정유에서는 테니스가 가장 대중적인 스포츠였다. 무엇보다도 회사 경영층 인사들이 테니스를 좋아하였기 때문에 자연히 직원들 사이에서도 테니스가 인기 스포츠로 자리 잡았다. 호남정유는 사내 여기저기에 많은 면수의 전용 테니스코트를 갖추고 있었다.

힘들고 우울한 나날을 보내던 동현은 테니스대회가 활기를 되찾을 수 있는 계기가 되기를 기대했다. 아침저녁으로 테니스코트에 나가 공을 쫓아다니면서 뛰었다. 참가 준비를 적극적으로 하는 것만으로도 한결 컨디션이 나아진 듯하였다.

테니스대회는 A조와 B조로 나누어 개최되었다. 그리고 각 조는 다시 단식과 복식으로 나뉘었다. A조 참가자들은 거의 선수 수준에 가까운 실력자들이었다. 생산부의 힘 좋은 친구들이 A조 참가자의 대다수를 차지하고 있었다.

늘 그랬듯이 동현은 B조 복식에 참가하였다. 운동신경은 발달한 편이었지만 몸이 쇠약해서 테니스 솜씨는 항상 거기서 거기를 유지하고 있었다.

테니스대회가 횟수를 거듭하면서 주최측의 행사 진행 솜씨도 세련되어 갔다. 그러한 세련된 솜씨 중의 하나가 주최측에서 복식 파트너를 결정해 주는 방식이었다. 주최측은 공장 전 직원의 테니스 랭킹을 매기고 있었다. 과거의 출전 성적을 토대로 전 직원의 테니스 실력을 빠짐없이 평가하고 있었던 것이다.

그리하여 대회 출전 신청을 한 사람들을 실력 순으로 늘어놓고 랭킹 1위와 랭킹 꼴찌를 한 조로 하고, 랭킹 2위와 꼴찌에서 두번째를 한 조로 하는 식으로 복식 파트너를 결정해 주었다.

최근 대회에서 연속 1회전 탈락한 동현의 랭킹은 거의 꼴찌에 가까웠다. 과도한 독서와 그에 따른 건강 악화 때문에 성적이 저조할 수밖에 없었다.

동현의 복식 파트너는 자재부 정비부품 출고 담당 김인호로 결정되었다. 김인호는 건실하고 야무진 청년으로 정평이 나있던 친구였다. 그는 공고를 졸업하고 호남정유에 취직하여 생산부와 동력부를 거쳐 자재부에서 일하고 있었다. 그의 성실하면서도 날카로운 일처리가 윗사람들의 인정을 받아 공장 내 각종 설비에 필요한 수천종의 정비부품 출고 실무라는 중책을 맡았던 것이다. 그는 최근에 회사의 배려로 방송통신대학 일어과에 등록하여 가난 때문에 못다 한 학업의 꿈을 이루고 있기도 하였다.

김인호는 테니스를 치는 모습도 일할 때의 모습과 똑같았다. 약간 큰 키의 호리호리한 몸매에서 나오는 그의 플레이는 건실하고 정확하였다. 스트로크에 파워가 넘친다고는 볼 수 없었지만 웬만한 공은 정확하게 다 받아넘기는 그런 스타일이었다. 그는 B조에서 항상 톱에 가까운 랭킹을 유지하고 있었고 그와 복식을 이루면 입상을 하는 확률이 많았다. 그는 일에서나 운동에서나 항상 팀에 공헌도가 매우 높은 선수였다.

파트너 결정 소식을 들은 동현은 심기일전의 기회로 삼은 차에 운까지 따라 주는 것이라고 기뻐했다. 그는 전화로 자재부 김인호를 찾았다.

"김형, 이번에 내 파트너 됐습디다. 이번에는 내 연습 좀 열심히 해서 나갈 테니 잘해 봅시다."

"유 기사님 몸이 물찬 제비니까 해 볼 만할 겁니다."

김인호는 상대방의 기분에 보조를 맞춘 적절한 농담으로 답했다. 그의 언행은 언제 보아도 시의적절한 것이었다. 그는 수천 종이나 되는 정비부품의 이름을 모조리 외우고 있으면서 그 재고 상황까지도 빈틈없이 파악하여 적절한 재고를 유지하고 있었다. 정비부품이 급하게 필요하여 그에게 달려가면 그는 마치 기다리고 있었다는 듯이 신속하게 내주곤 했다.

전형적인 화창한 봄날이었던 토요일 오후, 드디어 테니스대회가 시작되었다. 동현은 강력한 파트너를 만난 데다가 연습까지 열심히 한 덕분인지 전에 없이 플레이가 잘 되었다. 동현까지 제 몫 이상을 해주니 김인호 팀은 파죽의 연승을 거두고 결승까지 진출했다.

그러나 역시 결승전은 만만치 않았다. 상대팀에는 곧 A조 진입이 예상되는 생산 1부의 강력한 신예가 버티고 있었다. 그는 파워 넘치는 서비스와 스트로크로 상대의 기를 꺾었다. 초반 몇 게임은 별로 손도 써 보지도 못하고 내주고 말았다. 그러다가 신예의 예봉이 약간 무디어지는가 했더니 김인호의 예의 그 또박또박 받아넘기기 특기가 살아나기 시작하였다. 래리가 길어지면서 조급히 결정지으려는 신예의 실책이 유발되었다. 대세가 기울어지기 시작하더니 결국 역전승을 거두었다.

결승전에서 역전승을 거두었다는 것이 동현으로서는 여간 뿌듯한 일이 아니었다. 참으로 오랜만에 맛보는 환희였다. 우승 트로피와 함께 부상으로 한미패션 의류 구입권이 주어졌다. 둘은 우선 대회장에 준비된 막걸리로 승리의 축배를 들었다. 그러면서 동현이 호쾌하게 말했다.

"본 게임은 시내 가서 시작합시다. 내 오늘 한 잔 살 테니."

둘은 여수 시내로 들어가는 회사 버스에 올랐다. 그들은 그날 있었던 여러 장면들을 떠올리며 무용담을 즐겼다. 파인플레이의 대부분은 김인호가 한 것이었지만 무용담은 대부분 동현이 독점하였다. 동현은 오랜만에 시름을 잊고 활기에 넘쳤다.

둘은 회사 사람들이 회식 때 자주 애용하는 시내중심가의 고향식당으로 갔다. 동현은 날이 날이니만큼 평소의 단골 메뉴인 돼지갈비와 삼겹살 대신에 등심을 주문하였다. 둘은 소주잔을 주거니 받거니 하면서 우승의 기쁨을 나누었다. 테니스 이야기가 어느 정도 시들해지자 동현이 화제를 바꾸어 이야기를 꺼냈다.

"나는 요즘 호남정유 들어와서 미국에 대한 공부 많이 하고 있어요. 여기는 반은 미국 땅이나 마찬가지더군요. 마치 호랑이 잡으려고 그 굴에 들어온 느낌도 들고."

"유 기사님 역시 소문대로 민족주의적 경향이 강하시군요. 저도 외세에 지는 것을 아주 싫어합니다. 저는 일본을 극복하는 것이 더 급하다고 봅니다. 그래서 방송통신대에서도 일어과를 택했습니다."

이야기를 나누다 보니 둘은 서로 비슷한 성향을 갖고 있음을 알게 되었다. 시국과 정치에 대한 이야기가 술자리를 휩쓸고 지나가자 동현은 자신의 걱정거리를 꺼내었다. 동현은 자신보다 몇 살 어리기는 하지만 왠지 믿음이 가는 김인호에게 최근의 고민을 털어놓았다.

"건강이 좋지 않아서 걱정이오. 요즘 동양사상에 뭔가 있는 것 같아서 그쪽으로 공부하고 있다우."

동현의 말을 듣고 한동안 생각에 잠긴 듯하다가 김인호가 입을 열었다.

"그러면 단전호흡에 대해서도 잘 아시겠네요?"

의외의 발언이었다. 사실상 단전호흡이란 단어는 사람들 사이에서 꽤 알려진 편이었다. 각종 언론에서도 심심치 않게 소개되었고 가르치는 곳도 많이 생겼다.

"말은 들었소만, 딱히 해 보지는 않았소."

"허허, 동양사상을 공부하신다면서 정작 가장 쓸모가 있는 단전호흡을 모르시다니. 유 기사님 보니까 공부를 과도하게 하셔서 그런지 원기가 거의 소진된 상태입니다. 단전호흡으로 원기를 보충하셔야 되겠습니다."

직감적으로 가슴에 와 닿는 말이었다. 바로 그 '원기'가 문제인 것이다. 원기가 소진되어 심신이 쇠약한 상태에 있는 것이다.

"머리를 너무 쓰다 보면 배에 힘이 빠집니다. 배는 우리 몸에 원기를 공급하는 원천이고, 배에 원기를 충전하는 방법이 단전호흡입니다. 그리고 단전호흡에 곁들여 하는 동작이 중요합니다. 그 동작이 충전된 원기를 골고루 순환시켜 주는 작용을 합니다. 요즘 사람들의 성인병은 다 이 순환이 제대로 안되어 생기는 것입니다."

취기가 약간 올라 있긴 하지만 동현은 김인호의 차분한 설명에 빠져들었다. 바로 거기에 문제의 해답이 있는 듯하였다. 김인호의 차분한 어조는 마치 나이 지긋한 도사의 그것과 같이 들렸다.

"듣고 보니 그 말이 맞는 것 같소. 당장 시작해 보고 싶군요. 어디 소개해 줄만한 데는 없나요?"

"서울 신촌에서 정각도(正覺道)라는 이름으로 가르치고 있는 분이 있습니다. 제가 몇 년 전 호남정유 입사 직전에 배웠습니다. 그분이 호흡법과 우리 고유의 좋은 동작을 잘 지도해 주실 겁니다."

동현은 다시 한번 김인호에 대해 탄복하였다. 비록 대학을 나오지는 않았지만 어쩌면 저렇게 세상의 유익한 지식을 많이 알고 있을까. 참으로 기분 좋은 술자리였다. 오늘은 오랜만에 코가 비틀어지도록 마셔야겠다고 생각했다. 동현은 사양하는 김인호를 억지로 끌고 근처의 단골 스탠드바로 갔다. 김인호도 동현의 기분을 깨뜨리고 싶지 않아 기꺼이 동행해 주었다.

주말의 스탠드바는 여천공단 근로자들로 붐볐다. 요즘은 여천공단이 호황을 누리고 있었기 때문에 평일에도 손님들로 만원이었다. 스탠드바의 시끄러운 음악 속에서도 둘은 테니스대회에서의 서로의 공을 치하하며 기분 좋게 맥주를 마시고 있었다. 시끄러운 음악을 이기기 위해 큰 소리로 떠들고 웃고 하면서 우승을 자축하였다. 스탠드 마담은 동현이 데리고 온 훤칠한 청년 김인호에게 관심을 보이며 연신 맥주를 따라주었다.

그러던 중 김인호 옆자리에 앉아 술을 마시던 사내가 갑자기 김인호 쪽을 향해 소리를 쳤다.

"야, 좀 조용히 해!"

공단의 근로자들인 듯한 덩치 좋은 일행은 모두 세 명으로 술이 꽤 취한 듯하였다. 아마도 마담이 김인호 쪽으로만 신경을 쓰는 것이 비위에 거슬린 듯하였다.

게다가 김인호 쪽은 일행이 둘 뿐이고 그나마 비쩍 마른 친구들이라 갑자기 호기가 발동한 모양이었다. 김인호의 대답이 없자 이번에는 더 크게 소리쳤다.

"야, 이 새끼야, 사람 말이 말 같지 않아? 왜 대답이 없어!"

김인호는 이 소리를 듣고는 더 이상 참지 않고 벌떡 일어났다.

"뭐, 이 새끼? 어디다 대고 욕이야!"

김인호는 일어나자마자 욕을 해댄 사내의 어깨를 손바닥으로 밀쳤다. 손바닥 가격으로 사내가 잠깐 의자에서 비틀하더니 곧바로 자세를 잡고 일어나서는 김인호의 얼굴을 향해 주먹을 날렸다. 김인호는 역시 손바닥으로 사내의 주먹을 약간 비껴가게 하고는 그의 주먹과 팔을 낚아채어 비틀었다.

또 다른 사내가 김인호를 향해 돌진해 왔다. 김인호는 손을 비틀어 제압하고 있는 사내를 돌진해 오는 사내 쪽으로 가볍게 밀쳤다. 그러자 둘이 서로 부딪혀 고꾸라지는 게 아닌가!

김인호가 두 사내를 무기력하게 만들고 나머지 한 명의 공격이 걱정되어 고개를 돌렸다. 돌아보니 나머지 사내와 동현이 엉겨 붙어서 엎치락뒤치락 하고 있었다. 동현이 적어도 하나는 처리해 주어야겠다는 의무감에 사력을 다하고 있었던 것이다.

술집 안은 김인호 쪽 소란에 모든 주의가 집중되었다. 공연이 중지되고 사람들이 술렁거렸다. 그러자 어디선가 한 떼의 어깨들이 나타났다. 시비 붙은 사내의 덩치들도 만만치 않았지만, 나타난 어깨들의 덩치에 비하면 어른과 어린애의 차이였다. 엄청난 덩치의 어깨들은 시비 당사자들을 떼어놓고 일단 김인호와 동현을 낚아채 술집 문밖으로 갖다 놓았다. 그리고는 술 잘 먹고 행패부리지 말고 꺼지라고 윽박질렀다.

나중에 가서 알게 된 사실이지만, 시비의 경과를 처음부터 끝까지 관찰하고 있던 스탠드바 여주인이 어깨들에게 시비를 건 쪽이 세 명의 사내들이라고 행동 지침을 주었던 것이다. 어깨들은 세 명의 사내를 잡아놓고 모든 술값과 파손된 기물들에 대한 손해배상을 하게 하였다.

밖으로 내몰려 완전히 술이 깬 동현과 김인호는 잠시 멋쩍게 서 있었다. 동현이 먼저 입을 열었다.

"김형, 우리 2대 3으로 멋지게 붙었어."

그렇게 말하고는 둘은 한바탕 크게 웃었다.

"그나저나 그 날렵한 동작은 어디서 배운 거요?"

동현이 아까 큰 덩치의 공격을 가볍게 요리하던 김인호의 멋진 솜씨가 생각나서 물었다.

"그건 장술(掌術)이라고 하는 것인 데요 정각도의 스승님께서 가르쳐 주신 것입니다. 기본 동작이 몸에 익숙해지면 가르쳐 주시는 응용 동작입니다."

그 소리를 듣고 나니 정각도에 더욱 매력이 느껴졌다. 아무튼 그 날은 낮과 밤의 전투에서 모두 승리를 거둔 가슴 뿌듯한 하루였다.

7

전통무예

• • •

1985년 동현의 나이 30세 가을, 죽음의 그림자가 어른거리고 있었다. 건강이 극도로 악화된 것이다. 동현의 몸은 더 이상 버틸 수 없다는 신호를 끊임없이 보내왔다. 닥쳐온 죽음은 어떻게든 피하고 싶었지만 그것은 냉혹한 현실이었다. 남은 가족과 친구들을 생각하면 절망감은 그 극에 달하였다. 내가 쓰러지면 그들은 어떻게 될 것인가?

근무한 지 4년째 접어들어 여천석유화학공단 내에 자리 잡은 호남정유 여수공장에서 병가를 벌써 두 번씩이나 내고 쉬었음에도 나아진 것이 없었다. 이제는 공장의 규정이 아니더라도 동현의 양심상 병가를 더 낼 수도 없었다. 공장에 나가 일을 하자니 죽을 맛이었다. 일을 제대로 할 수 없었다. 하루하루를 겨우 때우고는 흐느적거리면서 퇴근하는 것이었다.

여천공단의 배후지역으로 쌍봉이라고 하는 곳에 공단의 직원들이 많이 살고 있었다. 농촌 지역에 급히 조성한 아파트 지대라서 주변에는 논밭과 풀밭이 널려 있었다.

어느 날 동현은 퇴근을 하고 집에 와서 집 근처 풀밭에서 가쁜 숨을 몰아쉬며 아무 희망도 없이 휴식을 취하고 있었다. 지나가던 한 시골 아낙네가 절망에 빠져 길 옆 풀섶에 앉아 있는 동현의 모습을 보고 들으라는 듯이 뇌까렸다.

"지가 비참하면 얼마나 비참하다고. 버림받은 여자보다 더할까?"

소리에 고개를 들어 살펴보니 그 아낙네 역시 보통 낙담한 표정이 아니었다. 아마도 정말로 남자에게서 버림받고 비참한 심정으로 무거운 발길을 옮기고 있는 것이 분명하였다. 그러한 아낙네 눈에도 절망에 빠져 비통한 표정으로 앉아 있는 동현의 모습이 읽혔던 것이다.

동현은 그 아낙네의 말을 듣자 버림받은 여자의 심정이 어떠하다는 것을 실감하게 되었다. 그러자 문득 동현은 어머니가 떠올랐다. 바로 그것이었다. 어머니의 처절한 고뇌가 바로 그러한 것이었다. 어머니는 여러 남자와 만나고 헤어지는 고달픈 삶 속에서 '내가 죽고 싶어도, 동현이 때문에 못 죽는다'고 내뱉곤 했었다.

지금 동현이 바로 그 죽고 싶은 상태가 되어 있었다. 아니 정확하게 말하자면, 죽고 싶진 않지만 거의 다 죽을 지경이 되어 있었다.

그 전 봄에 여수 공장의 정기 건강진단에서 폐결핵 판정을 받았었다. 당시 재직하고 있던 호남정유는 사원 복지제도가 좋은 편이었고 직원들의 정기 건강진단을 제대로 시행하고 있었다. 굳이 폐결핵 판정이 아니더라도 동현은 몸이 형편없이 무너져가고 있다는 것을 느끼고 있었다. 겉으로 나타난 것이 폐결핵이었고, 사실상은 신경쇠약, 위궤양, 위하수, 신부전 등도 같이 있었다.

소화력이 극도로 약해져서 밥을 거의 먹지를 못하였다. 먹지를 못하니까 체력은 떨어지고 신경은 극도로 날카로워졌다. 조그만 일에도 상당히 힘이 들었고 잠을 제대로 자지 못했기 때문에 더욱 그러했다. 회사 업무는 더더군다나 제대로 해낼 수 있는 형편이 아니었다.

그러나 다른 사람이 동현을 보기에는 그저 기운이 없어 보인다는 정도였기 때문에 어떻게 호소할 도리가 없었다. 그러다가 X-선 검사로 폐결핵 판정을 받았다. 폐결핵 판정이 나면 무조건 몇 달 동안 질병휴가를 내게 되어 있었다. 동현은 그때 폐결핵 판정을 받은 것을 속으로 다행스럽게 생각했다. 어쨌든 당분간 쉴 수 있게 되었기 때문이었다.

공장 주치의는 2개월 요양의 판정을 내렸고, 그 진단서에 의해 동현은 2개월간의 병가를 얻었다. 공장 주치의가 광주 큰 병원에 가서 약을 타다 먹으라고 하였으나 동현은 듣지 않았다. 오래 전 아프기 시작할 때부터 다녀본 병원에 대해서는 이미 충분히 실망을 하고 있던 터이었기 때문이었다.

2개월 병가 기간 동안 벼르고 있던 선도와 단전호흡, 전통의학, 그리고 기타 인간의 진실에 대해 공부를 하기로 하였다. 서울과 부산의 큰 서점에 가서 괜찮아 보이는 책들을 잔뜩 사 가지고 왔다.

그런데 그것은 참으로 우둔한 짓이었다. 몸이 망가진 상태에서 책을 그렇게 많이 보는 것은 진짜로 죽음을 재촉하는 짓이었다. 그렇다고 해서 공부를 안 할 수도 없었다. 그냥 가만히 있는다고 좋아질 것 같지도 않고, 무얼 좀 알아야 제대로 풀어갈 수 있었을 것 같았다.

계속되는 치열한 학습 끝에 동현의 지식은 하나의 깨달음에 이르고 있었다. 선도 수련과 전통의학과 같은 우리 전통문화에는 인간에 대한 훌륭한 지혜가 담겨 있었다. 서양의 의학과 과학에는 결여된 소중한 것들이었다. 그것을 현대적으로 체계화해서 정립시킨다면, 서양의학을 능가하는 훌륭한 학문 체계가 될 듯하였다.

병가가 끝나 직장에 복귀를 하였지만 다시 힘든 나날이 계속되었다. 병가 동안 공부한 단전호흡을 실천하며 안간힘을 썼지만 워낙 무너진 몸은 말을 제대로 듣지 않았다. 직장 일을 힘겹게 겨우 마치고 집에 와서는 엄습해 오는 죽음의 공포와 절망감과 싸워야 했다.

이제 당장 하루하루를 지내기가 점점 어려워졌다. 더 이상 병가를 낼 수도 없었고, 달리 어쩔 도리가 없었다. 결국 때가 온 것이다.

'일단 서울로 가야 한다. 가서 김인호의 스승을 만나서 단전호흡 수련을 하면서 건강의 회복에 전념하자.'

이해를 못하는 공장 간부들의 만류를 뒤로하고 회사에 사표를 제출하였다. 그리고는 여수 생활을 청산하고 서울로 올라왔다.

김인호의 스승은 자신이 새로이 정립한 전통수련법에 정각도(正覺道)라는 이름을 붙이고 있었다. 그는 예상외로 30대 후반의 젊은 사람이었다. 그는 자신을 강 도사라 불러 줄 것을 부탁하면서 도사란 도를 통한 사람이라기보다는 도를 닦는 사람이란 뜻이라고 덧붙였다. 중키의 호리호리한 몸매의 그는 선비같은 점잖은 얼굴을 하고 있었다.

그는 법대를 졸업하고 고시공부하러 암자에 들어갔다가 고시를 포기하고 아예 진로를 바꾸었다고 하였다. 법전을 과도하게 들여다보다 몸이 쇠약해지게 되었는데, 그때 우연히 노스님으로부터 정각도를 배워 건강을 회복하게 된 것이 계기가 되었다.

그는 법을 공부하는 것보다는 정각도와 같은 훌륭한 민족의 전통을 익히고 전파하는 것이 자신의 운명이라고 깨달았다. 그로부터 10년간 노스님으로부터 모든 것을 전수받은 후 자신의 모교가 가까운 이 곳에 수련원을 열었다.

수련원의 수련생들은 10대에서 50대까지 층이 다양하였다. 정각도가 나이를 불문하고 누구에게나 좋은 수련법이기 때문이었다. 수련생들은 강 도사의 대단한 경지에 대해 말해 주었다.

하루는 우신고교 씨름선수들이 단전호흡을 배우기 위해 코치의 인솔로 왔다. 코치가 강 도사의 인품과 경지에 대해 듣고 있었기 때문이었다. 선수들은 처음에 배우는 자세가 진지하지 못했다. 자신들보다 훨씬 왜소하고 나약해 보이는 강 도사에게서 뭘 배운다는 것인지 탐탁치 않게 여겼다.

이런 분위기를 눈치 챈 강 도사가 선수들 중 주장격인 선수와 한판 승부를 청하였다. 그 선수의 몸무게는 1백 킬로그램을 넘었다. 강 도사의 청을 받은 선수는 물론이고, 나머지 선수들도 어이없다는 듯이 미소를 지었다.

둘은 샅바를 착용하고 다른 선수를 심판으로 세우고 서로 맞붙었다. 거구의 우신고 선수는 시종 미소를 띠고 가볍게 해치울 생각만 하는 듯하였다. 샅바를 잡고 일어선 두 선수는 한동안 움직임이 거의 없었다. 거구가 잠시 강 도사에게 힘쓸 여유를 주는 듯하였다. 이제 거구가 강 도사를 넘어뜨리겠지 하고 보면 예상과는 달리 별 움직임이 없었다.

그러다가 거구의 표정을 자세히 보게 된 구경꾼들은 놀라기 시작하였다. 거구는 안간힘을 쓰느라 표정이 일그러져 있었고, 얼굴과 온몸에서 땀이 송송 솟아나오고 있었던 것이다. 거구가 힘을 쓰지 않은 것이 아니라, 온 힘을 다하는 데도 넘어뜨리지 못하고 있었던 것이다.

힘을 쓰느라고 지친 거구가 드디어 제풀에 무릎을 구부리고 말았다. 다리가 후들거려 도저히 버티고 있을 수 없기 때문이었다. 무릎을 꿇고 헉헉거리면서도 도대체 영문을 알 수 없다는 듯 어리벙벙해 했다.

강 도사는 선수들에게 원리를 설명해 주었다. 선수들은 순한 양처럼 강 도사의 설명을 열심히 들었다.

"몸의 주요한 관절들이 부드러워지면 몸은 언제든지 필요한 만큼의 힘을 낼 수 있는 상태가 됩니다. 즉, 상대가 나에게 힘을 쓰면 꼭 그에 맞먹는 정도의 힘이 솟아납니다. 이때 단전호흡을 하면 힘을 보다 더 집중시킬 수 있습니다. 이것이 부드러운 것이 강한 것을 이기는 전통무예의 원리입니다. 전통무예는 단전호흡과 선도수련의 연장선상에 있는 것입니다."

코치가 강 도사의 설명을 듣고 무릎을 쳤다.

"바로 저거야. 너희들이 알아두어야 할 게 바로 저거란 말이다."

이로부터 선수들은 매주 한 차례씩 수개월간 강 도사의 지도를 받았다. 우신고교 씨름팀은 이듬해 열린 전국 각종 씨름대회에서 팀 창단 이래 최고의 성적을 올렸다.

동현은 강 도사의 지도에 따라 열심히 수련하였다. 강 도사는 틈나는 대로 원리에 대한 설명을 많이 해 주었다.

“몸에는 14개의 주요 대관절이 있습니다. 목, 허리, 양 손목, 양 팔꿈치, 양 어깨, 양 발목, 양 무릎, 양 고관절 이렇게 총 14개입니다. 이 14대 관절의 양호한 순환이 건강을 보장받는 첩경입니다. 이 관절들을 풀어주면 대부분의 질병은 떨어지게 됩니다.”

아닌 게 아니라 동현의 몸은 많은 관절들이 굳어 있었다. 제대로 움직여지지가 않았다. 특히 어깨와 허리가 굳어 있었다.

각 관절을 하나씩 구부리고 접고, 비틀고, 돌리고 해서 부드럽게 해나갔다. 처음 할 때는 온 관절이 아파서 힘들었지만 그것은 곧 사라졌다. 관절이 부드러워지기 시작하면서 수련을 마치고 수련원을 나설 때는 몸이 날아갈 듯이 가벼웠다.

무엇보다도 반가운 것은 머리가 아프고 묵직한 느낌이 완화되었다는 것이었다. 몸이 무겁고 피곤한 것도 문제였지만, 머리가 묵직한 것은 더욱 치명적인 문제였다.

강 도사는 이에 대해 이렇게 설명해 주었다.

“온 몸의 관절을 부드럽게 하고 단전호흡으로 기운을 쌓으면 머리가 맑아집니다. 이것을 선도(仙道) 수련법에서는 정신이 맑은 상태, 즉 신명(神明)의 경지라 합니다. 신명한 상태에 이르면 병이 없어지고 숨어있던 능력이 솟아나게 됩니다.”

강 도사는 동현과 가끔씩 나누는 대화에서, 동현이 이론적으로 거의 완벽한 지식 체계를 갖고 있다는 것을 알았다. 강 도사 자신이 체험은 했지만, 말로는 설명하기 힘든 것을 동현은 논리적으로 설명하였다. 동현은 강 도사의 몇 마디를 듣고, 거기에 적절하게 살을 붙여 논리의 완성도를 높이곤 했다. 강 도사는 동현을 유 도사라고 불렀다.

8
TM 프로젝트

• • •

동현은 4년 전 발전설비 오퍼상에서 같이 일했던 김 선배를 찾아갔다. 동현은 김 선배에게 우리 전통사상과 생활문화에 바탕을 둔 완전히 새로운 의료시스템을 개발하여 세계 의료시장을 공략하자고 하였다. 개발에 성공하면 세계 의료시장의 규모로 볼 때, 1년에 10억 달러는 거뜬히 벌 수 있을 것이라고 큰소리를 치면서 말이다.

농담을 어쩌면 그렇게 진담처럼 하느냐는 듯이 빙긋이 웃으면서 듣고 있던 김 선배는 역시 농담 같은 어조로 그렇다면 한번 해보자고 하였다. 그가 황당하기 짝이 없어 보이는 프로젝트를 해보자고 결정한 데는 두 가지 결정적인 이유가 있었다. 이유 중의 하나는 동현이 결코 허튼 소리를 할 친구가 아니라는 인식 때문이었다. 김 선배가 발전설비 수입 오퍼를 시작하려 했을 때, 발전설비에 익숙한 엔지니어가 필요하였다. 동현이 그의 사업에 참여하여 사업 초창기의 어려움을 극복하고 자리를 잡을 수 있었다. 동현은 맡은 일에 책임감이 강하고, 남다른 실력과 안목을 가진 친구였다.

다른 하나는 그가 암 선고를 받고 있는 상태라는 것이었다. 불치병으로 알려진 암에 걸려 있는데, 완전히 획기적인 의료시스템을 개발하여 무슨 병이든지 고칠 수 있도록 하겠다고 하니 마음이 움직인 것이었다. 그 의료시스템의 개발에 성공하면 누구보다도 먼저 자신이 수혜자가 될 수 있을 터였다.

동현이 프로젝트의 수행에 단서를 덧붙이기를, 몸이 좋지 못하니까 수련을 해 가면서 자유롭게 일을 할 수 있도록 해달라고 하였다. 김 선배는 이 조건까지 쾌히 응낙하였다. 프로젝트의 이름은 김 선배 이름인 '태민'의 영어 이니셜을 따서 'TM 프로젝트'라 하였다.

동현은 김 선배에게 강 도사를 소개시켜 주었다. 그것은 한편으로는 김 선배에게 수련을 권하자는 의도였고, 한편으로는 강 도사가 프로젝트에 필요한 사람이었기 때문이었다. 김 선배는 자신보다 몇 살 어린 강 도사에게 특유의 다혈질적 언변으로 인사했다.

"사부님, 한 수 가르쳐 주십시오."

김 선배는 곧 정각도에 매료되었다. 예전에 태권도나 합기도 같은 운동을 해 본 그로서 정각도의 남다른 매력을 발견하였던 것이다. 그러나 그는 심신을 닦는 방법으로서보다는 무예로서의 활용성에 치중하였다.

김 선배는 강 도사와 동현을 데리고 술집 다니기를 좋아했다. 요정이다 룸살롱이다 하면서 최고급으로만 다녔다. 동현은 여천공단에서 술이 많이 늘은 지라 그리 나쁘지 않았지만, 술을 거의 안하는 강 도사로서는 고역이었다. 그러나 김 선배가 워낙 깍듯하고 곰살맞게 청하는 데는 안 따라갈 도리가 없었다. 그는 수련장이 파할 때가 되면 차를 몰고 와서 강 도사에게 매달렸다.

"사부님, 제가 오늘 꼭 한 잔 대접하고 싶은데 물리치지 말아 주십시오."

사실은 강 도사를 꼭 대접하고 싶기 보다는 다분히 과시욕을 만족시키려는 의도도 있었다. 자기 뒤에는 전통무예의 고수가 있다는 것을 과시하는 것이었다. 그래서 그런지 강 도사와 같이 다니는 날은 술집에서 더욱 큰소리를 치고 객기를 부리려 했다. 그러다가 다른 손님들 또는 종업원과 시비가 붙을 뻔한 경우도 여러 번 있었다. 그러다가 기어코 한 번 터지고 말았다.

그 날은 북창동 어느 갈빗집으로 갔다. 세 사람은 방 한쪽에 자리를 잡고 앉았다. 김 선배는 술 기운이 오르자 미국과 일본을 오가며 벌인 비즈니스 이야기를 큰소리로 떠벌였다. 그런데 그 소리가 동현이 듣기에도 좀 지나치게 컸다. 얼마 있으려니 갈빗집 종업원 아가씨가 와서 공손하게 말을 전했다.

"저, 옆 자리 손님들이 말소리가 너무 커서 방해가 되니까, 소리를 좀 낮추어 말씀해 주시면 고맙겠다고 전해 달랍니다."

그러자 김 선배에게서 필요 이상의 과잉 대응이 터져 나왔다.

"뭐, 어떤 놈이야? 도대체 이 김태민을 어떻게 보고 어떤 새끼가 그 따위 개소리를 해?"

아가씨가 놀라서 말도 못하고 뒤로 주춤거리며 물러났다. 그러자 옆자리에서 소리가 날아왔다.

"거 점잖게 부탁했는데, 말이 좀 지나치잖아."

소리 나는 쪽을 보니 동현이 '아차' 하는 생각이 들었다. 일행이 3명인 그들은 모두 까만 양복에 강인한 인상이었다. 앉아 있긴 하였지만 보통 건장한 체격들이 아니었다. 그러나 술기운이 오른 김 선배에겐 그것이 제대로 보이지 않았다.

"뭐야? 아니, 니네들이 뭔데 나더러 조용히 해라 마라야, 엉?"

김 선배가 거의 다 일어선 순간, 옆자리의 한 사내가 용수철처럼 튀어 오르더니 바로 김 선배에게 일격을 가하였다. 김 선배는 채 일어나지도 못하고 고꾸라졌다. 일격을 가한 사내가 한마디 했다.

"자식이 곱게 말로 할 때 알아듣지. 꼭 맛을 봐야 정신 차린다니깐."

김 선배가 고꾸라지자 할 수 없이 강 도사가 일어났다. 동현도 일어나서 저만치 뒤로 물러났다.

"아니, 사람을 그렇게 다짜고짜로 치면 되겠소?"

강 도사가 항의를 하자 김 선배를 비웃듯이 바라보던 사내가 이번에는 강 도사에게 한마디 했다.

"아니, 이것들이 그래도 정신을 못 차리네. 좋게 말할 때 얌전하게 있으라구."

하면서 강 도사를 밀어 앉히려는 듯 팔을 내질렀다.

이때 강 도사가 허리를 약간 틀면서 손바닥으로 사내가 내지른 팔을 약간 비껴가게 하여 중심을 흐트러뜨렸다. 중심이 흐트러진 사내는 상다리에 걸려 제풀에 꼬꾸라졌다.

그러자 앉아 있던 두 사내 중의 하나가 재빨리 일어나서 돌진해왔다. 강 도사는 기껏해야 반 보 또는 일 보 정도 재빠르게 발을 떼며 허리와 무릎만 약간씩 틀어가면서 다시 적의 중심을 흐트려뜨렸다.

중심이 무너진 적은 가벼운 가격에도 심하게 꼬꾸라졌다.

동현과 김 선배가 뒤에서 보고 있자니 정말로 놀라운 기술이었다. 여수에서 김인호가 보여준 전통무예 동작의 원조였다. 자신의 몸은 거의 움직이지 않고 적을 가급적 내 몸 가까이 끌어들인 다음 허리와 무릎만을 약간씩 비틀어가며 적의 중심이 흩어지게 한다. 적의 힘을 역이용하는 것이다. 격투에서 중심이 무너지면 사실상 게임은 끝난 것이나 다름없다.

강 도사가 둘을 제압하고 있는 사이에 일행 중 가장 덩치가 좋은 나머지 한 명이 어느새 강 도사의 뒤로 돌아가 뒤에서 목을 나꿔챘다. 그리고는 유도의 조르기 자세로 목을 졸랐다. 동현이 보기에도 이제는 큰일났구나 하는 상황이었다.

순간 강 도사는 두 손으로 목을 조르는 사내의 팔목을 순간적으로 당겨서 목을 빼고는 무릎을 낮추고 허리를 돌려 수도(手刀)로 사내의 옆구리 급소를 쳤다. 강 도사의 몸이 빠지자 적의 중심이 흐트러졌고, 수도 가격 한 방에 앞에서 달려들 자세를 잡고 있던 동료를 향해 꼬꾸라졌다. 일시에 적 세 명의 전력이 무력화되었다.

동현과 김 선배는 전통무예의 진수를 보았다. 강 도사는 자신의 힘은 거의 쓰지 않고 적의 힘을 역이용하여 거의 제풀에 꼬꾸라지도록 했다. 허리와 무릎의 관절을 절묘하게 움직여 적의 공격이 목표를 빗나가게 했다.

그때 호루라기 소리가 들리면서 경찰이 달려 들어왔다. 주인이 신고를 한 모양이었다. 일행은 북창동 파출소로 연행되었다. 파출소에 가 보니 격투를 벌인 상대방 일행은 오지도 않았다. 경찰과 밀접한 연관이 있는 신분인 듯하였다. 일행은 갈빗집 식대와 기물 파손에 대한 변상을 서약하고 파출소에서 풀려났다.

동현은 프로젝트 추진을 위해 우선 공부를 같이할 친구들을 모았다. 정식으로 연구원을 뽑기는 이른 상태라서 주로 뜻에 공감하는 사람들 또는 대학생들을 모았다. 동현은 그들에게 이 프로젝트야말로 사회변혁운동의 기폭제가 될 수 있을 것이라고 설득하면서 동참을 권하였다.

동현은 80년대 초의 학생운동을 높이 평가하고 있었다. 서슬 퍼런 5공정권 아래에서 그들은 뚜렷한 의식을 갖고 용기 있게 잘 싸웠다. 또한 70년대와는 달리 전국의 각 대학의 연대가 잘 이루어져서 보다 큰 규모의 흐름을 조성하였고, 그것은 계속해서 시민사회에까지 영향을 주었다. 이들의 빼놓을 수 없는 큰 성과의 하나는 '자주, 민주, 통일'이라는 민족의 당면과제를 명쾌하게 정리하여 광범위하게 인식시켰다는 것이다.

김 선배는 동현의 운동권 학생 영입에 의혹의 눈길을 보냈다. 누구 잡으려고 그런 친구들을 모으냐는 식으로 클레임을 걸었다. 동현은 그들이야말로 이러한 사상 초유의 프로젝트에서 책임감 있게 한 몫을 해낼 수 있는 사람들이라고 설득하였다. 아울러 그들 모두 운동 현역에서는 떠난 사람들이라고 하면서 안심시켰다. 이들과 같이 연구하고 토론하였던 주제나 책들은 다음과 같았다.

무속(巫俗), 한국민속, 국선도, 단학, 전통무예, 김지하, 동양사상, 서양철학, 역학(易學), 이율곡, 서화담, 한국 고전(박씨전, 전우치전, 홍길동전 등), 한의학개론, 동의보감, 오장육부론, 전통의학의 과학화, 생명과 전기, 불교, 반야심경, 유마경, 밀교, 윤회의 비밀, 동물행동학, 미개사회의 성(性)과 억압, 매스컴론, 제3의 물결, 한국사회연구, 민중론, 한(恨)이란 무엇인가, 갈등의 사회 이론, 제3세계연구, 민족통일론, 마인드콘트롤, 명상, 초능력현상, 연금술, 해부학, 생리학, 뇌신경학, 컴퓨터, 통신공학 등등.

동현은 학생들이 책이나 주제에 대해 정리해 온 것을 커다란 맥 속에서 연결짓는 작업을 했다. 그 모든 주제를 한 줄기로 꿰어 완성시키는 날이 프로젝트가 완성되는 날이었다.

김 선배는 여전히 동현과 강 도사와 함께 어울리려 했다. 요인 접대가 없는 날 저녁이면 거의 동현을 대동하고 강 도사에게 달려갔다. 이제는 술집에서 예전처럼 과한 행동은 하지 않았다. 대신에 주로 동현이 하고 있는 프로젝트와 자신이 선고받은 바 있는 암에 대해 토론했다.

우선 그는 자신이 돈을 대고 있기는 하지만, 과연 모든 병을 낫게 할 수 있는 기술이 가능한가가 궁금하였다. 그것은 누구든지 품을 수 있는 의문이었다. 만약에 그러한 기술이 완성된다면, 자신의 오매불망 꿈인 재벌이 되는 것은 시간문제가 될 것이다.

동현은 자신이 갖고 있는 감을 여러 예를 들어가면서 설명해 주었다. 이해가 빠른 김 선배로서도 알 듯 말 듯하였다. 강 도사는 듣고 있다가 수시로 고개를 크게 끄덕이면서 전적인 동의의 뜻을 나타냈다.

김 선배는 과연 그것이 가능하다면 자신이 진단을 받은 암과 같은 경우는 어떻게 하느냐고 물었다. 동현은 암에 대해 정리를 했다. 그것은 학생들과 같이 공부한 주제들 중에서, 한국민속, 한국고전, 한의학개론, 동의보감, 오장육부론, 불교, 동물행동학 등의 분야들을 종합하여 한 줄기로 꿰니까 답이 나왔다.

암이란, 몸 속에 필요없는 조직(암세포 조직)이 생겨, 숙주의 의사와는 관계없이 마치 하나의 독립된 생명체와도 같이 멋대로 성장하여 몸의 기능을 마비시키고 죽음에 이르게 하는 병이다. 암은 인체의 정상적인 신진대사와 순환을 방해하고 나중에는 이 순환장애로 말미암아 엄청난 고통을 수반하면서 숙주를 죽음에 이르게 한다.

고약한 마음이 있으면 반드시 그에 해당하는 장기가 있어야 하듯이, 암조직이 생기려면 반드시 그에 해당되는 마음이 있어야 한다. 암의 원인이 되는 마음, 즉 암심(癌心)을 다스리지 않고서는 암의 치료가 되지 않는다.

수술로 암조직을 도려내고, 방사선으로 암조직을 태우고 또는 독한 화학제제로 암조직을 죽여도 암심의 씨앗이 남아 있으면 언젠가 다시 재발하게 된다. 역으로 처치가 잘못되어 암조직이 다소 남게 되더라도 그에 해당되는 마음이 다스려지면 남은 암조직도 소멸되는 것이다.

암심은 대개 도를 지나친 마음 또는 과도한 감정에서 비롯된다. 과도한 감정의 뿌리를 뽑는 것이 암 치료의 핵심이다.

마지막으로 동현은 김 선배의 문제가 되는 마음을 지적해 주었다. 그것은 남의 입장은 전혀 생각치 않고 자신의 이익만 과도하게 챙긴다는 것이었다. 남이 아무리 어려운 입장에 있어도 별로 개의치 않는 반면에, 자신의 조그만 이익에는 무서우리만치 집착하였다. 누가 봐도 정상이 아니었다. 그런 심보에서 암이 생긴다는 것은 어쩌면 당연한 것이었다.

동현의 지적에 김 선배는 인상을 찌푸렸다. 배울 만치 배운 자신이 그렇게 이해하기 힘든 내용은 아니었지만, 면상에다 대고 그렇게 이야기하니 감정이 상했다. 겉으로는 아무 말도 안 했지만, 속으로는 네깐 놈이 뭘 안다고 말을 함부로 하느냐고 욕을 했다.

김 선배는 동현이 갑자기 무서워졌다. 동현을 멀리해야 한다는 생각이 들기 시작했다. 그러자면 프로젝트를 중단하면 되었다.

김 선배는 주변 사람들의 눈길이 곱지 않다는 이유를 들어 프로젝트 지원 중지를 통고했다. 주변에서 세상에 그런 황당한 프로젝트에 돈을 대는 사람이 어디 있겠느냐는 소리를 많이 듣는다고 하였다. 더군다나 운동권 출신 인사들을 모아서 무슨 일을 꾸밀지 아느냐고 주의를 듣는다고 하였다.

동현은 안타까웠다. 이제 전체적인 윤곽을 거의 다 잡아가는데 여기서 중단이라니. 하지만 그로서는 어쩔 도리가 없었다. 동현이 마지막 호소를 해 보았지만, 감정이 틀어진 김 선배는 단호히 거절하였다.

9
전통의학의 지혜

• • •

동현은 TM 프로젝트가 중단되자 오히려 한숨 돌린 기분이었다. 프로젝트를 좀 쉬엄쉬엄해 가면서 건강도 좀 회복하려고 했지만, 그것이 마음대로 되지를 않았다. 많은 양의 지식과 정보를 취합하고 정리를 한다는 것이 여간 중노동이 아니었기 때문이었다. 그래서 한편으로는 '이거 내가 또다시 심각한 위험에 빠지는 것이 아닌가'하고 걱정하기도 했다.

등산과 정각도 수련으로 건강을 추슬렀다.

여전히 실업자 생활을 하면서 동현은 TM프로젝트에서 얻은 것을 정리해 보았다. 무언가 맥이 잡히는 듯했다. 그 거대한 맥의 제일 앞부분에 오는 것이 동양사상이었다.

동양사상의 핵심은 '인(忍)의 정신'이라는 것을 알게 되었다. 참는 것이었다. 동양사상에서 권하는 모든 덕목은 보통은 해내기 힘든 것들이다. 해내기 힘든 것들을 참고 행하기를 권하고 있는 것이다.

동양사상은 한국 전통문화의 뿌리라고도 일컬어지는 유-불-선(儒-佛-仙)으로 대표된다고 해도 크게 무리는 아니다. 그것은 동아시아에서 형성된 사상이지만, 인도의 힌두문명도 불교와 비슷한 뿌리를 가진 것이기 때문에 범아시아적인 것이라고 볼 수 있다. 혹자는 이러한 유-불-선에 무(巫)를 포함시키기도 한다.

유(儒)에서는 인간이 끊임없는 학습과 극기복례(克己復禮)의 수행을 통해 인간의 이성적인 인격체인 성인(聖人)이 될 수 있다고 하고 있다. 끊임없는 학습과 극기복례는 모두 상당한 인내를 요구한다.

불(佛)에서는 욕망을 억제하면서 참선(參禪)과 같은 수행(修行)을 통해 깨달음을 얻어 보다 높은 경지의 인격체, 즉 불타와 같은 존재가 될 수 있다고 하고 있다. 참선 하나만 해도 보통사람으로서는 해내기 힘든 수행법이라는 것은 널리 알려져 있는 사실이다.

선(仙) 역시 단전호흡이나 무예와 같은 여러 가지 수련을 통해 어느 정도 인간을 초월한 존재인 신선(神仙)이 될 수 있다고 하고 있다. 신선의 경지에 이르기까지의 수련이라는 것은 곧 엄청난 양의 참아내기 힘든 수련을 의미한다.

유-불-선에서 모두 비슷하게 치르는 제례(祭禮) 하나만 보더라도 인내를 요구하고 있다는 것을 알 수 있다. 전통적인 제례는 초저녁에 시작하여 자정이 지나야 끝난다. 초저녁에 푸짐하게 먹을 것을 차려 놓고 한참 동안 의식을 지낸 다음, 제례가 끝난 다음에 음식을 먹어 치운다. 어린 시절, 잘 차려 놓은 음식상을 앞에 두고 졸음과 허기를 참아야 했던 기억이 누구에게나 있을 것이다.

그러면 동양문명은 어째서 그토록 참는 것을 강조하는 것일까? 참는 것은 일종의 고통이다. 하고 싶은 일을 못하는 것도 고통이고, 하기 힘든 일을 해야 하는 것도 아픔이다. 그렇다면 고통과 아픔이 좋은 것이란 말인가?

우리 언어생활 속에서 어느 정도 답이 주어져 있었다. '고진감래(苦盡甘來)'.

'고통은 쓰다. 그러나 그 열매는 달다.' 이 격언에 그 어떤 진리가 함축되어 있는 듯했다.

이렇게 추론해 가다가 동현은 드디어 하나의 놀라운 결론에 이르렀다. 그것은 바로 아픔이 병을 치료한다는 것이었다. 병 때문에 생기는 통증이 바로 그 병을 치료하는 힘이 된다는 것이다. 이것은 코페르니쿠스적 전환과도 같은 획기적인 아이디어였다. 이러한 결론에 이르는 데 객관적이고도 과학적인 근거를 제공한 것은 '인체의 전기 현상'이라는 주제였고, 특히 《생명과 전기(The Body Electric)》라는 책이 결정적 근거가 되었다.

18세기 갈바니가 생체전기를 발견하고부터 동물의 상처나 손상된 조직에서는 '상해전류(傷害電流: injury current)'라고 하는 전기가 관찰되었다. 바로 이 상해전류가 손상을 회복시키는 원동력이었고, 신경에서 발생하는 이 상해전류는 개체에게는 아픔으로 느껴지는 것이다.

서구의 학자들은 오랫동안 도롱뇽의 기적과도 같은 재생력(再生力)에 대해 주목하였다. 도롱뇽은 팔다리나 꼬리가 절단되더라도 그것을 완전히 복구시킬 수 있다. 심지어는 심장이나 눈과 같은 중요한 기관까지도 재생시킬 수 있음이 보고되어 있다.

전기의학에 있어서의 권위자인 로버트 베커 박사는 그의 저서 《생명과 전기》에서 이러한 도롱뇽의 놀라운 재생력의 원천이 바로 그것만이 갖고 있는 특별한 상해전류 때문임을 설명하고 있다. 다른 여러 가지 동물들과 비교실험을 한 결과, 도롱뇽만이 특별한 형태의 상해전류를 갖고 있음을 알아내었던 것이다. 도롱뇽의 상해전류는 극성이 달랐고, 생물의 전기치고는 그 크기가 비교적 큰 편이었다.

베커는 인간을 포함한 재생력이 없는 동물에 어떤 조작을 가하여 인공적으로 재생력을 증진시킬 수 없을까에 대해 고심하였다. 그리하여 도롱뇽의 상해전류와 비슷한 전류를 외부에서 인공적으로 가해 주는 시도를 하였다. 그리하여 재생력이 없는 개구리의 절단된 다리를 어느 정도 재생시키는 데 성공을 하였다. 인간에게도, 우선 뼈의 재생에 이러한 방법을 사용하여 일정한 성과를 얻은 것으로 되어 있다. 외부의 전기 공급에 의한 뼈의 재생 촉진은 이미 미국에서는 널리 보편화되어 있다고 한다.

우리는 상처를 건드리면 더 아프다는 것을 잘 알고 있다. 상처를 소금물에 담근다든지, 바늘로 찌른다든지 또는 외부에서 전기를 흘린다든지 하는 것은 모두 원래의 통증을 가중시킬 것이 분명하다. 그렇지만 가중된 아픔은 재생을 촉진시키고, 또한 없던 재생력을 만들어서 재성장을 가능하게 하는 것이다.

놀랍게도 인간에게도 원래는 어느 정도 재생력이 있다는 사실이 발견되었다. 집중력이 떨어지는 어린이의 경우, 손가락 절단 사고를 당하는 경우가 많다. 이때 잘려나간 손가락이 온전치 못하면, 봉합수술을 못하고 상처 치료만 하여 손가락 없는 불구가 된다. 그런데 영국의 한 병원에서 사무착오로 어떤 어린이의 절단된 손가락 상처를 치료하지 않고 그대로 내버려 두었더니, 놀랍게도 손가락이 자라고 있음이 관찰되었다.

상처를 처치하지 않으면 아픔이 훨씬 오래갈 것이 분명하다. 그렇지만 그 아픔만큼 손가락이 자랄 수 있었던 것이다. 인간의 육체적 성장에도 아픔이 필수적이다. 아닌게 아니라 성장기의 어린아이들은 아프면서 자란다. 우리는 어린 시절에 어른들이 "저 녀석이 크려고 저렇게 아픈 모양이다"라고 하는 말을 흔히 들을 수 있었다.

우리 전통의학의 치료법에는 이 아픔의 원리를 이용하는 경우가 많다. 침과 뜸이 대표적인 경우다. 특히 뜸은 격통을 수반하기 때문에 어른들도 참아내기 힘들 정도이다. 그러나 그만큼 아프기 때문에 여간해서 움직이지 않던 고질병들이 움직이는 것이다.

심신을 강화시켜 준다고 알려져 있는 동양의 전통 수행법들은 모두 이 아픔의 속성을 포함하고 있다. 참선, 기공, 요가 등의 수행법에는 반드시 아픔이 따르기 마련이다.

우선 참선의 결가부좌 자세는 다리뼈에 상당한 통증을 일으킨다. 그런 자세로 한참 앉아 있다 보면 다리 이외에도 온몸이 쑤시게 마련이다. 기공과 요가의 자세를 취하다 보면 여기저기가 아프게 된다. 기공과 요가의 고수들은 아픔이 심하게 따르는 어려운 자세에서 내공이 쌓인다는 것을 알고 있다.

아픔은 병을 치료할 뿐만 아니라 미숙한 것을 성장시키고 약한 것을 강하게 만들어 준다. 아픈 만큼 성장하고 아픈 만큼 강해지는 것이다. 이것은 무슨 철학적인 이야기가 아니고 엄밀한 과학적인 이야기였다.

생각이 여기에까지 이르자 동현은 가슴이 설레기 시작하였다. 우리 전통의학과 생활문화 속에서 드디어 무언가를 뽑아낸 것이었다.

'현대 서양의학은 아픔을 적으로 간주하고 있다. 아픔은 무조건 없애야 할 대상으로 알고 있다. 그래서 진통제를 남용하고 있다. 이것은 준 자살 행위이다. 아픔은 그 자체가 치유력이기 때문에 그것을 없애면 치유력이 없어지는 것이다.'

동현이 TM 프로젝트를 진행하면서 또 하나 가닥을 잡은 것은 윤회(輪回)와 전생(前生)에 대한 것이었다. 아무래도 전생이 있다고 보는 것이 합리적이었다. 수만 년 인류 역사 중에 불과 수십 년밖에 안 되는 단 한 차례의 인생 무대에 등장한다는 것이 불합리해 보였다. 과거 역사 속의 장면들이 실감나게 와 닿는 것은 바로 그 시대를 살면서 경험한 것이었기 때문이 아닐까?

사람이 다시 태어나는 것은 전생에 못 이룬 꿈을 이루기 위함인 듯했다. 전생에 못 이룬 꿈은 현생에서 태생적으로 갖게 된다. 그 누구로부터도 배운 바가 없는 본능적인 열망을 갖게 된다. 자신이 왜 그런 열망을 갖고 있는지 설명할 수 없다. 바로 그것이 전생에 못다 이룬 꿈인 것이다.

그렇게 볼 때, 동현의 전생은 독립투사 내지는 통일을 염원한 민족주의자였을 것이다. 동현은 태생적으로 분단을 안타까워했고, 통일을 열망했다. 민족이나 통일이란 단어만 들어도 뒤통수와 등줄기에 불꽃이 튀는 것 같았다.

불교에서 성불(成佛)하는 것, 즉 열반의 세계로 들어가 영원한 평안을 얻는 것은 다름 아닌 윤회(輪廻)를 벗어나는 것이라 한다. 원죄(原罪)와도 같은 업(業)의 찌꺼기가 남아 있으면 계속해서 생명을 얻어 태어나고, 살다가 죽고, 그리고 다시 태어나는 것이다. 이 업을 완전히 벗어나면 다시는 생명으로 태어나지 않고 영생불멸의 법열(法悅)의 세계로 들어가게 된다.

10

차단기 개발실험

• • •

TM프로젝트가 중단되자 동현은 다시 일자리를 찾아야했다. 1987년 봄, 온 나라가 박종철 고문치사 사건으로 들끓을 때 동현은 운명의 직장을 만나게 된다.

동현이 이번에 다시 취직한 곳은 LG그룹 계열회사인 금성기전이었다. 동현이 실업자로 있다는 소식을 들은 대학 선배가 마침 중간관리자를 구하고 있던 자신의 납품회사인 금성기전에 동현을 소개시켜 주었다.

금성기전은 수도권 지역에 여기저기 공장을 갖고 있었는데 동현은 그중에서도 주안 수출공단에 있는 공장에 배속되었다. 주안공단은 구로공단에 이어 사상 두 번째로 생긴 대규모의 수출공업단지였다. 70년대와 80년대의 고도성장기에 주요 생산기지가 된 곳 중의 하나이다.

금성기전 주안공장은 전력차단기와 배전반(配電盤)을 생산하고 있었다. 전력차단기는 가정 또는 산업체에 공급되는 전력을 개폐하거나 고장 시에 자동적으로 선로를 차단해 주는 기능을 가진 기기이고, 배전반은 그러한 차단기를 여러 개 모아 놓은 집약체이다.

주안공장은 공장장 밑에 생산부, 설계부, 자재부, 관리부, 그리고 품질관리과가 있었다. 생산부는 차단기를 생산하는 생산1과와 배전반을 생산하는 생산2과, 그리고 완성 제품을 출하하는 출하과로 나누어져 있었고, 품질관리과는 과 단위부서로는 유일하게 공장장 직속이었다. 그것은 그만큼 제품의 품질관리를 엄격하게 하겠다는 의지를 나타내는 것이다. 동현은 품질관리과에 배치되었다.

품관의 선임자인 홍 반장은 새로 부임한 과장을 데리고 다니면서 업무에 따라 여기저기 흩어져 있는 과원들을 인사시켰다. 품질관리과는 차단기나 배전반과 같은 생산품과 그 부품의 품질을 검사하고 관리하는 부서였다. 그리고 당시 전국적으로 붐을 이루고 있던 TQC(Total Quality Control) 업무도 맡고 있었다.

생산품에 따라 또는 같은 생산품이라도 부품이냐 완성품이냐에 따라 업무가 분담되어 있었고, 전체 인원이 과장을 포함하여 20명 정도에 이르고 있었다. 그중에서 공장 본관에 있는 직원은 5-6명이었고, 나머지는 다 생산 또는 출하 현장 가까이에 있었다.

인구가 늘고, 도시가 팽창하고, 산업이 확대되어감에 따라 전기의 수요는 점점 증가하여 왔다. 발전소에서 만들어진 전기는 송전선으로 먼 길을 달려 변전소를 거쳐 수요자에게 공급된다. 송전선과 변전소 전후에는 곳곳에 전력 차단기가 설치된다. 전기의 공급을 개폐

(開閉)하거나 사고를 차단하기 위함이다.

전기의 수요가 증가하면서 차단기의 종류도 점점 다양해진다. 다양한 수요처의 성격에 맞게 차단기의 정격(定格), 즉 정해진 규격도 계속 개발되어야 하기 때문이다. 차단기의 정격은 두 가지가 핵심적인 요소인데, 하나는 평상전류이고 하나는 차단전류이다.

평상전류는 차단기가 평상시의 부하(負荷) 상태에서 흘릴 수 있는 전류의 크기이다. 예를 들어, 모두 100가구가 살고 있는 동네에 전력을 공급하는 전력선에 설치하는 차단기의 평상전류에 대해 생각해 보자. 가구당 평균 약 10암페아의 전류(이 동네의 전압이 100볼트라면, 전력은 10×100=1,000와트=1킬로와트)가 필요하다면, 100가구에 필요한 전류는 1,000암페아이다. 따라서 이 100가구에 전력을 공급하는 전력선에는 1,000암페아 이상의 평상전류를 가진 차단기를 설치하여야 한다.

차단전류는 전력선에 합선(合線) 사고가 일어났을 때 생기는 고장전류를 차단시킬 수 있는 한계를 가리킨다. 전력선이 합선이 되면 무부하(無負荷) 상태가 되어 엄청난 양의 전류, 이를테면 1만암페아 이상의 전류가 흐르게 된다. 엄청난 양의 전류는 계속해서 막대한 양의 열을 내어 변압기를 태우거나 화재를 일으키게 된다. 예전에 전력선 시설이 좋지 못할 때 가정에서 일어나는 화재는 합선이 원인인 경우가 많았다.

차단기는 최단 시간 내에 이 합선전류를 차단시켜서 이어지는 화재나 변압기의 소손(燒損) 같은 재해를 방지하기 위한 장치이다. 변압기가 소손되는 것도 커다란 사고에 속한다. 변압기를 교체하는 데 상당한 기간이 필요하다. 대형 변압기일수록 주문생산이기 때문에 길게는 1개월 이상 걸릴 수도 있다. 따라서 변압기의 소손은 일대의 수요처에 장기간의 정전(停電) 사태로 이어질 수 있다. 현대생활에서 정전이란 끔찍한 불편을 초래하기 마련이다.

모든 산업용품은 정격에 따라 다양한 모델이 생산되고 계속해서 새로운 모델이 개발되어 간다. 산업용 차단기의 새로운 모델을 개발할 때는 법에 따라 반드시 공인기관의 개발시험을 통과하게 되어 있다. 개발시험 공인기관은 국가출연연구소인 한국전기연구소이다. 개발시험은 물론 개발된 차단기의 평상전류와 차단전류를 시험하는 것이다.

개발시험 중에서 가장 문제가 되는 항목이 차단전류이다. 개발시험의 다른 항목들은 통과하는 데 별 어려움이 없다. 그러나 차단전류시험만큼은 통과하기가 만만치 않다. 규정된 시간 내에 막대한 합선전류를 제대로 차단시키기가 쉽지 않은 것이다.

그것은 막대한 양의 전류가 좀처럼 끊어지기가 어려운 성질을 갖고 있기 때문이다. 즉 전류가 흐르고 있는 양 전극을 떼어내려 하면 전극이 떨어져도 불꽃 방전을 일으키며 전류를 지속시키려 한다. 이것은 우리가 가끔씩 가정에서도 경험하는 일이다. 전열기나 전기다리미 같은 비교적 높은 전류가 흐르는 전기기구를 켜 놓은 채 콘센트에서 플러그를 뽑는 순간 불꽃이 발생한다. 이것은 전류가 끊어지지 않기 위한 몸부림이다.

막대한 전력을 쓰는 산업체 전력선 분리의 경우에는 가정의 콘센트와는 비교를 할 수 없는 엄청난 불꽃이 발생한다. 이 불꽃은 가까이 있는 사람에게 치명상을 입힐 수도 있다. 따라서 차단기는 이 불꽃을 최소한도로 발생시키거나 또는 발생되더라도 신속히 불꽃을 제압할 수 있도록 만들어진다. 이러한 이유로 차단기에 널리 사용되는 것이 진공관이다.

차단기에 사용되는 진공관을 제작할 수 있는 업체는 세계적으로 몇 되지 않았다. 1990년대에 들어서도 세계를 통틀어 다섯 업체 정도였다. 미국의 웨스팅하우스, 일본의 미쓰비시, 그리고 독일의 지멘스가 그것을 제조하였다. 금성기전의 차단기는 기술제휴선인 미쓰비시의 진공관을 사용하고 있었다.

금성기전에서도 몇 달에 한 번씩 차단기의 새로운 모델이 개발되고 있었다. 새로운 평상전류 또는 새로운 차단전류를 가진 차단기가 개발되었다. 공인기관의 개발시험 업무는 설계부와 품질관리과가 함께 맡고 있었다. 사내 시험이 완료되면 창원 전기연구소로 가서 개발시험을 받았다. 이때 설계부의 직원과 품관의 직원이 함께 내려가는데 중요한 시험이니만큼 과장들이 꼭 동행했다.

동현이 품관과장에 부임하여서도 얼마 있다가 차단기의 새로운 모델이 개발되었다. 미쓰비시 전기에서 새로운 성능의 진공관이 개발됨에 따라 그것을 채용한 새로운 모델이었다. 동현으로서는 처음 개발시험을 맡게 되었다. 창원 전기연구소로 내려갔다. 거기에는 설계과장과 미쓰비시에서 파견된 일본인 엔지니어도 동행했다. 미쓰비시로서는 자사의 진공관이 한국 공인기관의 시험에서 어떠한 평가를 받는가를 관찰하기 위한 조치였다.

창원 전기연구소에 들어가서 개발시험 책임자를 만났다. 이런저런 얘기를 나누다 알고 보니 시험관은 동현의 고등학교 1년 선배였다. 처음 만나는 사이가 갑자기 친한 사이로 변하는 순간이었다. 동현이 고등학교를 다니던 시절만해도 고교 선후배 사이라는 것은 곧 거의 피로 맺어진 사이만큼이나 비중있게 인식되던 때였다.

내일 있을 시험을 앞두고 동현은 시험관 선배에게 술 한잔하자고 청했고 시험관은 응했다. 시험을 앞두고 시험관들은 대접받는 것을 사양하는 것이 관례였으나 후배가 한잔하자는 걸로 생각하고 쾌히 응낙했다. 거기에는 물론 미쓰비시 엔지니어와 설계과장도 동석했다.

영문을 모르는 설계과장은 속으로 동현은 참 재주도 많다고 생각했다. 좀처럼 술자리를 같이 하기 힘든 시험관을 가볍게 술자리로 불러내다니, 동현은 참으로 불가사의한 인물이었다.

술자리는 화기애애한 분위기였다. 화제가 다양한 동현은 술자리의 분위기에 맞게 시시때때로 적절한 화제를 돌출시켰다. 정치 시국담으로부터 종국에는 남자들 술자리에서 돌출하기 마련인 여자이야기로 끌고 갔다.

때때로 이야기는 일본 친구를 위해 영어로 진행되기도 했다. 다들 공과대학 출신인 일행들은 어느 정도의 영어회화는 무난했다. 그런데 이야기가 영어로 진행되면 일본 친구는 오히려 더 당황스러워했다. 영어가 서툴렀기 때문이다. 일행은 이것을 눈치채고 다시는 영어로 이야기하지 않았다.

화제가 여자 이야기에 이르자 술자리의 분위기는 더욱 고조되었다. 자연히 2차로 이어지게 되었다. 일행들은 근처의 룸살롱으로 갔다. 일본 친구는 자리가 불편했는지 빠지려고 해서 설계과장이 호텔로 데려다 주었다. 동현은 오히려 잘 되었다고 생각하고 굳이 말리지 않았다. 일본인 기생관광까지 주선할 필요는 없지 않은가.

동현과 시험관이 룸살롱에 자리를 잡았고 잠시 후 설계과장이 합류했다. 짧은 미니스커트의 늘씬한 아가씨 세 명이 들어와서 각자의 옆자리에 앉았다. 동현 옆자리에 앉은 아가씨는 그렇게 미인은 아니었지만 앳되고 귀엽게 보였다. 동현이 물었다.

"여기 온 지 얼마 됐지?"

"오늘 처음 룸에 들어 온 거예요."

그러자 설계과장이 핀잔을 주듯이 말했다.

"야, 야, 누굴 짱구로 아는 거야 뭐야. 바른대로 말하라구. 그러구 그 분이 사장님이시니까 잘 모셔야 돼."

설계과장은 자신은 술값 부담에서 완전히 해방되겠다는 듯이 동현을 추켜세웠다.

일행들은 그렇고 그런 얘기를 질펀하게 주고받다가 밴드를 불러 노래를 부르고 춤을 추었다. 동현도 취기를 핑계삼아 분위기에 그냥 몸을 맡겼다.

양주와 안주가 몇 차례 더 들어오고 나서 동현은 오늘은 이 정도 해야겠다는 생각이 들었다. 내일 업무도 업무지만 술값이 무섭기도 했다. 그러지 않아도 회사에서 돈을 타내기가 힘든데 초반전에 너무 많이 써버리면 나중에 힘들다. "이만 일어납시다" 하고는 카운터로 가서 신용카드로 계산을 했다.

다음날 전기연구소에 들어가 보니 설계과장과 시험관은 아직 술이 덜 깬 얼굴을 하고 있었다. 시험관이 술값이 얼마 나왔더냐고 물었다. 그때서야 동현은 어젯밤 룸살롱에서 끊은 신용카드의 영수증을 들여다보았다. 얼핏 보기에 9만5천원으로 보였다. 거 룸살롱치고는 되게 싸다는 생각이 들었다. 아무래도 서울이 아닌 창원이라서 그런 것 같았다.

그러나 영수증을 자세히 들여다 본 순간 동현은 입이 딱 벌어지고 말았다. 9만5천원이 아니고 9십5만원이었던 것이다. 옆에서 같이 들여다 본 시험관도 놀라는 기색이었다. 일찍이 그렇게 비싼 술값을 본 적이 없었다. 창원 룸살롱이 서울 뺨치고 있었다. 가만히 생각해보니 아가씨들과 합석한 것이 그렇게 비싸진 원인이 된 것 같았다.

"야, 거 술값 어떻게 마련할래?"

시험관이 걱정을 해 주었다. 후배인 동현에게 이제는 완전히 반말투였다.

"선배님, 걱정 마세요. 금성기전에서 이 정도는 대접해야 하는 것 아닙니까?"

동현은 속으로는 좀 걱정이 되면서도 겉으로는 호기를 부렸다. 회사에서 결제가 제대로 안되면 자신의 돈을 물어넣어야 할 수도 있었다. 그렇지만 이 대목에서 중요한 위치에 있는 선배에게 명쾌함과 자신감을 보여 줄 필요가 있었다.

차단기 개발시험 준비가 완료되었다. 금성기전에서는 개발시험 경험이 가장 많은 조두연 대리가 내려와서 모든 현장 작업을 도맡아 했다. 그는 전기연구소측에서 해 주어야 될 일까지 척척 해 내었다. 전선을 차단기에 연결하고 각종 계측기의 센서를 부착하는 일을 솜씨 좋게 해치웠다.

드디어 개발시험이 시작되었다. 각종 시험을 무난하게 다 통과했다. 이제 차단전류시험만을 남겼다. 차단전류시험에 이르면 모두들 긴장했다. 차단전류시험에서는 차단기에 비록 순간적이기는 하지만 수만 암페아의 엄청난 전류를 흘려야 하기 때문이었다.

우선 연구소 측으로는 시험설비의 안전에 신경을 써야 했다. 아무리 그 시험을 위해 만들어진 시험설비라 하여도 그러한 막대한 전류를 흘릴 때는 심한 충격을 받았다. 만약에 회사 쪽의 피시험용 차단기가 제대로 작동하지 못하면 변압기를 비롯한 여러 설비가 충격을 받게 된다. 따라서 연구소 측에서는 피시험 차단기와 변압기 사이에 최고 성능의 보조차단기를 설치했다.

회사 쪽으로서도 긴장이 되기는 마찬가지였다. 새로운 모델 개발의 성공 여부가 이 시험 하나에 달려 있기 때문이었다. 만약에 차단기가 규정된 시간(대개 0.1초에서 0.5초 정도) 내에 합선전류를 끊어주지 못하면 결과는 불합격이 된다. 불합격을 받으면 시중에 내다 팔 수 없고 한동안 성능개선의 성의를 보인 후 다시 가져와서 시험을 받아야 했다. 그렇게 되면 회사 쪽으로서는 상당한 손해를 입어야 했다.

모든 준비가 끝나고 드디어 합선전류를 흘리는 시간이 되었다. 마치 우주선을 발사하듯이 카운트다운을 하여 제로를 외치면서 마지막 스위치를 넣었다.

순간 무인원격(無人遠隔) 조종되고 있는 차단시험실에서 펑하는 폭발소리가 났다. 철문을 내리고 있는 상태에서 그 정도 소리가 났다는 것은 시험실 내부에서 상당한 폭발이 있었다는 것을 뜻한다. 차단시험시의 엄청난 전류에너지는 어떠한 돌발적인 사태를 일으킬

지 몰랐다. 따라서 차단전류시험은 모든 인원을 철수시키고 철문을 내린 채 원격으로 조종되었다.

시험관과 홍 반장이 시험실로 뛰어가서 조심스럽게 철문을 열었다. 철문이 열리면서 안에서 매캐한 연기가 흘러나왔다. 연기가 좀 걷힌 후에 차단기로 다가가서 살펴보니 차단기는 어느 정도 형체를 유지하고 있는데, 가장 중요한 진공관 부분이 박살이 나서 날아가고 없었고, 전극은 채 분리되지 못하고 녹아서 눌어붙어 있었다.

완전히 실패였다. 진공관이 멀쩡한 채로 내부의 전극을 분리시켜 주어야 시험에 합격인 것이다. 피시험 차단기에 규정 시간 이상의 합선전류가 흘러서 고(高)에너지를 이기지 못한 진공관이 폭발하고 말았다.

시험관과 홍 반장이 한동안 우두커니 서 있었다. 홍 반장은 전에도 경험한 적이 있어 합선전류의 위력을 실감하고 있었다. 동현으로서는 합선전류의 위력을 처음 구경한 셈이었다. 단순한 전류가 그렇게 위력적인 폭발을 일으키다니!

동현과 시험실에 같이 들어선 미쓰비시 엔지니어가 가장 곤혹스런 표정이었다. 그럴 리가 없을 텐데 하면서 고개를 갸우뚱거렸다. 세계적인 중전기기 메이커인 대 미쓰비시전기의 진공관이 그렇게 무력하게 폭발해 버린 것은 무언가 석연치 않은 점이 있다는 표정이었다.

그는 시험관에게 최종적으로 불합격 판정을 내리기 전에 시험과정의 잘못이 없나를 검토하게 해 달라고 부탁했다. 그로서는 이대로 돌아가서는 본사에 면목을 세울 수가 없었다. 시험관은 그의 부탁을 받아들이고는 그와 함께 원격조종실로 가서 기록지를 검토하기 시작했다.

"아니, 일제 진공관이 이렇게 처참하게 실패하는 경우가 또 있었소?"

동현이 홍 반장에게 물었다.

"드문 일이기는 하지만 있었습니다. 합선전류라는 것이 워낙 엄청난 것이어서 진공관을 여간 튼튼하게 잘 만들지 않고는 견디지 못하거든요. 그것은 미제나 독일제도 마찬가지입니다."

홍 반장이 대답했다. 홍 반장은 미제나 독일제 진공관을 채용한 다른 차단기 제조업체의 개발시험에 대해서도 전기연구소 관계자들로부터 들어서 알고 있었다.

"이제 어떡해야 되는 거요?"

동현이 개발시험 경험이 많은 홍 반장에게 물었다.

"한 달 이내에는 시험 재신청이 안 되니까 한 달 후에 다시 들고 와서 시험을 받아야 합니다."

"그러면 한 달 후에 창원 출장 한번 더 오게 생겼군."

동현이 혼잣말처럼 중얼거렸다.

점심을 먹고 나서 휴게실에서 쉬고 있는데 시험관이 동현에게 와서 말을 걸었다.

"저, 일본 친구가 전압이 너무 높았다고 떼를 쓰는데 한번 봐 줄까? 유 과장도 처음 개발시험 내려왔는데 이왕이면 합격 받아 올라가는 게 좋겠지?"

동현은 처음에는 시험관의 말의 의미를 이해하지 못했다.

"아니, 전압이 높았다니요. 규정상의 일정한 전압이 아니고 그보다 높은 전압이 가해졌단 말입니까? 그럴 수도 있습니까?

동현이 이해를 못하겠다는 듯이 되물었다. 차단기가 포함된 시험 선로에 규정치보다 높은 전압이 가해졌다면 규정 이상의 합선전류가 흘러서 차단기의 진공관이 더욱 견디기 힘들었을 것이다.

"기록지 펜의 잉크가 규정치 위에 약간 묻어 있는 것은 사실이야. 그것은 기록계의 오차로서 실제로 전압이 올라갔다고는 보기 힘들지. 하지만 그것을 증명할 도리는 없어. 실제로 전압이 올라갔다고 클레임을 걸 수도 있는 거야."

시험관이 잠시 말을 끊었다가 결심했다는 듯이 다시 이었다.

"유 과장, 내일 전압을 조금 낮추어 다시 한 번 해볼까? 마침 개발 차단기도 여분으로 한 대 더 가져왔다고 하니까."

동현이 즉시 대답했다.

"그것이 가능하다면 물론 그렇게 하는 게 좋죠. 다만 좀 무리한 일이 아닌가 염려가 됩니다."

동현은 무리한 일이면 딱히 그럴 필요가 있겠느냐는 생각으로 꼬리를 달았다.

"걱정 마, 이 사람아. 나한테 그 정도 끗발은 있어."

시험관은 후배인 동현에게 무언가 배려를 해 주고 싶었다. 어젯밤에 좀 과분한 대접을 받았다는 기분 때문인지도 몰랐다.

동현으로서는 시험관이 그렇게 말하는 이상 밑져야 본전이었다. 한번 더 시험을 해서 또다시 실패하면 어차피 받을 불합격 판정을 받을 것이고, 만에 하나라도 성공하면 합격 판정을 받아 회사에도 이익이 된다. 이대로 불합격 판정을 받아 그냥 올라가는 것보다는 훨씬 나았다.

다음날 전날의 시험과 똑같은 절차가 반복되었다. 다만 어제보다 좀 낮은 전압을 가하는 것으로 다들 알고 있었다. 실제로 전압을 얼마나 낮추는지는 시험관과 설비 담당자만이 알 수 있었다. 그것은 사실상 전기연구소 측의 횡포였다. 시험설비의 조작을 시험의뢰인과 같이 또는 시험의뢰인의 입회 아래 해야 하는 것이 원칙인데 보안을 핑계로 설비에의 접근을 불허했다.

카운트다운이 다시 시작되고 제로를 외치면서 전압을 인가했다. 이번에는 시험실에서 아무 소리도 나지 않았다. 금성기전측 사람들은 조심스럽게 이번에는 차단기가 제대로 끊어주었을지도 모른다고 기대했다.

시험관을 위시한 전기연구소측 사람들과 동현을 포함한 금성기전측 사람들이 철문을 열고 시험실로 들어섰다. 시험관과 홍 반장이 먼저 차단기에 근접해서 자세히 살펴보았다.

이번에는 차단기가 제대로 작동되었다. 차단기 동작표시판에 정상적으로 작동했음을 표시하는 '차단'표시가 올라와 있었기 때문이었다. 시험관과 홍 반장이 서로를 쳐다보면서 고개를 끄덕였다. 그리고는 시험관이 사람들이 있는 곳을 향해 말했다.

"합격을 축하합니다."

그날 저녁 시험에 참가했던 사람들이 모두 창원 시내로 나가서 축하 회식을 열었다. 동현과 시험관을 포함한 몇 사람은 이틀 전과 비슷한 경로로 술자리를 이어나갔다.

11
유격전

• • •

동현은 점점 더 공장의 실세가 되어갔다. 차단기의 KS마크를 따내서 회사 내외를 놀라게 하더니 이번에는 처음 경험하는 차단기 개발시험에서도 거뜬히 합격을 받아냈다. 사람들은 동현이 보통사람이 아닌 것 같다고 수군거렸다.

동현을 건드리는 사람은 아무도 없었다. 동현은 군대에 비유하자면 제대 말년의 왕고참 대우를 받고 있었다. 공장장조차도 동현을 어려워하여 동현이 하는 일이라면 도무지 참견을 하려 하지 않았다. 동현은 진짜 제대 말년의 왕고참처럼 편해졌다. 그렇게 되니까 오히려 공장생활이 무료해지기 시작했다.

여유가 좀 생기자 동현은 다시 근본적인 운명의 문제에 몰입했다. 그것은 두 가지 일로 요약되었다. 하나는 새롭게 정립한 전통의학의 지혜를 글로써 정리하는 일이었다. 다른 하나는 끊임없이 제기되는 전생에 대한 의문이었다.

동현은 자신도 모르게 점점 마음이 급해졌다. 이제는 어느 정도 보이는 자신의 운명적인 길로 마구 달려가고 싶었다. 마음이 급해지니까 직장생활을 순조롭게 해 나가기가 어려워졌다. 아무리 편한 보직에 있다 하더라도, 직장에 소속해 있으면서 다른 생각과 일에 몰두한다는 것은 힘들고 괴로운 일이었다.

마침 동현에게 이러한 고민을 해결해 줄 수 있는 기회가 다가왔다. 주로 동양 전통의학과 수련법에 관련된 책을 출판하고 있던 출판사 정신세계사에서 기획자를 찾고 있었다. 기획자의 일이란 출판사 출판 주제와 관련된 각종 국내외 자료를 섭렵하여 정리하고, 또한 출판할만한 주제와 내용을 추천하는 것이었다.

동현은 공장장에게 곧 사표를 낼 것이라고 통고했다. 공장장은 속으로는 어떻게 생각하는지 몰라도 겉으로는 적극 만류했다. 당신같이 유능한 인재가 빠져나가면 우리 공장은 앞으로 어떻게 되겠느냐고 하면서 엄살까지 부렸다.

이즈음 정계에서는 또 한 번의 역사적 사건이 일어났다. 그것은 국회의원 선거에서 야당이 여당보다 훨씬 많은 의석을 얻은 것이었다. 이른바 여소야대의 정국이 된 것이다. 여소야대의 국회에서 야당이 단결하여 무엇을 하고자 하면 안되는 일이 없었다. 정부와 여당은 야당에 질질 끌려다니고 있었다. 야당은 우선 지난 5공정권의 비리를 캐기 시작했다. 5공 인사들이 줄줄이 구속되고 급기야는 전두환 전대통령까지 국회의 증언대에 서야 했다.

극우 보수세력의 목소리가 급속히 위축되고 민주통일 진영의 목소리는 크게 들리기 시작했다. 이즈음 서점가에 가보면 이러한 변화를 실감할 수 있었다. 사회과학 서적의 전성시대라 할 만큼 많은 종류의 책들이 쏟아져 나왔다. 모두 민주통일이나 사회변혁과 관련이 있는 책들이었다. 특히 주목할만한 것은 북한의 원전들이 대거 소개되기 시작했다는 것이었다.

북한이 자랑하는 문학 작품이라고 알려졌던 〈피바다〉, 〈꽃 파는 처녀〉 등과 〈조선통사〉, 〈현대조선역사〉, 〈주체사상〉 등의 서적들이 보였다. 이들 책의 내용을 액면 그대로 받아들이면 반드시 한 가지 같은 결론에 이르게 되었다. 그것은 북한 정권이 항일 무장투쟁을 바탕으로 성립된 정권이라는 것이다.

나중에는 남한의 학자들도 만주에서의 항일무장투쟁에 대한 평가를 내리기 시작하였다. 학자들에 따라서 그 성격과 의의를 다소 다르게 평가하였지만, 한 가지 공통점은 있었다. 그것은 만주에서 조선인의 항일무장투쟁이 있었고, 그것이 어느 정도 북한 정권과 관련이 있다는 것이었다.

일제시대에 나라 밖에서나마 조직적인 항일무장투쟁이 있었다는 자체가 하나의 신선한 충격이었다. 그것은 독립만세를 부른다거나 창씨개명을 거부한다거나 하는 것과는 차원이 다른 투쟁이었다. 그것은 자주 독립을 이룰 수 있는 확실한 토대가 되는 또 하나의 투쟁이었다. 그것은 처참하고도 굴욕적인 우리 근대사에서 조금이나마 자존심을 세울 수 있는 부분이었다.

만주 항일무장투쟁에서 남긴 인상적인 구호가 있었다. 그것은 "적의 무기를 뺏는 투쟁부터"라는 것이었다. 아무 것도 없는 조선이 일본과 싸우려면 우선 일본의 무기부터 빼앗고, 그 무기로 좀 더 큰 규모의 투쟁을 전개해 나간다는 것이었다. 참으로 적절한 작전이었다. 아니 조선이 일본과 투쟁할 수 있는 유일한 작전이었다.

그러나 일견 그럴듯해 보이는 전술이지만, 꼭 그렇게만 볼 수 있는 것은 아니었다. 어떻게 보면 그것은 무모한 짓이었다. 일정한 규모의 군대도 없고, 사회적 조직력이나 경제력도 없는 상태에서 총 몇 자루를 빼앗아서 무얼 어떻게 하겠다는 것인가.

총은 뺏을 수 있다. 뺏으면 우리 것으로 쓸 수 있다. 대포와 기관총도 뺏으면 우리 것이 된다. 그러나 탱크나 장갑차 또는 비행기에 이르면 얘기는 달라진다. 그것들은 뺏어도 우리 것이 되기 힘들다. 쓸 줄을 모르기 때문이다. 그리고 조직력, 경제력, 산업기술력 등은 뺏을 수도 없다.

뺏은 총으로 소규모 일본군 또는 경찰을 습격하는 것은 또 다른 큰 문제를 야기시켰다. 일제는 자신들의 적은 희생에도 크게 분노하여, 차후에 조선 양민들을 대량 학살하곤 했다. 양민의 필연적 희생이 따르는 투쟁에는 도저히 찬성할 수 없었다.

소규모 부대 습격이 주류를 이루는 항일무장투쟁은 일제에의 타격이나 자주독립 역량 구축이라는 점에서 얼마나 효과가 있었는지도 의문이었다. 실제로 항일무장투쟁이 가장 활발하였다고 하는 1937년에 일제는 중국 본토를 삼키기 위한 중일전쟁을 일으켰다. 무장투쟁에 의해 일제가 다소나마 타격을 입었다면, 중국을 상대로 하는 또 다른 전쟁을 감히 생각할 수도 없었을 것이다.

일제는 항일유격대의 처리를 군이 아닌 경찰에 맡기고 있었다. 유격대원이 생포되면 포로로 취급하는 것이 아니라 소위 '치안유지법'을 어긴 범죄자로 취급하였다. 그리고는 법정에서 재판하여 형을 선고하고 일본 국내 형무소에서 징역을 살게 하였다.

항일무장투쟁에 대한 것을 읽다 보니, 또 한 가지 중요한 사실을 알게 되었다. 그것은 모택동을 지도자로 하는 중국 혁명에 다수의 조선인이 참여하였고, 그 조선인들이 북한 정권의 중요한 토대가 되었다는 것이었다. 즉 만주 항일무장투장세력과 중국혁명 참여 세력이 북한 정권의 양대 맥을 이루었던 것이다.

그런데 나중에 연안파라고 불리었던 이들 중국혁명 참여 인사들은 누구 하나 남김없이 모조리 비참한 최후를 맞게 된다. 무정을 위시하여, 김두봉, 박일우, 최창익, 서휘, 윤공흠, 김을규 등의 쟁쟁한 혁명가들이 모두 비참한 최후를 맞는 것이다.

동현은 이 대목에서 다시 뒤통수와 등줄기를 치는 듯한 전율을 느꼈다. 분명히 자신의 전생과 밀접한 관련이 있는 듯했는데, 그것은 중국혁명에서의 경험인 것이 분명하였다. 서서히 자신의 과거를 만나고 있다는 감동이 밀려왔다.

전생의 동현은 일제치하에서 열렬히 독립을 갈구했다. 그런데 일제하의 조선 땅에서는 어떻게 해 볼 방법이 없었다. 마침 중국에서 독립운동을 하는 선배들이 있다는 소식을 듣고 중국으로 건너간다. 동현이 그 시대를 살았다면 분명히 그렇게 했을 것이다.

동현은 출판사에서 하루 종일 많은 자료를 섭렵하면서 점점 자신의 과거와 현재의 운명이 뚜렷하게 다가오는 것을 느꼈다.

자료를 훑어보고 있던 어느 날 동현은 놀라운 사실을 발견했다. 자신이 하고자하는 '전통의학의 현대적 정립'이란 과업을 이미 시도한 사람이 있었다는 것이었다. 그는 바로 '김봉한'이라는 월북한 북한의 의학자였다.

김봉한은 1960년대에 이미 전통의학의 핵심적인 개념인 '경락'의 실체를 규명하는 데 상당한 성과를 올린 것으로 되어 있었다. 참으로 놀라운 일이었다. 그것은 이상하리만치 동현을 전율시키는 업적이었다. 동현은 직감적으로 자신의 전생이 또한 김봉한과 밀접한 관련이 있음을 알아차렸다.

어느 날 동현은 신촌 강 도사를 찾아 자신의 전생이 보이는 듯하다고 전했다. 그리고 좀더 자세히 알 수 있는 방법이 없겠느냐고 물었다. 강 도사는 선도 수련법의 회광반조술(回光反照術)을 가르쳐 주었다. 단전호흡 간격을 길게 잡고 지식(止息), 즉 호흡 멈추기를 가능한 한 최대로 길게 하라고 하였다. 그리고 마음을 비우고 고요히 있으면 과거의 필요한 장면이 떠오른다고 하였다.

동현은 강 도사가 시키는 대로 했다. 처음에는 아무 것도 보이지 않았다. 잡다한 상념들만 어지럽게 스쳐갈 뿐이었다. 그런데 지식의 시간을 점점 늘리면서 과연 과거의 장면들이 조금씩 선명하게 나타나기 시작하였다. 지식을 오래할수록 과거의 영상이 더 선명해졌다.

그러나 회광반조에 의한 영상만으로는 스토리가 제대로 만들어지지 않았다. 보이는 장면들의 의미가 무엇인지 분명치 않는 경우도 있었다. 그래서 동현은 당시의 역사와 기록을 자료를 통해 훑기 시작하였다. 자료가 충분치는 못했지만, 여기저기서 자신의 전생의 흔적 같은 것이 발견되었다.

2부

12. 전생으로 돌아가다

13. 상해 조선인 혁명가

14. 황포군관학교

15. 조선의용대

16. 노래하는 선녀

17. 항일 무장의 양대 줄기

18. 해방

19. 중국 내전

20. 한국전쟁

21. 휴전과 김일성

22. 최후의 작전

12

전생으로 돌아가다

• • •

전생의 동현의 이름은 이명식이었다. 명식은 1915년 어느 날, 딸만 있던 가정에서 독자로 태어났다.

명식이 어린 시절 살던 곳에는 공장 지대가 있었다. 공장이 한두 곳이 아니고 여러 곳이었다. 그리고 바다와 항구가 있었다. 후생의 동현이 태어난 부산과 비슷한 환경이었다. 그러나 부산은 아니었다. 바로 함경남도 흥남이었다.

일제는 흥남에 대규모 화학공업단지를 조성하고 있었다. 명식의 보통학교 시절인 1920년대에 일제는 공장설비를 제조하기 위한 여러 기계공작소를 완공하였고, 비료공장과 시멘트공장을 건설하고 있었다.

명식의 아버지는 당시 약종상을 하고 있었다. 1910년 조선을 합병한 일본은 본국에서 했던 것처럼 한의학과 한의사 제도를 없애려

했다. 따라서 일제(일본제국주의)는 조선에서도 한의사 제도 자체를 없애버리고 의생과 약종상으로 개칭하여 본격적 의료행위를 금지시켰다. 이 의원은 나라를 잃은 것만 해도 서러운데 직업까지 대접을 못받게 되었다면서 울분을 토하곤 했다. 그래서 외아들에게는 우선 대접받는 서양의학을 공부해서 당당한 의사가 되기를 기대했다.

어머니도 당시로서는 매우 진보적인 의식을 가지고 있었다. 어머니는 틈나는 대로 어린 아들이 민족의식을 갖도록 일깨웠다. 사내대장부는 대의를 위해 행동해야 한다고 가르쳤다.

보통학교 고학년에서는 국사(일본사)를 배웠다. 일본의 역사에는 웬놈의 '신(神)'자가 들어가는 단어가 그리 많은지 짜증이 날 지경이었다. 명식을 비롯한 일부 민족의식이 있는 애들이 국사 교과서 표지의 '국(國)'자와 국어 교과서의 '국'자를 모두 '일(日)'자로 고쳐놓았다. 그러자 덩달아 하기 좋아하는 아이들이 모두 '국'자를 '일'자로 고쳐 놓았다.

"교장(일본인)한테 들키면 경친다. 조심들 해."

담임 선생님이 넌지시 주의를 주는 것이 오히려 칭찬을 하는 듯해서 더욱 우쭐했다. 아직 일본의 식민지 지배가 어설픈 시절이었다.

그러나 일본의 해군력은 놀라운 것이었다. 선생님은 일본의 해군이 당시 세계 최강으로 알려져 있던 발틱 함대를 격파했다고 일러준 바 있었다. 가끔씩 흥남 앞바다에 나타나는 군함들은 일대 장관을 이루고 있었다. 마치 바다에 웅장한 강철의 요새들을 건설해 놓은 듯한 광경이었다. 어처구니없게도 대단한 긍지가 느껴졌다. 그것을 보고 조무래기들은 소리쳤다.

"우리 해군이 세계 제일이다."

필요할 때만 일본을 '우리'로 쳐 주었다. 반일과 친일의 감정이 경우에 따라 수시로 뒤바뀌던 시절이었다.

명식은 틈나는 대로 군함을 구경하기 위해 부두로 달려갔다. 당시로서는 군함만큼 화려하고도 웅장한 구경거리는 없었다. 군함의 정교하고도 아기자기한 설비와 무기들이 명식을 매료시켰다. 그러나 군함은 흥남항에서는 자주 볼 수 없었다. 군함은 해군기지가 있는 원산항을 드나들었고, 흥남항에는 무슨 특별한 일이 있을 때만 들어왔다.

명식은 부두에서 군함 대신에 볼만한 구경거리를 발견했다. 그것은 크레인이었다. 크레인은 4개의 철제 기둥과 기둥 사이를 이어주는 철제 보를 지지대로 하여 설치되어 있는 빔크레인이었다. 크레인은 화물선에서 내려져 야적되어 있는 화물을 기차에 옮겨 실었다. 명식은 때론 친구들과 함께, 때론 혼자서 크레인을 구경하러 갔다.

명식은 크레인을 조종하는 크레인 기사가 멋지게 보였다. 기사는 땅 위에 서서 크레인을 정확하게 움직여 화물을 기차 화물칸 위에다 올려놓았다. 그는 기둥 옆에 늘어뜨려져 있는 조종간의 단추를 눌러가면서 크레인을 조종하였다. 크레인은 기사의 조종에 따라 앞으로, 뒤로, 아래로, 위로 움직였다.

하루는 일본인 크레인 기사가 허구헌 날 부두 철조망에 붙어서 크레인을 구경하는 명식을 불렀다.

"어이 꼬마, 이리 들어와 봐."

하고는 철조망 한 쪽 켠에 달린 문을 열어주었다. 명식은 덜컥 겁이 났지만, 기사의 온화한 얼굴을 보고 열린 문으로 들어갔다. 기사는 명식의 이름과 학교, 학년 등의 신상을 묻고는 명식에게 말했다.

"크레인이 신기해 보이냐? 네가 한 번 조종해 볼래? 내 가르쳐 줄 테니."

뜻밖에 친절한 제안이었다. 명식은 고개를 끄덕였다. 기사는 친절하게 가르쳐 주었다. 이 단추를 누르면 앞으로 가고, 이 단추를 누르면 뒤로 가고, 이 단추를 누르면 정지하고. 명식이 시키는 대로 하여 크레인을 움직이니 너무도 신이 났다. 이 사실을 학교 친구들에게 알리고 싶었다.

그때였다. 명식이 갑자기 '아앗'하고 비명을 지르면서 조종간을 놓아버렸다. 전기에 감전된 것이었다. 명식의 작은 손이 조종간의 단추 사이의 틈으로 들어가 안쪽의 노출된 전선에 닿았던 것이다. 명식은 충격에 놀라 식은 땀이 날 정도였다. 기사는 "놀랬지?"하면서 실실 웃었다. 명식의 감전을 예상한 것 같았다. 명식은 그 후 다시는 크레인 구경을 가지 않았다.

크레인 사건 덕으로 명식은 전기에 대해 큰 관심을 갖게 되었다. 알고 보니 그 신기하던 조종간이 전기로 움직이는 것이었다. 크레인 뭉치 옆에 달린 커다란 상자가 전기모터였고, 그 모터가 결국 크레인을 움직이는 것이었다. 명식은 이때 나중에 전기기사가 되어야겠다고 생각했다.

보릿고개가 있던 어려운 시절이지만 명식은 배를 곯는 일은 없었다. 약종상을 하는 아버지의 수입이 괜찮았기 때문이었다. 명식은 아버지를 따라다니며 영화관에서 영화도 보고 시장통에 가서 맛있는 것도 사먹고 해서 당시로써는 꽤 높은 문화생활을 누리는 편이었다. 따라서 다른 애들에 비해 세상 견문이 비교적 넓은 편이었다.

공부를 괜찮게 했던 명식은 함경도 지방 제1명문인 함흥고보(고등보통학교)를 목표로 하고 있었다. 그런데 당시 함흥에는 의학을 가르치는 교육기관이 없었다. 아버지는 아들의 교육을 위해 경성으로의 이사를 결정했다. 경성에는 경성제국대학 의학부, 경성의학전문학교, 세브란스의학전문학교 등 3개의 의학교육기관이 있었다.

일제는 1916년에 총독부병원 부속의학강습소를 경성의학전문학교로 승격시켜 양의사를 양성하고 있었다. 이보다 앞서 1908년부터 세브란스병원 부속의학교에서 의사를 배출하고 있었다. 평양과 대구에도 1920년대부터 의학교 또는 의학전문학교가 설립되어 의사를 양성하고 있었다. 경성제대 의학부는 1927년에 개설되었다.

지방에서 공부한 명식은 경성고보는 아무래도 어렵다고 보고 혜화동에 자리잡은 보성고보에 응시하여 무난히 합격하였다. 아버지는 명식이 나중에 최소한 경성의전에는 들어가기를 바랬지만, 명식은 내심 공업전문학교 진학을 생각하고 있었다.

당시 공업기술을 공부하기 위해서는 공업전문학교에 가는 수밖에 없었다. 경성제대에는 이공학부가 없었다. 일인들이 조선인 고급기술자의 배출을 원하지 않았기 때문이었다.

일본은 1930년대에 이미 철강, 기계, 금속, 건축, 토목의 산업기술이 구미 선진국의 수준에 있었다. 그들은 조선에 들어와 현대식 건물, 공장, 철도, 다리, 전기, 전화를 건설했다. 웅장한 총독부와 시청 건물, 한강 철교, 그리고 경부선 철도는 그들의 우수한 토목·건축 기술의 표징이었고, 경성 시내 중심교통을 맡고 있는 궤도전차(電車)는 그들의 전기와 기계 기술을 보여주는 작품이었다.

일본은 막강한 군사력으로 1931년 일본 영토의 10배에 달하는 광활한 만주를 가볍게 손에 넣었다. 이제는 중국 본토를 넘보고 있다는 소문이 파다했다.

그러한 일본의 힘을 극복하기 위해서는 많은 사람들이 과학기술을 공부해야 했다. 그러나 조선인들은 과학기술을 좋아하지 않았다. 사람들은 여전히 구태의연한 탁상공론에 아까운 시간을 낭비하고 있었다. 신학문을 한다고 하는 사람들조차 모두 법이나 상업을 공부해서 개인의 영달만 추구하고 있었다. 참으로 안타까운 현실이었다.

14세에 고보를 들어가 보니 20세가 넘은 아저씨 1학년생들이 심심찮게 눈에 띄었다. 조혼을 하던 시절이라 이들은 대부분 결혼하여 애까지 몇씩 두고 있었다. 다수의 조무래기들은 소수의 '아저씨'들을 놀려 먹었다.

"어이 박씨, 색시 이뻐? 색시 보고 싶어 공부가 될까?"

그러면 그들은 노련하게 느물거렸다.

"느그 엄마, 말이냐? 조무래기들이 버릇없게 어른 이쁘고 안 이쁘고 따지냐?"

"박씨 없는 동안에 색시 바람피우면 어떡하지?"

"머리꼭대기 피도 안 마른 것이 주둥아릴 함부로 놀려. 너도 임마 머리통이 여물려면 담배 연기를 더 맡아야 해. 에-- 훅."

그러면 조무래기들은 담배 연기에 질색을 하고 물러섰다.

보성고보 동기생 중에는 눈에 띄는 특출한 인물이 있었다. 그는 입학 이후 내내 전교 우등을 달리고 있는 김봉한이었다. 김봉한은 공부만 잘하는 것이 아니고, 각종 스포츠에도 만능이었다. 그래서 이명식과 김봉한은 운동장에서 마주치는 일도 많았다. 반 대항 축구

대회에서 양 군이 속한 반은 항상 준결승 또는 결승에서 만나기가 다반사였다.

명식이 김봉한과 대화를 해 보니, 김봉한은 나이답지 않게 문학과 철학에도 상당한 식견을 갖고 있었다. 이명식과 마찬가지로 민족주의적 기질이 강했지만, 명식과는 달리 차분한 방법론을 생각하고 있었다.

명식은 김봉한에 대해 생각했다.

"저 친구, 나중에 민족을 위해 무언가 큰 일을 해낼 것이 틀림없어."

2학년이 된 늦가을 어느 날, 평상시와 같이 등교를 했는데 복도 여기저기에 눈에 익지 않은 벽보, 즉 격문들이 나붙어 있었다. 만만찮은 솜씨의 힘있는 붓글씨로 내리 쓴 격문의 벽보를 사환이 물바께쓰와 밀걸레를 들고 다니며 긁어내리고 있었다. 격문의 내용은 대개 다음과 같은 것이었다.

광주(光州) 학생들의 투쟁을 지지, 성원하자.

일제의 식민 통치와 노예 교육을 반대하자.

첫 상학종이 울리는 것을 신호로 동맹휴학을 단행하자.

교실로 들어와 보니 개인 책상 속에도 비슷한 내용의 전단지가 한 장씩 들어 있었다. 모두들 긴장해 책가방은 열 생각도 않고 그냥 앉아 대기를 하는 중에 상학종이 울렸다.

온 교사가 불시에 비상경보가 난 병영처럼 소란스러워졌다. 동서

(東西) 두 현관으로 쏟아져 나온 학생들로 운동장이 떠들썩했다. 이런 때면 가끔씩 우렁차게 한 마디 하는 지도자격의 학생이 축대 끝에 올라섰다. 그가 두 팔을 벌려 가라앉히는 형용을 하자 웅성거리던 운동장이 금세 물을 끼얹은 듯 조용해졌다.

"제군들, 광주에선 지금 경찰들이 무슨 짓을 하고 있는지 압니까? 경찰은 우리 조선 여학생을 까닭 없이 모욕한 일본 학생을 단속하는 게 아니라 그 부당한 모욕에 항의하는 우리 조선 학생들을 체포 구금하고 있습니다! —"

그의 사자후는 당장에 맹렬한 반향을 불러일으켰다.

"경찰을 족쳐라!"

"경찰서를 박살내자!"

분노의 외침이 터져나왔다.

수백 명의 학생들이 그의 선창으로 '노예교육 절대반대', '식민통치 결사반대', '일본 제국주의를 타도하자'의 구호를 외치면서 교문 쪽으로 몰려갔다. 그런데 어느새 왔는지 경관들이 철격자문을 밖으로 잠그고 지키고 있었다.

한동안의 대치 후, 몸이 날랜 학생 몇이 축대를 넘어가 문을 지키고 있던 경관을 밀치고 철격자문을 활짝 열었다. 갇혀 있던 학생들이 노도와 같이 쏟아져 나갔다. 학생들이 창경궁 쪽으로 밀려가니 경관들이 길을 막고 대기하고 있었다. 호송차와 잡아둔 버스 몇 대가 그 뒤를 받치고 있었다.

곧 육탄 돌진이 시작됐고, 칼을 찬 경찰과 사복 경찰들이 두 팔을 벌리고 막아섰다. 왜놈들도 백주에 극악무도해질 수는 없든지 적수공권인 학생들에 대해 무기를 사용하지는 않았다. 어린 청소년들과 저지하는 경관들 사이에 난투가 벌어졌다. 잘 훈련된 경관들은 만만치 않았다. 경험 없는 학생들은 이내 오합지졸이 되어 흩어졌다. 명식도 주변에 학생들이 보이지 않자 겁을 먹고 가까운 골목으로 튀었다. 명식에게는 조국독립의 열정과 일제의 강력한 현실을 함께 느낀 하루였다.

명식은 학년이 높아지면서 서서히 독립에의 의지가 강해져갔다. 조선인이라면 무엇보다도 먼저 독립운동을 해야 한다고 확신하기 시작했다. 나라부터 독립시켜 놓고 공부를 해도 해야 한다고 생각하기 시작했다. 이때부터 명식은 '독립'이란 말만 들어도 가슴이 떨리기 시작했다.

민족의식에 눈을 떠가면서 명식은 이상한 사실을 느끼기 시작했다. 그것은 조선인 학생들 중에도 매우 부잣집 자제가 있다는 것이었다. 자신의 생각으로는 납득이 가지 않았다. 나라가 망했는데 여전히 잘 사는 사람이 있다니. 일제 하에서 조선인들은 쪼들리는 어려운 생활을 하거나 겨우 먹고 살아가는 것이 당연하였고, 실제로 자신이 알고 있는 대부분의 조선인이 그러했다.

나중에 알고 보니 그들은 두 가지 부류였다. 하나는 일본의 조선 통치에 적극적으로 가담 내지는 협력하는 자들이었다. 총독부와 지방관청의 관리, 경찰, 검사들이었다. 다른 하나는 과거의 기득권을 보호받는 조건 아래 일본의 조선 통치를 묵인 내지는 은연 중 협조하는 자들이었다. 한마디로 재산이 많은 자들이었다.

보성고보에 방호산이라는 명식이 흠모하던 선배가 있었다. 방호산은 유도와 검도의 고수인 만능 스포츠맨이었고, 후배와 약한 동급생을 보호해주는 협객이었다. 게다가 그는 강한 민족의식을 갖고 있었다. 어느 날 방호산이 평소에 눈여겨 본 후배 명식에게 전단 하나를 건네 주었다. 그러면서 상해에서 독립운동단체 의열단(義烈團)이 결성되었는데 그 결성선언문이라고 설명해 주었다. 그 내용은 다음과 같았다.

의열단 선언

아직도 강도 일본치하의 조선 땅에서 참정권이니, 자치니, 문화운동이니 하는 얼빠진 자들이 있으니 이 어찌 한심한 일이 아닌가.

설혹 강도 일본이 관대한 도량이 있어서 조선인에게 참정권을 주고, 자치를 인정하고, 나아가서는 문화운동을 지원한다고 하자. 그것은 어디까지나 조선을 발톱으로 짓누르고 있는 상태에서 고양이 쥐 생각하는 것에 불과하다.

그나마 그것이 조선의 독립에 일말의 기여라도 할 가능성이 보이면, 저들은 언제 그랬느냐는 듯 다시 무자비한 총칼 탄압으로 나올 것이 분명하다. 우리는 강도 일본이 '동양평화', '한국독립보존', '조선인민 생명·재산·자유 보호', '조선인민 행복증진' 등을 담보한 맹약이 먹도 마르지 아니하여 삼천리 강토를 삼켜버린 역사를 상기해야 한다.

강도 일본을 조선땅에서 몰아내기 위한 혁명은 파괴부터 시작할지니라. 그러나 파괴만 하려고 파괴하는 것이 아니라 건설하려고 파괴하는 것이니, 만일 건설할 줄을 모르면 파괴할 줄도 모를지며, 파괴할 줄을 모르면 건설할 줄도 모를지니라. 건설과 파괴

가 다만 형식상에서 보아 구별될 뿐이요, 정신상에서는 파괴가 곧 건설이니 조선의 독립 건설은 일본의 파괴부터 시작되어야 하느니라.

또한 아직도 외교론(外交論)을 주장하는 자가 있으니 참으로 답답한 노릇이 아닐 수 없다. 조선 말 청국과 러시아와 일본을 차례로 외교의 대상으로 삼아 남은 결과를 똑똑히 보면서도 그런 말을 할 수 있단 말인가. 남은 것은 치욕, 그것뿐이었다.

여기서 준비론(準備論)을 신봉하는 이들에게 한마디 하고자 한다. 물론 그 말은 상당 부분 타당하다. 교육의 확대와 상공업의 진흥을 통한 역량 강화의 준비가 필요하다. 그런데 준비에 반드시 필요한 것이 군비의 강화이다. 일제를 결정적으로 몰아내는 것은 역시 무력을 통해서이다. 군비의 강화와 무력의 성숙은 오직 일본에 대한 투쟁을 통해서 가능하다. 그리고 투쟁은 파괴로부터 시작되어야 한다.

이제 파괴의 목적물을 열거하겠다.

1. 조선총독 및 각 관공리
2. 일본천황 및 각 관공리
3. 악질 친일 인사
4. 적에 이로운 일체의 시설물

이외에 각 지방의 신사나 부호가 비록 현저히 독립운동을 방해한 죄가 없을지라도 일체의 통치를 용인 방조하는 경향에 대해서는 파괴의 징벌이 가해질 것이다. 일본인 이주민은 일본 강도정치

의 기계가 되어 조선민족의 생존을 위협하는 선봉이 되어 있은즉 또한 우리의 파괴의 대상이다.

참으로 명문이었다. 선언문의 구절구절이 명식의 가슴을 후벼팠다. 그것은 마치 자신의 운명을 예언한 문서와도 같이 느껴졌다. 나중에 알고 보니 그것은 단재 신채호(申采浩) 선생이 의열단을 위해 써 준 〈조선혁명 선언〉의 일부였다. 누군가 조선의 학생들이 읽기 쉽도록 발췌해서 다시 작성한 듯했다.

명식은 이 글을 읽고 글로써 사람의 마음을 움직이는 것이 참으로 중요하고도 멋진 일이라는 것을 알게 되었다. 이때부터 명식은 독서의 범위를 넓히기 시작했고, 직접 글을 써 보기도 하였다. 나라의 현실과 독립운동에의 의지를 우회적으로 담은 글이 교지에 실린 적도 있었다. 글의 줄거리는 다음과 같았다.

주인공은 마음이 여려서 벌레 한 마리도 죽이지 못하는 동정심 많은 휴머니스트였다. 주인공은 주위의 극성맞은 친구들에게 항상 당하면서 기가 죽어지낸다. 그러던 어느 날, 주인공은 자신보다 더 약한 친구가 아이들에게 시달리는 것을 보고 분노가 치솟는다. 의로운 분노의 불길에 휩싸인 주인공은 전에 볼 수 없던 괴력을 발휘하여 악동들을 물리친다. 주인공은 불의에 저항하려는 강력한 의지가 자신도 알지 못했던 강력한 힘을 불러온다는 것을 깨닫게 된다.

여린 마음을 가진 휴머니스트였던 명식도 독립의식이 강화되면서 점점 심신이 강해져갔다. 이 글을 보고 명식을 아끼던 국어 선생이

주의를 주었다.

"이런 글을 공개적으로 발표하는 것은 위험할 수도 있어. 앞으로 조심하라구."

명식은 일제치하의 조국에서 독립운동을 한다는 것이 어렵다는 것을 실감해 갔다. 그러던 중 자신에게 의열단 선언문을 전해준 선배 방호산이 상해임시정부와 의열단을 찾아 간다고 하면서 상해로 떠났다는 소식을 들었다.

"아, 무정한 선배, 자기 혼자만 떠나다니."

이때부터 명식은 상해와 독립투쟁에의 열병을 앓기 시작했다.

명식은 찬찬히 마음의 준비를 다져 갔다. 명식이 고보 5학년에 재학 중이던 1932년 어느 날, 윤봉길 의사가 상해 홍구공원에서 폭탄을 투척해 일본 고관들을 다수 살상했다는 소식이 전해졌다. 이 무렵 상해 근처에 조선인도 입교할 수 있는 군관학교가 있다는 것도 알게 되었다. 이제 상해로 떠나는 것은 시간 문제였다. 그것을 언제 결행하느냐 하는 것만 남아 있었다.

학교에서는 배울만치 배웠다. 이제 세상이 어떤 원리로 돌아가는가에 대해 훤한 것 같았다. 명식은 기차로 상해로 갈 작정을 하고 지도를 들여다보기 시작했다. 지도를 숙지하여 상해까지 가는 길이 훤해지자 마음은 더욱 몸을 부추겼다.

"부모님도 이해해 주실거야. 아니 나중에 잘했다고 칭찬해 주실지도 몰라. 틈나는 대로 민족의 대의를 위해 행동해야 한다고 가르치셨으니까. 그래, 이제 가는거야."

명식은 여비와 약간의 소지품을 준비했다. 고보 졸업을 몇 달 앞둔 1933년 가을의 어느 날 밤, 명식은 서울역에서 10시 40분에 출발하는 봉천(奉天)행 열차에 몸을 실었다. 한쪽 구석에 자리를 잡고 봉함엽서에 '부모님 전상서'를 썼다.

'조선인이 무엇보다도 먼저 해야 할 일, 독립운동 위해 불효자 떠납니다. 아버님이 원하시는 의학 공부는 조국 독립 후에 꼭 하도록 하겠습니다. 조국이 독립되는 날, 다시 이 땅에서 뵈올 것을 약속드리옵니다.'

13
상해 조선인 혁명가

• • •

상해를 비롯한 해외에서 들려오는 독립운동의 소식은 조선의 많은 젊은이들에게 독립운동에의 의지를 심어주었다. 그리하여 많은 젊은이들이 상해로 또는 만주로 떠났다. 명식도 그중의 한 사람이었다.

기차 편으로 압록강을 건너서 중국 땅으로 넘어 오니 돌연 딴 세계가 펼쳐졌다. 형형색색의 아름다운 경치가 없어지고 갑자기 한없이 넓기만 하고 무미건조한 경치로 바뀌었다. 명식은 조국이 금수강산이란 말을 새삼 실감하였다.

안동(安東)에서 중년의 한 중국인 사내가 기차에 올라 명식의 옆 좌석에 앉았다. 고약한 냄새가 코를 찌르기 시작했다. '으, 과연 씻지 않는 중국인이군.' 명식이 결국 참지 못하고 자리에서 일어났다. 명식이 우거지상을 하고 서 있는데 일본인 역무원이 지나갔다. 그가 일본인학교 교복을 입고 있는 명식의 난감한 표정을 보더니 물었다.

"무슨 일이야?"

명식이 손가락으로 중국인을 가리켰다. 역무원이 뭔가 하고 살펴보더니 소리쳤다.

"빠가야로! 당장 일어나지 못해! 어디서 그 꼴을 하고 기차를 탄 거야!"

중국인이 일어서서 입구 쪽으로 쫓겨갔다. 나중에 보니 중국인은 열차와 열차 사이의 공간에 쭈그리고 앉아 있었다. 객실로 들어가지 말라고 경고를 받은 것이었다.

기차를 몇 번씩 갈아타면서 며칠 낮과 밤을 달린 끝에 상해에 도착하였다. 정말 중국이 넓은 나라라는 것을 실감하게 해 준 여행이었다.

여행을 하면서 다시 한번 실감한 것은 일본의 힘이었다. 조선에서 만주까지의 철도는 모두 일본이 장악하고 있었다. 철도는 일본회사 소속이었고, 일본 형사와 경관들이 수시로 열차에 올라 승객들을 검문하였다. '상해에 독립운동하러 간다'고 써 붙인 것은 아니지만, 굶주린 살쾡이상을 한 일본 형사들은 여간 기분 나쁜 존재들이 아니었다.

'어쩌면 저런 섬뜩한 상을 하고 있을까? 필히 생사람을 많이 잡은 것에 틀림없어. 조심해야지.'

만주를 지나 중국 본토로 들어갔는데도 여전히 일본의 힘이 미치고 있었다. 일본인 신분증이나 열차표는 위력이 대단하였다. 일본인 학생복을 입고 일본어를 구사하는 명식은 열차를 이용하는 데 불편이 거의 없었다.

'이거 이러다가 중국 본토까지 일본에 먹히는 거 아냐'하는 생각이 들었다. 아닌게 아니라, 불과 그 생각을 하고 4년 후 과연 일본이 중국을 통째로 삼키겠다고 전쟁을 일으켰다.

대망의 상해역에 당도하고 보니 단층 건물의 역사가 서울역사보다도 초라한 것이 국제도시 대상해의 명성에 전혀 걸맞지 않는 것이었다. 상해는 중국 최대의 도시이자 최대의 공업도시로서 섬유, 제분, 권연, 조선 등의 공업이 발달해 있었다. 상해는 중국 인민의 의류, 식품, 그리고 기호품의 최대의 공급기지였다.

여객들 틈에 끼어 밖으로 나오니 대기하고 있던 인력거꾼들이 와 몰려들었다. 그중의 약삭빠른 하나가 어리둥절해 서 있는 명식을 일본인으로 짐작하고 달려왔다. 인력거꾼이 데려다 준 곳은 일본인이 경영하는 고급 여관이었다.

'없어 비단옷'으로 할 수 없이 하루를 묵고 다음날부터 조선인들을 찾기 시작했다. 마침 상해 거주 여러 독립운동 단체(상해에는 임시정부뿐만 아니라 별도의 여러 조선 독립운동 단체들이 있었다)에서도 이런 식으로 무작정 상해행을 하는 청년들을 인도하는 부서가 있어서 어렵지 않게 접선할 수 있었다.

당시 상해에 거주하는 조선인은 크게 세 부류로 나눌 수 있었다. 첫째, 철저히 독립운동을 하는 사람들이었다. 그들은 여건이 어려워져도 딴 길로 빠지지 않고 꾸준하게 독립운동 노선을 지키는 사람들이었다. 둘째는, 독립운동을 하겠다는 명분으로 왔다가 돈벌이나 고용인으로 빠진 사람들이었다. 생존을 위한 어쩔 수 없는 변신이었다. 셋째는, 독립운동과 전혀 무관한 또는 독립운동에 방해가 되는 사람들이었다. 순수한 장사꾼이거나 일경의 앞잡이들이었다.

독립운동을 하러 왔다고 하는 말에 이름이 문정일이라고 하는 독립운동 단체의 청년이 물었다.

"어떤 단체를 찾아 왔소?"

"저어, 임시정부요."

"임시정부? 그건 없어진 지 벌써 오래 됐소. 윤봉길 사건 때문에 일본 경찰에 의해 풍비박산이 났지. 사실상 그전에도 간판만 걸어놓고 김구 선생 혼자 지키고 있던 유명무실한 존재였소. 우리 단체로 갑시다."

"아니 그러면, 의열단에 가고 싶습니다."

"의열단? 그 이름은 어떻게 들었소? 마침 잘 되었구려. 우리가 바로 그 의열단의 후속단체요."

"혹시 방호산이라는 이름을 들어보셨습니까?"

"아, 그 사람, 보성고보 출신의 유도 잘하는 친구 말이오? 그 친구 우리단체에서 벌써 중책을 맡고 있다오."

명식은 방호산이 있다는 말에 너무도 반가워 두말없이 청년을 따라갔다. 그때는 바로 의열단이 발전적인 해체를 하고 새로운 조직, 조선민족혁명당 결성을 준비하고 있던 때였다.

의열단은 약산(若山) 김원봉(金元鳳)이 조직한 단체로서 그는 항일 독립운동의 바탕을 의열단 선언에서 표명한 바와 같이 철저한 무력투쟁에 두었다. 창단 이래 9년 동안 20여 건에 이르는 테러를 감행하였다. 박재혁의 부산경찰서 폭파 사건, 최수봉의 밀양경찰서 폭파사건, 나석주의 동양척식회사 폭파사건 등이 대표적인 테러 시도였다.

기민한 인상의 방호산은 김원봉의 눈에 띄어 벌써 상해 조직책이라는 중책을 맡고 있었다. 그는 상해로 들어오는 조선의 젊은이들을 관찰하고 교육시키는 일을 맡고 있었다. 방호산은 명식을 보자 뛸

듯이 반가워하면서 한마디 했다.

"야, 너 언젠가 내 뒤를 따라 오리라고 생각했는데, 드디어 오고야 말았구나."

방호산은 명식이 모처에서 사격술과 중국어 교육을 받게 했다. 중국에서의 조선 혁명운동에 반드시 필요한 것이었다. 명식은 총을 처음 손에 들고, 마치 조국의 독립이 금세 이루어질 것 같은 감격에 휩싸였다. 방호산은 현재 중국혁명과 조선인 혁명가들의 상황을 일러주었다.

"1924년, 국민당과 중국공산당의 국공합작으로 대규모 북벌이 시작됐지. 중국혁명의 최대의 장애물인 각지의 군벌을 치기 시작한 거야. 북벌 연합군이 파죽지세로 진격하여 남경까지 점령하기에 이르렀지. 이때 많은 조선인이 장개석 군대와 홍군에 입대했지. 계속 북벌이 이루어지면 급기야 조선독립도 이루어질 것이라고 흥분했어. 그런데 1927년 4월, 갑자기 장개석이 공산당을 치기 시작했어. 자신의 권력 장악에 장애물이라고 보았기 때문이지. 이때 공산당은 큰 타격을 입었지. 중국공산당에는 그 강령과 정책에 공감하는 많은 조선인이 참여하고 있었어. 그들은 혁명을 배신한 장개석을 응징하기 위한 12월 광동코뮌봉기에도 참가했지. 그런데 이 봉기에서 우리는 너무도 처절한 실패를 했어. 봉기 지도부의 철저하지 못한 지휘 때문에, 그동안 자라왔던 조선의 혁명기둥들이 깡그리 무너진 거야. 2백여 명에 달하는 조선혁명의 정수가 산화했어. 이 때문에 사람들은 조선혁명이 10년은 늦어지게 되었다고 말하지."

"이제 우리가 다시 시작하는 거야. 선배들이 못다 한 몫까지 해내는 거야."

이렇게 말하고 방호산은 명식의 손을 굳게 잡았다.

명식의 중국어 교사는 박미령이라고 하는 조선 여인이었다. 그녀는 소련의 연해주 지역에 이주한 조선인의 딸로서 소련 극동 무역 공사의 상해 지사에 근무하고 있었다. 당시 상해에는 연해주 지역에서 개방적인 교육을 받고 건너와 독립운동을 하는 조선인 처녀들이 꽤 있었다.

시원시원한 성격의 박미령은 명식을 자신이 지도했던 학생들 중에 가장 우수한 학생이라고 추켜세웠다. 사실상 명식은 외국어 습득에 남다른 자질을 갖고 있었다. 그는 보성고보 시절에도 영어와 일본어 점수가 특히 좋은 편이었다.

"미스 박이 여간해서 남자를 칭찬하지 않는데 자네한테 반한 모양이야."

방호산이 질투하듯 농담을 던졌다. 조직책 사무실에서 중국어 수업이 끝나면 둘은 홍구공원으로 가서 산책을 했다. 윤봉길 선배의 의거를 되새기며 조선 독립과 현재 전개되는 새로운 문명과 역사에 대해 이야기했다. 명식보다 수입이 나은 박미령은 명식을 상해 시내로 데려가 저녁과 술을 사기도 하였다. 상해 시내에는 세계 각국 사람들이 활보하고 있었다. 어느 날, 취기가 약간 오른 미령이 말했다.

"나, 명식 씨 방 좀 구경해도 돼?"

명식은 생각했다. 그는 많은 책을 통해 혁명가는 여인을 조심해야 한다는 것을 알고 있었다. 그러나 그 여인이 혁명의 동지일 때는 경우가 다르지 않는가. 혁명의 동지로서 좀더 가까워지는데 도움이 된다면야 마다할 이유가 없지 않은가. 명식은 미령을 자신의 숙소인

싸구려 여인숙으로 데려 갔다. 그날 미령은 돌아가지 않았다. 그날 이후 미령은 명식의 방에서 회사로 출근하는 날이 많았다.

이즈음 조선 독립운동의 중심지는 남경으로 옮겨가고 있었다. 일본군의 상해 방면 진출로 만주, 북경, 상해 등지에 흩어져 있던 독립운동가들이 남경으로 집결하기 시작하였다. 사분오열되었던 8-9개의 독립단체들이 차츰 통일전선을 형성하기 시작하다가, 1935년 7월 5일 의열단, 조선혁명당, 한국독립당, 신한독립당, 대한독립당 등 5단체가 전부 해체되어 조선민족혁명당으로 결성되었다.

초기의 조선민족혁명당에는 김구, 김규식, 조소앙, 신익희 등 임시정부 인사와 김두봉, 김원봉, 한빈, 김홍일, 윤세주, 최창익, 성주식 등 독립운동의 기라성 같은 지도자들이 모두 참여하고 있었다. 참으로 애석하게도 이들은 대부분 해방 후 남과 북에서 각각 불운한 말년을 맞게 된다.

당시의 남경은 장개석의 국민당이 이끄는 소위 '남경정부' 통치하에 있었다. 장개석은 공산주의자들과 협력하여 중국의 남부를 장악하고는 공산주의자들을 숙청하기 시작했다. 그러자 정강산 일대에서 국민당 정부군과 유격전을 벌이던 모택동 지휘하의 홍군은 1935년 서북방으로의 대이동을 시작했다. 이때가 저 유명한 홍군의 '대장정(大長征)' 시기였다.

따라서 이 당시의 남경에서는 공산주의자들이 드러내놓고는 활동을 할 수 없었으므로, 민족혁명당은 겉으로는 공산주의 사상을 배척하고 장개석 정부와 협력하고자 했다. 그러나 중국 홍군의 활약에 영향을 받아 마르크스-레닌주의 성향을 띠는 인사들이 늘어가기 시작했다.

5단체가 통일은 되었으나 파벌적 관계가 완전히 청산되지 못하여 일사불란한 행동통일이 되지 못하고 있었다. 얼마 지나지 않아 임시정부 인사들, 즉 한국독립당 계열의 인사들이 먼저 떨어져 나갔다. 항일독립운동은 보다 큰 규모의 운동으로 발전되지 못하고 지지부진한 상태였다.

명식은 방호산과 함께 상해에 남아 교육을 받으면서 조직의 명령을 수행하고 있었다. 명식이 상해에서 하는 일이란 고작 일본인 부호의 돈을 털어 당의 자금을 마련하는 일이었다. 동지들이 일을 벌이다가 일본 경찰에 체포되면 '시국범'이 아닌 도둑 또는 강도라는 '파렴치범'으로 분류되었다. 과연 우리가 진정한 독립운동을 하고 있는가에 대한 회의가 들기도 했다.

국민당 장개석의 '남경정부', 서북방 오지인 섬서성을 근거지로 하고 있던 모택동의 '홍군', 만주와 상해 일대의 '일본군'의 할거로 불안한 대륙의 소강상태가 1937년에 커다란 전환을 맞이하였다. 화북 일대에까지 진출해 있던 일본이 본격적으로 중국 공격을 시작한 것이다. 그러자 국민당과 홍군은 서로간의 적대 행위를 중지하고 항일전쟁에 임한다는 제2차 국공합작 협정을 맺었다.

한편 조선의 민족혁명당 수뇌부는 전국 각지에 흩어져 있던 청년 당원들을 전부 모아 군사훈련을 시킨 후에 조선혁명군을 창건할 계획을 세웠다. 상해에 있던 명식도 10명 남짓 되는 동지들과 함께 남경 본부로 이동했다. 들리는 말로는 황포군관학교에 입교할 예정이라 하였다. 상해를 떠나는 날, 박미령은 명식의 손을 잡고 가지 말라고 애원하였다. 그러나 그럴 수 없다는 것을 둘은 너무도 잘 알고 있었다.

14
황포군관학교

• • •

황포군관학교. 이곳은 중국현대사의 커다란 획을 그은 인재들이 다녀간 곳이었다. 주은래, 임표, 섭영진, 이달, 엽검영, 서향전 등 홍군의 대표적인 지도자들이 모두 이곳을 거쳐 갔다. 아니, 중국 공산당 홍군의 지도자들이 어떻게 국민당 관할의 군관학교를 거쳐 갔는가?

1924년, 중국 혁명의 지도자 손문은 국민당 제1차 전국대표자대회에서 공산당원의 입당을 승인함으로써 제1차 국공합작을 이루어 냈다. 1921년에 결성된 중국공산당의 많은 당원들이 이때 국민당에 입당하였고, 이들 중 다수가 황포군관학교에 입교했다. 황포군관학교 교장은 장개석이었고, 공산당원 주은래가 정치 담당 교수부장을 맡았다.

1925년 손문이 사망하자 장개석은 국민당의 실권을 장악하기 시작했다. 초기에는 공산당과 협력하여 북방의 군벌을 공략하였다. 중국 남부의 대부분이 손에 들어오자 장개석은 공산당을 경원시하기 시작했다. 그러다가 1927년 4월, 장개석은 공산당에 대대적인 테러를 감행하여 수많은 지도자를 살해하였다. 공산당원들은 지하로 숨게 되고 황포에서도 공산당원들은 사라졌다.

장개석은 일본의 화북지역 침략에는 무관심했고, 중국 남부에서의 자신의 세력 확대에만 정신이 팔려 있었다. 따라서 자신의 제1의 적은 중국공산당과 홍군이었다. 1936년까지 그는 홍군만을 쫓아다니고 있었다. 자연히 중국 인민 대다수가 처한 참상에는 아랑곳하지 않고 개인만을 챙긴다는 비판적 여론이 형성되었다.

그러다가 장개석은 섬서성 서안에서 자신의 부하에게 체포당하는 소위 '서안사변'을 당한다. 국민당 서안 방면군 사령관이었던 장학량은 장개석을 체포하고 그에게 더 이상의 내전을 중지하고 홍군과 함께 본격적 항일전에 임할 것을 종용한다. 그러나 장개석은 서약을 하고 풀려난 뒤에도 본격적인 항일전에 나서는 것을 여전히 주저하고 있었다. 그러다가 일본의 대대적인 공격에 직면한 것이었다.

명식이 남경에 도착하여 며칠 대기하고 있으니까 광동군관학교에서 훈련받고 있던 조선인 약 40여 명이 들이닥쳤다. 거기에는 나중에 북한 정권에서 중요한 역할을 하게 되는 김창만과 이상조가 포함되어 있었다.

남경에서 대기하고 있는 동안 명식은 '동포들에게 고함'이라는 원고 작업에 참여했다. 조선민혁당 지도부는 당시 국민당 정부와 교섭을 해서 방송국에서 매일밤 10분씩의 방송 시간을 할애받고 있었다. 고보 시절부터 명식의 필재를 알고 있던 방호산의 주선으로 매일 10분씩 나가는 방송원고 작업을 맡게 된 것이었다.

1937년 8월 13일, 일본은 남경정부를 압박하기 위해 상해를 공격했다. 그러나 가볍게 보았던 중국군의 저항이 만만치 않았다. 일본은 육해공군 20만명을 투입하여 무려 3개월간 격전을 치르면서 10만 명에 가까운 사상자를 낸 끝에 11월 12일에 가서야 겨우 상해를 함락시켰다. 물론 중국군의 피해는 훨씬 더 컸다.

남경정부의 투항을 기대하다가 오히려 막대한 피해를 입게 된 일본군은 독이 오를 대로 올랐다. 상해를 점령하자마자 즉시 남경을 향해 진격했다. 일본군의 대함대도 양자강을 거슬러 올라와 남경공략을 시작했다. 중국군은 일본 함대의 위용에 기가 질렸다. 몇 대 안 되는 중국 공군의 경폭격기들이 밤을 틈타 함대를 공격했다. 그러나 일본 함대의 엄청난 고사포 공격에 이렇다 할 공격도 못해보고 도망갔다. 남경이 곧 위험해질 듯하였다.

장개석의 국민당 정부가 남경을 버리고 도망가기 시작했다. 이렇게 되니 자연 조선민혁당 요원들도 남경을 떠나야만 했다. 급하게 조직된 남경위수군 20만명은 지도부가 도망간 뒤 대혼란에 빠져 10여만 명의 전력을 상실하고 무기, 탄약을 산더미같이 쌓아놓은 채 철수했다.

격전을 치른 끝에 12월 13일, 남경을 점령한 일본군은 이로부터 6주간이나 계속해서 인간성을 상실한 살인·방화·약탈을 대대적으로 자행하였다. 이른바 '남경대학살'이었다. 남경 시민 중의 30만이 피살되었고, 시내 건물 대부분이 불탔다. 이것은 인류 전쟁사 중에서도 가장 잔혹한 만행이었다.

퇴각하면서 남경의 참상을 전해 들은 국민당 지도부와 조선민혁당 요원들은 한없이 눈물을 흘렸다. 그리고는 주먹을 불끈 쥐고 꼭 이 만행을 응징할 것이라고 굳게 다짐했다.

군관학교 입교가 예정되어 있는 민혁당 요원 약 60여 명은 기선을 타고 양자강을 거슬러 퇴각했다. 가다 보니 강에는 남경의 참상을 아는지 모르는지 유니언 잭의 영국 군함과 삼색기를 휘날리는 프랑스 군함이 유유히 오르내리고 있었다. 중국의 처량한 처지를 실감케 하는 광경이었다. 당시 중국의 곳곳이 열강들에 의해 침식되어 있었다.

중국 내륙의 거대한 호수 파양호(播陽湖) 북단의 하항(河口港)인 구강(九江)에서 배를 내렸다. 드디어 그 유명한 황포군관학교에 입교하게 되는 것이었다. 학교에 들어가니 당일로 입교생들의 머리를 깎고 군복 ·군모·군화를 지급하였다. 황포군관학교는 광동성 광주에서 북상하면서 중앙군관학교와 중앙정치학교로 개편되어 있었다.

중앙군교에는 이미 입교한 조선인이 약 40여 명이 있었고, 따라서 중앙군교의 조선인은 모두 100 명에 이르고 있었다. 이들은 대개 조선에서 고등보통학교 내지는 전문학교를 다니다가 독립운동을 위해 중국으로 건너온 인텔리들이었다. 이 중에는 북경대학, 남경 중앙대학, 광동 중산대학 등지에 적을 두고 있는 친구들도 있었다.

놀랍게도 국민당 정부에서는 군관학교 학생들에게 상당액수의 급여를 지급하고 있었다. 그것은 중앙군교가 국민당 정부군의 대들보이자 장개석 친위대의 양성소였기 때문이었다. 군관학교의 교장은 여전히 장개석으로 되어 있었다.

난생 처음 장총을 지급받고 본격적인 군사 훈련을 받기 시작했다. 상해에서 공작하던 시절 권총은 가끔 손에 쥐어 봤지만 장총은 처음이었다. 그것도 자신의 이름으로 된 것으로. 명식이 장총을 받아 드니 세상에 무서울 것이 없는 기분이었다. 금세라도 일본을 몰아내고 나라의 독립을 이룰 것 같은 흥분에 싸였다.

명식과 조선인 후보생들은 훈련을 열심히 받았다. 명식은 사격을 잘해서 명사수로 이름을 날렸고, 전술이론 과목에서도 뛰어난 성적을 올렸다. 명식은 전술이론 중에서도 특히 심리전 부분에 각별한 관심이 갔다. 왜냐하면 그것은 피를 흘리지 않고 이길 수 있는, 즉 싸우지 않고 승리할 수 있는 전법이기 때문이었다. 심리전은 아군의 강력한 자신감과 투지를 보여주면서 적의 사기를 꺾어 전의를 상실하게 하는 전법이었다.

남경이 일본군에 함락되고 2주일이 채 못돼서 장개석 교장이 비행정(수상비행기)를 타고 파양호에 내려 군관학교를 방문했다. 학생 3천 명이 대강당에 도열한 가운데 장 교장이 들어왔다.

장 교장이 연설할 식탁에는 끓인 물 한 잔이 놓여 있었다. 그는 술, 담배, 기호음료를 사절하는 것으로 알려져 있었다. 깡마른 체구의 그는 겉으로는 청렴한 민족주의자의 모습을 갖추고 있었다.

"빼앗긴 수도를 되찾는 중임은 제군의 두 어깨에 지워져 있다……."

이와 같이 호소를 하니 여기저기서 비분강개하는 흐느낌 소리가 터졌다. 명식도 덩달아 비통해지면서 눈시울이 절로 뜨거워졌다. 장 교장의 연설은 2시간 가까이 계속되었고, 학생과 교관들은 꼼짝도 않고 비감한 심정으로 연설을 들었다. 이때는 장개석이 서안사변으로 체포되었다가 풀려난 지 얼마 되지 않아서 그런지, "공산당을 타도하자"는 식의 말은 하지 않았다.

명식은 제1대대 2중대에 소속되어 있었다. 각 중대에는 학생자치회가 결성되어 있었는데 골치 아픈 문제가 있었다. 그것은 같은 중국 사람이면서도 광동 학생과 하북 학생들 사이에 말이 통하지 않는다는 것이었다. 이 문제의 해결사가 바로 조선인 학생들이었다.

조선인 학생 중에는 광동과 하북뿐만 아니라 서북의 중경과 만주 지방 사투리까지 다 알아들을 수 있는 친구도 있었다. 워낙에 바탕이 지식인들이었고, 또한 광활한 중국에서 독립운동을 하기 위해 학습해 두었기 때문이다. 이들 중에는 나중에 조선으로 돌아가지 않고 중국 외교부에 발탁되어 외교관으로 맹활약을 한 친구도 있었다.

중앙군교 당국은 민혁당 지도부의 건의에 따라 조선인을 따로 모아 1개 중대를 편성하였다. 많은 교과목의 교관도 중국인 대신 옛 민혁당의 지도자들로 바뀌었다. 김두봉이 '한글'과 '조선역사', 윤세주는 '조선독립운동사', 한빈은 '마르크스주의 경제학', 김홍일은 '중국혁명사'를 가르쳤다.

한빈은 소련 이름이 한미하일로서 소련에서 공산당 정치학교를 졸업하고 소련 국적을 취득하고 있었다. 그는 코민테른의 파견으로 조선 국내에 잠입해 지하활동을 벌이다가 일경에 검거돼 7년 동안 징역을 살았다. 출옥 후 중국으로 건너와 민족혁명당에 가담하였다. 장개석이 한빈의 상세한 이력을 알았더라면, 중앙군교군관학교에 용납될 수 없었을 것이다.

김두봉은 1890년 경남에서 출생, 중앙·보성·휘문고보에서 교사

생활을 했다. 그는 주시경을 사사한 한글학자이기도 해서 조선어학회 조직과 조선어사전 편찬에 참가하기도 했다. 3·1운동 후 중국으로 망명하여 독립운동을 하고 있었다. 그는 1935년 친척인 김원봉과 협력하여 조선민족혁명당을 창설하는 데 공헌을 했다.

김두봉은 무엇이나 조선의 것이 제일이라고 가르쳤다. 산수, 인물, 문화 모든 면에서 조선이 세계 제일이라고 가르쳤다. 망국노로서 이국땅을 떠도는 젊은이들에게 이 말은 커다란 힘이 되었다.

명식이 중국으로 들어 올 때의 일이 생각났다. 압록강을 건너면서 돌변한 경치와 위생관념이 없고 한 말에 대해 책임을 지지 않는 중국인들이 떠올랐다. 중앙군교의 중국인 교관이나 학생들 중에는 한눈을 파는 사람도 있었다. 개중에는 직위와 신분을 이용해 재물을 챙기거나 여색을 탐하기도 했다. 조선인들은 그러지 않았다. 그들은 모두 가슴에 조국독립의 의지를 불태우고 있던 열렬한 혁명가들이었기 때문이다.

그러나 그러한 조국독립의 비장한 분위기가 24시간 지배하고 있을 수는 없었다. 그들은 군교생활의 단조로움과 조국에 대한 그리움을 적절한 농담과 익살로 달래고 있었다. 명식이 상해에 왔을 때 독립운동단체로 안내해 준 문정일은 타고난 익살꾼이었다. 때로 그는 좌중을 폭소의 도가니로 몰아넣곤 하였다

하루는 야외에서 분대전투의 한 형태인 '산병반군(散兵半群)'을 실습하고 있었다. 그 내용인즉 직전 200미터 선에서 공격하는 단위가 소총조와 기관총조로 갈려 교대로 엄호사격을 하면서 전진하다가 적정거리에서 수류탄을 투척한 뒤 즉시 육탄전으로 돌입한다는 것이었다.

연습을 끝내고 중대장이 강평을 하는데 한눈을 팔고 있는 친구가 있었다. 바로 문정일이었다. 괘씸하게 여긴 중대장이 문정일을 불러내다 앞에 세워놓고 물어보았다.

"산병반군은 어떤 때 쓰는 거지?"

답은 간단하게 '적전 200미터선'이라고 하면 되는 것이었다. 그러나 딴 생각을 하고 있던 문정일은 이 간단한 답을 하지 못했다. 중대장과 생도들의 눈빛이 점점 긴장되기 시작했다. 궁지에 몰린 문정일이 드디어 답을 했다.

"전쟁할 때 쓰는 겁니다."

'어디 사느냐'고 묻는데 '지구에서 산다'고 답하는 거나 마찬가지였다.

"대군관학교 생도가 그걸 답이라구 하고 있나! 왜, 밥먹을 때 쓰는 건 아니구?"

중대장은 핀잔을 주며 비꼬았다. 이때부터 문정일은 별명이 '전쟁할때'가 되었다. 문정일은 근엄하기로 소문난 김두봉 선생의 수업시간조차도 분위기를 바꾸어 버리곤 했다. 김두봉 선생은 문정일의 익살을 스스럼없이 받아주는 아량도 갖고 있었다. 그는 생도들 모두가 진정으로 존경하는 애국자였다.

남경을 점령한 일본군의 대공세가 있을 것이라는 정보에 따라 비전투 교육기관인 군관학교는 양자강을 더 거슬러 올라 무한(武漢)으로 이동했다. 무한에는 장개석 정부도 후퇴해 와 있었고, 중국공산당의 주은래도 항일전의 협력을 위해 무한에 머무르고 있었다. 민족혁명당의 지도자인 김원봉도 무한을 드나들며 여전히 군관학교 학생들을 독려하고 있었다.

이즈음 조선인 학생들 간에는 자연스럽게 마르크스-레닌주의 학습 분위기가 고조되고 있었다. 마-레주의의 권위자인 한빈이 교관으로 있었고, 또한 무한에 머무르고 있던 주은래와 같은 홍군 지도자들의 영향을 받은 탓이었다.

15

조선의용대

• • •

명식과 조선인 학생들은 1년만에 중앙군관학교를 졸업하였다. 졸업 직후인 1938년 10월, 조선민족혁명당이 중심이 되고 조선청년전위동맹·조선혁명자동맹·조선해방동맹 등의 반일단체들이 참여하여 조선의용대가 창설되었다. 물론 중앙군관학교의 졸업생들도 대부분 여기에 참여했다.

조선의용대 총원 약 2백여 명은 다시 2개 지대로 편성되었다. 총대장에는 김원봉, 제1지대장은 박효삼, 제2지대장은 이익성, 그리고 정치위원은 왕통과 김학무가 임명되었다. 명식은 제1지대에 속했다.

총대장 김원봉은 친척인 김두봉과 비슷한 시기에 중국으로 망명하여 일찍이 홍군 하룡(賀龍)부대의 정치위원을 지냈고, 북경에 레닌주의 정치학교를 설립하여 후배를 양성하였으며, 의열단을 창설하여 대일본 테러의 선구자가 되었고, 나중에 독립운동가들을 통합하여 조선민족혁명당을 창설했다.

조선의용대 제1지대는 무한의 서남방인 호남성 방면으로 진출하였고, 제2지대는 무한의 서북방인 호북성 쪽으로 진출했다. 각 지대는 물론 그 지역의 중국군 사령부의 지휘를 받았다.

조선의용대는 중국군의 대(對)일본군 심리전의 전위부대가 되었다. 적군의 심리를 교란시켜 사기를 떨어뜨리자면 적군의 언어를 사용해야 하는데, 중국군에 일본어를 아는 자는 드물고 조선의용대는 전원이 일본어를 유창하게 구사하였기 때문이었다. 일본이 식민지 조선에서 자국어를 교육시킴으로써 화를 당하게 된 꼴이 되었다.

국민당 정부군은 계속 무기력하게 전쟁에 임해 무한까지 일본군에 내주고 후퇴하게 되었다. 장개석과 국민당은 급격하게 국민의 신망을 잃어갔고, 반면에 화북 지방에서 유격전을 벌이고 있던 모택동의 홍군은 점점더 국민의 지지를 얻어 갔다.

조선의용대 대원은 무한 철수 직전, 적군의 심리를 자극할 일본어 표어를 대량 작성하였다.

'병사들은 전선에서 피를 흘리고 재벌들은 후방에서 호사를 한다.'

'병사들의 피와 목숨-장군들의 무공 훈장.'

'일본 형제들이여, 무도한 상관에게 총부리를 돌려라.'

나중의 일본군 포로들의 진술에서 알게 되었던 바, 적들은 무한을 점령한 뒤 그 표어들 때문에 여간 골치를 앓은 것이 아니었다. 그들은 며칠 동안을 고스란히 표어를 지우는데 바쳐야 했다. 그러나 거리에 써 놓은 것은 지워버렸지만, 병사들의 머릿속에 들어간 것은 어쩔 수 없는 노릇이었다.

나중에 어느 중국군 사령관은 술회하였다.

"당시의 전투에서 일본군을 가장 괴롭힌 것은 다름 아닌 일본어 표어들이었다. 그것은 모두 조선의용대 벗들에 의해 만들어진 것이었다. 그것은 한편으로는 감동적이었고, 한편으로는 참담한 기분이 들게 했다."

"우리 중국에도 일본말을 아는 인재는 적지 않을 것이다. 일본 유학을 한 학생이 줄잡아도 몇 십만은 될 것이다. 그런데 그 위급한 시각에 적군을 괴롭히는 표어를 쓰는 사람들은 모두 조선인이었다."

조선의용대는 각 군단의 일본군 포로들을 심문하는 일에 차출되기도 했다. 군단 같은 대단위에도 일본 유학생 출신이 하나도 없는 경우가 허다했다. 그것은 유학을 할 만한 부유층 자제가 결코 위험한 최전방으로 나오지 않고 어떻게든 후방으로 빠지기 때문이었다.

일본군 포로는 매우 드물었다. 그것은 일차적으로 중국군이 전투에서 승리하는 일이 드물었기 때문이었다. 또한 일본군 지휘부의 중국군에 대한 악의에 찬 선전으로 병사들이 포로가 되는 것을 막기 때문이었다. 일본 지휘부는 병사들에게 "붙잡히면 중국군이 코를 베고 눈을 도려 낸다"고 위협했다. 병사들은 최후까지 격렬한 저항을 할 수밖에 없었다. 일본 군부는 자국 국민들에게 공공연히 선전하였다.

"우리 대일본 군인은 결코 포로가 되지 않는다."

국민당 정부군은 전쟁을 어떻게 하는지 도무지 후퇴밖에 할 줄 몰랐다. 일본군은 우세한 공군력으로 주요 거점에 대한 초토화 폭격을 가한 후 진격해 들어오는 전술을 썼다. 중국군 장교들은 전쟁보다는 재물과 음식과 여자에 정신이 팔려 있는 것 같았다. 최전방인데도 식생활이 풍족한 편이었고, 군수품도 모자라지 않았다.

명식이 속한 제1지대가 활약한 호남성의 여성들은 상당히 개방적이었다. 호남성은 중공 홍군이 여러 곳에 '소비에트'를 만들어 인민들을 교육시킨 관계로 여성들이 많이 깨어 있었다. 여성 압박 상징인 전족을 풀고, 긴 머리를 잘라서 단발을 하고 다녔다.

그러나 허리 아래까지 개방적이 되면 문제였다. 홍군이 정부군에 의해 쫓겨가는 바람에 미처 그것까지 제대로 교육시킬 기회가 없었기 때문이었다. 월급푼이나 받는 정부군 장교들은 여인들의 희박한 정조관념을 적절히 이용하고 있었다.

제1지대는 실제 전투에 참가하기도 하였다. 일본군은 호남과 호북의 주요 거점들을 점령하고 있었다. 이를 탈환하기 위한 공격전에 일단의 임무를 받아 참가하는 것이었다. 그러나 중국군이 조선의용대를 각별히 보호하려는 경향이 있었기 때문에 위험한 돌격전 같은 임무는 주어지지 않았다.

일본군이 중국 내륙 깊숙이 들어와 전투를 벌이는 것은 사실상 무모한 짓이었다. 워낙 중국군의 전투력이 형편없었기 때문에 승승장구 들어오기는 했지만, 그들이 점령한 것이라고는 광활한 대륙으로 볼 때는 점과 선에 불과한 것이었다. 그들이 점령하고 있는 곳은 고을의 읍내(점)와 도시와 읍내 간을 연결하는 도로(선)였다. 나머지 광활한 지역은 여전히 비점령지역이었다

조선의용대는 중국군 중대 또는 대대 규모의 부대와 함께 도로를 지나는 일본군 수송대를 공격하는 작전에도 참가했다. 공격에 성공하면 상당량의 노획품이 떨어진다. 노획품 중에는 간혹 그 용도를

모르는 물품이 나오곤 했다. 그럴 때면 조선의용대가 또 필요해지는 것이다. 물품에 쓰여 있는 일본어를 읽고 용도를 판별할 수 있기 때문이었다.

수송대 공격작전을 나가는 날이면 조선의용대 대원들은 은근히 기대를 하였다. 술을 좋아하는 친구는 노획품 중에 '일본 청주와 소고기 통조림'이 있기를 바랐다. 명식은 노획품 중에 고국에 있을 때 맛본 '나마까시(생과자)와 요깡(양갱)'이 있기를 바랬다.

남방 전투가 소강상태에 들어가면서 조선의용대 내에서는 북상의 주장이 나오기 시작하였다. 중국공산당의 홍군을 찾아가야 한다는 것이었다. 어쩌면 그것은 당연한 일이었다. 조선의용대의 많은 대원은 이미 민혁당 지도자 한빈의 영향으로 사상적으로도 마르크스-레닌 쪽으로 물들어 있었다. 또한 항일전에서 혁혁한 전과를 올리고 있는 홍군과 협력해야 조선독립을 하루라도 빨리 앞당기는 길이라고 믿었다.

많은 토론 끝에 조선의용대는 북상을 결의하였다. 그러나 제2차 국공합작이 유지되던 때이긴 하였지만, 국민당군 군단사령부에 홍군에 가담하러 간다고는 할 수 없었다. 그래서 단순히 북방 전선으로의 이동을 요청하였다. 심리전 요원이 반드시 필요했던 사령부에서는 소수의 인원을 잔류시키는 조건으로 어렵게 북상을 허락했다.

명식과 조선의용대는 북상하여 호북성의 중국군 사령부에 배속되었다. 호북성에서는 이미 조선의용대 제2지대가 활동하고 있던 곳이었다. 의용대는 여기서도 남부에서와 마찬가지로 대(對)일본군 심리전을 수행하고, 홍군에게 일본어를 가르치고, 일본군 포로를 심문하고, 그리고 조선인 포로를 교육·전향시키는 일을 담당했다.

의용대가 중국군에 가르친 일본어는 "총을 내려놓으면 해치지 않는다", "우리는 포로를 우대한다"는 따위였는데, 무모하게 저항하다가 사살당하기 일쑤인 일본군을 생포하는 데 매우 필요한 말이었다.

의용대는 야밤에 일본군 진지 턱 밑까지 접근하여 반전 표어가 쓰여진 플래카드를 가설해 놓고 돌아왔다. 플래카드에는,

"무의미한 전쟁에 아까운 목숨을 바칠 가치가 없다"

"중국군은 포로를 극진히 대해 주니 상관들의 허위선전에 속지 말라"

"횡포한 상관에게 총부리를 돌려대라"

따위의 글이 쓰여 있었다.

아침에 콩 볶는 듯한 기관총 소리에 깨서 적진을 내다보면, 플래카드에 총탄세례를 퍼부어 걸레를 만들어 놓았다. 의용대는 밤이면 다시 접근해서 새로운 플래카드를 가설하였다. 아침이면 또 걸레가 되었다. 아침의 기관총 소리는 일본군의 약이 극도로 오른 심기를 반영한 듯하여 오히려 듣기가 좋았다.

조선의용대 내부에 중국공산당 지하 조직이 생기기 시작한 것은 1939년 늦가을 홍군의 조선인과 연락이 닿으면서부터였다. 놀랍게도 홍군에는 상당수의 조선인이 있었고, 그 대표적인 인물이 무정(武亭)이었다. 무정은 모택동, 주덕, 주은래, 등소평 등과 함께 1만 킬로미터의 대장정에 참가하였다. 장정을 끝내고 연안에 도착한 후 홍군 총사령부에서 포병부대장직을 맡고 있었다.

제2차 국공합작이 유지되고 있었지만, 드러내놓고 공산당입네 하

는 것은 매우 위험한 일이었다. 합작은 어디까지나 상부에서의 약속이었고 하부조직에서는 잘 이루어지지가 않았다. 부대 내에서 공산당원이란 신분이 드러나면 목숨을 부지하기가 힘들었다.

1940년 가을에 각 전선에 널려있던 조선의용대 각 지대와 하부조직들이 속속 낙양으로 집결하기 시작하였다. 김두봉, 한빈 등 지도부의 결정에 따라 중국 홍군에 합류하기 위해서였다.

이때 홍군은 주력부대가 팔로군(八路軍)과 신사군(新四軍)으로 나뉘어 있었고, 만주에서는 별도의 동북항일연군이 편성되어 있었다. 팔로군은 당 중앙인 모택동과 사령관 주덕 및 부사령 팽덕회의 직접 지휘 하에 있었고, 신사군은 진의(陳毅), 유소기(劉少奇), 유백승(劉伯承), 등소평 등이 지휘관으로 있었다.

동북항일연군은 만주가 일본의 식민지였기 때문에 대부대 작전은 못하고 소규모 유격전을 치열하게 벌이고 있었는데, 양정우, 위증민, 주보중 등이 지휘를 하였다. 여기서도 조선인들의 활약이 돋보였는데, 그중에서도 김일성부대와 최용건부대의 활약이 대단하다는 소문이었다. 명식이 화북지방을 돌아다니면서 놀란 것은 일본군이 화북에 벌써 중국인으로 구성된 괴뢰군, 즉 황협군(皇協軍)을 편성해 놓았다는 것이었다. 그들은 일본의 하수인이 되어 자국의 독립군에 총부리를 대고 있었다. 참으로 서글픈 현상이었다.

그러나 황협군 병사들도 일말의 양심은 있었는지 홍군에게 함부로 총질을 하지는 않았다. 일본군 지휘관이 없는 상태에서는, 그들은 무적군(無籍軍)이었다. 일본군으로부터는 봉급을 받고, 홍군과 정부군으로부터는 비적대 행위의 대가로 뇌물을 받고, 민간인들에 대해서는 비적질을 했다. 홍군의 지휘관은 황협군이 지키는 요충을 통과하기 위한 뇌물을 항상 준비하고 다녔다.

1940년 10월, 조선의용대의 주력은 태항산의 홍군 유격근거지로 이동하였다. 거기에는 그 명성이 자자했던 '유등대군(유백승과 등소평이 지휘하는 대군)'이 자리잡고 있었다. 의용군은 유등군 휘하의 진갱(陳⊠) 부대에 합류했는데 사부치(謝富治)가 정치위원으로 있었다.

진갱 부대에서는 조선의용대를 열렬히 환영하였다. 진갱은 환영식 연설에서 조선의용대가 채 백 명이 못되는 부대이지만 십만 대군의 위력을 가진 부대라고 치켜세워 주었다. 그는 또한 프롤레타리아 국제주의의 우정으로 단결하자고 전군에게 뜨겁게 호소하였다.

홍군에는 황포군관학교 출신 지휘관들이 많았는데 나중에 알고 보니 진갱 역시 황포 출신이었다. 조선의용대에는 명식을 비롯해 1938년 졸업생이 다수 있었다. 1925년 졸업생인 진갱 부대장은 이들의 13년 선배인 셈이었다. 학교 동문이라는 인연까지 알게 된 진갱과 의용대 병사들은 밤늦도록 항일전과 혁명에 대해 담소했다. 참으로 뜨거운 열정이 넘치는 시간이었다.

황포군관학교는 장개석이 세운 학교였는데, 졸업생 중에서 우수한 인재의 대부분이 그의 적인 홍군에 가담하고 있었다. 장개석은 이에 대해 얼마나 원통해 했는지, 그 생각만 하면 잠을 못 이루었다고 한다. 진갱은 장개석이 홍군의 황포 출신들을 도로 빼가기 위해 얼마나 끔찍한 노력을 기울였는지 얘기해 주었다. 그는 홍군으로 싸우는 것이 대의와 혁명을 위해서 어쩔 수 없는 노릇이라고 못박았다.

중국공산당의 홍군은 소문대로 군기가 잡혀 있었다. 민간인의 재물이나 여자를 탐하는 일이 없었다. 고급지휘관이 여자를 건드렸다가 졸병으로 강등되는 일이 있기는 하였지만 매우 드문 일이었다. 농민들은 홍군을 자제군(子弟軍)이라 하여 자식처럼 아껴주었다. 홍군은 도처에 원군이 상주하고 있는 셈이었다. 따라서 일본군과의 전투에서 승리하는 확률이 높을 수밖에 없었다.

마침 연안 사령부에서 전선 지도차 나와 있던 팔로군 부사령관 팽덕회(彭德懷)가 조선의용대의 입산 소식을 듣고 환영연회를 베풀어 주었다. 팽덕회는 뜨거운 정열로 환영 연설을 했다.

"사선을 넘어 이 곳까지 들어오신 동지 여러분을 나는 70만 홍군을 대표해서 열렬히 환영합니다."

팽덕회는 나중에 한국전쟁이 일어나게 되자 중국 인민지원군 30만 명을 이끌고 한반도로 들어오게 된다.

그동안 홍군은 세력이 급격히 팽창되어 70만 대군을 형성하고 있었다. 홍군 지휘관의 안내로 군량 창고와 무기고를 구경하였는데, 통옥수수가 산더미같이 쌓여 있고, 세계 각국의 무기가 다 모여 있었다. 장개석 국민당군으로부터는 미제 무기, 일본군으로부터는 일제 무기를 노획하였고, 소련으로부터는 소련제 무기와 독일군으로부터 노획한 독일제 무기를 원조 받은 것들이었다.

홍군은 조선의용대에 프롤레타리아 국제주의 정신으로 무기·탄약·군량·의약품 따위를 무제한 공급해 주었다. 군량은 국민당군에 비하면 양과 질에 있어서 모두 형편없이 떨어졌다. 식사는 항상 통옥수수에다 나물 한두 종류였다. 그러나 뜨거운 혁명의 열기로 사기는 더욱 충천해 있었다.

조선의용대가 태항산에 자리를 잡자 옛 민혁당 시절의 지도자들도 태항산으로 모였다. 김두봉, 최창익, 한빈, 윤세주가 조선의용대의 고문격으로 들어왔고, 홍군도 이를 인정해 주었다. 의열단 창시자이자 조선의용대 태동의 주역이었던 김원봉은 김두봉과 노선적으로 대립하다가 중경 임시정부로 방향을 돌렸고 의용대원의 다수가 그를 따라갔다.

태항산의 조선의용대 소식을 들은 조선의 유력 인사들도 이곳을 찾았다. 조선에서 필명을 떨치고 있던 작가 김사량(金史良)이 들어왔고, 존경받는 국문학자 김태준(金台俊)이 태항산을 다녀갔다.

16

노래하는 선녀

• • •

태항산 근거지에서는 여자 군인 또는 학생들을 심심찮게 볼 수 있었다. 조선의용군에도 있긴 하였지만 몇 명 되지 않았다. 근거지에는 당정치학교와 노신(魯迅)예술학교가 있었는데, 특히 노신예술학교에 미모의 여학생들이 많았다. 작년(1939년)에 모택동과 결혼했다고 하는 강청(江靑)도 그중의 한 명이었다.

당시에는 홍군의 영웅적 투쟁을 흠모하여 홍군의 유격 근거지를 찾는 젊은이들이 많았다. 그것은 대도시 내에서 지하 활동을 벌이고 있던 공산당원들의 선전 선동과 애국적 대학생들의 시위에 영향을 받은 때문이기도 했다. 여배우를 하고 있던 강청은 같은 여배우 한 명을 대동하고 남경에서부터 대장정을 벌인 끝에 연안에 무사히 도착했었다.

미모의 여인은 언제나 남자의 마음을 설레게 한다. 아무리 숭고하고도 가열찬 혁명대오에 있다고는 하지만 조선의용대 대원들도 별 수 없었다. 미모의 여학생들 중에서 특히 명식의 마음을 끄는 여학생이 있었다. 그녀는 명식이 좋아하는 스타일로 빼어나지는 않지만 은근한 매력을 풍기는 수수한 미인이었다.

얼마전 소대장으로 승진한 명식은 한동안 그 여학생을 훔쳐보는 것이 조그마한 낙이 되었다. 작전을 나갔다가 돌아 온 휴식 시간에는 예술학교 쪽으로 목을 빼고 혹시 그 여학생이 눈에 띄지 않나 찾았다. 명식은 탄식했다.

"그 여학생과 단 일 분만이라도 이야기를 나누어 봤으면……."

조선의용대는 계속해서 대일 심리전의 선봉에 섰다. 반전 구호를 쓴 플래카드 가설 작전이나, '일본 병사들에게 고함'이라는 제목으로 장문의 삐라를 만들어 적진에 투입시키는 작전을 수행했다. 명식은 적절한 원고를 작성하는데 고심하였고, 그것을 투입시키는 전술에 대해 궁리하였다.

어느 날 홍군 사령부에서 독특한 심리전을 주문해 왔다. 그것은 일본 가요(歌謠) 들려주기였다. 고향을 생각나게 하는 애절한 곡조의 일본 가요를 들려주어, 일본군의 사기를 떨어뜨리고 반전 분위기를 전파시키자는 것이었다. 그것은 예로부터 병서(兵書)에 기록된 전술의 하나로써 새로운 것은 아니었다. 홍군 지휘관들은 손자병법과 육도삼략에 통달한 전술가들이었다.

이 새로운 심리전 덕분에 명식은 생각지도 못했던 황홀한 경험을 하게 된다. 심리전의 명인으로 이름이 나 있던 명식에게 가요 심리전의 임무가 주어졌다. 적절한 가사와 곡조의 일본 가요를 찾아서 들려주라는 임무였다. 그런데 명식의 조수로서 가요를 직접 부를 여대원으로 바로 그 노신예술학교의 여학생이 차출되었던 것이다.

황미란(黃美蘭)이라고 하는 그녀는 예술학교에서 노래를 가장 잘 부르는 학생 중의 하나였다. 사천성이 고향인 그녀는 강청의 경우와 마찬가지로 미모와 가창력을 무기로 배우생활을 하다가 홍군의 명성에 이끌려 홍군을 찾아 왔다.

명식과 미란은 매일 만나서 노래 연습을 하였다. 명식은 보성고보 시절 배운 일본 가요 중에서 애절한 것을 선곡하여 가르쳐 주었다. 최신 가요는 소련제 고성능 라디오로 멀리 만주 하얼빈 제국 방송국에서 나오는 전파를 잡아 선곡하였다.

미란의 노래 솜씨는 뛰어났다. 명식은 자기가 가르쳐 주고서도, 자신과는 달리 어찌나 애절하게 부르던지 주저앉아 울고 싶을 때가 한두 번이 아니었다. 더군다나 달빛 아래 그녀의 은은한 자태를 보면서 노래를 듣고 있노라면, 그 옛날 도연명(陶淵明)이 묘사했던 무릉도원(武陵桃源)이 따로 없는 것 같았다.

어느 날 밤 드디어 작전이 시작되었다. 홍군 사령부에서는 심리전 요원을 엄호하기 위해 1개 분대를 내 주었다. 명식은 소총과 함께 소련제 고성능 마이크와 스피커, 그리고 밧데리를 짊어지고 갔다. 명식과 미란, 그리고 엄호분대는 일본군 진지의 맞은편 언덕에 거점을 잡았다. 일본군 진지까지 아무런 장애물이 없이 탁 터졌지만, 거리는 상당히 떨어진 편이었다. 엄호분대는 횡대로 간격을 두고 배치되었다. 유사시에 상당한 병력이 동원된 듯이 위장하기 위함이었다.

미란의 노래가 시작되었다. 사람의 간장을 녹일 듯한 아름답고도 애절한 곡조가 산자락에 울려 퍼졌고, 그것은 물론 일본군 진지에도 파고들었다. 고향과 가족이 생각나서 감상에 사로잡히지 않고는 배길 수 없게 만드는 소리였다. 잠시 후 일본군 진지에서 병사들의 동요가 있는 듯 웅성거리는 듯한 움직임이 있었다. 다시 잠시 후 지휘관의 제지가 있은 듯 다시 잠잠해졌다.

노래가 한창 울려 퍼지고 있을 때, 엄호분대장에게서 신호가 왔다. 철수해야 한다는 것이다. 방금 일본군 진지에서 상당수의 병력이 출동했다고 했다. 명식은 서둘러 장비를 챙겼다. 일행이 미처 출발하기도 전에 총알이 날아왔다. 언덕 아래에 거뭇거뭇하게 보이는 것이 1개 소대는 족히 되어 보였다.

엄호분대는 명식과 미란을 먼저 보내고 대응 사격을 하면서 철수하기 시작했다. 일본군 추격대의 총알이 점점 많이 날아왔다. 엄호분대의 대응사격이 시원찮은 듯하였다. 명식이 안되겠다 싶어, 스피커 장비를 내려놓고 몸을 돌려 소총을 겨누었다. 명식의 사격 솜씨는 황포군관학교 시절부터 날리던 바 있었다. 거뭇거뭇한 모습들 중에서 맨 앞에 보이는 지휘관을 조준하여 쏘았다. 추격대의 지휘관과 병사 둘이 잇달아 거꾸러졌다. 그러자 추격대의 움직임이 주춤해졌다. 명식과 미란 일행은 무사히 사령부로 복귀했다.

명식과 미란은 몇 차례의 작전을 수행하면서 여러 번 그러한 위기를 맞았다. 그럴 때마다 명식의 침착하고도 정확한 대응으로 위기를 넘기곤 하였다. 미란은 조선인 이명식에 빠져들기 시작했다. 둘은 급속하게 가까워졌다.

홍군 사령부는 조선의용대를 '인텔리부대'라 부르면서 아끼고 대접해 주었다. 반면에 야전병사들로부터는 질시를 받기도 했다. 그것은 전투 같지도 않은 심리전을 합네 하면서 피 한방울 흘리지 않고 공만 챙긴다는 것이었다. 의용대 지휘부는 홍군 전사들의 이러한 인식을 해소시키는 것이 필요하다고 판단했다. 수시로 그들과 협력하여 작전을 벌여야 하는데 그런 인식이 작전에 차질을 가져올 가능성이 있기 때문이었다.

이러한 이유로 조선의용대는 독자적으로 또는 대부대 작전의 선봉에 서서 직접 진지 탈취전을 감행하기도 하였다. 정확한 형세 판단과 주도면밀한 작전 수행으로 조선의용대는 일단 설정한 목표는 반드시 탈취하였다. 작전 수행 때마다 명사수 명식은 한몫을 단단히 했다. 홍군 전사들은 조선의용대의 용감성과 전투력에 대해 감동하기 시작하였고 따라서 질시도 자연히 없어졌다.

조선의용대가 홍군과 함께 작전을 수행하면서 일본군의 만행에 대해 다시 한 번 이를 갈게 하는 장면에 접하게 되었다. 한번은 일본군의 거점 하나를 점령하고 무기·탄약 및 군수품을 노획하고 몇 명의 포로도 잡았다. 계속해서 수색을 하는데 인근 건물에 숨어서 바들바들 떨고 있는 여자들을 발견하였다.

다들 일본 옷을 입어서 일본 여자들이니 했는데 막상 말을 하는데 보니 조선 여자들이 아닌가! 일본군에게 이리저리 끌려다니던 '종군위안부'들이었다. 그런데 이 여자들이 모두 하나같이 얼굴에 병색이 완연하였다. 제대로 못 먹어서 그런 것뿐만 아니라 일본 병사들의 짐승같은 짓으로 몸이 만신창이가 되어 있었다.

성병 하나 둘씩 가지고 있는 것은 기본이었고, 거동을 못할 정도로 허리를 상한 여자들도 있었다. 무지막지한 병정을 하루에도 이삼십 명씩을 치르니 당연한 결과였다. 척추와 골반뼈에 금이 가거나 하혈을 하기가 일쑤였다. 뼈에 금이 가 엄청난 통증을 호소해도 놈들은 막무가내로 병사를 집어넣었다. 그렇게 반송장이 되어 이미 죽어나간 여자도 많았다.

조선의용군 대원들은 이를 악물고 다짐했다.

"내 이놈들을 기어코 응징하리라!"

조선의용대는 여인들을 보살피고 한편으로는 교육시켰다. 대개 무지한 시골 처녀 출신들이라 대부분 문맹이어서 글부터 가르쳐야 했다. 그리고 조선 독립의 의지와 항일무장투쟁의 의의를 심어 주었다.

한편 김두봉을 비롯한 한빈, 최창익 등은 조선의용대를 이념적으로 지도하면서 꾸준히 화북지방의 조선인 조직을 확대해 나갔다. 이들은 1941년 조선의용대를 홍군의 조선인 지휘관 무정과 협력하여 '조선의용군'으로 확대 개편했다. 김두봉과 지도자들은 화북의 조선인들을 정치적으로 규합할 목적으로 1942년 7월, 화북조선독립동맹을 조직하였다.

17

항일무장투쟁의 양대 줄기

• • •

만주에서도 조선인들의 항일무장투쟁은 꾸준히 계속되고 있었다. 김일성, 최용건, 최현 등이 지도하는 일단의 조선인들이 중공이 지도하는 동북항일연군의 일원이 되어 유격전을 벌였다. 이들은 무산, 보천보와 같은 국경 지대의 조선 마을을 습격하는 경우도 있었기 때문에 조선 땅에서 보다 널리 알려져 있었다.

1941년 독일이 소련을 침공하자 소련은 중공에 동북항일연군의 활동을 자제해 달라는 주문을 한다. 그것은 극동 지방의 긴장 요인을 가급적 줄여서 일본과의 충돌을 피하고 대독전에 주력하기 위함이었다. 대신에 소련은 동북항일연군의 주력을 흡수하여 지원해 줄 것을 약속한다. 이에 따라 동북항일연군은 소련 극동군 총사령부 산하에 '88여단'으로 재편성되어 배속되었다.

88여단의 여단장은 중국인 주보중(나중에 길림성 총서기 및 전인대 상무위원 역임)이 맡았고, 제1대대장에 김일성(나중에 북한수상), 그밖에 최용건(나중에 북한 민족보위상), 강건(나중에 북한 인민군 총참모장), 서철(나중에 북한 검열위원장), 김일(나중에 북한 제1부수상), 김광협(나중에 북한 인민군 총참모장), 오진우(나중에 인민무력부장), 김경석(나중에 북한노동당 조직부장) 등이 대원으로 있었다.

88여단은 공산주의 이념 학습과 실전훈련을 주로 하면서 이따금씩 극동군 사령부의 명령에 의해 적정 파악을 위한 정찰업무를 수행했다. 일본군의 병력 배치와 화력을 정찰하는 데는 일본인과 똑같은 모습의 88여단 대원들이 적격이기 때문이었다.

서부 전선의 독일과의 전투를 마무리 짓고 많은 병력을 극동으로 이동시킨 소련은 미국이 일본 나가사키에 두 번째 원자폭탄을 투하한 날인 1945년 8월 8일, 일본에 선전포고를 했다. 소련군은 만주, 조선, 사할린 등 각 방면으로 진격을 개시했다. 조선 작전에는 조선의 지리에 밝은 88여단 대원들이 참여했다. 조선 작전군은 8월 10일에 이미 함경도의 웅기와 나진을 점령하고 급속히 조선을 해방시키기 시작했다.

한편 중공 홍군과 협력하여 가열찬 항일전을 벌이던 섬서성과 산서성 일대의 조선인들은 1943년 가을, 홍군 사령부의 소재지인 연안에 '조선혁명군정학교'를 세우게 되었다. 코민테른의 결정에 따라 세워진 이 군정학교는 중공 중앙군사위원회(모택동, 주덕, 주은래, 엽검영, 호요방 등이 위원)의 직접 지도 밑에 조선혁명을 위한 간부를 양성하는 학교였다.

조선혁명군정학교의 교원과 학생들은 조선의용대 출신이 주류를 이루었고, 팔로군과 신사군에 속해 있던 조선인이 다수 입교하였다. 소련에서 정치학교를 졸업하고 들어온 학생들도 있었고, 일본군이나 국민당군과 같은 적군에서 넘어 온 조선인도 있었다.

중앙군위의 비준을 거쳐 인선이 이루어졌는데 교장에 김두봉(나중에 북한 최고인민회의 위원장 역임), 교무과장에 정율성(나중에 북한인민군 합주단장 역임), 관리과장에 주덕해(나중에 연변조선족자치주 총서기 역임), 조직과장에 이림이 임명되었다. 학교 산하에 네 개의 구대를 두었는데 제1구대장이 방호산(나중에 인민군 5군단장 역임)이 임명되었고, 제2구대장이 이명식이었다. 이들 간부들은 모두 항일전에서 그 명성을 떨친 인물들이었다.

허정숙(허헌의 딸, 나중에 북한 최고인민회의 부위원장 지냄)이 정치경제학 교원이었고, 서휘(나중에 북조선 경공업상)가 국제공산주의 운동사 강의를 맡았다. 무정(武亭)(나중에 북조선인민군 야전사령관 역임)은 홍군의 중요한 요직(포병대장)을 맡고 있었기 때문에 학교 운영에는 참여하지 않았다.

군정학교 구성원들은 대부분 나중에 북조선 사회주의 국가 건설에서 핵심 요원으로 활약하게 된다. 중공 홍군이 북조선 건국에 필요한 인재를 양성하는데 큰 도움을 준 셈이었다. 그러나 한때 김일성으로부터 나라의 보배들이라고 칭송을 받던 군정학교 출신 요원들은 모두 말년이 비참하게 된다. 김일성을 정점으로 한 만주 항일 빨치산파의 견제에 의해 하나하나씩 숙청을 당하게 되는 것이다.

군정학교의 교원과 학생들은 어려운 환경 속에서도 조국 해방과 건설을 위해 열심히 학습하였다. 연안의 홍군 사령부를 비롯한 대부분의 주요한 중공 기관들이 그렇듯이, 군정학교 역시 언덕에 움집을 파서 교무실과 강의실을 만들었다. 국민당군에 의해 섬서성 일대가 봉쇄당하는 기간이 많았기 때문에 생활필수품 공급도 여의치 않았다.

이때 모택동이 '자력생존'의 기치를 내걸었고, 학교의 교원과 학생들은 생필품 확보를 위한 노력과 투쟁도 함께 벌여야 했다. 그들은 인근의 황무지를 개간하여 조, 녹두 등의 알곡을 심고 토마토, 오이, 가지, 파 등의 채소를 가꾸어 식량을 자체적으로 해결하였다. 남는 곡식과 채소는 다른 생필품과 교환하는데 썼다.

이 모든 일은 관리과장 주덕해가 책임감있게 잘 수행했다. 주덕해는 뛰어난 살림꾼이었다. 주덕과 주은래가 군정학교를 방문하여 풍성한(?) 경제의 비결을 시찰하고 가기도 했다. 홍군 사령부는 조선군정학교를 자력갱생의 모범적인 집단으로 치하하고 다른 집단이 조선군정학교를 따라 배울 것을 지시하였다.

학교가 정상적인 궤도에 올라 조선혁명의 근간들을 속속 배출해내고 있던 1945년 8월 중순의 어느 날 밤이었다. 중국공산당 중앙기관지 해방일보사에서 일하는 조선 청년 하나가 그리 멀리 떨어져 있지 않은 군정학교로 헐레벌떡 달려 들어왔다. 그는 저녁에 원고를 편집하다가 소련 타스통신에서 타전한 일본이 항복하고 일본군이 전체 전선에서 패배를 선언하였다는 전문을 보고 너무도 기쁜 나머지 조선인의 집결지인 군정학교로 달려 온 것이다.

"일본놈들이 망했습니다! 일본놈들이 망했습니다!"

외침소리는 군정학교와 숙소가 밀집해 있는 온 골안에 울려 퍼졌다. 단잠이 들었던 교원과 학생들은 외침소리에 깨어나 각기 자기들의 움집에서 뛰쳐나왔다. 학생들은 움집 앞 둔덕 위에 모여서 의혹에 찬 눈길로 운동장에 서 있는 청년을 내려다보았다.

"오늘 입수한 특별소식입니다. 일제가 항복을 선언하고 일본군은 전체 전선에서 패주하고 있습니다."

그는 들뜬 목소리로 크게 외쳤다.

그러자 온 골안이 삽시간에 격정의 외침으로 가득찼다.

"우리는 승리하였다! 일본놈들이 망하였다!"

수백 명이 너무도 기뻐서 열정적인 목소리로 환성을 질렀다. 서로들 부둥켜 안고 감동의 눈물을 흘렸다. 명식도 참으로 오랜만에 뜨거운 눈물이 마구 쏟아졌다. 어린 학생의 몸으로 조국을 떠나온 지 12년만의 감격이었다.

교무과장을 맡고 있던 작곡가 정율성은 밤을 세워 조선의용군 행진곡 〈조국 향해 앞으로〉를 작사 작곡하였다.

이날 밤 학교 지도부는 긴급회의를 소집하였다. 이명식도 교무실에서 열린 간부 연석회의에 참석하였다. 회의에서 사람들은 승리의 기쁨을 한껏 나누면서 해방을 맞이할 준비와 금후의 사업을 토의하였다.

며칠 후 홍군의 주덕 총사령관이 조선의용군은 팔로군과 함께 동북으로 진출하여 재만조선인들을 규합하고 이끌어 장차 조선의 해방을 위해 출전할 준비를 해야 한다는 명령을 시달하였다. 이에 따라 군정학교는 즉시 학교편제를 작전부대편제로 고치는 한편, 부대를 정돈하면서 출발 명령을 기다렸다.

조선혁명군정학교 학생들을 주축으로 한 조선의용군 연안부대는 섬서성 일대에 흩어져 있던 조선인 병사들을 모아 대부대로 재편성되어 총사령관에 무정, 부사령관 겸 정치위원에 박일우, 부사령관 겸 참모장에 박효삼이 임명되고 방호산과 이명식이 각각 제1지대장과 제2지대장을 맡았다. 부대는 8월 하순, 중국 혁명의 성지 연안을 떠났다.

조선의용군 부대가 심양 인근에 집결한 이후 내부에서 약간의 의견 대립이 일어났다. 한 그룹의 의견은 하루속히 조선에 진입하여 사회주의 국가 건설에 주력해야 한다는 것이었고, 다른 그룹의 의견은 조선은 이미 해방되었고 아직 만주는 국민당군과 대치 상태에 있기 때문에 홍군을 도와 만주의 해방에 진력해야 한다는 것이었다. 전자는 민족을 앞세우는 민족파였고, 후자는 그동안 홍군이 도와준 정리를 우선 생각하는 의리파였다.

양자는 의견을 절충하여 일부만 먼저 조선으로 들어가 교두보를 만들어 놓기로 합의하였다. 한청, 진국화, 고상철 등이 지휘하는 500여 명의 조선의용군 선발대는 압록강을 건너 신의주로 들어섰다. 그런데 예상밖으로 소련군이 조선인 무장부대의 진입을 불허한다는 통고를 해 왔다. 조선의용군이 돌아가지도 않고, 무장을 풀어놓지도 않자, 소련군은 야밤에 야영하고 있던 조선의용군을 습격하여 강제로 무장 해제시키고 중국으로 추방하였다. 이때부터 이미 조선의용군의 수모가 시작된 것이다.

소련군이 의용군의 무장 입국을 불허한 것은 우선 조선에 자신들의 지휘권 밖에 있는 무장 세력의 존재를 용납할 수 없기 때문이었다. 아울러 그들 때문에 자칫 자신들의 북조선 건국 계획에 차질을 빚을 수도 있었다. 소련은 이미 88여단에 속해 있던 김일성을 중심으로 북조선에 사회주의 국가를 건설할 계획을 마련해 놓고 있었다.

소련은 일찍이 명망있는 조선인 공산주의자 중에서 사람을 선정하여 북한에 친소 공산주의 정권을 세우기로 결정한 바 있었다. 이에 따라 극동군 사령부는 88여단의 김일성을 추천하였고, 스탈린이 모스크바에서 직접 김일성을 면담하였다.

18
해방

• • •

〈북조선 주둔 소련점령군사령부〉의 사령관은 극동군 산하 제25군 사령관 치스차코프 대장이었다. 치스차코프 휘하에서 북한 정치공작을 담당한 이가 정치위원 레베체프 소장이었고, 행정을 담당한 이가 로마넨코 소장이었다. 치스차코프는 8월 26일 함흥을 거쳐 평양에 도착해 철도호텔에 사령부를 설치했다. 소련군은 북한에 진주한 직후 각 도에 인민위원회를 설치하여 행정권을 장악하였다.

1945년 9월 19일, 약 50명의 조선인이 소련 군복을 입고 원산항에 내렸는데, 그때 비로소 김일성이 북한에 들어왔다. 이어 10월 14일, 소련 정치공작대의 주선으로 「김일성 환영 평양시 군중대회」를 개최하였다. 이때부터 김일성은 서서히 제1인자의 자리를 굳혀 가기 시작했다.

한편 귀국에 실패하고 만주로 쫓겨갔던 조선의용군 대원들과 화북조선독립동맹 지도자들은 조국의 귀환에 대해 다시 생각해 보게 된다. 미군 통치하에 있는 남한으로 들어갈 수는 결코 없는 노릇이고, 북한에 들어가자니 김일성이 실권을 장악하고 있는 상황에서 자신들이 설 자리가 없을 것 같았다.

1945년 11월 중순, 조선의용군 전체 장병들이 만주의 봉천에 모여 대회를 열었다. 이날 대회에서는 먼저 소수의 지도간부들을 고국에 파견해 보내고 대부분의 지휘관과 전투원들은 그냥 만주에 남기로 결정하였다. 무정 사령관은 전체 부대에 즉시 동북 각지에 깊이 들어가 재만 조선인을 규합하여 의용군을 확대함으로써 중국의 해방과 조선의 해방을 위해 싸울 준비를 갖출 것을 호소하였다.

당시 만주에는 약120만의 조선인이 살고 있는 것으로 추정되었다. 조국이 해방되었다고는 하지만 이들이 전부 귀국하는 일은 생활 터전이나 조국의 형편에 비추어 볼 때 불가능한 상황이었다. 따라서 이들의 후견인이 되어 정치적 및 경제적으로 안정시키는 것이 시급한 문제였다. 따라서 조선의용군의 주력이 만주에 남기로 한 것은 당연한 조치였다고 볼 수 있다.

만주의 전군은 3개의 지대로 재편성되었다. 제1지대는 남만에 남아 있으면서 제2지대를 구축하는 사업을 하고, 제3지대는 북만으로 진출하여 제4지대를 구축하는 사업을 하기로 하였다. 제5지대는 동만으로 진출하여 제6지대의 구축사업을 책임졌다. 나중에 제5지대는 길림성을 지나면서 일부 간부들을 남겨 그곳 동포들을 조직해 제7지대를 창건하였다.

이때 이명식은 가장 큰 규모였던 제3지대의 참모장을 맡았다. 제3

지대 지대장은 이상조, 정치위원은 주덕해, 부지대장은 이덕산이었다. 이후 제3지대는 홍군의 만주방면군인 동북민주연군과 협력하여 북만의 해방에 전공을 세우게 된다. 방호산은 제1지대장을 맡아서 명식과 헤어지게 되었다.

이 결정에 따라 김두봉, 최창익, 허정숙 등의 정치 지도자들이 입북하였다. 이들은 소련군 사령부로부터 무장을 해제한 채 개인자격으로 북한에 입국해도 좋다는 허락을 받는다. 그리하여 김두봉과 그 일행은 12월 13일, 신의주를 거쳐 입북하였다. 소위 '연안파'라고 불리었던 이들은 이후 줄곧 김일성의 빨치산파에 이어 제2의 그룹을 형성했지만, 사실상 실권이 없는 들러리에 지나지 않았다.

김일성은 본태적으로 자신이 속한 집단에서 가장 강력하고도 유리한 위치를 차지하려는 성향을 갖고 있었다. 결코 제2인자 노릇은 하지 못하는 인물이었다. 그것이 만주 항일무장투쟁에서 많은 전과를 올리고 살아남게 한 원동력이기도 하였다. 그것은 북한 정치무대에서도 계속되고 있었다. 더군다나 소련군이 적극적 지원을 해주기 때문에 표범에게 날개를 달아준 격이었다. 한편 중국공산당은 여전히 국민당군과의 내전에 정신이 없었기 때문에 멀리 조선에 있는 자신의 옛 전우인 '연안파'를 돌볼 여력이 없었다.

김일성은 형식적으로는 연안파에게 줄곧 주요한 보직을 배당하였다. 1945년 12월, 북한 최초의 공산당 조직인 「조선공산당 북조선분국」이 설치되었을 때, 김일성이 책임비서 겸 위원장을 맡고 김두봉이 부위원장을 맡았다. 1946년 8월, 「북조선 노동당」이 창립되었을 때는 위원장 자리를 김두봉에게 잠시 양보하고 김일성 자신은 부위원장으로 물러나 있기도 했다.

그러나 권력 중의 권력이라고 할 수 있는 보안요원은 항상 빨치산파가 장악하였다. 북조선에 인민위원회 조직이 생긴 이후 보안대장 직은 줄곧 최용건이 맡고 있었다. 최용건은 김일성의 후견인이자 오른팔이었다. 김일성보다 12세나 위인 최용건은 김일성의 충직한 친위대이자 듬직한 바람막이였다. 최용건은 연안파 인사들이 가장 두려워하는 존재이기도 하였다. 그것은 연안파 인사들이 자랑하는 배경인 중국공산당 경력에 있어서도 최용건이 한 수 위의 경력을 갖고 있기 때문이었다

1900년 평북에서 출생한 최용건은 오산중학교를 다니다가 중국으로 독립운동의 길을 떠났다. 그는 중국 서남부의 오지인 운남성에서 운남군관학교를 졸업하고 유명한 황포군관학교 교관에 부임한다. 이때 황포의 교관진에는 나중에 중공 홍군의 주요 지도자가 되는 주은래, 임표, 염검영, 섭영진, 서향전, 이달, 진갱이 교관으로 포진하고 있었다. 말하자면 1945년 현재의 중공 홍군의 최고 지도자가 모두 한때 그와 동고동락하던 동지들인 셈이었다. 1927년 장개석의 공산당 대추방이 있은 후 그는 만주로 건너와서 항일무장투쟁을 벌이게 된다. 그는 동북항일연군 제2로군 참모장이라는 높은 직위에까지 올랐다. 김일성의 최고 직위는 제1로군 제6사의 사장(師長)이었다.

알다시피 연안파의 골간은 1938년 황포군관학교를 졸업한 조선인들이었다. 따라서 이들은 최용건을 조국 독립운동과 중국혁명의 동지로 여김과 동시에 황포의 대선배로서 두려워했다.

따라서 김일성은 연안파를 관리하는데 최용건을 적절하게 써먹었다. 연안파 인사들은 김일성의 경력을 그리 대단치 않게 여기는 경향이 있었다. 특히 홍군 포병사령관을 지내고 1947년에 귀국한 무정이 대표적인 인물이었다. 그는 김일성이 앉혀 주는 그 어떤 자리에도 달가와하지 않았다. 그는 자신이 북조선에서 제1인자가 되지 못한 것에 대해 항상 분통을 터뜨리는 것 같았다.

무정이 기골이 장대하고 용맹스러운 무골이기는 했지만 성격에 좀 문제가 있었다. 독선적이고 부하를 무자비하게 다루는 경향이 있었다. 조선의용군 시절에도 대원들은 사령관 무정보다 성품이 온화한 부사령관 박일우를 더 따랐다. 북조선에 들어와서도 '팔로군 포병사령관 무정 장군'으로 행세하며 좌충우돌하다가 소련군 당국의 경고를 받기도 했다.

김일성은 이러한 골치덩어리 무정을 최용건으로 하여금 관리하게 하였다. 1946년 7월, 공산당의 친위대 역할을 담당할 간부를 양성하는 보안간부학교가 창설되었다. 최용건이 교장을 맡고 있었는데, 귀국한 무정을 이 학교 부교장으로 보냈다.

1948년 2월 8일, 조선인민군이 창설되었을 때, 총사령관을 최용건이 맡고 기타 야전군 사령관은 김광협, 강건, 오진우, 최광 등 모두 빨치산계가 맡았다. 조선의용군 출신 지휘관들은 동해경비사령부 같은 주로 외곽 경비대장 직을 맡았다. 이때 무정은 포병사령관에 임명되었다.

1948년 2월 26일, UN이 남한에서의 단독 총선거에 의한 정부 수립을 결의하자 김구, 김규식을 중심으로 하는 민족주의 진영에서 이를 반대하는 움직임이 거세게 일어났다. 김구와 김규식은 평양에서 회의를 열자는 북한의 제의를 받아들여 입북을 결행하였다. 여기에는 남한만의 단독정부 수립을 반대하는 명망있는 독립운동가인 조소앙, 홍명희, 김원봉, 조완구, 엄항섭 등이 참가하였다.

1938년 조선의용대의 연안 진출시 헤어졌던 김두봉과 김원봉은 10년만에 다시 만나 반갑게 해후하였다. 김원봉은 자신과 김두봉이 이끌던 의열단과 조선의용대의 젊은 대원들이 북한의 각 분야에서 요직을 차지하고 있는 현실에 감회가 새로웠다. 김원봉은 대일본테러 경력을 별로 쳐주지 않는 남한보다는 옛 전우와 부하들이 많은 북한이 자신이 활동하기가 나으리라는 생각이 들었다.

회의는 4월 19일부터 26일까지 평양 모란봉극장에서 속개되었다. 그러나 애당초 이 회의에서는 뚜렷한 결론이 나올 수 없게 되어 있었다. 북한에서는 이미 김일성을 정점으로 하는 공산주의 정권이 거의 확립되어 있었고, 김구 일행은 남한의 실세를 대표하지 못했다. 남한은 이승만과 한민당 세력이 실세를 형성하고 있었는데 이들 역시 단독정부 수립을 향해 치닫고 있었다.

회의가 결론없이 끝난 후, 김구와 김규식 일행은 서울로 향했으나 홍명희와 김원봉은 남으로 귀환하지 않았다. 홍명희는 그의 열렬한 애독자였던 김일성의 간곡한 권유로, 김원봉은 옛 동지이자 친척인 김두봉의 권유로 북에 남기로 결심했다.

남한에서는 어수선한 가운데 1948년 5월 10일, 총선거가 실시됐고, 5월 31일에 제헌국회가 개원하였다. 초대 헌법이 만들어지고 국회에서 간접선거로 이승만을 초대 대통령으로 선출하였다. 그리하여 8월 15일, 정부수립을 공표하였다.

북한에서도 7월 최고인민회의 대의원 선거가 시행되었고, 9월 3일 최고인민회의가 개최되어 「조선민주주의공화국 헌법」을 채택했다. 이어서 9월 9일 「조선민주주의공화국」 수립을 선포했다.

내각 수상에 김일성, 부수상에 박헌영, 홍명희, 그리고 김책이 임명됐다. 최용건은 군사 총책임자인 민족보위상에, 홍명희와 같이 평양에 남은 김원봉은 국가검열상에 임명됐다. 김두봉은 비교적 한직인 최고인민회의 상임위원회 위원장과 김일성종합대학 총장을 겸직하게 됐다. 정권 수립 후 북한은 맹렬한 속도로 군비를 확장하여 남조선 무력 해방을 위한 준비를 한다.

19

중국 내전

• • •

한편 북만으로 진출한 조선의용군 제3지대는 홍군의 북만 방면군인 동북민주연군과 협력하여 여전히 국민당군과 전투를 벌이고 있었다. 지대상 이상조와 참모장 이명식의 인솔 하에 흑룡강성 일대의 목란, 통하, 동홍 등을 해방하는 전투에 참가하였다. 아울러 이 일대의 조선인들을 보호하고 조직화하면서 대원을 2천여 명으로 확대시켰다.

1946년 4월, 제3지대는 홍군의 작전계획에 따라 하얼빈 포위에 참여하였다. 제3지대는 이명식의 지휘 하에 심리전을 전개하여 국민당군의 탈주나 홍군으로의 귀환을 도모하였다. 그 결과 다수의 국민당군이 와해되거나 홍군으로 넘어왔고, 심지어는 국민당군의 1개 중대가 무기를 휴대하고 홍군으로 넘어오기도 하였다.

4월 28일, 중공 홍군과 제3지대는 단 하루의 쾌속 공격으로 하얼빈을 점령하였다. 하얼빈이 해방되자 중공의 동북행정위원회, 동북민주연군 총사령부, 당위중앙위가 모두 하얼빈시내로 들어왔다. 제3지대 역시 하얼빈에 자리를 잡고 발전소, 대공장, 비행장 등의 위수 임무를 맡는 한편, 조선족 보호강화사업을 지속하여 병력을 3천여 명으로 확대시켰다.

일제치하에서 일제의 조선인 만주이주 계획에 따라 만주에 정착한 조선인은 1백20만에 이르고 있었다. 이 중에 북만에 50만 정도가 흩어져 있었는데 대부분 농업에 종사하고 있었다. 일본군이 패주하자 중국인들이 조선인을 일본의 앞잡이라 몰아세우고 공격하는 일이 잦았다. 조선의용군은 조선인을 보호하면서 양국인을 화해 공존시키는 것이 주요한 임무중의 하나였다.

제3지대 정치위원 주덕해는 동북행정위원회의 지도자들과 긴밀히 의논하여 이 민족 문제를 슬기롭게 풀어나갔다. 주덕해는 연안시절 주은래, 주덕, 팽덕회와 같은 홍군 최고지도자들과 친하게 지냈기 때문에, 어려운 문제가 생기면 중공당 중앙위원회 위원인 그들에게 도움을 청했다. 조선의용군은 점점 만주 조선인들의 신망을 얻어갔고, 주덕해는 만주 조선인의 지도자로 떠올랐다.

1947년 여름에 접어들면서 중공 홍군은 만주에서 국민당군을 압도하기 시작했다. 미국의 원조로 버티고 있던 국민당군은 화북에서의 패퇴로 만주에서도 역시 기세가 급속히 꺾이고 있었다. 만주의 대부분이 홍군의 영향권에 들어갔다.

이 시기를 전후하여 조선의용군 내의 많은 병사들이 만주를 떠나 귀국 길에 올랐다. 군비 증강에 분주하던 김일성은 조선의용군에 사람을 파견해 귀국해서 인민군 창설에 동참해 줄 것을 권유하고 있었다. 이에 따라 무정 사령관과 이상조 제3지대장이 귀국한 뒤를 이어 남만에서 활동하던 제1지대, 길림지구에 있던 제7지대 대부분의 병사들이 집단으로 귀국해서 새로 창설된 인민군에 편입되었다.

이명식도 이제는 귀국하고 싶은 마음이 굴뚝같았으나 여러 가지 이유로 해서 그의 귀국은 어렵게 되어 있었다. 우선 첫째로, 중국 여인과 결혼했기 때문에 부인의 동의를 구해야 했다. 그의 처 황미란은 동북인민해방군(동북민주연군의 후신) 사령부 문화선전대에서 일하고 있었는데, 가급적이면 중국에서 살기를 원했다. 둘째로, 귀국해도 어머니를 비롯한 가장 가까운 가족이 살고 있는 서울에 가는 것이 불가능하였다. 공산당 경력이 있는 사람은 모두 체포되기 때문이었다.

그러나 무엇보다도 귀국을 불가능하게 했던 결정적인 이유는, 홍군 사령부에서 심리전의 핵심 요원을 잔류시키라는 명령에 가까운 요청이 있었기 때문이었다. 그 누구보다도 심리전의 맹장으로 알려져 있던 이명식이 남아야 한다는 것은 너무도 당연한 일이었다. 너무 잘해서 뒤처지는 꼴이 된 것이다.

만주에 잔류한 조선의용군은 각 지대가 모두 통합되어 동북인민해방군 독립166사(조선인부대)로 개편되었다. 사령관인 사장에 조선의용대의 백전노장 방호산이 임명되었고, 이명식이 참모장을 맡았다. 보성고보의 선배이고 황포군관학교의 동기인 방호산과 함께 만주에 잔류한 조선인부대를 이끌게 된 것이다.

166사는 일제치하 만주국의 수도이자 만주 최대의 도시인 장춘

함락전에서 큰 공을 세운다. 동북인민해방군 주력의 대부대 공격에 앞서 대대적인 심리전을 전개하여 국민당군의 대부분을 투항시켰다.

밤이면 대형 스피커를 동원하여 선무공작(宣撫工作)을 하고 낮이면 삐라며 통행증을 넣은 종이포탄을 시내로 쏘아 보냈다. 선무의 주요 내용은 만주의 대부분이 홍군에 의해 점령되었고, 장춘도 사방으로 포위되어 있다는 것이었다. 또한 적들이 통행증을 갖고 있으면 해방구로 무사히 건너갈 수 있다고 설득하였다. 또한 가끔씩 찐빵 따위를 날려 주어 홍군 측의 풍요로움을 과시했다.

사기를 떨어뜨리고 마음을 동요시켜 놓자 국민당 병사들이 처음에는 몇 명씩 도망쳐 넘어오던 것이 나중에는 수백 명씩, 심지어는 수천 명씩 넘어왔다. 실제로 통행증을 갖고 넘어온 자들에게는 모두 노자를 주어 고향으로 돌려보냈다. 결국 절대적 세 불리를 깨달은 국민당군 사령부마저 항복을 통고해 왔다. 피 한 방울 흘리지 않고 장춘을 함락하는데 결정적인 공을 세운 것이다.

동북인민해방군 병사들은 독립166사를 '싸우지 않고 이기게 해주는 손자병법의 부대'라고 칭송하였고, 이명식을 장량과 제갈공명에 버금가는 전략가라고 추켜세웠다. 이명식은 속으로 드디어 어렸을 적부터 흠모했던 제갈공명의 칭호를 듣게 되었다고 미소지었다.

1949년 2월, 만주를 포함한 중국 전역이 홍군에 의해 해방되자 166사는 주덕해와 협력하여 만주 조선인의 권익을 지키고 문화적으로 발전시키는 사업을 벌였다. 조선족을 위한 각급 학교와 대학을 설립하고, 문화선전대를 조직하였다. 주덕해는 중공당 중앙의 허가를 얻어 연변에 조선족자치주를 조성하는데 성공했다. 이는 조선의용군의 혁혁한 전공이 뒷받침되었기 때문이었다.

명식은 오랜만에 평온을 맛보았다. 행정위원회에서 마련해 준 166사 참모장 관사에 들어 아내와 함께 편안한 시간을 보냈다. 이제 평화의 시대가 도래했으니 장춘에 잠시 머물다가 고국으로 돌아가리라 생각했다. 연변 조선족자치주는 주덕해 동지가 잘 꾸리고 있으니 걱정하지 않아도 되었다.

고국으로 돌아가기 위한 준비를 하던 어느 날, 조선의용군 동기로서 현재 평북도당책을 맡고 있던 윤공흠이 국경업무 관련 협의차 장춘에 들렀다. 그는 조선의용군 동지들의 현황을 소상히 알려주었다.

제2군단장 무정, 내무상 박일우, 문화선전상 허정숙, 대외무역상 진반수, 내무성 부상 김세광, 중앙당 간부부장 이상조(전 제3지대장, 이명식의 직속상관), 중앙당 선전부장 김창만, 중앙당 총무부장 장지민, 인민군 협주단장 정율성(중국인민해방군 군가 및 조선의용군 군가의 작곡자), 중앙당 과장 고봉기, 황해도 보안부장(경찰국장) 이춘암.

"축구쟁이 김창만이 있지? 그 녀석, 이제는 김일성이 한테 가서 붙었어."

윤은 씁쓸하게 웃으며 말했다. 김창만은 일생 동안에 다섯 명의 주인을 섬겼다. 1930년대 그는 중국 남경에서 '주인 제1호'로 김구 선생을 받들다가 하루 아침에 차버리고 김원봉 선생에게 달라 붙어서는 '약산(若山:김원봉의 호)동무'를 염불 외우듯 하다가 무한에서는 최창익 선생에게 충성을 맹세했다.

그러다가 40년대에 홍군에 합류하면서 세력이 대단한 무정에게 달라붙었다. 그래서는 자나깨나 '무정 동무께서 말씀하시기를'만을 외워대며 무슨 '무정실(室)'이라는 선전실까지 차려놓고 야단을 떨었다.

그런데 해방된 조국에 귀국을 하고 보니 막강한 소련군 사령부가 적극 내세우는 '떠오르는 샛별'이 있지 않은가. 그는 재빠르게 정세 판단을 하고 지체 없이 네 번째 주인 무정을 '한심한 군벌주의자'로 몰아붙이면서 '떠오르는 샛별'의 한없이 너그러워 보이는 품안으로 뛰어들었다. 김창만의 다섯번째 결정은 조선의용군 출신의 결속에 치명적인 타격을 입혔다.

윤은 장지민이 신의주에서 소련 군대와 대립한 이야기도 들려주었다. 그는 국민당군에 쫓기어 신의주 접경까지 온 중공군을 압록강 철교를 열어주어 다 받아들였다. 그리고 팔로군 시절의 동지인 그들이 철도편으로 평양을 경유해 동만주로 우회하는데 최대한으로 협조해 주었다. 중공군 부대장은 장지민에게 고맙다는 사례로 화차 네 량의 군수품을 떼내어 증여했다.

그런데 소련 주둔군이 이를 탐지하고 네 량의 화차를 거저 먹으려 들자, 장지민은 무장 대원들로 하여금 기관차를 지키게 하는 한편, 긴급 기관차를 동원해서 보안대 청사로 쓰고 있는 제재소 구내로 화차들을 견인시켜 버렸다. 닭 쫓던 개꼴이 돼버린 소련군 지휘관은 씩씩거리면서 장지민을 '반소분자'로 몰아붙였다. 소련군은 중앙당에 장지민의 문책을 요구했다. 할 수 없이 김일성은 장지민을 보직해임하였다가 사태가 잠잠해지자 중앙당 총무부장에 임명하였다. 역시 중공군과 한때 전우였던 김일성이 장지민의 행위를 은근히 대견스럽게 생각했던 것이다.

윤은 이윽고 김일성에 대해 이야기했다. 윤은 김일성에 대해 한마디로 '두뇌 회전이 빠르고, 강인하면서 민첩한 친구'라고 평했다.

1949년경의 수상관저는 철책만 처져 있고 경호원이 밖에는 전혀 없었다. 때문에 지나가는 사람은 김일성이 평행봉도 하고 말도 타고 하는 것을 훤히 볼 수 있었다. 김일성은 평행봉과 철봉으로 강인한 체력을 유지했다. 그래서인지 인민군에서는 유난히 철봉과 평행봉 훈련을 강조했다.

김일성의 집무실에는 밤새 불이 켜져 있는 일이 많았다. 사람들은 그것이 김일성이 밤을 새워 책을 읽기 때문이라고 알고 있었다. 실제로 주변 사람들은 김일성의 독서량이 상당하다는 것을 느끼고 있었다.

그러나 윤공흠은 토를 달았다.

"그것이 우리 조선의용군이나 소련 출신들에 비해 학력이 훨씬 미치지 못하는 열등감을 감추기 위한 허세라는 것을 아는 사람들은 알지. 만주 빨치산파들은 최용건을 제외하면 고등교육을 제대로 받은 친구들이 없기 때문에 고등교육을 받은 친구들을 아주 싫어 한다구."

"하기야 김일성의 오른팔과도 같은 최현은 소 도둑질하다가 잡혀서 감옥살이하면서 항일유격대에게 설득된 자라구 하더라구?"

명식이 최현에 대해서 들은 바를 얘기했다.

"아무튼 김일성, 그 사람 경계해야 돼. 피를 보는 것을 두려워하지 않아. 인텔리 공산주의자들을 아주 싫어하니까 아무래도 우리 조선의용군 동지들이 한 번은 당할 것 같애. 조심해야겠어."

"아니, 같은 항일전의 동지들인데 왜 그러지?"

명식이 믿어지지 않아 되물었다.

"아니야, 그 친구 자기네 패거리인 만주 빨치산파만 끼고 돌면서 우리에게 실권은 하나도 주지 않고 있다구. 매일 저녁 그 패거리들이 수상 관저에 모여 개고기 뜯는 잔치를 벌이는데, 도대체 우리 의용군 출신들은 부르는 법이 없어. 별로 가고 싶은 생각도 없지만 말이야."

명식이 개운치 않은 느낌이 들어 잠시 생각에 잠기는데 윤공흠이 말을 계속했다.

"좀 있으면 남조선도 해방이 될거야. 북조선 인민군이 이미 10만의 대군이 되었어. 물론 여러 사단에 우리 동지들이 사단장으로 있지. 하지만 평양 부근에 배치한 힘있는 야전 부대장과 보안부대장들은 모두 빨치산계야. 미군이 철수하면 밀어 붙일거야. 남조선에 남로당 지하당원이 20만이 있다구 하니까, 북에서 물꼬만 터주면 쉽게 해방될 거야."

명식이 또 전쟁이 난다고 생각하니 가슴이 답답해졌다. 쉽게 끝난다고 하지만, 또 한바탕 북새통이 지나가야 하는 것이다. 명식은 곧 귀국하리라는 생각을 접고 장춘대학에 등록하였다. 자신의 군시절의 주특기와 관련된 학문인 역사와 언론을 보다 심도있게 공부하기 위함이었다. 조국에 평화가 찾아오면 조국의 근대국가건설에 학문으로 공헌하리라 다짐했다.

20
한국전쟁

• • •

뒤늦게 재미를 붙인 학업에 여념이 없던 6월 하순의 어느 날이었다. 장춘 중앙방송국 뉴스는 조선 38도선의 붕괴를 알렸다. '북조선 인민군이 침공해 온 남조선 괴뢰군을 격퇴하고 38도선을 넘어 진격하고 있다'고 보도하였다.

"윤 동지의 말대로 곧 해방이 되겠군."

명식은 어쨌든 시작된 전쟁이니까 희생을 최소한으로 줄이고 속히 남조선을 해방시키기를 바랬다.

그런데 38도선을 넘었다는 인민군이 7월이 지나고, 8월이 다 가도록 남조선 전역을 해방시켰다는 소식은 오지 않았다. 상세한 논평 보도를 보니, 미군이 불법적으로 개입하여 괴뢰군과 함께 낙동강 전선에서 저항하고 있다는 것이었다.

"아니, 남로당원 20만은 어떻게 된 거야. 그들이 봉기했는데도 아직 저항을 할 수 있단 말인가?"

명식이 우려하던 사태가 일어나고 있었다. 전쟁이 빨리 끝나지 않아 동족끼리 적대관계에 있는 기간이 늘어나고 있던 것이었다. 명식은 그러한 어처구니없는 참담한 상황을 중국 내전에서 목격한 바 있었다.

10월 초순에 느닷없이 동북인민해방군 주요 지휘관 회의가 소집되어 명식도 출석하였다. 군 정치위원이 믿어지지 않는 전황을 알려주었다. 미군이 38선을 돌파하여 북으로 진격하고 있고, 곧 압록강을 넘어 만주로 쳐들어올 것이라는 보도였다. 따라서 전군은 비상대기 상태로 돌입한다는 것이었다.

명식은 미국에 대한 적개심이 불같이 타올랐다. 미국이 바로 국민당군을 지원하고 사주하여 지옥같은 내전의 조기 종식을 방해하지 않았는가. 그리하여 작년에야 겨우 패퇴시켰더니, 이제는 한반도에 직접 전투부대를 투입시켜 조국을 유린하고 중국을 넘보다니.

10월 8일, 모택동 주석은 「중국인민지원군에게 내리는 명령」을 발표하였다. 10월 중순에 소집된 동북 주요지휘관 회의에서는 구체적인 명령이 시달되었다. 명령은 다음과 같았다.

'조선에 파견할 인민지원군이 편성되었다. 총사령관에 팽덕회 장군이 임명되었다. 제1진 선봉은 독립166사(조선인부대)이고 팽덕회 사령관의 직접 지휘를 받는다.'

명식은 내키지 않았다. 처음에는 조국해방을 위해 일본과 싸웠다. 일본이 물러가자 이번에는 중국 내전에 휘말려 중국인과 싸웠다. 이제는 국민당군을 사주하던 미국과 싸우게 되었다. 그런데 어처구니없게도 동포와 맞닥뜨리게 되었다. 그로서는 동포와 교전하는 일이 없기를 바랄 뿐이었다.

독립 166사의 사장은 여전히 방호산이었고, 명식은 참모장에서 정치위원으로 직함이 바뀌었다. 10월 18일경 3천여 명의 166사 대원은 압록강을 넘어 만포로 들어갔다. 부대를 만포에 잠시 대기시키고 방호산과 이명식은 만포 부근의 고산진 인민군사령부 지하방카를 찾아갔다. 거기에는 김일성을 비롯한 군사위원회 위원들이 모두 모여 있었다.

최고사령관 김일성, 최고인민회의 상임위원장 김두봉, 노동당 중앙위원회 비서 허가이, 전선사령관 김책, 부수상 홍명희·최창익·주영하·박헌영, 내무상 박일우, 총참모장 강건.

모두들 초췌한 얼굴을 하고 있었는데 다만 김일성만은 얼굴이 훤했다. 고전을 치르고 있는 지휘관의 모습이 아니었다. 영양 상태가 아주 좋았고, 언행도 활달하였다. 명식은 속으로 생각했다.

'무고한 인민군 병사들을 죽음으로 몰아넣으면서 속 좋구만.'

"방 동지, 이 동지, 이렇게 와 주어서 정말 고맙소. 우리 미제를 몰아내고 조국을 지키기 위해 같이 싸웁시다."

김일성은 우렁우렁한 쇳소리로 인사했다.

김두봉, 박일우, 최창익과는 만주 봉천에서 헤어진 지 5년 만의 해후였다. 이들은 5년 만에 자신을 돕기 위해 찾아온 옛 제자이자 동지인 이들을 보고 진심으로 반가워했다.

명식이 보니 소문으로 듣던 것과는 달리 부수상 박헌영이 풀이 죽어 있었고 얼굴색이 영 좋지 못했다. 그리고 이마에 상처가 나 있었다. 무슨 일인지 궁금해서 김두봉에게 슬쩍 물었더니 어제 벌어졌던 일을 얘기해 주었다.

10월 17일, 소련혁명 33주년 기념일을 맞아 고산진 지하방카에서는 조촐한 연회가 열렸다. 연회는 무거운 분위기 속에서 조용하게 진행되었다. 그러다가 보드카가 몇 잔 들어간 김일성이 박헌영을 향해 갑자기 소리쳤다.

"도대체 남로당 20만은 어느 구석에 처박혀 콧배기도 안보였나? 당신, 이 패퇴의 책임을 어케 질 거이가, 엉?"

박헌영이 지지않고 반격했다.

"수상이 서울에서 남진 명령을 내려서 인민군이 큰 타격을 입은 거 아니요?"

일리가 있는 말이었다. 사실상 인민군의 작전은 서울 점령으로 종결된 것이었다. 서울 점령 이후의 작전 계획은 없었다. 서울 점령 후 서울 이남에서의 소요 움직임이 없자 김일성은 계속 진격할 것을 명령했다. 박헌영은 이때 남로당이 봉기하는 것을 기다려야 했다는 것이었다. 서둘러 인민군을 남하시켰기 때문에 미군을 불러들이게 되었고, 결과적으로 큰 타격을 입었다는 것이다.

박헌영의 대꾸에 부아가 치밀 대로 치밀어 오른 김일성이 옆에 있는 재떨이를 집어던지며 소리쳤다.

"그걸 말이라구 하구 있어!"

재떨이는 박헌영의 이마를 스치면서 찢어 놓았다. 박헌영의 얼굴이 금새 피범벅이 되었다. 놀란 소련군 장교들이 달려와 김일성을 진정시켰다.

김일성은 방호산에게 서부전선을 방어해 달라고 부탁했다. 그야말로 부탁이었다.

방호산과 이명식은 야영지로 돌아와 대기하였다. 팽덕회의 명령이 있어야 부대를 움직일 수 있기 때문이었다.

바로 다음날인 10월 19일, 팽덕회 사령관이 지휘하는 중국 인민지원군이 만포로 들어오기 시작하였다. 중국 인민지원군 26만 명은 3개 방향에서 비밀리에 이미 압록강을 넘어 전투지역으로 옮겨가고 있었다. 이들은 철저히 밤을 틈타 산악을 행군했기 때문에 첫 전투가 벌어질 때까지 유엔군과 한국군은 전혀 이 사실을 몰랐다. 중공군의 3개 방향 진입 루트 중에서도 가장 큰 통로가 만포 지역이었다.

중공군은 밤새 행렬을 지어 166사의 야영지 옆을 지나 산골짜기로 한없이 들어갔다. 이들의 행렬은 날이 밝을 때까지 이어졌다. 짐을 실은 작은 말들이 군데군데 눈에 띄었고, 군인들은 수류탄과 소총, 기관총, 박격포로 무장하고 있었다. 커다란 가마솥을 메고 가는 군인도 보였다. 대열 중에는 평복 차림으로 큰 등짐을 지고 가는 사람들도 있었다.

그날 중공군 장교 1명이 166사 지휘부를 찾아 왔다. 황포군관학교의 익살꾼 문정일이었다. 그는 조선의용군으로 편성되지 않고 홍군에 계속 남아 있다가 지금은 중공군 군수사단의 참모로 있었다. 셋은 오랜만에 반갑게 해후했다. 이명식은 근처에 옛 스승인 김두봉 선생이 피난해 와 있다고 알려 주었다.

그 소식을 듣자 문정일은 김두봉 선생에게 인사 가야겠다면서 지프차에다 밀가루 2포대와 소고기통조림 한 상자를 손수 들어 올려 실었다. 명식이 마땅치 않아서 말했다.

"적어도 한 나라의 수뇌부한테 겨우 이런 걸 싣고 가나?"

문정일은 예의 그 익살스런 어조로 대답했다.

"이봐, 피난살이엔 이게 첫째라구. 모르면 귀지나 후비고 있으라니깐."

한 시간이 채 못 돼서 문정일이 옳았다는 것이 실증됐다. 김두봉을 비롯한 옛 지도자들은 그 하찮은 밀가루와 통조림에도 여간 고마워하는 것이 아니었다. 전쟁 통에 보급이 얼마나 어려워졌는가를 보여주는 장면이었다. 그 자리에서도 문정일은 그 특유의 익살로 시종 좌중을 웃겨서 패전의 침울한 분위기를 잠시나마 밝게 만들었다.

김일성을 만난 팽덕회의 명령이 방호산부대에 떨어졌다. 서부전선 청천강 일대에서 미군과 국군의 전진을 막으라는 것이었다. 166사는 청천강 하류 이북의 구릉지대로 이동하였다. 최전선에는 인민군이 거의 궤멸된 상태에 있었다. 급히 소집된 듯한 나이 어린 인민군들이 지친 모습으로 참호를 지키고 있었다. 방호산과 이명식은 이들에게 보급품을 나누어 주고 후방으로 철수시켰다.

166사가 최초로 조우한 적군은 불행하게도 미군이 아닌 국군이었다. 동족을 전선에서 적으로 조우하게 된 것이다. 어쩔 수 없는 상황이었다. 백전노장이 이끄는 166사는 가장 유리한 위치를 고수하면서 몇 번씩이나 무모하게 진격하는 국군을 패퇴시켰다.

166부대는 어떻게든 국군과의 교전을 극소화하기 위해 노력하였다. 부대의 특기인 예의 그 심리전을 병행하였다. 우선 166사는 자신의 성격을 알렸다.

"우리는 중국의 화북과 만주에서 항일전을 벌이던 조선인 부대이다. 조선의 독립을 위해 싸우던 우리는 조선인과 싸우는 것을 정말로 원치 않는다. 당신들이 먼저 사격하지 않으면 우리는 사격하지 않는다."

이명식은 음으로 양으로 동포끼리 총을 겨누는 짓은 그만두자는 의사를 전달하였다. 뜻이 어느 정도 받아들여졌는지 국군의 무모한 돌격이 급격히 줄어들었다. 그 사이에 중국 인민지원군이 중부전선을 밀고 내려갔다. 서부전선의 국군과 미군도 할 수 없이 철수하였다. 166사는 후퇴하는 적에 결코 먼저 공격하지 않고 퇴각 시간 여유를 주면서 추격해 갔다.

명식은 남하하면서 미국에 대한 증오심과 두려움이 점점 커져갔다. 미군 공군기는 북조선을 깡그리 파괴하려 하는 듯하였다. 어디서 그렇게 많은 폭탄을 생산해내는지 엄청난 양의 폭탄을 날마다 갖다 퍼부었다. 공격 목표를 설정한 전략적 폭격이 아니고, 완전한 파괴를 위한 무차별 폭격이었다.

따라서 군인보다 민간인의 피해가 극심하였다. 폭격에 가족과 터전을 잃고 울부짖는 인민들이 가는 곳마다 널려 있었다. 몸이 만신창이가 되어 신음하는 인민들이 도처에 눈에 띄었지만, 병원까지 파괴되어 치료해 줄 도리가 없었다. 166사의 의무대가 눈에 띄는 민간인의 응급치료를 해 주었지만 역부족이었다.

도시와 마을에는 온전한 건물이 없었다. 공공건물은 물론이고 민간인 가옥들도 깡그리 파괴되어 있었다. 수확기의 논밭까지도 불벼락을 맞은 뒤 시커먼 폭격 자국만 남아 있었다.

166사는 남하를 계속해서 1950년 12월 5일, 평양을 탈환했다. 평양에 들어선 대원들은 또 한번 경악을 금치 못했다. 폭탄을 어떻게나 퍼부어댔는지 그야말로 모든 것이 재와 가루가 되어 있었다.

이 자리에 북조선의 수도가 있었으리라고는 아무도 믿을 수가 없었다.

166사와 중국 인민지원군은 점진적인 남하를 계속해서 1951년 1월 4일, 서울을 다시 점령했다. 명식은 자신의 가족을 찾는 일을 포기했다. 설사 피난을 가지 않고 서울에 남아 있다 하더라도 만나지 않아야 했다. 왜냐면 이남이 고향인 옛 조선의용군 동지들이 이남에서 가족을 만나고 철수한 뒤 공산당 가족으로 몰려 몰살되었다는 충격적인 이야기를 들었기 때문이었다.

38선 이남으로 미군을 몰아낸 중국 인민지원군은 전진의 속도를 늦추었다. 전열을 정비한 미군과 국군이 다시 진격을 해 와 1951년 3월 15일, 서울을 다시 탈환하였다. 이후 양측은 서로 밀고 밀리는 이른바 톱질전쟁을 계속했다.

166사의 방호산 대장은 청천강 방어와 평양탈환의 공으로 영웅 칭호를 수여받았다. 아울러 166사를 인민군 보병 제6사단으로 개편하여 인민군에 배속시킨다는 팽덕회의 명령이 떨어졌다. 이제 166사는 김일성의 직접 지휘를 받게 된 것이었다. 곧이어 방호산은 제6사단을 중심으로 창설된 제5군단의 초대 군단장이 되었다. 명식은 부군단장 겸 군사위원에 임명되었다.

소련의 말리크 유엔대사가 미국 당국과의 비밀 접촉이 있은 다음인 1951년 6월 23일, 휴전을 위한 토의를 제의했다. 1주일 후 리지웨이 유엔군 사령관이 김일성과 팽덕회에게 휴전협상을 제의하여 이를 수락함으로써 휴전회담이 성사되었다. 1951년 7월 8일, 개성에서 예비회담을 가진 유엔측과 공산측은 7월 10일 개성에서 역사적인 본회담을 시작했다.

전선은 대규모 진격전이 없는 소강상태에 빠졌지만, 미군기의 폭격은 여전하였다. 미군기는 낮 동안에는 거의 숨 쉴 틈도 주지않고 폭격을 해댔다. 도시와 주요 군사 시설물은 깡그리 파괴되었고, 농촌 지역까지 폐허가 되고 있었다. 집집마다 폭격으로 죽거나 다친 사람이 없는 집은 드물었다. 미군기의 폭격은 북조선의 모든 가정에 불행의 씨앗을 심어주었다.

이러한 처절한 상황에서도 누군가 농사를 지어 양식을 생산해야 했다. 청장년들은 모두 전쟁에 나가 없고 노인과 부녀자들이 농사를 지어야 했다. 가끔씩 귀환하는 장병들은 팔 또는 다리가 한 짝씩 없는 불구가 되어 있었다. 농민들은 밤을 타서 씨앗을 뿌리고 밭을 갈았다. 농촌이라고 방심하다가 폭격을 맞은 다음부터는 밤에 농사를 짓게 된 것이다.

명식도 쉴 새 없이 이동에 이동을 거듭해야 하는 부대를 효과적으로 지휘하기 위해서 윌리스(소련제 지프)를 타고 돌아다니다가 미군 폭격기에서 투하한 포탄의 파편을 맞고 부상했다. 대퇴부에 파편이 박혀 걸을 수 없게 된 그는 만포 제2후방병원으로 후송되었다.

거기서 명식은 뜻밖에도 옛 보성고보 시절 동기생 김봉한을 만나게 되었다. 김봉한은 제2후방병원 내과부장으로 재직하고 있었다. 고보시절 날리던 수재였던 김봉한은 경성제대 의대를 졸업하고 의사생활을 하다가 한국전쟁 때 월북한 것이었다. 김봉한은 전통의학의 과학화에 뜻을 두고 북으로 들어왔다고 했다.

명식은 속으로 구체적으로 무엇인지는 모르지만 그가 뜻을 두고 있는 것이라면 해내고 말 것이라 생각했다. 고보시절 김봉한은 그만치 믿음이 가는 저력있는 친구였다. 부상이 어느 정도 회복되자 명식은 전투가 아직 한창인 전선으로 되돌아갔다.

전선이 교착 상태에 빠지자 김일성은 자신의 지위를 다시 추스르기 시작했다. 그는 우선 전쟁의 책임을 피하기 위해 덮어씌우기 작전으로 나갔다. 작전의 첫 대상은 연안파의 수장격인 무정이었다.

김일성은 전선이 급속히 패퇴하고 있는 상황에서 무정에게 평양방위사령관직을 맡겼다. 그 누구라도 평양을 사수하기는 어려운 상황이었다. 김일성은 1952년 말, 강계에서 열린 당 중앙위원회 제3차 전원회의에서 무정이 평양을 사수하지 못한 데 대해 비판했다. 무정은 곧 후방부대인 제7군단장으로 쫓겨갔다. 불만에 가득 찬 무정은 여기서 야전병원 의사가 말을 안 듣는다고 총살해서 물의를 일으켰다.

전쟁에 전혀 도움을 주지 못하고 자신의 과거 팔로군 경력만 내세우는 무정에 대해서 김일성은 화가 단단히 난 듯하였다. 당 중앙위원회에서 김일성은 자제력을 잃을 정도로 흥분해서 무정을 비판하였다. 한참 전황에 대한 보고를 해내려 가다가 김일성은 갑자기 격앙된 목소리로 말했다.

"이번 전쟁이 실패한 거는 바로 저, 무정이 때문이야."

갑자기 튀어나온 소리에 명식은 아연 긴장했다. 장내가 술렁거리자 김일성은 계속해서 외쳤다.

"어떻게 작전을 짜구, 지휘를 해서 기렇게 패퇴를 하구. 이 책임을 어케 지겠는가? 너는 당의 처벌을 받아야 해."

김일성은 7살이나 연상인 무정에게, 그것도 회의석상에서 반말을 하고 있었다. 명식이 이거 너무한 것 아니냐고 속으로 분개하고 있는데 맨 앞줄에서 한 사내가 벌떡 일어났다. 무정이었다.

"내가 잘못했다면, 그때 김일성 동지는 무얼 했소!"

"너하고 나하고는 달라! 너는 군사 지휘자가 아닌가!"

"내가 그렇게 하자고 했을 때 작전에 동의를 하지 않았소! 그런데 지금 와서 나한테만 덮어씌운단 말이오?"

수상에게 맞고함질을 하는 당당한 몸집의 무정은 역시 팔로군 지휘관을 지낸 기개를 보였다. 그러나 그것은 역부족의 저항이었다. 몇몇 사람들이 일어나서 무정을 비난하며 아우성을 쳐대는 바람에 회의장은 수라장이 되어 버렸다.

"더 얘기할 것 없어. 무정이를 당에서 제명하고 모든 권력을 박탈해."

김일성도 자제력을 잃고 있었다. 육군 중장의 지위를 그의 말 한마디로 박탈시킨다는 것은 그가 아무리 최고권력자라 하더라도 모양새가 좋지 않았다. 수상의 명이 떨어지는 것과 동시에 대기하고 있던 호위군관들이 달려들어 무정의 권총을 빼앗고 견장을 잡아뗴었다.

방호산과 이명식이 벌떡 일어났다. 백전노장의 제5군단장 방호산이 소리를 쳤다.

"이 무슨 짓들인가?"

그러나 이 소리는 무정을 비난하는 소리에 묻혀버리고 무정은 순식간에 회의장 밖으로 끌려 나갔다. 수상은 뒤로 물러나 앉았고, 당중앙위 조직부장 박금철이 연단에 나와 수상의 지지 발언을 했고, 곧이어 회의를 종료시켰다. 이때 김일성은 무정을 끌고 나가는 호위군관들을 제지하려 방청석에서 일어나 소리를 치는 방호산과 이명식을 유심히 보고 있었다.

김일성은 박금철에게 지시하여 중국주재 북한 대사관에 무정의 죄상을 알리는 전문을 치라고 했다. 그리고 그것을 모택동 주석, 주은래 수상, 그리고 주덕 총사령관에게 각각 전달하라고 지시했다. 왜냐하면 이들이 팔로군 시절의 동지인 무정을 무조건 지원하고 나올 경우에 대비하기 위함이었다.

아니나 다를까, 모든 지위를 잃고 평민 상태가 된 무정은 중국으로 달려가 이들을 면담하였다. 그러나 무정의 엄청난 과오를 미리 학습하고 있던 이들은 무정에 대해 냉담했다. 다만 옛 정리를 생각해서,

"환영받지 못하는 북조선에 가지 말고 편히 지내게 해 줄테니 북경에 남으시오."라고 권했다.

그러나 분이 풀리지 않은 무정은 다시 평양으로 돌아왔다. 무정은 다시 수상관저로 육탄 돌격해 들어갔다. 정말 이성을 잃은 무모한 짓이었다. 중국 지도부의 냉담했던 반응을 전해들은 김일성은 이번에는 무정을 체포하여 벽지 감옥에 수용하였다. 무정은 자신의 감정을 이기지 못해 날뛰다가 아무도 모르는 감옥에서 최후를 맞았다.

21
휴전과 김일성

• • •

1953년 7월 27일 오후 2시 라디오에서 기다리고 기다리던 휴전 소식을 알렸다. 아나운서는 "오늘 휴전협정이 조인되었으며 밤 10시를 기하여 휴전이 된다는 것과 내일 오전에 김일성 장군의 특별 방송이 있다."고 알렸다.

사람들은 깊은 안도의 한숨을 쉬었다. 전쟁이라는 히스테리 상태에서 비로소 본심으로 돌아온 기분이었다. '전쟁은 처참한 것이다. 휴전은 참으로 잘 된 일이다. 승자와 패자를 가리지 않아도 좋다. 더 이상의 살육, 증오, 파괴는 막아야 한다.'

그러나 휴전은 너무나 깊은 비애와 상처만을 남기고 왔다. 이 전쟁으로 떼죽음당한 사람들의 사무친 원혼이 얼마나 구슬프게 구천을 헤매고 있을 것인가. 깡그리 부숴진 생활의 터전, 민족의 자원을 어떻게 일으켜 세울 것인가.

명식을 비롯한 양심적인 지휘관은 누구든지 생각했다. 전쟁이 길어진 관계로 그만큼 인명의 희생이 더 늘었고, 국토가 더 파괴되었다. 전쟁이 남조선 해방을 못 이룬 채 끝났기에 김일성은 전쟁의 책임을 면하기가 어려울 것이다.

그러나 10여 년에 걸친 가열찬 항일무장투쟁에서 살아남은 김일성은 이번에도 돌아올 화살을 물리치고 살아남았다. 금년 초, 그는 자신에게 돌아올 전쟁 책임의 예봉을 연안파의 수장 무정과 부수상 박헌영 일파에게 향하게 함으로써 책임도 면하고, 정적도 제거하는 일거양득의 전과를 올렸다.

휴전 후 김일성은 위험하다고 보고 있던 인물들을 제거하기 시작했다. 그는 우선 박일우를 치안 책임자인 내무상에서 한직인 체신상으로 끌어내렸다. 김일성이 박헌영을 비롯한 남로당 출신을 제거하려 할 때, 법적 절차상 의당 서명을 해야 할 내무상이 '증거불충분'을 이유로 서명을 거절한 일로 김일성의 미움을 샀기 때문이었다.

다음으로 제5군단의 방호산과 이명식을 지목하였다. 김일성이 무정을 제거하려 할 때 눈빛이 가장 사나웠던 두 사람이었다. 그러나 제5군단이 혁혁한 전공을 세웠기 때문에 손을 대기가 만만치 않았다. 게다가 이들의 옛 전우인 중공군 지휘부가 북조선에서 시퍼렇게 눈을 뜨고 있었다.

김일성은 미운 놈 떡 준다는 격으로 제5군단장 방호산과 정치위원 이명식에게 전쟁기간 동안의 공을 치하하여 영웅 칭호를 수여하였다. 방호산은 과거에 한 번 영웅 칭호를 받았기 때문에 이른바 '이중 영웅'이 되었다.

그러나 방호산과 이명식은 달갑지 않았다. 김일성의 속셈을 읽고 있었기 때문이었다. 김일성은 그 언제고 중국 속담대로 '토사구팽'을 할 사람이었다. 사냥을 하고 나서는 사냥개까지 잡아먹는 인물이었다. '달면 삼키고, 쓰면 뱉는' 그런 인간이었다. 방호산과 이명식은 차라리 주덕해 동지가 있는 만주로 되돌아가서 진정한 조국 해방과 통일의 시기를 준비하는 것에 대해 생각해 보기도 했다.

얼마 후 김일성은 가장 두려운 부대인 제5군단의 책임자인 방호산과 이명식을 떼어놓는 데 성공했다. 우선 방호산을 한직인 육군대학장에 전보시켰다. 이명식에게는 내각 입각을 권유했다. 군 시절의 경험을 살려 문화선전성의 일을 봐 달라고 청했다. 이명식도 일단 방호산이 물러난 제5군단에 머물러 있을 이유가 없었다. 가타부타 말이 없던 그를 김일성은 문화선전상에 임명하였다.

휴전 후 처음으로 맞는 가을 어느날, 동지들의 몰락을 보고만 있어야 하는 착잡한 심정의 명식은 평양 시내를 둘러 보았다. 평양 시내에는 거의 모든 건물과 시설들이 미군기의 공습으로 철저하게 파괴되어 있었다. 사실상 평양 뿐만 아니라 농촌을 포함한 전 국토가 초토화되다시피 했다. 전국의 거의 모든 공공건물과 시설들이 복구건설에 여념이 없었다.

시내에는 무수히 많은 사람들이 화물 트럭에 실려 오가고 있었다. 삽과 괭이와 망치소리가 여기저기서 들려왔다. 평양 시내에는 밤에도 전깃불이 어둠을 대낮처럼 밝히고 있었다. 사람들은 '어이샤 어이샤' 소리를 내며 건물을 복구하고 길을 넓혔다. 그들은 쉴 틈을 짜내 복구건설의 노래를 힘차게 합창하기도 했다. 도시도 농촌도 건설의 열기에 온 나라가 용광로처럼 들끓고 있는 듯했다.

노동자·농민들은 닥지닥지 기운 작업복을 입고 밤낮없이 함성과 노래를 부르며 곡괭이로 흙을 파헤치고, 삽으로 떠서 등짐을 메고 뛰었다. 변변히 먹지도 못했을 터인데 무엇이 사람들을 저렇게 억척스럽게 만들었을까. 더군다나 저들의 가정에는 미군기의 폭격으로 죽거나 다친 사람이 없는 집이 없을 것이다. 그런 슬픔과 분노를 이겨내고 다시 새조국 건설에 몸을 내던지고 있다.

명식은 그들을 경외스러운 눈으로 바라보았지만, 한편으로는 측은한 생각을 떨칠 수가 없었다. 잘 먹어서 요즘은 배가 나오기까지 한 수상을 생각하면 더욱 마음이 언짢았다.

어수선한 마음을 진정시키려 윌리스를 몰고 평양 교외로 나갔다. 들녘을 오가는 농민들이 보였다. 이제 '밤농사'를 볼 수 없었다. 공습이 무서워 불빛을 감추고 달밤에 농사를 지어야 했던 농민들의 고달픔도 이제는 추억 속으로 사라졌다. 전쟁의 포화(砲火) 속에서 그 얼마나 괴롭고 힘들었던 민중의 삶이었던가. 올봄 논밭에 나가 씨를 뿌리고 가꿀 때는 '밤농사'를 지어야 했지만, 추수할 때는 홀가분한 마음으로 거둬들일 수 있었다.

농민들은 손가락이 닳고 허리가 휘도록 온 정성을 땅에 쏟아 농사를 지었다. 자기들은 배를 곯으면서도 전선의 군인들에게 군량미를 보내야했다. 전시에 남성들은 무차별 공습으로 파괴된 마을길과 다리와 수로와 공공건물을 복구하는데 동원되고, 아낙네들은 논밭에서 힘든 농사를 도맡아했다. 그들은 삽으로 땅을 파고 쟁기로 논밭을 갈며, 소의 멍에를 끼우는 일까지 했다.

아, 참으로 순박하고 근면한 우리의 민족성! 명식은 감탄이 절로 나왔다. 그러나 권력의 상층부에서는 어떠한가.

명식이 육군대학 학장으로 있는 방호산을 찾아갔을 때 들은 이야기가 있었다. 육군대학에는 소련 군사고문단이 와 있었다. 그들은 힘없는 나라, 조선의 여자들을 함부로 범했다. 심지어는 학교에 젊은 여자들을 불러들이기도 했다. 명식이 만주의 장춘에 있을 때 그곳에 온 소련의 군사고문단도 똑같은 추문을 남기고 다녔다. 방호산은 분기어린 어조로 말했다.

"저 고문단들, 행실이 개차반이라구!"

소련인들도 소련인이었지만, 북한의 고위 군관들 중에서 소련인의 문란한 생활에 부화뇌동하는 치들도 문제였다. 생활이 어려워진 처녀들이 살아남은 가족을 돌보는 방법으로 소련인들이나 유부남인 고위 군관들에게 접근했다. 전쟁통에 남자들이 떼죽음을 당하는 바람에 생겨난 숱한 젊은 과부들도 큰 문제였다.

방호산이 육군대학장에 부임하면서 이런 작태에 대해 불호령을 내렸다. 육군대학에 여인들의 출입을 금지시키고 생활이 문란한 군관들에게 엄중한 경고를 했다. 그러니까 소련고문단이 방호산을 미워하고 군관들이 방호산에 대해 모함하기 시작했다. 이것이 결과적으로 방호산의 몰락을 재촉하게 되었던 것이다.

인민들의 처참한 현실은 외면한 채 김일성은 인텔리 공산주의자, 민족주의자들을 몰아내면서 독재권력을 강화하는 데 혈안이 되어 있었다. 그는 거의 매일 밤 빨치산파들과 개고기 뜯는 잔치를 벌이곤 했다.

김일성을 비롯한 빨치산파 패거리들은 개고기를 즐기는 대단한 육식가들이었다. 특히 김일성과 오진우는 중간 크기의 개 한 마리를 앉은 자리에서 통째로 해치우는 무서운 육식꾼이었다.

최승희에 얽힌 이야기도 머리를 혼탁하게 하였다. 명식은 중국의 화북에서 조선의용군으로 홍군과 함께 일본군 진지 습격 작전을 벌일 때 처음 최승희란 이름을 알았다. 치열한 전투 끝에 접수한 일본군 진지 한 켠에 플래카드가 걸려 있었는데, 거기에는 '최승희 황군 위문 공연!'이란 글씨가 크게 쓰여 있었다. 모월 모일 모처에서 최승희의 위문공연이 있으니 병사들 힘을 내라는 뜻으로 걸어 놓은 듯했다.

이름을 보아 하니 분명히 조선 여자였다. 명식은 속으로 분노했다.

"이런 일이 있나? 우리는 조국독립을 위해 목숨을 걸고 일본군과 싸우고 있는데, 그 적군을 응원하러 다니다니."

한국전쟁 때 북에 들어와 보니 그 최승희가 북에 있었다. 그녀는 공산주의가 뭔지도 모른 채 마르크스-레닌에 물든 애인인 안막을 따라서 북에 들어왔다. 그녀의 판단착오였다. 그녀는 북에 들어온 후 한동안 과거의 그 황군 위문공연 문제 때문에 고초를 겪었다.

그러나 역시 그녀의 무용만큼은 일품이었다. 명식은 해외 귀빈의 환영연회에서 그녀가 춤을 추는 것을 몇 번 보았다. 그녀는 춤이 아니더라도 벌써 빼어난 미인이었다. 금상첨화라 함은 이런 경우를 두고 한 말일 것이다. 조선의 몸짓을 절묘하게 조화시킨 그녀의 춤은 보는 사람의 온몸을 녹아내리게 만들었다. 모든 사회주의 국가들에서 그녀에 대한 공연 요청이 쇄도하는 것도 무리가 아니었다.

명식은 최근에 아내 황미란에게서 아낙네들 사이에 떠도는 소문에 대해서 들었다. 최승희의 무용이 비판받고 있다는 것이었다. 혁명성이 없고 개인의 명예와 순수 창작무용만을 고집한다는 것이 새로운 비판감이 되어 수상으로부터 종종 질책을 받는다는 것이었다.

수상과 빨치산파는 조선의용군 출신과 같은 고등교육을 받은 사회주의자들을 눈엣가시처럼 여기면서 무언가 트집을 잡으려고 혈안이 되어 있었다. 기회를 노리던 그들은 드디어 본격적인 공격을 하기 시작했다. 김일성은 1955년 4월 1일부터 4일까지 열렸던 당 중앙위원회 전원회의에서 행한 연설에서 "마르크스-레닌 사상을 조선의 구체적 상황에 입각하여 적용해야 한다."고 강조함으로써 해외파의 소련과 중국 의존적 성향을 비판했다.

김일성은 이 연설을 무기삼아 가장 어려운 두 인물을 공격했다. 바로 박일우와 방호산이었다. 조선의용군 출신의 연안파는 사실상 이 두 인물의 뚝심에 의해 버티고 있다고 해도 과언이 아니었다. 김일성은 먼저 조선의용군 부사령관 출신인 박일우를 숙청했다. 그는 박일우를 체신상에서 해임하여 지방 탄광으로 쫓아버렸다. 박일우의 숙청이 성공적으로 끝나자, 군사과학원장이라는 한직에 밀려나 있던 방호산도 같은 식으로 밀어내었다.

'방호산 동지까지!'

명식은 하늘이 무너져 내리는 느낌이었다. 어떻게 손을 써 보기에는 너무 늦어버렸다. 문화선전상이 겉은 그럴싸하지만 아무런 힘이 되지 못하는 자리였다. 힘이 될 만한 자리는 모두 김일성의 충복들이 틀어잡고 있었다. 이제 야전군 부대장 중에 조선의용군 출신은 단 한 명도 남아 있지 않았다.

명식은 자신이 북조선에 좀더 일찍 들어오지 않은 것을 후회했다. 조선의용군은 해방 직후 북조선의 상황을 정확하게 판단하여 대비해야 했다.

명식도 화살이 자신에게 날아올 날이 머지 않았음을 느끼고 있었다. 김일성이 아직 자신을 건드리지 않는 것은, 명식의 아내 황미란이 모택동의 아내 강청과 노신예술학교 동문으로 친분이 있는 사이란 것을 잘 알고 있기 때문이었다. 그러나 김일성은 가끔씩 중국과 사이가 좋지 못할 때, 중국과 인연이 있는 인사를 일부러 치는 경향도 있었다.

명식은 먼저 자리를 내놓고 북조선을 뜰까도 생각해 보았다. 그러나 처분만을 기다리는 무기력한 동지들을 생각할 때, 자신만 살겠다고 피할 수는 없었다. 그리고 중국의 대평원과 산악을 누비며 조선의용군의 기개를 떨치던 자신이었다. 이대로 맥없이 물러설 수는 없는 노릇이었다.

명식은 일생일대의 작전을 감행하기로 결심했다. 참모장으로 또는 군사위원으로서 그는 무수한 작전을 짜고 지휘했다. 이제 자신이 직접 전투원이 되는, 생애 마지막이 될지도 모를 작전 계획을 수립하였다.

박일우와 방호산의 제거 이후 김일성은 서서히 '주체'를 내세우면서 자신에 충성하지 않는 해외파를 본격적으로 숙청하기 시작했다. 1955년 12월 15일, 북한 최고재판소는 박헌영에게 사형을 판결했다. 계속해서 김일성은 1955년 12월 28일, 〈당 선전 선동·일꾼들 앞에서 한 연설〉에서 "사상 사업에서 교조주의와 형식주의를 퇴치하고 주체를 확립하자"고 주장하면서 칼날을 세웠다.

김일성의 연설에 해외파 모두는 긴장했다. 이러고 있다가는 안 되겠다는 공감대가 형성되어 갔다.

1956년 2월 어느날, 소련으로부터 명식의 작전 성공에 청신호가 되는 소식이 날아왔다. 모스크바에서 열린 소련공산당 제20차 대회에서 흐루시초프 수상이 스탈린 격하 운동의 포문을 열었던 것이다. 그는 스탈린의 독선적이고도 야만적인 통치를 규탄하였고, 레닌주의에 입각하여 집단지도체제를 지향할 것을 주장했다. 그는 또 세계정세는 긴장 완화를 지향하고 있다고 규정하고, 소련은 미국을 비롯한 자본주의 국가들과 평화 공존을 지향하겠다고 선언했다.

당 정치부장이 이러한 소식을 김일성에게 전했을 때 김일성은 길길이 뛰었다.

"소련은 미국과 직접 전쟁을 하지 않았기 때문에 평화공존할 수 있지만 우리는 아니란 말이야!"

사실상 명식도 이 말에는 어느 정도 공감하였다. 그러나 그는 북조선 인민의 이러한 감정을 긴장 조성에 의한 권력 강화수단으로 악용하고 있었다.

1956년 4월 23일부터 29일까지 조선로동당 제3차 대회가 열렸다. 제2차 당대회로부터 8년 뒤에 열린 것이다. 이 대회에서 김일성은 그의 뻔뻔스러움과 뱃심 좋음을 다시 한 번 과시하였다.

4월 23일 오전 10시 반, 김일성, 김두봉을 선두로 당정 고위층들이 주석단 상석에 앉고 우당 대표들인 기독교 민주당, 천도교 청우당 대표와 노동자·농민·각계대표들도 주석단에 자리를 같이 했다.

김두봉의 개회선언과 개회사로 시작된 이 대회는 소련대표의 축하문 낭독, 4시간 동안 계속된 김일성의 노동당 중앙위원회 사업보고, 각계 대표들의 토론, 우당 대표들의 축하 연설과 축하문 낭독의 순서로 이어졌다.

회의는 완전히 '기계적'이었다. 모든 것이 기계가 맞물려 돌아가는 식으로 일사분란, 일사천리였다. 전폭지지, 절대 찬성뿐이었다. 김일성과 당의 카리스마를 과시하는 회의였다.

이 대회에는 소련에서 흐루시초프를 대신하여 당 서기인 브레즈네프가 참석하였다. 그는 당대회 축하연설에서 스탈린의 개인숭배 오류를 범하지 말도록 경고했다.

이어서 보고에 나선 김일성은 전쟁에서 이룩한 찬란한 승리를 다시 한 번 강조하고 전후의 복구사업 성과를 찬양하고 나서 중공업 우선 정책을 선언했다. 마지막으로 그는 브레즈네프가 들으라는 듯이 개인숭배 문제를 꺼내서는, 과거 박헌영 종파분자에 대한 개인숭배가 있었으나 이미 처벌이 완료되어서 조선에서는 더 이상의 개인숭배가 없다고 보고했다.

명식은 기가 막혔다.

"두 눈 멀쩡히 뜨고 듣고 있는 우리를 도대체 뭘로 보고 저런 소리를 할 수 있단 말인가?"

이어서 아직 최고인민회의 상임위원장 자리를 유지하고 있던 노쇠한 김두봉이 김일성을 지지하는 흐리멍텅한 연설을 했다. 그의 운명도 이제 다 한 듯했다. 그 옛날 꼬장꼬장하던 민족지도자의 모습은 간데없이 사라졌다.

이어서 당의 핵심기관인 중앙위원회 상무위원 11명을 선출하였다. 위원장에 김일성, 부위원장에 최용건, 위원으로 박정애, 김일, 정일룡, 박금철, 림해, 김광협, 남일, 리효순, 김창만이 선출됐다. 연안파 출신으로는 유일하게 김창만이 들어갔는데, 그는 사실상 이제는 충직한 김일성파로서 연안파라고 할 수 없었다. 당의 권력을 빨치산계가 완전히 장악한 것이다.

제3차 당대회를 무사히 넘기자 김일성은 6월 1일부터 7월 19일까지의 9개국 순방에 나섰다. 1957년부터 시작되는 5개년경제계획을 효과적으로 추진시키기 위한 원조를 얻어내기 위해서였다.

22

최후의 작전

• • •

김일성의 날카로운 눈길이 없어진 틈을 타서 이명식은 작전을 개시했다. 전력상 절대적으로 열세인 우군은 가급적 전력을 한군데로 모아서 일시에 몰아쳐야 했다. 내각에는 아직도 연안파가 몇 명 남아 있었다. 중국과 아직도 북조선에 주둔하고 있는 중국 인민지원군의 눈치를 보지 않을 수 없기 때문이었다.

그는 우선 부수상 겸 재무상인 최창익을 찾아갔다. 명식의 조선의용대 시절의 스승이자 20년 전우이기도 했다. 노쇠의 기미가 있는 최창익이었지만, 명식의 설명을 듣고 전의(戰意)를 일으켜 세웠다.

'그래, 내 다시 한 번 선봉에 서지."

이어서 그는 조선직업총연맹 위원장 서휘, 상업상 윤공흠, 육군대학 총장 김을규를 만났다. 이들은 모두 명식의 작전계획에 동의하면서 다시 한번 뭉칠 것을 굳게 약속했다.

명식은 소련파 인사들을 찾아갔다. 그들 역시 김일성의 화살이 언제 날아올지 몰라 두려워하고 있던 참이었다. 부수상 박창옥, 건설상 김승화, 국가건설위원장 박의완 등은 모두 명식의 작전에 동참할 것을 약속했다.

명식은 마지막으로 최용건을 찾았다. 물론 그에게 작전에 동참해 달라고 말하기 위한 것은 아니었다. 그는 김일성의 가장 강력한 지지자였고, 실질적인 제2인자였다. 그러나 그는 비교적 신중하고 온화한 성품을 지녔고, 또한 황포군관학교 교관을 지내고 오랫동안 중국혁명에 투신한 사람으로서 누구보다도 연안파의 처지를 잘 이해하고 있는 사람이었다. 게다가 최근 자기보다 12살이나 적은 김일성이 오만하게 나오는 데 대해 다소 불만을 품고 있는 것으로 소문이 나 있었다.

명식은 그가 최소한 중립을 지켜주기를 바랐다. 그가 중립만 지켜준다면, 그 휘하의 수많은 무장 병력이 김일성을 일방적으로 지원하지는 않을 것이기 때문이었다. 명식은 그와 옛 중국 혁명 시절을 회상하면서 정담을 나누었다. 그리고 최근의 국제 정세에 대해 논하면서 은근히 소련의 스탈린 격하운동과 스탈린 시절의 폐해에 대해서 이야기했다. 물론 '작전'에 대해서는 한 마디도 하지 않고 돌아갔다.

작전의 D-데이는 당 중앙위원회 전원회의가 열리기로 되어 있는 8월 20일로 잡았다. 명식은 먼저 아내를 친정 나들이를 핑계로 북경으로 보냈다. 이어서 그는 국경도시 만포 일대를 정찰했다. 돌아오는 길에 그는 강계 부근의 탄광에서 일하는 평생의 동지 방호산을 찾았다. 평생 해보지 않던 일을 한 탓인지 초췌한 얼굴을 하고 있는 그에게 작전에 대해 말해주고, 용기를 잃지 말라고 당부하고 돌아왔다.

8월 20일, 드디어 회의가 열렸다. 먼저 김일성은 자신의 해외여행에 대해 보고했다. 그리고 넉 달 뒤에 시작될 5개년계획에 대해서도 보고했다.

김일성의 보고가 끝나자 부수상 최창익이 연단으로 나왔다. 그는 준비된 보고서는 옆으로 제껴둔 채 엉뚱한 말을 하기 시작했다.

그는 우선 당의 중공업 정책을 비판했다. 그는 이 정책이 북한주민들에게 견디기 어려운 고통을 주고 있다고 주장하면서 경공업의 발전에 힘써야 한다고 제의했다. 그는 계속해서 동서 양대 진영의 평화공존 분위기를 활용해 군비를 축소해야 한다고 주장했다.

회의장이 술렁거리기 시작했다. 중공업은 군비 국산화의 기반이었고, 군대와 군비는 김일성 권력의 기반이었다. 그것은 김일성 권력의 기반을 건드리는 발언이었다. 김일성의 얼굴이 일그러지기 시작함과 동시에 방청석 쪽에서 최창익의 발언을 방해하려는 고함소리가 들렸다. 어쨌든 최창익의 발언은 끝났다.

이어서 〈조선직업총연맹〉 위원장 서휘가 나섰다. 그는 조선직업총연맹이 반드시 조선로동당의 지도를 받을 필요가 없다고 주장했다. 그는 노동자들이 정치적 자율권을 가질 수 있어야 하고, 또 파업의 권리를 보장받아야 한다고 제의했다.

회의장이 또 다시 술렁거리는 가운데 상업상 윤공흠이 나섰다. 그는 인민들이 제대로 먹지도 입지도 못하는 상태에서 중공업에 치중하는 것은 무리라고 지적했다. 그는 인민들의 원기를 회복시켜야만 경제 건설도 제대로 할 수 있는 만큼 우선 농업과 경공업을 살리도록 해야 한다고 주장했다.

회의장에 술렁거림이 줄어들면서 긴장감이 돌기 시작했다. 당과 김일성을 비판하는 발언이 계속되자 참석자들은 이거, 바로 정변으로 이어지는 것이 아닌가 하고 사태의 추이를 살피기 시작했던 것이다.

이어서 육군대학 총장 김을규가 등장하여 민감한 문제 하나를 제기했다. 조선공산당의 역사를 만주 빨치산에만 두는 당의 관점을 비판했던 것이다. 그는 중국의 화북과 소련에서 투쟁한 동지들의 업적도 당의 역사에 포함시켜야 한다고 강변했다.

드디어 문화선전상 이명식이 나섰다. 그는 스탈린의 개인숭배와 1인 독재가 북조선에도 존재한다고 지적하고, 지도체제를 개편해야 한다고 포문을 열었다. 그는 이어서 항일전선에서 피흘린 동지들의 업적을 열거하면서 김을규의 지적이 적절함을 뒷받침하려 했다. 아울러 뚜렷한 이유없이 숙청되거나 행방불명된 동지들의 복권을 주장했다.

해방 이후 당 회의에서 당과 김일성을 이토록 정면으로 비판한 예는 없었다. 그래서 김일성 일파는 이토록 혹독한 비판에 대한 대비를 미처 하지 못하고 있었다.

이명식의 강도 높은 비판에 힘입은 소련파의 박창옥, 김승화, 박의완이 나서서 김일성의 개인숭배와 1인 독재를 비판하고, 지도체제를 개편하며, 농업과 경공업을 살릴 것을 주장했다.

회의장에 잠시 팽팽한 긴장감이 돌았다. 김일성 지지발언을 준비했던 빨치산파가 미처 등장하지 못하고 주춤하고 있었다. 많은 참석자들이 비판자들에게 심정적인 성원을 보내고 있는 듯했다. 그러나 구체적으로 지지의사를 보내는 사람은 없었다.

더 이상의 지원 공세가 없자 김일성파가 역공세를 시작했다. 발언 순서를 무시하고 중앙위원인 박정애가 나섰다. 박정애는 김일성의 권위가 흔들릴 때마다 그를 열성적으로 지지하는 발언 또는 기고를 해서 위기를 모면하게 했던 인물이다. 그녀는 김일성의 지도자로서의 탁월한 자질과 지금까지의 업적을 강조함으로써 부동의 지위를 새삼 부각시키려 했다.

아, 결국 우려하던 사태가 일어나고 말았다. 최용건이 김일성 지원 발언에 나섰던 것이다. 최용건이 김일성 보위 발언을 함으로써 대세는 완전히 김일성 쪽으로 기울었다. 최용건은 무게 있는 어조로 김일성의 항일 빨치산 시절의 혁혁한 무공과 해방 이후 당과 국가를 이끌어 온 업적을 강조하였다.

최용건의 발언으로 분위기를 역전시킨 김일성 지지자들은 비판자들에 대해 맹공을 퍼붓기 시작했다. 심지어는 '반동'이니 '간첩'이니 하는 극단적인 용어를 써 가면서 극렬하게 비난했다.

명식은 최용건의 발언을 보면서 '아, 작전은 실패로 끝나는구나' 하고 신음했다. 온 몸에 힘이 빠져 나갔다. 다리가 휘청거려 일어설 힘도 없는 듯했다. 대세의 균형이 최용건의 태도 여부에 달려 있었는데, 기대 밖으로 그가 완전히 김일성 쪽으로 기울었던 것이다.

최용건이 오전 회의를 끝낸다는 선언을 했다. 이명식은 위험을 직감하고 앞서 가장 강력한 비판 발언을 했던 서휘, 윤공흠, 김을규를 불렀다. 그들과 함께 참석자들 중 제5군단 시절 자신의 휘하에 있던 장성들의 도움을 얻어 회의장을 빠져나갔다. 명식은 가까운데 세워 두었던 지프에 일행을 싣고 바로 만포를 향해 달렸다.

지프는 전속력으로 달려서 강계에 도달했다. 지프는 강계 인근의 모처에서 기다리고 있던 방호산을 찾았다. 일행은 반가움에 서로 얼싸안았다. 그 옛날 조선의용군에서 한솥밥을 먹던 전우들이 절체절명의 순간에 다시 만난 것이다. 지프는 곧 만포를 향해 달렸다.

강계를 막 출발하려는데, 저만치에서 군용지프와 그 뒤로 군용트럭이 달려오는 것이 보였다. 오는 기세로 보아 틀림없이 김일성이 보낸 추격대였다. 명사수 명식은 운전을 서휘에게 맡기고 뒷자리로 와 소총을 집어 들었다. 양자 사이에 맹렬한 추격전이 벌어졌다.

국경도시 만포가 점점 가까워 오자, 드디어 추격대에서 발포하기 시작했다. 이제는 명식도 어쩔 수 없었다. 명식은 속으로 '미안하다'를 되뇌면서 접근해 오는 지프의 운전석을 조준했다. 지프의 앞 유리가 박살나면서 지프가 좌우로 요동쳤다. 그러다가 옆 언덕을 들이받고 멈추었다. 지프가 나뒹굴어지자 트럭에서의 사격이 더욱 맹렬해졌다.

명식 일행의 지프가 급커브를 지나자 임시로 가설한 만포교가 나타났다. 그 다리만 건너면 중국 땅이었다. 만포교의 경비대는 잠시 무장 해제된 상태였다. 그것은 명식이 인근에 주둔하고 있던 부대의 옛 5군단 시절 부하였던 부대장에게 부탁해 놓은 것이었다.

지프가 만포교에 진입하는 순간, 트럭이 커브를 돌아 다시 시야에 나타났다. 트럭은 이제 기관총까지 쏘아대며 맹렬하게 돌진해왔다. 명식은 다시 장총을 들어 조준했다. 그때 명식이 오른쪽 어깨 쪽에서 확하는 열기를 느끼며 정신을 잃었다. 어깨에 총을 맞았던 것이다.

지프는 무사히 만포교를 건넜다. 지프가 중국의 검문소로 진입하자, 트럭은 추격을 포기하고 멈추어 섰다. 검문소의 경비병들은 일행이 옛 동북인민해방군 지휘관 출신들임을 확인하자 거수경례와 함께 지프를 급히 통과시켜 주었다. 명식은 여전히 의식이 없었고, 출혈은 계속되고 있었다.

지프는 길림(吉林)을 향해 달렸다. 그곳에는 옛 조선의용군 제3지대 정치위원을 지내고 지금은 연변 조선족 총서기로 있는 주덕해 동지가 있다. 명식의 출혈이 계속되자 걱정이 된 일행은 통화(通化)에서 군 병원을 찾아 명식의 치료를 부탁했다. 지혈과 응급처치를 하고 일행은 다시 길림을 향해 달렸다. 지프는 밤이 한참 깊어서야 길림에 도착했다.

길림에서는 주덕해와 명식의 아내 황미란이 기다리고 있었다. 주덕해는 명식과 일행을 위해 관사 몇 채를 비워두었다. 길림 중앙병원에서 총상 치료와 수혈을 받은 명식은 여전히 의식을 못차리고 있었다. 과다 출혈에 의한 후유증이었다. 미란은 남편을 극진히 간호했다.

명식이 의식이 돌아오기는 했으나 과다 출혈과 총상의 후유증으로 기력이 극도로 떨어져 있었다. 게다가 작전에 실패하여 숙청된 동지들을 구하지도 못하고 제대로 된 조국의 해방과 독립을 이루지 못한 데 대한 자책감에 괴로워했다. 그러한 상태는 명식의 생명을 위협했다. 명식은 생명이 다하는 와중에서도 자책의 신음소리를 냈다.

"조국의 독립 위해 조국을 떠나 20년간 투쟁했건만, 아무것도 이루어내지 못했구나 ……."

명식은 중국 남경에서부터 20년간 생사고락을 같이 하다가 비명에 간 동지들을 하나하나 떠올렸다. 그들은 처음에는 일본과 싸웠고, 다음으로 중국 국민당군과 싸웠으며, 다음으로는 미국과 싸웠고, 마지막으로 김일성과 싸우다 죽어갔다.

명식은 길지 않은 인생에서 몇 가지의 한을 남겼다. 전장의 참화를 제대로 극복하지 못한 것이다. 그것을 풀지 못하면 제대로 눈을 감을 수 있을 것 같지 않았다.

명식은 죽음을 눈앞에 두고서도 생각했다.

“나를 알고 적을 알면 백전백승이라고 했는데 ……, 전쟁이 아직도 온전히 끝나지 않았어…….”

1956년 9월의 어느날, 명식은 마치 잠이 든 것처럼 숨을 거두고 말았다. 그러나 길림에서 운명한 명식의 영혼은 생전의 한을 풀기에 가장 적합한 장소에 다시 태어났다. 그 곳은 한국전쟁 때 이북에서 피난온 사람들이 가장 많이 살고 있었고, 또한 어디에서든 푸른 바다가 훤히 내다보이는 곳이었다. 그 곳은 바로 부산이었다.

* 1956년 8월 30일, 당 중앙위원회 전원회의에서 조선의용군 출신들이 김일성을 공격한 사건을 북한에서는 ‘8월 종파사건’이라고 공식적으로 기록하고 있다. 이 사건 이후 북한에서 김일성에 저항하는 세력은 더 이상 존재하지 않게 되었고, 김일성 독재정치는 북한 전역을 동토로 만들기 시작했다. 유례없는 조직적인 저항에 혼이 난 김일성은 8월 종파사건 관련자들에 대해서 “인간 취급을 하지 말고, 씨를 말리라”고 지시하였다. 이 명령에 따라 숙청된 사람들은 모두 참혹한 조건의 강제노동수용소에 수용되어 대개 얼마 살지 못하고 비명에 갔다.

*8월종파 사건을 전후해서 희생된 조선의용군 출신들의 명단은 다음과 같다.

노철룡(盧哲龍) - 제5군단(방호산부대) 참모장으로 있다 군사정변을 획책했다는 죄명을 쓰고 총살을 당했다.

이유민(李維民) - 함경남도 인민위원장 재임 중 반당종파분자로 숙청.

박무(朴戊) - 중앙통신사 사장으로 있다 숙청, 행방불명.

류문화(柳文華) - 해방 후 〈민주조선〉 주필로 있다 숙청, 소식을 모름.

김철원(金鐵遠) - 기갑부대 참모장을 지내고 반당종파분자로 숙청.

장중진(張重鎭) - 항공학교 부교장으로 있다 국외 탈출에 실패한 뒤 행방불명.

주세민(周世敏) - 외무성 부장 재임중 숙청.

이익성(李益星) - 해방 후 보안부대 사령관 재임 중 군사정변을 획책했다는 죄명으로 사형당함.

하진동(河振動) - 포병학교 교장 재임중 숙청.

장지복(張之福) - 동해수상보안대장 재임 중 숙청.

이대성(李大成) - 남포시 시당위원장으로 있다 해임.

진한중(陳漢中) - 군단 군사위원 재임중 숙청.

김세광(金世光) - 내무성 부상 역임, 숙청

이춘암(李春岩) - 내무성 후방국장으로 있다 숙청.

김흥(金興) - 사단장으로 있다 숙청.

정염(鄭炎) - 주 루마니아대사 역임, 숙청.

양계(陽界) - 내각 사무국장 재임 중 숙청.

마춘식(馬春植) - 여단장 재임중에 숙청.

장지민(張志民) - 한국전쟁 때 중국 심양에 파견돼 동북인민정부 주석 고강(高崗)의 조선문제담당비서로 일하다가 정전후 소환되어 숙청을 당한 후 소식이 묘연.

진반수(陳班秀) - 대외무역상 재임 중에 숙청.

고봉기(高峰起) - 평양시당위원장 재임 중 숙청.

그밖에 조렬광, 이지강, 한경 모두 고급 장교로 복무하다 숙청.

*8월종파사건 시에는 화를 모면하고 그 이후에 사망했거나 현재까지도 생존해 있는 인물들은 다음과 같다.

윤치평(尹治平) - 서해수상보안대장 재임 중 숙청 정보 입수하고 중국으로 탈출에 성공.

이상조(李相朝) - 조선의용군 제3지대장, 입북 후 군단장 및 정전회담 북한측 수석대표 역임, 주소대사 재임 중 동지들이 당하고 있다는 소식을 듣고 소련에 정치 망명.

김강(金剛) - 방호산부대(제5군단) 군사위원 역임. 서휘, 윤공흠 등과 함께 중국으로 탈출,

윤공흠(尹公欽) - 일본 비행학교 출신. 서휘(徐輝) 등과 함께 중국으로 탈출, 몇 년 뒤 페니실린 쇼크로 산서(山西)에서 사망.

서휘(徐輝) - 윤공흠 등과 함께 탈출. 중국에서 오랫동안 생존.

호요방(인민해방군 10원수 중의 1인), 호교목(모택동 수석비서), 북경중앙문학연구소장 정령(丁玲) 등 중국 고위층과 친분이 두터웠다. 1993

년 10월 사망.

노민(魯民) - 정전 회담 대표로 일하다 중국 외교부 부부장 이극농(李克農)에게 스카우트돼 북경에 들어가 중장군사위원회 일본처 처장으로 일하다 정년 퇴직.

문정일(文正一) - 중국 인민지원군 참모로 참전했다가 다시 중국으로 복귀. 중국 국가민족사무위원회 차관 역임, 정년 퇴임,

홍순관(洪淳官) - 중앙당 총무과장으로 있다 김일성의 치부를 속속들이 알고 있어서 숙청당할 기미가 보이자 중국 망명.

한청(韓靑) - 조선의용군 선발대로 왔다 소련군에 무장 해제된 부대장. 중국으로 망명.

정율성(鄭律成) - 도당 신전부장 및 인민군 협주단 단장 역임. 중국 인민해방군 군가 및 조선의용군 군가의 작곡자. 1977년 북경에서 사고로 사망.

정설송(丁雪松) - 정율성의 아내. 중국 수상 주은래(周恩來)와 부인 등영초(鄧穎超)의 양딸. 주은래가 정율성 부부를 중국에 소환함으로써 부부가 숙청의 화는 면했다. 주네델란드 중국대사(중국 여대사 제1호) 역임.

김학철(金學鐵) - 태항산 전투에서 부상당하고 일본군에 포로로 잡혀 형무소에 복역. 해방과 동시에 출옥하여 입북, 한국전쟁시 만주로 이주, 연변 조선족 작가로 활약.

3부

23. 운명적 만남
24. 경성제대 의학부
25. 원자물리학에 심취
26. 조선인이 살아 있었다
27. 조헌영의 한의학 운동
28. 해방 전후
29. 미군의 진주
30. 해방 공간의 과학자들
31. 1950년 여름-한국전쟁
32. 9·28 퇴각-월북
33. 만포 제2후방병원-경락의 관찰
34. 평양 귀환
35. 과학자 대회
36. 휴전과 김일성

23

운명적 만남

• • •

‘아니, 이것이 사실이란 말인가. 만약에 사실이라면, 이것은 노벨상을 받고도 남을만한 대단한 업적이 아닌가!’

1990년 10월 어느 날, 유동현은 쏟아져 들어오는 외국서적들을 검토하고 있었다. 동현은 건강이 좋지 않아 직장을 그만두고 한참 쉬다가 출판사에 취직하여 외국서적을 검토하는 일을 맡고 있었다.

당시 동현이 일하고 있던 출판사는 다량의 외국서적들을 들여와 번역 출판하는 일을 의욕적으로 추진하고 있었다. 출판사는 주로 건강, 대중의학, 동양전통수행법 등의 분야를 전문으로 출판하고 있었다.

어떤 책을 훑어보던 중, 한 구절에 시선이 날카롭게 꽂혔다. 그것은 ‘Kim Bong Han’이라고 씌어진 부분이었다. 책의 제목은 《Energy Matter & Form》이고 1979년 미국 트리 유니버시티(Tree

University) 출판사에서 발행한 것이었다. 그것은 분명히 '김봉한'이라는 한국인 이름의 영문표기였다. 책을 보니 김봉한이 전개한 이론을 서술하면서 그것을 대단히 높게 평가하고 있었다.

김봉한박사라면 전생의 이명식과 보성 동문으로 절친했던 사이가 아닌가. 마치 죽은 친구를 다시 만난 듯이 전율이 일었다. 전생여행을 마치고 온 동현에게 이만큼 관심을 끄는 주제도 없었다.

자료를 집에 들고 와서 김봉한의 이론을 찬찬히 살펴보니 동양전통의학의 중요한 개념인 경락(經絡)에 관한 것이었다. 경락상의 중요한 지점들인 경혈(經穴)은 바로 침을 시술하는 침자리가 된다. 동양전통의학에서 경락은 대단히 중요하고 신비스런 개념임에도 그 실체를 규명할 수가 없어 현대과학의 인정을 못 받고 있는 실정이었다. 그런데 바로 이 책에는 김봉한이 그 경락의 실체를 과학적으로 규명했다고 되어 있었다.

동현은 공과대학을 나와 엔지니어로서 10년 가까이 직장생활을 했지만 건강과 의학에 남다른 조예가 있었다. 대학졸업 후 줄곧 건강이 좋지 못해 질병에 시달려 왔고, 따라서 건강과 의학에 관련된 서적을 꽤 많이 탐독한 결과였다.

동양전통의학을 좀 안다고 하는 사람들은 경락이 대단히 신비스런 것이기 때문에 현대과학으로 그것을 밝혀낼 수 없고 앞으로도 어려울 것이라고 대부분 믿고 있었다.

서양학자들은 경락의 이러한 성격 때문에 동양전통의학을 과학적 의학으로 받아들이지 않고 있다. 심지어는 미신의 한 종류라고까지 믿는 사람들도 있는 형편이었다. 따라서 경락의 실체를 과학적으로 규명했다는 것은 엄청난 사건이 아닐 수 없었다.

동양전통의학에서 경락은 인체의 전신을 달리면서 그 인체의 생로병사(生老病死)를 주관하는 통로라고 알려져 왔다. 인체에 질병이 생길 때 그 증상이 최초로 나타나는 곳이 경락이고, 또 질병의 치료도 그 경락을 조절함으로써 가능한 것이다. 경락을 조절하는 대표적인 방법이 침구술(鍼灸術)이다. 주요 경락은 팔의 안쪽과 바깥쪽에 각각 세 줄씩 여섯 줄, 다리의 안쪽과 바깥쪽에 세 줄씩 여섯 줄, 그리고 몸 정중선의 앞과 뒤에 하나씩 두 줄, 이렇게 모두 14경락으로 되어 있다. 침을 놓는 데 쓰이는 경혈은 주로 인체의 주요 관절 근처에 집중되어 있다.

오늘날까지도 동아시아의 수억 민중들은 이 침구술을 신뢰하고 있다. 병원에서 온갖 치료법을 동원하고서도 낫지 않은, 그래서 더 이상의 치료를 포기한 고질병, 난치병이 침 몇 대 또는 뜸 몇 장으로 거뜬히 나았다는 사례를 아직까지도 심심치 않게 볼 수 있다.

침구법에 의한 치료의 예를 들면, 치질(痔疾)은 머리 꼭대기에 있는 백회(百會)란 경혈에 침구하여 치료하고, 위장의 질환은 무릎 관절 바깥쪽 하부에 있는 족삼리(足三里)에 침구를 하여 치료한다. 손의 엄지손가락과 집게손가락 밑에 있는 합곡(合谷) 경혈에 뜸을 떠서 얼굴 헌 데를 고치고, 새끼손가락의 손톱 바깥쪽에 뜸을 놓아 코가 막힌 것을 뚫기도 한다.

이렇듯 신체 각 부분의 질환과 그에 대응하는 경락과 경혈이 존재한다는 개념은 동양전통의학의 독특한 노하우다.

동현은 또 김봉한이 언급된 곳이 없나 하고 다른 책들을 뒤져 보았다. 그러다가 1988년에 발행된 한 대중의학서적 속에서 다시 김봉한이란 이름을 찾아냈다. 미국의 중견 출판사인 베어 앤드 컴퍼니(Bear & Company)에서 발행한 〈파동의학(Vibrational Medicine)〉이라는 책이었는데, 앞의 책보다 훨씬 상세히 김봉한의 이론을 소개하고 있었다.

그 책은 미국의 한 의사가 여러 가지 대안적(代案的) 의학들을 소개한, 꽤 많이 팔린 베스트셀러였다. 미국의 의사들 중에는 동양 전통의학, 요가, 기공법 같은 각종 수행법들을 주요한 대안적 의학이라고 보고 관심을 기울이는 사람들이 더러 있다. 그들은 그 대안적 의학 속에 서양의학의 한계를 극복할 수 있는 무엇인가가 있음을 감지한 것이다.

책의 저자인 그 의사는 침술편에서 그것을 다루고 있었다. 거기에는 김봉한이 단순히 경락의 실체를 발견했을 뿐만 아니라 경락이 진단과 치료의 핵심체이며, 아울러 생명현상의 근원이라는 것을 규명했다고 되어 있었다.

외국에서 최근에 발행되어 판매 실적을 많이 올리고 있는 대중의학서적 속에 김봉한이란 이름이 들어있다는 것과 또한 그의 이론을 대단히 높이 평가하고 있다는 것은 흥미로운 사실이 아닐 수 없었다. 그럼에도 불구하고 그것이 일반인들에게 거의 알려져 있지 않다는 사실에 강렬한 호기심과 함께 의문을 불러일으켰다.

김봉한이 도대체 어떤 인물이며 그의 이론은 구체적으로 무엇을 담고 있는가.

동현은 의대 조교수이자 대학병원 의사인 친구 김재창에게 전화를 했다.

"자네, 김봉한이라고 들어 봤나?"

"뭐, 누구?"

무척 놀라는 말투였다.

"김, 봉, 한, 말이야, 김봉한."

동현은 재창이 제대로 못 알아들은 줄로 알고 또박또박 말했다.

"자네, 그 이름을 어디서 들었나?"

재창은 전혀 모르고 있어야 할 사람이 그 이름을 들고 나오는 것이 놀랍다는 듯이 되물어 왔다.

"응, 미국서 들여온 대중의학서적에서 몇 군데 보이더군. 경락의 실체를 과학적으로 규명했다고 되어 있던걸."

재창은 동현의 말을 듣고 한참 뜸을 들이다가 말을 이었다.

"자네 혹시, 김봉한이 월북한 사람이라는 거 알고 있나?"

"아하! 북한의 과학자라고 되어 있는데, 월북한 사람이었군."

"만나서 얘기해 주지. 전화로 길게 얘기할 사항이 아니니까."

둘은 대학시절 자주 드나들던 동숭동 대학로의 학림다방에서 만나기로 하고 전화를 끊었다.

동현과 재창은 대학시절 '우리 전통연구회'라는 동아리에서 알게 되었다. 둘은 동아리에서 탈춤, 전통무예, 단전호흡, 참선 등을 같이 배웠다. 전기과와 의예과로 서로 과는 달랐지만 둘은 여러 가지 면에서 의기가 투합했다. 전기공학과 의학이라는 서양의 과학을 공부하고 있으면서도 민족전통에 대한 애정이 남달랐고 의협심이 강한 편이었다.

"자네, 이 사람에 대해 접근하는 거 신중해야 돼."

학림다방에서 재창은 경고성 발언으로 말문을 열었다.

"월북한 사람이니까 당연히 그래야 되겠지. 하지만 지금은 세상이 많이 달라졌잖아."

"단순히 월북했다는 이유뿐만 아니고 그 사람 때문에 남쪽 사람들이 희생된 적도 있기 때문이야. 물론 자네 말마따나 옛날 일이긴 하지만."

"희생되었다니 그게 무슨 말인가?"

동현은 눈을 둥그렇게 뜨며 물었다.

"자네, 인혁당 사건 기억나지."

"인혁당 사건? 그걸 우리가 잊을 수가 있나. 8명이 사형선고를 받고 형장의 이슬로 사라졌지. 사형이 집행되었다는 소식을 듣고 우리가 얼마나 경악했는지 지금도 생생하네."

동현과 재창이 고등학교 3학년이던 1974년 민청학련 사건이 있었다. 4월 3일, 유신정부는 긴급조치 4호를 선포하여 전국민주학생청년총연맹에 대한 조치를 발표한다.

동현과 재창의 선배들을 비롯한 1,000여 명에 달하는 대학생들이 연행되었다가 대부분 며칠만에 풀려났다. 다만 수괴급으로 분류되어 있던 이철, 유인태, 서경석 등은 도피생활을 하다가 붙잡혔는데 이들은 정부전복과 폭력혁명을 기도했다 하여 나중에 사형선고를 받기까지 했다.

그런데 당국은 민청학련 배후에 인혁당이 있다고 발표했다. 그리고 인혁당에게 북한과 직접 연결된 준간첩단이라는 무시무시한 죄목을 덮어씌웠다. 민청학련 주동자들은 나중에 대부분 감형이 되어 살아났지만 인혁당 사건 연루자들은 끝내 감형되지 못하고 형장의 이슬로 사라졌다.

"나도 나중에 안 사실인데, 인혁당의 혐의 중에 김봉한의 봉한학설을 탐독했다는 부분이 들어 있었다 하더라구. 당시 의대와 한의대생들간에 북한의 김봉한이 경락의 실체를 규명한 대단한 학설을 발표했다는 소문이 있었지만, 나는 자세한 것은 알지 못했어. 그런데 우리 선배들 중에서 정보를 어디서 입수했는지 깊게 접근한 학생도 있었던 모양이야. 그중에 한 선배가 인혁당과 연루되었고 그 혐의가 씌워진 것이야. 그러니까 자네두 신중해야 돼."

"하지만 벌써 지난 일 아닌가. 그때는 북한에 대한 것을 읽거나 말하는 것이 대단히 위험한 때였지만 지금은 아니잖아. 그런데 북에서는 그 학설을 발표하고 난 뒤 어떻게 됐지? 그렇게 대단한 일을 해냈는데 지금까지 크게 알려지지도 않고 잠잠한 것이 좀 이상한걸."

동현은 주의를 주려는 재창을 오히려 안심시키면서 궁금한 것을 계속 캐물었다.

"그런데 나중에 들려 온 소문에 의하면 김봉한의 발표가 전부 거짓으로 드러났다는 거야. 북한이 세계를 상대로 한 판의 쇼를 벌였다는 거지. 나도 그 이상은 더 몰라."

"아니, 그렇다면 일단 앞뒤가 안 맞잖아. 거짓이라는 얘기가 지금 외국책에는 대단한 것으로 소개되어 있는 건 뭐야."

"글쎄, 그건 좀 이상한걸. 무언가 착오가 있었겠지."

동현이 여기까지 듣고 나니 의문은 더욱 커지기만 했다.

'김봉한이 어떤 인물일까, 어떻게 경락의 실체를 규명하는 연구를 하게 되었는가, 거짓으로 판명되었다니 세계를 상대로 한 그러한 조작극이 가능한 이야기인가, 또 거짓으로 판명된 것이 1990년에도 버젓이 외국책에 소개되어 있는 것은 어떻게 된 일인가.'

"이거 아무래도 궁금해서 안 되겠는걸. 내가 한번 추적을 해 봐야 되겠어. 만에 하나라도 김봉한의 업적이 진실에 가깝다면 이것은 어쩌면 민족의 유사 이래 최고의 업적이 될 수도 있다구."

동현은 중얼거리듯이 말하면서 슬며시 재창의 반응을 살폈다.

"자네와 이야기하다 보니까 나도 의문이 생기는군. 하지만 추적이 가능할까? 어디 마땅한 정보원이나 자료가 있어야 되는데…… 그리구 세월이 아무리 변했다지만 북한과 관련된 것을 추적한다는 게 좀 그렇잖아."

재창은 처음의 경고성 발언 때와는 달리 한결 부드러워진 어조로 슬며시 동의의 뜻을 나타냈다.

"어느 정도는 가능할 거야. 최근에 북한자료가 공개적으로 많이 출판되었잖아. 그리구 작년부터 통일원 북한자료실을 일반인에게도 공개하고 있으니까 거기서 좀 건질 수 있을 테구."

동현은 다음 날부터 김봉한과 관련된 사항을 추적하기 시작했다. 우선 시중에 나와 있는 모든 북한관련 서적을 뒤졌다. 그리고 통일원 북한자료실을 뻔질나게 드나들면서 그와 관련된 자료를 찾았다. 소득이 꽤 있었다.

자료를 추적하다 보니 그가 서울의대 전신인 경성제대 의학부 출신이라는 것을 알게 되었다. 그래서 서울의대 동창회 사무실을 찾아가 동창회 명부를 뒤졌다. 그의 동기생들을 찾아보기 위함이었다. 천만다행으로 대학시절 김봉한과 절친했던 친구가 생존해 있어서 그로부터 많은 이야기를 들을 수 있었다. 그는 한마디로 김봉한이 보기 드문 천재면서도 성실한 사람이라 결코 없는 일을 꾸며낼 사람은 아니라고 했다. 동현의 가슴이 뛰었다.

동현은 또한 1987년 북한에서 의사로 있다가 귀순한 김만철씨로부터 많은 증언을 들을 수 있었다. 북한에서는 의대생도 모두 동의학 과정을 수강하게 되어 있었다. 김만철씨는 청진의학대학 재학 시절, 김봉한과 봉한학설에 대한 강의를 들었다고 했다.

추적이 계속되면서 몇 가지 사실이 분명해졌다.

첫째는, 그가 경락의 실체를 규명한 봉한학설을 발표함으로써 한때 전세계 학계에 일대 파문을 일으켰다는 것이다.

둘째는, 석연치 않은 이유로 김봉한이 숙청되었다는 것이다. 숙청의 구체적인 형태에 대해서는 몇 가지 이론이 있었다. 일설에 의하면 그가 개마고원의 한 협동목장의 수의사로 쫓겨갔다고 하였고, 또 다른 설에 의하면 아오지탄광으로 유배되었다가 거기서 자살하였다고 했다.

세 번째의 사실은 동현으로서는 믿고 싶지 않은 것이었다. 1990년대에 접어들면서 남한으로 귀순해 오는 북한주민들이 부쩍 늘어났다. 그것은 아마도 88년 서울올림픽을 계기로 북한주민들에게 남한에 관한 정보가 많이 흘러들어간 영향 때문인 듯했다. 각계각층을 망라하는 귀순자들은 모든 분야에서 북한의 과거와 현재에 대해 증언했다. 그들의 증언에는 좀처럼 믿어지지 않는, 결코 믿고 싶지 않은 사실들이 포함되어 있었다. 그중에는 극히 미미한 양이기는 하지만 봉한학설과 관련된 매우 중요한 부분도 포함되어 있었다.

유동현이 믿고 싶지 않았던 사실은 북한당국이 인체생체실험을 했다는 것이다. 그것이 문제가 되어 북한당국은 봉한학설을 서둘러 폐기시키고 김봉한을 숙청했다는 것이다.

동현이 자신의 전생을 추적했듯이 북으로 간 김봉한의 삶을 추적을 시작한 지 약 1년 후, 동현은 그의 학설에 대한 전말을 알게 되었다. 그것은 한마디로 말하자면 억장이 무너지는 비극적 드라마였다. 비범하고 탁월한 한 인간과, 그에게 닥친 운명, 그리고 격랑의 역사가 만들어 낸 그 장엄한 드라마는 동현의 가슴을 사무치게 쳤다.

24

경성제대 의학부

● ● ●

1934년 봄, 김봉한이 경성제국대학 의학부 예과에 합격하자 지리산을 다녀온 아버지 김 의원은 아들 봉한을 불렀다. 아버지의 앞에는 산삼 세 뿌리가 놓여 있었다.

"네가 합격했다는 말을 듣고 지리산을 다녀왔다. 너한테 운이 따르는지 다행히 헛걸음하지 않고 산삼을 얻었다. 전에도 말했지만 산삼은 건강할 때 먹어 두면 꼭 필요할 때 초인적인 힘을 발휘하게 하는 효험을 가졌느니라. 의학부 공부가 힘들다고 하니까 산삼을 정성껏 달여 먹고 열심히 하도록 해라."

"명심하겠습니다."

전에도 가끔씩 이런 일이 있었다. 양의원이고 한의원이고 모두 손을 들어 목숨이 거의 다한 환자를 위해 김 의원은 지리산이나 묘향산을 다녀왔다. 산삼을 얻기 위함이었다. 산삼을 구해 오면 그 환자는 소생했고, 구해 오지 못하면 죽는 것이었다. 산삼을 구하고 못 구하는 것은 아버지의 능력에 달려 있는 것이 아니고 그 환자의 천명에 달려 있는 것이라 했다.

김 의원은 사람의 눈이 산삼을 찾는 것이 아니고 산삼이 사람을 부르는 것이라 했다. 이번에는 아들 생각을 하면서 산을 걷고 있는데 어디서 자신을 부르는 듯한 느낌이 있어 그쪽을 보니 산삼같은 것이 눈에 띄었다고 했다. 다가가 확인해 보니 산삼이었다고 감회어린 표정을 지었다.

아버지 김 의원은 약종상을 하고 있었다. 1910년 조선을 합병한 일본은 본국에서 했던 것처럼 한의학과 한의사제도를 없애려 했다. 일본인들은 그들 고유의 전통의학을 중국 한(漢)나라에서 건너 온 낡은 의학이라 매도하고, 그것을 침술과 한약으로 분해해서 침술은 서양의학의 물리요법에, 한약은 서양의학의 약물요법에 편입시켜 버렸다.

일본제국주의는 조선에서도 한의사제도 자체를 없애고 의생과 약종상으로 개칭하여 본격적 의료행위를 금지시켰다. 그러나 조선사람들은 의생과 약종상을 전에 부르던 대로 의원이라 불렀고, 감시의 눈을 피해 그들을 찾았다.

김의원은 나라를 잃은 것만 해도 서러운데 직업까지 대접을 못 받게 되었다면서 울분을 토하곤 했다. 그래서 외아들에게는 우선 대접받는 서양의학을 공부해서 의사가 된 후 우리 전통의학을 되살리는 일을 해 주기를 기대했다.

김 의원은 젊은 시절, 다산 정약용과 연암 박지원의 저술을 탐독한 실학파이자 개화사상가이기도 했다. 그는 나라가 일제침략에 먹혀 들어가는 상황에서 조정 관리들이 민족의 운명은 뒷전으로 제쳐 두고 개인의 부귀에만 눈이 멀어 있는 데 대해 탄식해 마지않았다.

'저들이 과연 조선의 양반인가.'

김 의원은 서양의학에서 배울 것이 많지만 우리 전통의학에도 좋은 지혜가 있음을 믿고 있었다. 하지만 당시의 한의원들은 그러한 좋은 지혜는 팽개쳐 둔 채 처방집만 끼고 앉아 일제의 눈치를 보면서 돈벌이에만 급급했다.

김 의원은 대학입학 전까지 아들에게 한의학을 특별히 가르치지 않았다. 다만 김 의원은 아들의 건강과 한의학에 대한 기본소양을 위해 단전호흡, 전통무예 등의 선도(仙道)수련법을 틈틈이 가르쳤다. 전통의학의 진료법은 선도수련법 또는 도가사상(道家思想)에서 원용한 것이 많았다.

"봉한아, 우리 전통의학은 궁리보다는 신체의 수련과 체험을 바탕으로 성립된 것이니 먼저 수련과 체험에 힘을 쓰는 것이 우선이니라. 내가 보아하니 궁리는 서양의 학문이 훨씬 발전한 것 같으니 전통의학의 궁리는 그것을 도구로 나중에 하도록 하는 것이 좋겠다."

김봉한은 1916년 서울 돈암동에서 출생했다. 딸만 두고 있다가 뒤늦게 아들을 얻은 김 의원 내외는 봉한을 무척 귀여워했다.

당시의 돈암동은 주변에 논밭이 널려 있는 전원풍경이었다. 미아리고개만 넘어가면 정릉천이란 커다란 개울이 있어, 여름에는 미역 감고 겨울에는 썰매를 타며 놀았다. 정릉계곡으로 깊이 들어가서 토끼와 너구리를 잡기도 했다. 어린 봉한은 자연 속에서 건강하게 자랐다.

봉한은 이미 5세 때에 ≪천자문(千字文)≫을 떼고, 6세부터 사서삼경(四書三經)을 읽기 시작하여 주위를 놀라게 했다. 보통학교(현재의 초등학교)에 입학하면서 김봉한의 총명함이 두드러지게 나타났다. 보통학교에는 일본 아이들도 많았지만, 모든 과목에서 최우등을 달렸다. 자연과 친하게 자란 김봉한은 체육까지도 우등이었다.

6년제 보통학교를 졸업한 김봉한은 5년제 보성고등보통학교에 입학했다. 김봉한은 여기서도 역시 최우등생이었다. 그는 특히 수학, 물리, 화학 등의 이과과목을 좋아했다. 자연상태에서 쉽게 눈에 띌 수 없는 수많은 신비로운 현상과 법칙들이 강렬하게 그의 호기심을 끌었다. 그러한 수많은 현상들을 밝혀낸 연구자들이 존경스러웠다.

김봉한이 자연과학에 남다른 관심을 가진 것은 그의 민족주의적 기질도 한몫을 했다. 민족이 되살아나기 위해서는 과학을 공부해야 했다. 일찍이 과학기술을 받아들이고 발전시킨 일본이 이웃의 낙후된 조선을 삼킨 것이다.

김봉한은 구한 말의 역사를 보면서 치를 떨었다.

특히 안타까운 대목은 1894년의 동학혁명이었다. 그때 나라가 개벽해야 했다. 그랬어야만 민족 주체의 기운이 뻗어나갔을 것이다.

그런데 어처구니없게도 외세를 끌어들여 자국민의 혁명의지를 꺾어 버렸다. 청나라 군대를 부르고, 일본 군대를 불러 자국민을 학살하게 만들었다. 그리고는 양국의 군대가 그대로 남아 세를 과시하다가 서로 전쟁을 벌였다. 우리의 땅에서 남의 나라들이 전쟁을 하게 내버려 두다니 참으로 기가 막힌 일이었다.

결국 패한 청나라는 물러가고 일본 군대는 남아 조정을 지배하기 시작했으니, 나라의 주권이 벌써 일본에 넘어간 것이나 다름없었다.

고등보통학교의 일본인 과학선생은 일본이 세계최대의 항공모함을 보유함으로써 세계최강의 해군력을 가지게 되었다고 자랑스럽게 말했다. 일본의 해군력이 강하다는 것은 1904년 러시아와의 해전에서 이미 입증된 바 있었다. 일본은 항공기까지 자체적으로 생산했다.

막강한 군사력으로 1931년 일본 영토의 10배에 달하는 광활한 만주를 가볍게 손에 넣은 일본은 이제 중국 본토를 넘보고 있다는 소문이 파다했다.

그러한 일본의 힘을 극복하기 위해서는 많은 사람들이 과학기술을 공부해야 했다. 그러나 조선인들은 여전히 과학기술을 외면하고 구태의연한 탁상공론에 아까운 시간을 낭비하고 있었다. 그렇지 않으면 민족의 현실은 도외시하고 사리사욕에만 정신을 팔았다. 신학문을 한다고 하는 사람들조차 법이나 상업을 공부해서 개인의 영달만 추구하고 있었다. 참으로 안타까운 현실이었다.

그런 현실 속에서 조선이 보유하고 있는 유일한 실용적 과학기술은 바로 전통의학이었다. 전통의학은 간단한 처치로 분명한 효과를 내는 뛰어난 과학기술이었다. 그런 소중한 진주를 잘 닦아서 내놓으면 많은 부분의 열세를 만회하는 데 크게 공헌할 것 같았다.

보성고보 동기생 중에는 이명식이라고 하는 눈에 띄는 친구가 있었다. 김봉한과 마찬가지로 다방면에 걸쳐 우수한 자질을 갖고 있었고, 운동에도 만능인 친구였다. 반 대항 축구 대회가 있을 때면 이들은 자기네 반 팀을 이끄는 대표선수였다. 축구대회에서 김봉한과 이명식은 준결승 또는 결승에서 자주 마주쳤기 때문에 이들은 자연히 서로를 잘 알게 되었다.

이명식은 특히 민족의식이 강한 친구였다. 대화를 하다 보면 알 수 있었다. 그는 은연중에 일본의 지배를 받고 있는 조국의 현실에 대해 분개했다. 또한 조국의 자주독립 방안에 대해 나이답지 않게 성숙한 의견을 내놓기도 했다. 그의 자주독립 방법론은 다분히 정치 군사 지향적이었다. 이 점에서 김봉한의 과학기술 중흥 우선과는 차이가 있었다.

김봉한이 보성고보에 입학한 이듬해 가을에 광주에서는 광주학생 사건이 발생했다. 일본인 학생들이 조선인 여학생을 희롱하는 것을 보고 광주고보 학생들이 이를 제지하다가 충돌한 사건이 발생했다. 곧 양 민족 학생들과의 패싸움으로 번졌다. 일본 경찰이 조선인 학생들만 일방적으로 처벌했고, 이에 분개한 광주 지역 학생들이 들고 일어난 것이다. 그러자 전국에서 광주 학생을 지지하는 시위가 일어났다. 보성고보에서도 시위가 있었는데, 이때 이명식은 맨앞에 서서 대오를 이끌었다.

김봉한은 민족의식과 의협심에 넘치는 이명식을 불안한 눈으로 바라보았다.

“이 변화 많은 불확실한 시대에서 어떻게 저런 모습으로 살아갈 수 있을까?”

김봉한은 이명식이 언젠가 큰 봉변을 당할 것만 같았다. 그렇지 않으면 어느날 갑자기 시야에서 사라질 것 같았다. 아니나 다를까,

불과 졸업을 한 해 앞 둔 어느 날 이명식은 사라졌다. 들리는 말로는 상해에 있는 독립운동단체를 찾아 떠났다고 했다. 김봉한은 내심 일본 경찰에 봉변을 당하는 것보다는 차라리 그 편이 다행이라고 생각했다.

'친구여, 어딜 가든지 부디 몸조심하라구.'

1934년, 김봉한은 아버지의 기대에 부응하여 조선 8도의 수재들이 다 모여든다는 경성제대 예과에 우수한 성적으로 합격했다.

경성제대는 1924년에 설립되었다. 원래 일제는 조선에 대학을 설립할 계획이 없었다. 조선사람들에게 고등교육을 시켜서 자기네들에게 이로울 것이 없다고 보았다. 당시 일본에는 이미 도쿄(東京), 교토(東部), 도호쿠(東北), 규슈(九州), 오사카(大阪), 나고야(名古屋), 홋카이도(北海島) 등 7개의 제국대학이 있었다.

1919년 3·1독립운동이 나자 조선총독부는 조선인의 민심을 누그러뜨리는 이른바 문화정치를 표방했다. 그러면서 조선에도 대학을 설립할 것이라는 말이 돌았다. 민간에서 민립(民立)대학 설치운동이 일어나니까 그것을 억제하는 일환으로 일제는 서둘러서 국립대학인 경성제대를 설립했다.

설립 당시 경성제대는 예비과정인 3년의 예과와 4년 과정의 본과로 구성되어 있었는데, 본과에는 법문학부와 의학부밖에 없었다. 총독부 내에서도 제국대학이니까 당연히 이공학부를 설치하여야 한다는 의견이 있었지만 조선인에게 굳이 고등과학과 기술을 가르칠 필요가 없다고 하여 무시되었다. 그리하여 일제는 식민통치에 반드시 필요한 인력인 검사와 의사를 배출할 수 있는 법문학부와 의학부만을 두었다.

조선인의 고등교육을 위한다는 명분에도 불구하고, 경성제대의 학생은 대부분 일본인이었다. 그들은 대개 총독부와 시·도 고관들의 자제들이었다. 한국인 학생의 입학은 전체 정원의 4분의 1에서 3분의 1 사이로 엄격하게 제한되어 있었다. 일본학생들은 소수인원이 경쟁해서 많은 수가 합격하고, 한국학생들은 조선 8도의 수많은 학생들이 경쟁해서 오히려 적은 수가 합격하니까, 한국학생들의 입학 경쟁은 보통 치열한 것이 아니었다.

1934년도 경성제대 예과에는 140명의 학생이 선발되었는데, 그중에 100명이 일본학생이었고 나머지 40명이 조선학생이었다. 조선 천지에 단 하나뿐인, 그나마 입학정원이 겨우 40명인 종합대학에 입학하기 위한 경쟁은 상상을 초월하는 것이었다. 이중에서 반은 나중에 법문학부로 진학하였고, 의학부에 남는 조선인은 20명 정도였다.

경성제대 응시자격은 6년제의 보통학교와 5년제를 거쳐 고등보통학교(고보)를 졸업한 자에게 주어졌다. 전국에서 경성제대에 2명 이상의 합격자를 내는 학교는 경기제1고보, 경기제2고보, 평양고보, 함흥고보, 대구고보, 청주고보 등이었고 단 1명의 합격자라도 나오면 학교의 크나큰 명예가 되었다.

경성제대보다 먼저 설립된 의사양성교육기관도 있었다. 일제는 1916년에 총독부병원 부속의학강습소를 경성의학전문학교로 승격시켜 양의사를 양성하고 있었다. 이보다 앞서 1908년부터 세브란스병원 부속의학교에서 의사를 배출했다. 평양과 대구에도 1920년대부터 의학교 또는 의학전문학교가 설립되어 의사를 양성하고 있었다.

여기서 한 가지 짚고 넘어가야 할 주목할 만한 현상은, 당시 조선에서 이공학에 소질 있는 수재들은 모두 의학을 공부할 수밖에 없었다는 것이다. 이공학을 제대로 교육하는 기관이 없기 때문이었다. 따라서 이때부터 조선에서는 이과(理科)의 가장 우수한 학생이 의과대학을 지망하는 기이한 전통이 생겼다.

조선인이 굳이 이공학을 하자면 일본 또는 다른 외국으로 유학을 가야 했다. 기어코 유학을 가서 세계적인 과학자가 되어 돌아오는 경우도 있었다. 교토제대에서 화학공학을 전공하고 나중에 비닐론이란 세계적인 발명을 하게 되는 이승기 박사가 대표적인 예였다.

조선에서는 다른 이공학은 낙후한 채 의학자만 배출되는 기형적 현상이 일어났다. 1920년대부터는 이미 의학박사가 배출되기 시작했다. 경성의전, 세브란스의전 출신과 해외 유학파들이 주로 일본의 제국대학에서 학위를 취득했다.

경성제대는 다른 의학교와는 그 격이 달랐다. 다른 의학교는 모두 4년제 또는 그 이하의 연한으로서 전공과목인 의학만 가르쳤다. 경성제대는 6년제에서 7년제를 고수하면서 2년에서 3년의 예과과정을 두고 있었다. 예과에서는 조선어, 국어(일본어), 제1외국어(독일어), 제2외국어(영어), 라틴어 등 무려 5개국어 강의를 필수적으로 들어야 했다. 경성제대 교수진은 물론 모두 일본인 또는 서양인이었다.

제1외국어가 독일어였던 것은 경성제대 의학부의 교육이 독일식 의학교육이었기 때문이었다. 그것은 일본제대 의학부가 모두 독일 의학을 전수받았기 때문에 필연적인 것이었다. 병명을 포함한 모든 용어가 독일식으로 표현되었고, 독일어에 의한 설명이 압도적이었다.

미국선교사가 세운 세브란스의전은 물론 영미식 의학교육이었다. 사실상 영미식 의학도 대륙의 독일의학에 영향을 받은 바 컸다. 독일의학은 당시 세계 최고 수준을 달리고 있었다.

경성제대 예과에서는 국어와 외국어 외에 물리학, 화학, 수학, 생물, 그리고 수신(윤리학)을 들어야 했다.

의학부 본과 1학년과 2학년에서는 해부학, 조직학, 생리학, 의화학, 미생물학, 기생충학, 약리학, 병리학, 위생학 및 예방의학, 내과학, 외과학 같은 전공과목을 수강해야 했다. 그리고 의학부 본과 3학년과 4학년에서는 내과학, 외과학, 산부인과학, 피부비뇨기과학, 안과학, 이비인후과학, 소아과학, 방사선의학, 이학적 요법학(물리요법), 신경정신과학, 의사학(醫史學), 법의학, 치과학 같은 전공 과목을 수강했다.

전국의 수재들이 다 모였다는 경성제대에서도 김봉한의 실력은 두드러졌다. 머리도 좋을 뿐만 아니라 체력도 뛰어나서 질적으로 양적으로 다른 학생들을 압도했다. 체력이 뛰어난 것은 아버지의 적절한 지도에 의한 선도수련 덕분이었고, 거기에 산삼의 효능이 몸을 탄탄하게 받치고 있었다.

그는 학과 공부만으로는 성이 차지 않아 밤늦게까지 도서관에 틀어박혀 당시에 나와 있는 모든 서적들을 독파했다. 자신의 주된 관심사인 과학은 물론, 문학과 철학 서적도 탐독했다. 도서관에는 곧 김봉한의 손을 거치지 않은 책이 없을 정도가 되었다. 소장도서를 모두 독파해 버린 김봉한은 신착도서나 잡지가 오기까지 지루해질 수밖에 없었다. 신착도서나 잡지도 비치된 그 날로 읽어 치웠다.

체력이 뛰어났기 때문에 각종 운동경기에서도 뛰어난 기량을 발휘했다. 축구에서는 경기 시작부터 끝날 때까지 지칠 줄 모르고 뛰었다. 동료학생들은 그를 보고 인간이 아니라고 혀를 내둘렀다. 그는 전일본제국대학체전에서 경성제대 축구대표선수로 참가하기도 했다.

25
원자물리학에 심취

• • •

김봉한은 입학 후 3년의 예과과정을 마치고 1937년, 의학부로 진학하게 된다. 과학을 좋아하는 김봉한이 이공학부가 있었다면 한번쯤 진로에 대해서 다시 생각해 보았겠지만 경성제대에는 의학부밖에 없었다.

의학부 본과로 가서도 김봉한은 해부학, 생리학, 병리학 등의 전공과목보다는 여전히 물리와 수학과 같은 기초과학 과목에 더욱 흥미가 있었다.

총명한 김봉한에게는 어쩌면 당연한 일일 수도 있었다. 의학의 전공과목이란 대개 수많은 항목들을 외우는 것들이다. 그러나 기초과학 학문들은 여러 가지 원리들을 절묘하게 파고 들어가서 성취해내는 치열한 맛이 있었다.

그렇다고 김봉한의 전공과목 성적이 나쁜 것은 아니었다. 그것들을 가볍게 해치우고 기초과학으로 옮겨갔을 뿐이다.

김봉한은 일본인으로만 구성되어 있는 예과 기초과학 교수들에게 수시로 질문을 했다. 워낙 열심히 파다 보니까 걸리는 문제도 많기 때문이었다. 그중에는 예과교수의 실력으로는 답을 해 주기가 힘든 질문도 많았다.

김봉한은 예과교수들을 포기하고 경성고등공업전문학교(경성고공)로 방향을 바꾸었다. 서울공대의 전신인 경성고공의 선생님들은 경성제대 예과교수들보다 수준은 높으면서 덜 권위적이었다. 진지하게 같이 문제도 풀고 이론에 대한 토론도 했다.

그러다가 1938년, 경성제대에도 이공학부가 설치되었다. 마침 경성고공의 실력 있는 선생님들이 이공학부의 교수로 많이 들어왔기 때문에 멀리 찾아다니지 않고도 교내에서 학문탐구의 갈증을 풀 수 있게 되었다. 틈나는 대로 이공학부의 강의를 들었고, 개인적으로 찾아다니면서도 학문을 갈고 닦았다. 그리하여 김봉한의 기초과학 수준은 거의 각 과목 교수 수준과 가깝게 되었다.

봉한은 특히 당시의 최첨단과학인 원자물리학이 가장 흥미로웠다. 물질을 구성하는 가장 작은 입자라고 알려져 있는 원자의 세계는 너무도 신비스런 것이었다. 눈에 보이지도 않고 현미경으로도 볼 수 없는 극소의 세계를 학자들은 어떻게 알아냈을까. 게다가 원자보다 더 작으면서 원자를 구성하고 있다고 하는 양자, 전자, 중성자는 또 어떻게 알아냈단 말인가.

당시 과학잡지나 물리학잡지의 기사나 논문의 대부분은 이 원자물리학에 관련된 것이었다. 당시의 원자물리학은 유럽의 영국, 프랑스, 독일 등과 같은 나라들이 주도하고 있었다. 한 나라에서의 성과는 불과 1개월이 안 되어 다른 나라들로 전해지고, 그에 자극받은 나라에서는 또 다른 성과를 내놓는 등의 숨가쁜 경쟁이 벌어지고 있었다.

유럽의 정보를 중요시하고 있던 일본은 이러한 유럽의 흐름을 고스란히 받아서 국내 각 대학과 연구기관에 뿌렸다. 경성제대도 일본 국내의 제국대학 대우를 받고 있었기 때문에 각종 잡지가 들어왔다. 봉한은 이러한 혜택을 받은 셈이었다.

원자물리학 연구가 태동한 것은 1895년, 독일의 실험물리학자 뢴트겐이 불투명체를 통과하는 방사선인 X-선을 발견하고, 이듬해인 1896년에 프랑스의 물리학자 베크렐이 우라늄광석으로부터 또 다른 방사선이 나오는 것을 발견하면서부터다.

이에 자극받은 피에르 퀴리와 마리 퀴리 부부는 방사선 연구에 일생을 바치게 되었고, 1898년 방사성 물질인 라듐과 폴로늄을 발견하기에 이른다. 피에르 퀴리는 1903년 라듐을 발견한 공로로 베크렐과 함께 노벨물리학상을 수상하였으나 3년 후인 1906년 교통사고로 사망했다.

남편을 잃고 여성으로서 처음으로 파리대학의 교수가 된 마리 퀴리는 그 후에도 방사능 연구를 계속했는데, 라듐의 생리작용 발견을 계기로 1914년 파리에 라듐연구소를 세웠다. 이 곳에 연구원으로 들어온 뛰어난 젊은 연구자 프레데리크 졸리오는 마리 퀴리의 딸 이렌과 결혼하여 함께 원자물리학 연구에 몰두했다.

유럽에서 원자물리학 연구에 경쟁이 붙게 된 것은 1905년 아인슈타인이 상대성이론을 발표하고 1911년 러더퍼드가 양성자와 중성자로 구성된 원자핵을 발견한 이후부터다. 아인슈타인은 상대성 이론에서 유명한 공식 $E=mC^2$을 유도하여 질량이 막대한 에너지로 바뀔 수 있음을 밝혔다. 러더퍼드는 양성자와 중성자가 나뉘는 원자 핵분열시 에너지의 증감이 있을 수 있다는 것을 예감하고 핵분열의 연구에 착수한다.

이 무렵 유럽에서는 원자핵과 핵반응을 연구하는 학자그룹이 몇 개 있었다. 영국에는 원자핵 발견과 원자구조모형으로 유명한 러더퍼드, 프랑스에는 마리 퀴리의 사위인 졸리오 퀴리, 독일에는 나중에 핵분열에 최초로 성공하게 되는 오토 한, 이탈리아에는 후에 미국으로 건너가 세계 최초의 원자로를 만드는 엔리코 페르미, 덴마크에는 아인슈타인과 양자역학(量子力學)으로 화려한 논쟁을 펼쳐 현대 물리학의 쌍벽이라 일컫는 닐스 보어가 있었다.

유럽 물리학자들 간의 불꽃 튀는 경쟁 상태에서 졸리오 퀴리 부부는 1934년 인공방사선을 개발했다고 발표하여 물리학계에 충격을 주었다. 당시 핵을 분열시키는 유일한 방법은 방사선을 쪼이는 것이었다. 그런데 당시까지만 해도 자연상태의 방사선밖에 없었기 때문에 핵분열이 용이하지가 않았는데 임의로 방사선을 만들 수 있다고 하니 놀랄 수밖에 없었다.

1935년, 노벨상 수상식 후의 기념강연에서 졸리오 퀴리는 “장래 우리 과학자들은 원자를 임의로 분열시킬 수 있게 될 것이다. 그때에는 막대한 에너지가 방출될 것이다”라고 하여 과학자들을 긴장시켰다.

이 모든 소식들이 경성제대의 김봉한에게도 전해지고 있었다. 지금 생각해 보아도 상당히 신속한 정보교류였다. 18세기 산업혁명 이후, 유럽 여러 나라들 간의 정보교류는 상당히 활발해졌고 유럽전체가 거의 1개월 이내의 정보권으로 좁혀졌다. 20세기 들어서는 미국과 일본도 이러한 권내에 진입하게 된 것이다.

봉한은 자신이 그러한 원자물리학의 연구 대열에 끼지 못하는 것이 대단히 안타까웠다.

1935년, 김봉한은 졸리오 퀴리의 노벨상 수상 기사를 읽으면서 탄식했다. 김봉한의 탄식에는 아랑곳없이 유럽의 학자들은 독일의 침략을 피해 미국으로 건너가 1941년에 세계 최초의 원자로를 건설하여 핵분열에 의한 에너지를 확인하였고, 그로부터 4년 뒤에는 원자폭탄을 만들어 전세계에 그 위력을 실감시켰다.

김봉한은 자신이 생각해도 이상하기 짝이 없었다.

"내가 왜 지금, 아니 앞으로도 아무 짝에도 쓸모없을 지식에 이렇게 정신이 팔려 있는 것일까. 의사자격증을 따서 하루 종일 환자나 보고 있어야 할 인간이 원자물리학이 무슨 소용이란 말인가."

그러나 놀랍게도 먼 훗날의 일이기는 하지만, 원자물리학이 아무 짝에도 쓸모없는 것이 아니었음이 드러나게 된다. 훗날 그는 이때 탄탄하게 다져둔 원자물리학 지식을 바탕으로 다른 사람이 상상도 못할 방법들을 종횡무진 구사하여 마침내 동양의학의 핵심적 개념인 경락의 실체를 규명하게 되는 것이다.

26

조선인이 살아 있었다

• • •

경성제대에서 김봉한은 한기호라는 동창생과 단짝이었다. 한기호는 나중에 한국전쟁이 일어났을 때 월북하지 않고 남한에 남아 이 시절의 많은 이야기를 증언해 준 사람이다. 한기호 역시 다른 학문에 관심이 많아 둘은 서로 대화가 잘 통했다. 둘은 이따금씩 학교 인근의 주점에 들러 막걸리를 들이키면서 대화의 꽃을 피웠다. 한기호의 주된 관심은 문학과 철학쪽이었다.

"야, 너 얘기는 너무 어려워서 잘 알아먹지를 못하겠다. 그건 그렇구 나는 칸트보다는 니체가 좋더라. 칸트는 너무 딱딱하고 니체가 낭만적이야. '신은 죽었다'고 하면서 세상을 아주 우습게 본다구."

한기호는 김봉한이 원자물리학에 대해 신나게 이야기하는 것을 듣고 있다가 김봉한이 잠시 멈추는 틈을 타서 재빨리 말머리를 꺼낸다.

"이 봐, 지금 우리는 실질적인 지식이 필요하다구. 그런 말 장난 같은 데 신경 쓸 여유가 없단 말이야."

김봉한이 실학파의 기수답게 핀잔을 주듯 일축한다.

"야, 그러면 너의 그 원자인지 뭔지 하는 얘긴 도대체 얼마나 실질적이냐. 눈에 보이지도 않고, 어디 쓸 데도 없는 게 뭐 그리 실질적이냔 말이야. 니체 얘기 중에는 그래도 써 먹을 수 있는 멋진 말도 많다구. 따지자면 니체 쪽이 더 실질적일 수도 있어, 이거 왜 이래."

한기호가 씩씩거리며 되받아친다. 그렇게 나오면 김봉한이 머쓱해서 기세를 좀 죽인다.

"아니 내 말은 니체가 다 실질적이지 못하다는 얘기가 아니구, 긴 것과 아닌 것을 가릴 줄은 알아야 한다는 거야. 나도 니체는 좋아한다는 걸 자네두 알잖아. 니체의 힘에 대한 견해는 상당히 과학적인 데가 있어."

김봉한의 결론은 역시 과학으로 끝난다. 둘의 대화는 언제나 이런 식으로 티격태격 정감있게 이루어졌다.

이들이 예과 3학년이던 1936년 8월 어느 날, 조선천지를 진동시키는 소식이 날아왔다. 그것은 조선인 손기정이 8월 9일 벌어진 베를린 올림픽의 마라톤에서 1등을 했다는 소식이었다. 사람들은 기쁨에 넘쳐 눈물을 흘리고 춤을 췄다. 어디를 가나 손기정과 마라톤 이야기였다.

세계 각국의 내로라 하는 선수들이 다 참가한다고 하는 올림픽 마라톤에서 1등을 하다니, 그렇다면 조선인이 오래 뛰는 데는 세계 제일이란 말이 아닌가. 지금은 일본에 눌려 있지만 우리도 가능성 있는 민족이구나.

일인 학생들이 안 보는 데서 이들은 기쁨에 넘쳐 껴안고 눈물을 흘렸다. 학교가 파하고 누가 먼저랄 것도 없이 둘은 주점으로 향했다.

축배의 막걸리 한 잔을 단숨에 들이켰다.

"야 이거, 조선인으로 이렇게 긍지를 느껴 보는 것이 얼마만인가. 일인 고관 몇 명 혼내준 것보다 훨씬 감격적인걸."

한기호는 최근 도쿄에서 있었던 이봉창의 일본천황 암살기도사건(1932)과 윤봉길의 상해 홍구공원 테러사건(1933)을 염두에 두면서 말머리를 꺼냈다.

"피 한방울 안 흘리고 일인들의 콧대를 이렇게 납작하게 만들 수 있는 줄 몰랐어."

김봉한이 신나게 맞장구를 쳤다.

"40 몇 km라던데, 그 먼 거리를 뛰는 데는 조선인이 세계 제일이라는 거 아닌가."

"40km라구 하면 서울에서 개성까지 거리는 족히 될 걸. 그 먼 거리를 쉬지 않고 뛰어 1등을 했다구 하잖아."

그들은 서로 뻔히 아는 말들을 신나게 되풀이해 가면서 감격을 나누었다.

"그런데 동아일보에 난 거 보니까 손기정 선수 유니폼에 그려진 일장기(日章旗)가 지워진 거 같던데, 문제가 안 될지 모르겠어."

분위기가 좀 가라앉자 한기호가 신문기사와 함께 실린 사진으로 화제를 돌렸다.

"그래? 동아일보 사람들도 조선인이 우승했는데 일장기가 그려진 사진을 싣기가 분했던 게지. 그렇다면 총독부에서 가만 있지 않을 걸."

아닌게 아니라 그로부터 며칠 후 일본경찰은 일장기 말소를 문제 삼아 동아일보사를 봉쇄하고 신문을 정간시켰다.

그 무렵 〈동아일보〉와 〈조선일보〉에는 조선인들의 눈길을 끄는 또 다른 기사가 보이기 시작했다. 1936년 9월부터 신문에는 "김일성(金日成) 비적, 신갈 일대 출몰" "동북항일연합군과 압록강 일대에서 교전" "공산군 김일성 일대(一隊) 준동" 등의 기사가 그것이다. 이것은 조선인들에게 여러 가지 미묘한 감동을 불러일으켰다. 사람들은 소리를 죽이며 그것에 대해 이야기했다.

"만주에서 조선인이 중국인들의 마적단에 끼어 노략질을 하고 다닌다더니 그중에 김일성이란 자도 있는 모양이지?"

"아냐, 단순한 도둑떼가 아니고 만주와 조선의 독립을 위해 싸운다고 하더라구."

"조선인들이 만주에서 일본에 대항하는 중국공산당과 손을 잡았다던데."

"국경지대에서 교전을 했다니 머지않아 대규모로 쳐 내려오는 거 아냐?"

신문들이 총독부의 보도자료와 눈치를 보아 가면서 '비적'이라고 했다가 '항일연합군'이라고 했다가 때로는 '공산군'이라고 기사를 쓰니 사람들의 추측이 분분했다.

김봉한과 한기호는 그때까지의 신문보도와 들리는 풍문을 토대로 토론을 벌였다. 김봉한이 먼저 말문을 열었다.

"조선인이 죽지 않고 살아 있다는 기개를 보여 주는 거 아니겠나. 인명의 희생이 따르는 게 문제이긴 하지만."

이에 대해 한기호가 반발을 한다.

"무모한 짓이야. 일본의 힘이 얼마나 강한 줄 자네두 잘 알고 있잖아. 바로 자네가 그러지 않았나. 만주에 관동군이 100만이나 있고 해군력은 세계 최강이라구."

그것은 사실이었다. 만주를 점령한 일본은 중국본토를 치기 위해 만주에 병력을 집결시켜 놓고 있었다. 1904년, 러시아와의 전쟁에서 당시 세계 최강이라던 발틱함대를 궤멸시키면서 자신감을 얻은 일본해군은 그 뒤로 꾸준한 성장을 계속하여 1930년대 후반에는 다수의 항공모함을 포함하여 세계 최강에 가까운 전력을 보유하게 되었다.

"그렇다고 무조건 복종만 하고 있으면 얕잡혀 보이는 게 상례 아닌가. 침략이 정당한 일이 아님을 깨우치게 할 저항은 필요하다구."

"이 사람아, 그런다고 그게 깨우쳐지나? 공연히 늑대를 건드려 더욱 포악해지게 만드는 꼴이야."

"그런 고정관념은 문제가 있어. 조선인은 토끼구 일본은 늑대라는 거, 우리가 늑대 잡는 호랑이두 될 수 있단 말이야."

"그렇지만 현실은 다르지 않은가. 피를 흘리면 그것은 반드시 또 다른 피를 부른다는 것을 자네도 잘 알잖아."

이쯤 되면 김봉한의 반론이 궁색해진다. 김봉한도 사실은 그 점이 꺼림칙해서 무장투쟁노선에 동의할 수가 없었다. 김봉한의 기세가 죽자 한기호가 힘을 내어 계속한다.

"시간이 필요해. 도산 안창호 선생의 말마따나 교육과 무실역행(務實力行)을 통해 전조선인이 힘을 서서히 길러 나가야 돼. 그렇게 되면 독립의 길도 자연 열리게 될 거구."

사실은 김봉한도 같은 생각이었다. 과거에 자신이 한 말을 이제는 거꾸로 자신이 듣고 있었다.

김봉한은 교내의 일본인 학생들을 보면서 야릇한 감정이 들었다.

만주에서는 일본인과 목숨을 걸고 싸우고 있는데 우리는 여기서 동창생으로 사이좋게 지내고 있구나.

물론 그들은 군인이나 경찰이 아닌 민간인이기는 하지만, 딱히 군인과 경찰을 찾자면 가까운 데도 얼마든지 있었다.

'그래, 다각도로 투쟁하는 거야. 이렇게 싸우는 사람도 있고 저렇게 싸우는 사람도 있어야 돼. 이거 다해 놓고 저거 하겠다는 것은 너무 안이한 생각이야. 어느 하나도 소홀히 할 수 없는 거지. 보천보를 습격한 사람들은 어떤 인물들일까?'

김봉한의 이러한 심정적 기원 때문이었는지 그로부터 10여 년 후에 보천보 습격의 주인공들을 모두 만나게 되고, 오랫동안 밀접한 관계를 유지하게 된다.

그로부터 2년 후 김봉한이 의학부 본과 3학년이던 1939년에는 또 한번 조선인의 긍지를 일깨우는 소식이 일본으로부터 날아왔다. 그것은 조선인 이승기가 미국에서 개발된 합성섬유인 나일론에 버금가는 합성섬유를 개발했다는 것이었다. 과학기술에 눈뜬 지 얼마 되지도 않은 조선인이 세계적인 과학기술 상의 업적을 이루어 낸 것이다.

처음에는 조선인이라는 단어는 어디에도 보이지 않았다. 일본은 신문과 라디오를 통해 연일 세계를 향해 "대일본제국의 섬유화학이 단연 세계의 선두를 달리고 있다"고 선전해댔다. 그러나 나중에 개발 주인공의 약력이 소개되어야 했을 때 이름, 출생지, 학력 등이 실리면서 조선인이라는 것이 알려진 것이다.

이승기는 1905년, 전남 담양에서 소지주의 아들로 태어났다. 서울 중앙고보를 졸업하고 일본으로 건너가 교토제대 화학공학과에 입학했다. 대학에 입학한 후부터 가세가 기울어 그는 학비를 벌기 위해 일을 해 가며 어렵게 학교를 다녔다. 그러나 그는 '조선인이 살아 있다' '조선에도 과학자가 있다'는 것을 보여 주려는 민족적 열망에 불타는 총명한 학생이었다.

그는 졸업 후 어느 직장에도, 어느 연구소에도 들어갈 수 없는 조선인이라는 핸디캡을 극복하고 다카쓰키(高槻) 화학연구소에 연구원으로 들어갔다. 워낙 뛰어난 학생이기 때문이었다.

연구소에서 본격적 연구를 시작한 지 몇 년 되지 않아 그는 화학섬유 연구에 있어서 세계적인 수준에 도달하게 된다. 그러나 조선인이라는 신분 때문에 그의 능력과 업적은 제대로 인정받지 못한다.

1938년 미국에서 합성섬유 나일론이 발명되었다. 나일론을 개발한 미국의 뒤퐁(Du Pont)사는 그것을 '거미줄보다 가늘고 강철보다 강한 섬유'라고 선전해댔다.

나일론의 출현은 일본견사(絹絲)업계에 일대 충격을 주었다. 왜냐하면 당시 일본의 견사 생산은 세계 견사 총생산량의 80%를 차지하고 있었고, 그중의 80%가 여성 양말용으로 미국에 수출되어 연간 4억 달러를 벌어들이고 있기 때문이었다.

미국에서의 나일론의 출현은 일본에게 4억 달러의 황금시장을 하루 아침에 잃어버리게 하는 것이었다. 미국은 견사보다 경쟁력 있는 값싼 나일론으로 거꾸로 일본의 시장까지 넘보게 되었다. 그것은 일본견사공업에 대한 사형선고일 뿐만 아니라 일본경제 전체에 대한 위협이었다. 일본의 경제계는 물론이고 정계까지 대소동이었다.

자연 일본도 화학섬유를 가져야 한다는 소리가 높아졌다. 일본당국이 알아보니까 그 쪽 연구에서는 조선인 이승기가 가장 앞서있다는 것이 학계의 중론이었다.

이러한 분위기 덕분에 이승기는 비로소 개인연구실을 갖게 되었고 조수도 한 명 거느릴 수 있었다. 그것을 증명이라도 하듯 이승기는 그로부터 1년 후인 1939년, 나일론과 성분은 다르면서 품질은 그에 버금가는 합성섬유를 개발해 낸 것이다.

그러나 나중에 비닐론이라 명명되는 이 합성섬유는 나일론의 경우와는 달리 오랫동안 공업화되지 못했다. 일본은 1937년에 벌인 중국과의 전쟁이 확전되고 있었고, 공업원료 확보를 위해 동남아시아에서 계속 전선을 넓혀 갔다. 따라서 모든 것이 전시체제로 전환되고 있었고 산업생산도 군수물자 우선이었으니 일반소비재를 공업화할 여유가 없었다.

비닐론은 제2차 세계대전이 끝나고도 한참 지나 1950년대와 1960년대에 일본과 북한에서 비로소 공업화에 성공하게 된다.

나중에 이승기는 1957년 북한 원자력연구소의 초대 소장이 되며 북한 핵개발의 대부가 된다.

이승기의 소식에 접한 한기호와 김봉한이 다시 감격을 나누었다. 한기호가 먼저 말했다.

"조선인 중에 그렇게 대단한 과학자가 있는 줄은 미처 몰랐는걸."

"조선인 중에 과학하는 사람이 얼마 되지도 않을 텐데 그렇게 세계적인 과학자가 나오다니, 우리가 저력이 있는 민족임이 분명해."

김봉한은 '저력'이라는 말에 힘을 주었다.

"자네두 왜 이공학부로 가서 물리학이나 화학공학을 하지 그랬나. 그랬다면 뭔가 하나 해냈을지 알아? 지금도 자네는 의학보다는 물리나 수학을 훨씬 더 좋아하잖아."

"나두 고보시절부터 생각을 안 해 본 것은 아냐. 우리가 경성제대 들어올 때는 이공학부가 없었고, 그렇다고 가세가 일본에 유학갈 형편은 못 되었지. 결정적으로는, 아버님께 서양의학을 공부해서 우리 전통의학의 우수성을 다시 살펴보라는 주문을 받은 것이야."

27
조헌영의 한의학 운동

• • •

보통학교 시절부터 김봉한의 집에는 조헌영(趙憲泳)이라고 하는 특이한 인물이 가끔씩 발걸음을 했다. 1900년생인 그는 아버지인 김 의원보다는 10년 정도 아래였지만 아버지는 그를 친구 대하듯 했다. 김 의원은 조헌영이 이따금씩 들러 나누는 대화를 대단히 즐겼으며 모친에게는 특별한 주안상을 분부했다.

김 의원은 집안 식구들에게 다음과 같이 말했다.

"조선생은 연암 박지원과 다산 정약용의 뒤를 이을 실학자이자 안창호 선생의 뒤를 이을 민족운동가시다."

김 의원과 조헌영의 대화는 한의학에서부터 민족문제, 국제정세에 이르기까지 그 폭이 대단히 넓었다. 한의학에 대해서는 김 의원이 말을 많이 했고 국제정세에 대해서는 조헌영이 훨씬더 잘 알고 있었다.

조헌영은 경북 영양 출생으로 도산 안창호의 영향을 받으면서 민족독립에 대한 의지가 강한 청년으로 자라났다. 1927년 일본 와세다대학 영문과를 졸업한 그는 유학시절 일본 내에 있는 유학생들을 규합하여 독립운동단체를 만들기도 했다. 1920년에 얻은 그의 아들은 자라서 1939년부터 시를 발표하기 시작했는데 그가 바로 유명한 청록파 시인 조지훈(趙芝薰)이다.

1927년에는 민족의 주요 지도자들이 대거 참여하는 민족주의단체인 신간회(新幹會)가 결성되었다.

1919년 3·1운동 이후 조선의 독립운동은 여러 가지 방향으로 모색되었는데, 그 하나가 사회주의와의 연결이었다. 마침 1917년 10월 러시아혁명이 성공하고 레닌은 약소민족의 독립운동에 대한 원조를 주장했다. 이에 자극을 받아서 1920년 상해에서 이동휘를 중심으로 고려공산당이 세워졌고, 레닌으로부터 상당한 자금원조까지 받기에 이르렀다.

한편 조선 내에서는 1925년 박헌영, 조봉암, 김약수 등이 주축으로 조선공산당이 창건되었다. 이후 조선공산당은 일본경찰의 집중적인 감시와 단속의 대상이 되어 주요 간부들의 검거에 의한 조직의 괴멸과 심기일전에 의한 재건을 몇 차례 되풀이하게 된다.

이러한 사회주의 운동의 대두에 대해 민족주의 측에서는 그들 자신의 조직을 가지려 했다. 그러다가 6·10만세운동 다음 해인 1927년, 민족주의자와 사회주의자가 공동전선을 편 결과, 민족 단일조직인 신간회가 탄생한다.

일본은 3·1운동 이후 문화정치를 표방한 까닭도 있었겠지만, 동시에 조선민족운동의 내막을 손쉽게 파악하려는 저의도 숨어 있어서 이 신간회를 합법적인 조직으로 인정하였다. 신간회는 진보적이면서 투쟁적인 정강정책을 대담하게 표방함으로써 일본경찰의 촉각을 곤두세우게 만들었다.

유학을 마치고 귀국한 조헌영 역시 신간회에 청년지도자로 참여하여 1929년 봄부터 총무간사 일을 맡게 된다. 그는 사회주의자는 아니었다. 급진적 프롤레타리아 혁명보다는 점진적인 민족운동과 개혁에 동의하는 입장이었다.

1929년 11월, 광주학생운동이 일어나자 신간회는 이를 계기로 독립운동을 지향한 민중대회를 열기로 계획하다가 조헌영을 포함하여 조병옥, 이관용 등 44명의 주요 인사들이 체포되어 신간회의 뿌리가 흔들리기 시작했다. 그 후 세가 날로 쇠하여 가던 신간회는 1931년 5월, 5년 만에 해산되고 만다.

신간회가 해산되자 조헌영은 방향을 바꾸어 한의학 부흥운동을 벌이게 된다. 당시 의료혜택에 소외되어 있던 민중들에게 실질적 도움이 되는 민족운동을 하고자 한 것이다. 조헌영은 어려서 염격한 가풍 속에서 한학을 배웠는데, 집안 분위기의 영향을 받아 자연히 한의학에도 조예를 갖게 되었다.

조헌영은 일찍이 한의학을 부흥시키기 위해서는 서양의 과학을 제대로 섭렵하여 그것을 도구로 다시 한의학을 재평가해야 한다는 신념을 갖고 있었다. 그래서 자신이 직접 서양의학은 물론, 물리학, 화학과 같은 기초과학을 독학했다. 이러한 그의 생각이 김 의원에게 전해졌고 그것은 다시 아들인 김봉한에게 영향을 주었던 것이다.

조헌영은 자신의 생각과 신념을 바탕으로 1930년대 초부터 〈동아일보〉〈조선일보〉〈조선중앙일보〉〈신동아〉 등에 한의학의 부흥과 대중화를 역설하는 글을 발표하기 시작한다.

조헌영은 먼저 한방의학계의 답답한 현실을 다음과 같이 지적했다.

"근래에 한방의약업자의 대다수가 목전(目前)의 영리에 몰두하여 한의학의 학리(學理)를 연구할 생각을 하지 않고 그저 묘한 처방을 처방집에서 구하려고만 애쓴다. 그래서 어떤 처방을 얻으면 그저 수주대토(守株待兎)식으로 약을 쓰려고 하니 거기에 옳은 한방치료를 구할 수 없는 형편이다.

이와 같이 한의학은 거의 절멸되었다고 해도 과언이 아니니 어찌 통탄할 일이 아닌가. 병을 말할 때는 풍(風), 아니면 담(痰)이요, 담 아니면 습(濕)이요, 화(火)요, 풍담(風痰)이요, 화담(火痰)이요, 습담(濕痰)이요, 풍습(風濕)이요 등 알기 어려운 병명을 말하고, 그저 구풍(驅風), 거담(去痰), 강화(降火) 등 표치약(標治藥)을 쓰거나, 그렇지 않으면 '사람은 양기(陽氣)가 제일이여, 소화(消化)가 제일이여' 하면서 음양(陰陽), 허실(虛實)도 분간(分揀)없이 조양약(助陽藥), 조열약(助熱藥)을 쓰는 것이 보통이다.

병자도 안 보고, 병세도 자세히 묻지 않을 뿐만 아니라, 듣지도 않고 그저 화제(和劑)를 내고 약을 짓는 일이 많으니, 이것은 한의학상의 사진(四診)을 전부 무시하는 것이 된다."

조헌영은 서양의학의 본질에 대해서도 꿰뚫고 있었다. 쇠하여가는 한의학을 부흥시키자면 당시의 우세한 현실인 서양의학에 대해서 알아 두어야 하기 때문이었다. 그래야만 한의학의 모자란 점과 뛰어난 점을 제대로 부각시킬 수 있었다. 조헌영은 서양의학에 대해 다음과 같이 쓰고 있다.

"현대의학도 자연과학 중의 하나라고 한다. 그러나 현대의학처럼 가설과 억설이 너무나 많고 지배적 원칙이라는 것이 심히 확립되지 못한 과학이 없으니, 말하자면 의학의 대상인 '생명'이라는 것이 그 본질을 아직 모르고 의연(依然)히 수수께끼의 하나로 남아 있다. 그래서 의학 자체가 극히 애매한 영역을 벗어나지 못하는 것이 지극히 당연한 일이다.

의학의 각 분과로 조직학, 해부학, 생리학, 생화학, 생물물리, 병리학, 약리학, 위생학, 세균학, 기생충학 내지 심리학, 법의학, 의학사 등을 열거하나 차등(此等) 학문과 여타 모든 것을 종합하여도 진정하고 완전한 의학이라는 것은 성립하지 못한다.

차등 학문이 의학의 기초나 보조역은 될지언정 그것들이 곧 의학은 될 수 없다. 종합적 유기체의 생명을 대상으로 한 의학은 그 대상인 생명의 본질이 구명(究明)된 뒤라야 비로소 완전한 과학이 될 것이다."

서양의학에 대한 조헌영의 식견에는 감탄을 금할 수가 없다. 그는 서양의학의 맹점을 정확하게 짚고 있다. 그의 이 비판은 오늘날의 의학에 적용해도 별로 틀린 말이 아닌 것이다. 아, 모든 의학은 절름발이일 수밖에 없는 운명이란 말인가. 불구를 면하게 해야 할 의학

자체가 불구일 수밖에 없단 말인가.

"현대의학의 특효적 치료법 내지 처치는 ① 키니네에 의한 학질(말라리아)의 치료 ② 살바르산에 의한 매독의 구제 ③ 장내 기생충의 구제에 의한 요법 ④ 종두에 의한 천연두의 예방 ⑤ 각종 유효한 외과적 처치. 그 밖에도 항독소 내지 혈청요법(면역요법)에 의하여 예방 내지 치료의 효과."

또한 그는 그의 자연과학에 대한 해박한 지식을 동원하여 다음과 같이 서양의학의 문제점을 통렬하게 비판했다.

"여기에 또 한 가지 생각할 것은 열병에 얼음찜질이다. 얼음이 용해될 때는 다량의 열을 취하는 것은 누구나 다 아는 일이며, 체온이 42℃ 이상으로 올라가면 인체기관이 활동을 정지한다는 것이 원칙이므로 그런 일이 없도록 하기 위하여 인공적으로 두부(頭部)와 심장부(心臟部)에 찬 얼음을 대서 열을 취하는 것이다. 이 방법이 일리가 없는 것이 아니나 다음과 같은 불리한 점이 있다.

첫째, 기화열이 용해열보다 7배 이상의 열량을 요한다는 것은 이미 물리학이 증명하는 바다. 그러면 얼음으로써 열을 취하는 것보다는 땀으로 열을 취하는 것이 가장 현명한 방법이다.

둘째, 인체의 해열을 위하여는 최선의 방법이 발한(發汗 : 땀을 내는 것)인데 얼음찜질은 도리어 발한을 방해한다.

셋째, 전체는 열(熱)한데 일부분만 극한(極寒)하게 하는 것은 결코 좋은 일이 아니다. 초자(硝子 : 유리)나 도기(陶器) 같은 것은 부분을 따라 한열(寒熱)이 현수(懸殊 : 판이하게 다름)하면 곧 파열이 되지 않을까 하는 것이다."

그는 오랫동안 서양의학과 동양의학을 임상적으로 또는 이론적으로 비교 분석하면서 관찰했다. 그런 과정 끝에 그가 갖게 된 결론적인 생각은 서양의학과 한의학이 각각 장점과 단점이 있으니 그 장점들을 모두 취하여 보다 온전한 의학을 지향하자는 것이다.

"동양의학은 내과의학이요, 서양의학은 외과의학이다. 한방의는 외과질환도 내복약으로 치료하려고 하며, 현대의는 내과질환도 외과적 수술에 의하여 치료하려 한다. 현대의학이 발달될수록 내과가 자꾸 외과에게 그 영역을 침식당하는 것은 서양의술 그 자체가 외과의술이기 때문이다.

외과질환도 그 원인이 내부에 있을 때는 내과적 치료가 아니면 안 될 때가 많으며, 내과질환도 시기가 늦어서 외과적 처치가 아니면 안 될 때가 있다."

그는 또한 틈나는 대로 한의학에서 경락의 중요성을 언급했다. 서양의학이 미처 파악하지 못한 한의학의 훌륭한 지혜의 요체가 경락이라고 믿고 있는 조헌영은 경락에 대한 현대적 재정립을 강조했다.

"한의학에서 경락은 건물에서의 기둥과 같은 역할을 하고 있다. 기둥을 뽑아버리면 건물이 무너지듯 한의학에서 경락을 제외하면 한의학의 존재가 무의미해진다. 경락은 음양오행(陰陽五行)과 표리

상관(表裏相關)이라는 한의학의 대원칙이 비롯되는 곳으로서 침구(鍼灸), 방제(方劑), 도인(導引)의 묘법이 적용되는 원천이다."

조헌영은 이와 같은 글들을 모아 김봉한이 경성제대에 입학하던 해인 1934년에 〈통속 한의학 원론(通俗 韓醫學 原論)〉이라는 제목으로 책을 펴냈다. 이 책은 당시에는 말할 것도 없고 세월이 한참 흐른 뒤에도 한의학을 공부하는 많은 사람들이 찾아 중판을 거듭했는데, 오늘날까지도 발행되고 있다.

조헌영은 김봉한의 부친 김 의원을 찾아 '그동안의 지도편달에 무궁한 감사를 드리며'라고 서명한 저서를 증정했다. 김봉한은 경성제대 시절 이 책을 틈틈이 읽으며 지금 의학계와 한의학계의 현실이 어떻고 문제점은 무엇이며, 그 해결책이 어디에 있는가에 대해 깊이 생각했다. 특히 경락이라는 보이지 않는 존재가 강렬한 인상으로 뇌리에 남았다.

28
해방 전후

• • •

김봉한은 1941년, 경성제대 의학부를 수석으로 졸업하고 경성제대 부속병원에 내과 수련의로갔다. 한기호는 외과 수련의가 되었다. 김봉한이 내과를 택한 것은 서양의학을 보다 심도 있게 경험해 보기 위함이었다. 대학병원 수련의 자리는 졸업성적이 수석에 가까운 학생들에게만이 가능한 자리였다. 그렇지 못한 학생들은 적십자병원, 시립병원, 철도병원 등에 배정되었고, 나머지는 개업을 하거나 지방으로 갔다.

수석 졸업한 김봉한에게는 아울러 생리학 연구조교 자리가 떨어졌다. 연구조교는 교수의 강의와 연구를 도와주면서 때로는 강의도 맡을 수 있는 좋은 자리였다. 물리, 화학 등의 기초과학분야에서 탁월한 실력을 인정받고 있던 그에게는 어쩌면 당연한 자리이기도 했다.

김 의원은 출근을 앞둔 아들에게 다음과 같이 당부했다.

"너는 이제 양의학의 기본과정을 마쳤고, 한의학에 대해서도 어느 정도 윤곽을 갖게 되었다. 이제부터는 직접 환자를 보면서 배운 것을 활용하면서 배움을 더욱 다져야 한다. 그에 임해서 내 너에게 딱 한 가지만 일러두겠다."

하고는 뜸을 좀 들였다. 원래 필요한 말만 하는 분이라 그러려니 했지만 김봉한은 그 딱 한마디라는 것이 무엇일까 궁금했다.

"내 이제까지 양의들이 치료하는 것을 틈틈이 관찰하였는데 반드시 그래서는 안 될 것이 있어서 일러두는 것이다. 그것은 양의들이 인간에게 스스로의 치유력이 있다는 사실을 무시하고 무리하게 인위적 조작을 한다는 것이다. 수술이라고 몸에 칼을 함부로 대고 진통제, 수면제, 마취제 같은 독한 약을 분별없이 써서 오히려 몸을 상하게 하는 경우가 많이 있었다. 자연치유력이란 무슨 특별한 것이 아니고 환자에게 나타나는 통증과 증상이다. 의원의 임무란 자고로 환자에게 이 점을 잘 이해시켜서 스스로 병을 이길 수 있는 용기를 주는 것이니라."

김봉한으로서는 처음 듣는 이야기는 아니었다. 가끔 하시는 말씀 중에 그런 뜻이 들어 있는 경우가 많았고, 조헌영 선생의《통속 한의학 원론》에서도 그것이 지적되었다. 그런데 김의원이 특별히 한 마디라고 하면서 강조, 언급하는 것은 이제 처음으로 환자를 대할 의사에게 가장 중요한 말이라고 생각했기 때문이다.

실제로 김 의원은 처방을 요란하게 하지 않았다. 그러면서도 병을 잘 고친다고 하여 명의 소리를 들었다. 불안해하면서 증상을 호소하는 환자에게 이렇게 하면 낫는다고 이해시키면서 간단한 처방만을 썼다.

첩약은 약재 1종만을 쓰는 단방(單方)을 주로 썼고, 많이 써야 2종이나 3종이었다. 당시 다른 한의원들은 10여 종의 약재가 들어간 처방을 쓰면서 약값을 비싸게 받았다. 김의원은 침도 한 곳 또는 두 곳 정도를 잠깐씩만 찔렀다. 다른 한의원들은 마치 요행수를 바라듯이 무수히 찔러댔고, 침을 꽂은 상태로 한참을 놔두곤 했다.

김봉한이 경성제대 의학부를 졸업하던 1941년은 일제 식민지 36년 기간 중에서도 가장 참담했던 시기로 진입하던 해다. 일본은 전시 자원확보를 위해 동남아시아로 계속 진출하고 있었는데 곳곳에서 미국의 봉쇄와 저항에 부딪쳤다. 급기야 1941년 12월 8일 하와이의 진주만 기지를 공격하면서 미국에 선전포고했다. 초기에 약간의 전과가 있는가 했더니 그것은 잠시였다. 잠자는 사자를 건드린 것이었다.

1942년 4월에는 미군의 폭격기가 일본 본토를 폭격했다. 동년 6월에는 미드웨이 해전에서 주력함대의 대부분을 잃는 참패를 당했다. 주력 항공모함 4척이 침몰당하고 비행기와 숙련된 탑승원 태반을 잃음으로써 패전의 벼랑으로 곤두박질치기 시작했다.

모든 식량과 물자가 군수용으로 우선적으로 징발되어 민간인들의 생활은 급격히 피폐해져 갔다. 이에 따라 식량부족에 의한 영양실

조와 강압통치에 의한 압박감과 우울증이 겹쳐서 생기는 병이 늘기 시작했다. 그중에서도 가장 흔한 것이 폐렴과 폐결핵이었다. 그것들은 당시에는 가장 치사율이 높은 치명적인 병이었다.

그것은 특히 고등전문학교와 고등보통학교 이상의 학력을 가진 인텔리 계층들에 널리 유행되었다. 경제 상태의 악화로 일자리도 못 얻고 일제의 강압적인 사회분위기에 적응하지 못해서 생기는 병이었다. 중심을 못 잡은 방종한 생활이 발병을 부채질했다. 병이 나서 병원에 오는 사람들은 그나마 사정이 나은 사람들이었다. 대부분 변변한 진료도 받지 못하고 죽어 갔다.

대학병원의 의사들은 환자가 찾아오면 천편일률적으로 X-선 촬영을 해서 폐렴이나 폐결핵으로 진단 내리고는 설파제나 살바르산 같은 약을 처방했다. 그러나 그것은 병을 회복시키는 데 도움이 되지 못했다. 병원을 찾은 환자들의 사망률이 병원을 찾지 않은 환자들보다 크게 나은 것이 없었다.

김봉한이 보기에 그것은 무엇인가 잘못되어 있었다. 설파제나 살바르산으로 고칠 수 있는 병이 아니었다. 오히려 몸을 상하게 하는 것 같았다. 폐렴과 폐결핵환자들의 공통점은 현실에 잘 적응하지 못하고 있다는 것과 생활이 불안정하다는 것이었다. 그러다 보니 몸이 많이 쇠약해져 있었다. 그것이 병의 원인이었다.

김봉한은 환자들에게 우선 용기를 북돋우어 주었다.

"힘을 내세요. 이런 세상이 오래 가진 않습니다. 세상이 이렇게 각박해져 있다는 것은 무언가 새 세상이 온다는 조짐입니다."

김봉한은 일제 패망과 조선독립의 희망을 우회적으로 알렸다. 직설적으로 그런 이야기를 하다가 병원의 일인 교수나 간부의 귀에 들어가면 곤란해지기 때문이다. 아울러 그는 그날이 올 때까지 인내심을 갖고 정신을 차리고 있어야 된다는 것을 강조했다.

"하는 일없이 빈둥거리는 것이 특히 몸에 나쁩니다. 정 할 일이 없으면 시골 친척집에 가서 농사라도 도우세요. 그러면서 때를 기다리는 겁니다."

식자들 간에는 날이 갈수록 일본이 패전의 벼랑으로 곤두박질치고 있다는 느낌이 짙어 갔다. 들리는 소문에 의하면, 일본 본토의 코앞에 위치한 사이판(Saipan)섬이 함락됨으로써 미군의 본토상륙이 시간문제라고 했다.

그러나 일본정부는 언론을 엄격히 통제하여 오히려 '혁혁한 전과' '필승의 신념'을 외치며 국민의 전의를 앙양하기에 혈안이었다. 사태를 직시하는 이성적인 발언은 가차없이 탄압받았다. 군부는 더욱 호전적이 되어갔고, 정부고관들은 누구 하나 수습할 엄두도 못 내고 군부에 끌려다녔다.

한편 조헌영은 1942년 4월 일제의 조선얼 말살 책략의 하나로 감행된 조선어탄압사건인 조선어학회사건에 연루되어 투옥되었다. 조헌영은 1935년부터 조선어학회 표준말 사정위원과 큰사전 편찬 전문위원을 맡고 있었다.

일본경찰은 최현배, 이희승, 이극로, 이인 등 지도급 학자들 13인만 공판에 회부하고 조헌영을 포함한 나머지는 석방했다. 이때 조헌영은 일본경찰의 심한 고문을 받아 한동안 병석에 누워 있어야 했다.

1945년 5월 어느 날, 고문의 후유증을 극복하고 몸을 좀 추스린 조헌영이 김 의원을 찾아왔다. 중요한 소식이라도 있는 듯 아주 낮은 소리로 김 의원에게 전했다. "며칠 전에 독일이 연합국에 항복을 선언했다는 소식이 왔습니다. 마침 몽양 여운형 선생 측근 중에 단파수신기를 갖고 있는 젊은이가 있어 세계 각국의 방송을 들을 수 있는데, 5월 7일 독일이 무조건 항복을 선언했다는 보도가 있었다고 합니다. 이제 일본의 운명도 얼마 남지 않았습니다."

"그렇다면, 우리가 곧 해방이 된다는 이야기가 아닙니까? 그렇다면 이제부터 준비를 해 두어야하지 않겠습니까?"

김 의원이 반색을 하면서 역시 낮은 소리로 되물었다.

"옳습니다. 안 그래도 우리는 그럴 계획을 갖고 있습니다. 최근에 감옥에서 나오신 이인 선생님과 그 밖에 지도급 인사들과 함께 수차례 그 문제에 대해 협의했습니다."

이인은 김병로, 허헌 등과 함께 민족주의 운동과 사회주의 운동에 앞장섰고 정치범들의 허다한 변론을 맡아 민족변호사로 지칭되던 인사였다. 과감한 변론을 거듭하던 끝에 급기야는 조선어학회 사건에 연루되어 그 자신이 감옥에 갇히는 몸이 되었던 것이다.

"그래, 나라를 세우고 정사를 꾸려갈 재목들은 충분합니까? 아무래도 여운형 선생이 큰 일을 맡아야 하겠지요?"

김 의원은 앞으로 나라를 꾸려 나갈 사람들이 궁금해져서 물었다.

"여운형 선생님의 방식에는 좀 문제가 있습니다. 당신 스스로는 포용력이 넓으신 분입니다만, 공산주의자들과 함께 움직이고 계시기 때문에 편협해지기 쉽습니다. 원래 공산주의자들은 자기네들의 주의와 강령만을 배타적으로 고집하기 때문에 남들과의 타협이 어렵습니다. 타협하는 듯하다가도 결국에는 본색을 드러냅니다. 저 개인적으로는 몽양 선생님께 협조하고 싶지만 우리 민족주의 진영에서는 조병옥 선생을 비롯해서 그 양반에 반대하는 사람들이 많습니다."

하기야 김 의원도 잘은 몰라도 그 공산주의인가 하는 것에 대해서는 찬성할 수 없었다. 아들로부터 가끔씩 공산주의와 사회주의라는 정치체제에 대한 것과 학교(경성제대) 내에 그를 신봉하는 학생들이 늘고 있다는 이야기를 들은 바 있었다. 김 의원은 무엇보다도 옛날로 치면 천민들에 해당하는 잡일을 하는 사람들이 정권을 잡고 나라를 다스려야 한다는 것에 대해 이해가 가지 않았다.

김봉한으로서도 일본의 패망이 가까이 왔다는 것을 느낄 수 있었다. 병원에 의약품은 물론 식량조차도 제대로 공급되지 않아 입원환자를 받을 수가 없었다. 병원기능이 거의 마비상태에 있었다.

조헌영은 그 후에도 일본 패망의 과정을 틈나는 대로 김 의원에게 전해 주었고, 따라서 김봉한도 정세를 알 수 있었다.

1945년 7월 26일, 독일 베를린 교외 포츠담에서 미국, 영국, 중국의 3수뇌는 일본에 대해 무조건 항복을 요구하는 최후통첩을 통보하였으나 일본정부는 그 회답을 주저하고 있었다. 그러나 8월 6일, 원자탄이 히로시마(廣島)에 떨어져 7만 8000여 명의 인명이 몰살되자 그 이튿날 스즈키(鈴木) 수상과 도고(東鄕) 외상은 천황에게 흉보를 전하고 포츠담 선언의 수락을 종용했다.

8월 9일 벌어진 전쟁지도자회의에서 강경파의 결사항전 주장으로 쉽게 항복의 결론을 내리지 못하고 있었다. 그러다가 그날 나가사키(長崎)에 또 하나의 원자탄이 떨어졌다는 소식과 소련이 일본에 선전포고를 했다는 소식이 전해지자 대세는 항복으로 기울었다. 10일 새벽, 천황제의 존속을 조건으로 하는 항복을 결정했다. 일본의 무성은 10일 밤 단파방송을 이용해서 조건부 포츠담 선언의 수락을 되풀이 보도케 했다.

이 방송을 수신한 여운형측에서는 독립선언문을 준비하였고 치안대와 식량대책위원회를 구성하는 등 본격적인 건국준비에 나섰다. 국내에 있던 여운형은 지금까지의 건국동맹을 건국준비위원회로 확대하여 보다 체계적인 건국사업을 벌이기로 결정했다.

일본의 조건부 항복 발표에 연합국측은 거부성명을 냈다. 무조건 항복만이 일본이 택할 수 있는 길이라는 것이다. 소장장교들의 반란이라는 또 한 차례의 홍역을 치른 끝에 일본은 결국 무조건 항복을 결정하게 된다. 천황은 8월14일 밤, 무조건 항복을 수락하는 방송녹음을 했다.

조선총독부의 엔도 정무총감은 15일 아침, 여운형을 만나 이 사실을 알리고 치안유지 협조를 부탁했다.

8월 15일 정오, 일본천황 히로히토는 떨리는 목소리로 일본의 무조건 항복을 발표했다. 서울거리는 삽시간에 흥분과 환호의 도가니로 변했다. 아침나절까지도 보이던 국민복이나 '몸뻬' 차림이 자취를 감추고 흰옷 입은 사람들이 거리로 쏟아져 나왔다. 사람들은 해방의 노래를 부르며 기쁨의 눈물을 흘렸다.

일장기에 청곤(青坤)을 개칠한 태극기를 들고 4대문 안팎으로 뛰며 쏘다녔고 하루종일 전차에 매달려 만세를 불렀다. 김봉한과 한기호 역시 병원직원들과 어울려 연건동에서 출발하여 종로와 광화문 일대를 오가며 만세를 불렀다.

하지만 조선 주둔 일본군은 여전히 무장을 한 채 군이 치안의 지도력을 가지겠다고 총독부에 압력을 가했다. 17일, 조선주둔군사령부는 〈관내 일반 민중에게 고함〉이라는 포고를 발표하고 '민심을 교란하고 치안을 해치는 일이 있으면 군은 단호한 조치를 취할 것'이라고 경고했다. 18일에는 일본군 고위장성이 방송을 통해 일본군이 엄연히 존재하고 있다는 것과 만일의 경우 단호하게 무력을 사용하겠다고 위협했다.

힘이 뒷받침되지 못하는 해방과 독립이 얼마나 허망한 것인가를 보여 주는 장면이었다.

29
미군의 진주

• • •

9월 9일 정오, 김봉한과 한기호는 대학병원 구내식당에서 만나 점심을 같이 했다. 라디오 정오 뉴스에서는 오늘부터 미군의 군정이 시작된다는 것과 모든 행정은 미군 군정장관의 명령으로 수행된다는 소식을 알리고 있었다. 후암동에 사는 한기호가 아침에 출근하면서 목격한 광경을 이야기해 주었다.

"야, 출근하면서 보니까 미군이 탱크하고 장갑차를 앞세우고 서울역 앞을 지나가는데 대단하더라. 승전국의 위세가 느껴지더라구. 그런데 영 이상한 것이 하나 있었는데 그게 뭔지 알겠냐?"

언뜻 짐작이 가지 않아 김봉한이 고개를 저으니까 한기호가 다소 흥분한 어조로 말을 이었다.

"아, 글쎄, 미군대열의 맨 앞에서 일본군 지프차가 미군을 안내하고 있잖아. 게다가 일본군인들이 도로 곳곳에 배치되어 교통통제를 하고 있는 거야. 이거 세상이 어떻게 돌아가는지 통 종잡을 수가 없어."

김봉한은 짐작을 하고 있었다는 듯 고개를 끄덕였다.

"미군 삐라에 의하면, 우리 조선인의 자치를 인정하지 않고 미군이 일본의 위치를 인수하겠다고 되어 있어. 여운형 선생의 건국준비위원회나 중경의 임시정부 같은 조선인 단체들을 일절 인정하지 않겠다구 하더니."

김봉한이 조헌영을 통해 들은 정세를 한기호에게 자세히 설명했다.

"패망해서 쫓겨가야 할 일본이 당당하게 미군을 맞이하고 있고, 그 판에 정작 주인인 우리 조선인들은 얼씬거리지도 못하게 하다니, 정말 땅을 칠 노릇이구만."

한기호 뿐만 아니라 이 땅의 모든 조선인들이 땅을 칠 노릇이었다. 미군은 일본군과 밀약하여 일본의 문관과 무관은 연합군 사령관에 의해 면직되지 않는 한 현직에 유임하여 직무를 수행하게 했다.

9월 15일 저녁, 김 의원 집으로 조헌영이 찾아왔다. 김봉한도 두 어른의 대담에 합석했다. 조헌영은 해방이 되자 한의학 운동은 제쳐두고 우익진영의 주요 지도자로서 정치 활동에 여념이 없었다.

"우리 민족주의 진영에서 여운형 선생의 건국준비위원회와 협력하려고 백방으로 노력을 했지만 그쪽의 공산주의자들이 걸림돌이 되어 불가능하게 되어 있습니다. 우리 쪽에 조병옥 선생과 같이 특히 공산주의를 거부하는 인사들이 있는데다가, 결정적으로 미군 역시 공산주의자들을 좋지 않게 보고 있습니다. 38선 이북에는 공산주의의 맹주라 할 수 있는 소련이 버티고 있지 않습니까? 미국은 소련을 대단히 경계하고 있습니다."

김 의원이 고개만 끄덕이면서 아무 말이 없자 김봉한이 미군정에 대한 불만을 털어놓았다.

"일본이 패망했으면 우리가 나라의 주인이 되어야지, 미군이 왜 나라를 다스리려 듭니까? 그러다 보니 친일파들이 자리를 계속 유지하고 항일투사들은 찬밥 신세가 되어 있지 않습니까?"

"맞는 말이네. 나도 우리 스스로 나라를 일으켜야 한다고 생각하네. 하지만 미국은 일본과 피를 흘리며 싸워 승리를 얻었고, 따라서 일본의 점령지였던 조선에 대한 처리에도 권리가 없다고 볼 수는 없는 결세."

조헌영은 여기서 잠시 쉬었다가 김 의원을 보면서 다시 말을 이었다.

"미군정이 오래 가지는 않을 겁니다. 그동안 조선에 신교육을 받은 인재들이 많이 배출되었고, 또한 자치 열기도 높다는 것을 미군도 인정하고 있습니다."

"아직 임시정부 요인이나 미국에서 활동한 이승만 선생 같은 분도 국내에 들어오지 않은 상태에서도 단결이 잘 안 되고 혼란스럽기만 합니다. 누구를 중심으로 어떻게 단결해야 할지 걱정이 앞섭니다."

김 의원이 현재 국내에 있는 지도자들끼리도 단결이 안 되는 현실에 답답하여 한 마디 했다. 그러자 기다렸다는 듯이 조헌영이 말을 받았다.

"사실 오늘 제가 여기 온 것도 바로 그 때문입니다. 이인과 조병옥 선생을 비롯한 우익진영의 지도급 인사들이 총단결해서 정당을 하나 만들기로 합의 봤습니다. 정당의 이름은 한국민주당(한민당)이라 하였고, 내일 그 창당대회가 열립니다. 그래서 명의로 신망이 높으신 김 의원님께서도 발기인으로 참여해 주실 것을 부탁드리러 온 것입니다."

이에 대해 김 의원은 나이 많음과 경험 없음을 들어 사양을 하고 대신 아들에게 조헌영을 도와 주도록 당부했다.

"봉한아, 나라를 제대로 일으키자면 그런 단체에 과학자도 필요할 테니까 네가 가서 조선생을 도와 드리도록 해라."

김봉한은 조헌영에게 아버지 분부대로 이튿날의 대회에 참석하겠다고 약속했다.

9월 16일, 한민당 창당대회는 천도교 기념관에서 1,600여 명의 발기인이 참석한 가운데 열렸다. 이로써 해방 이후 1개월 만에 우후죽순처럼 난립하던 우익정당들이 단일정당으로 결집하게 되었다. 이 대회에서 38선 철폐와 남북의 행정 통일을 기하자는 등의 결의안을 가결 선언했다. 이인이 당의 실질적인 살림살이를 책임지는 당무부 부장을 맡았고 그와 가까운 조헌영은 당무부 차장을 맡았다.

김봉한이 한민당에 대해 하나 아쉽게 생각한 것은 과학기술의 중요성에 대한 인식부족이었다. 근대국가의 발전에 과학기술이 얼마나 중요한 역할을 하는지 실감하지 못하고 있는 듯했다. 총독부 조직을 본따서 외무부, 재무부, 문교부 하는 식으로 각 분야의 업무를 관장할 부서를 설치하는데 과학기술을 전담할 부서가 조직되지 않았다.

총독부 시절에는 식민지이기 때문에 설치하지 않았지만 해방이 된 이 마당에는 반드시 과학기술부를 설치해야 마땅했다. 그러나 아직 약관의 김봉한에게는 발언권이 없었다.

30
해방 공간의 과학자들

• • •

경성제국대학은 '제국'자만 뺀 경성대학으로 개칭되어 있었다. 공산당 계열의 좌익과 한민당과 이승만 계열인 우익의 대립은 정치판에서 뿐만 아니라 학교 내에서도 빈번하게 발생했다. 여운형, 김구, 김규식과 같은 좌우합작파 인사들의 노력도 효과를 거두지 못했다.

좌익학생들과 우익학생들은 국내 정치현안에 대해 항상 의견대립을 벌였고, 심하면 폭력사태까지 일어났다. 면학분위기가 전혀 안되어 있었고, 해방 이전보다 교육의 질은 훨씬 저하되고 있었다.

그러다가 1945년 12월 26일, 미·영·소 3국 외상들이 참석한 모스크바 3상회의에서 한반도에 대한 신탁통치 결정이 내려지자 이를 두고 좌우의 의견대립과 폭력적 충돌이 극에 달했다.

좌익과 우익의 충돌이 한창이던 1946년 3월 어느 날, 이승기 박사가 대학병원 내과를 찾아왔다. 작년 가을에 귀국하여 화공과를 맡고 있다는 소식은 듣고는 있었다. 그는 1939년 일본 다카쓰키 화학연구소에서 나일론에 필적하는 합성섬유인 비닐론을 발명하여 이미 세계적인 과학자의 대열에 오른 인물이었다. 그가 최근에 건강이 나빠져서 병원에 들른 것이다. 김봉한이 자청해서 그의 담당의가 되었다.

"이 박사님, 이렇게 뵙게 되어 영광입니다. 저는 7년 전에 박사님의 쾌거에 대한 보도를 보고 조선인으로 얼마나 긍지를 느꼈는지 모릅니다. 그런데 어쩌다가 이렇게 몸을 상하게 되셨습니까?"

김봉한이 진찰을 마치고 이 박사에게 말했다. 안색도 좋지 않거니와 진찰을 해 보니 몸이 쇠약하고 늑막쪽에 염증이 있었다. 영양부족과 과로가 원인인 듯했다.

"내 귀국해서 조국의 과학기술을 일으키기 위해 불철주야 매진하다 보니 몸을 돌볼 여가가 없었구려. 그리고 아무래도 해방 전 일본에서 형무소에 있을 때 몸이 많이 상한 것 같소."

"예? 형무소에 계시다니요? 세계적인 업적을 남긴 과학자가 형무소라니요. 도대체 무슨 말씀이십니까?"

"이야기를 하자면 길다오. 그 이야기는 차차 하기로 하고, 그나저나 몸이 좀 나아지겠소?"

"아무래도 당분간 입원하셔야 되겠습니다. 강의에서 떠나 푹 쉬시면서 원기를 회복하셔야 합니다. 그리고 저 자신도 의학 이외의 자연과학에 관심이 많습니다. 쉬시는 동안 자주 뵙고 배움을 얻을 수 있었으면 좋겠습니다."

이렇게 해서 이 박사는 입원했고, 김봉한은 퇴근 후 이 박사의 입원실에 들러 많은 이야기를 나누었다. 비닐론 발명의 과정과 형무소생활을 하게 된 기가 막힌 이야기도 들을 수가 있었다.

1930년대 세계 화학계는 석탄과 석유를 이용하여 천연섬유나 금속의 제한된 특성을 극복할 수 있는 물질을 인공적으로 합성하고자 하는 고분자화학의 연구에 세계 수준의 화학자들간에 경쟁의 불이 붙어 있는 상황이었다.

다카쓰키 연구소에 들어간 지 3년만인 1935년에 이승기 연구원은 미국의 화학자 캐러더스(W. H. Carothers)가 나일론이란 물질의 합성에 성공했다는 소식을 듣는다. 그러자 이승기는 나일론과는 다른 방향의 고분자화합물로 목표를 바꾼다. 나일론은 폴리아미드계의 화합물이었으므로 폴리아미드를 포기하고 폴리비닐알코올계의 화합물로 목표를 전환한 것이다.

그로부터 3년 후인 1938년, 캐러더스의 발명품을 뒤퐁사에서 공업화와 상업적 생산에 성공하여 시판하기 시작했다는 소식을 듣는다. 이에 자극받아 연구에 박차를 가한 그는 이듬해인 1939년, 세계 최초로 폴리비닐알코올계 고분자화합물의 합성에 성공한다. 나중에 비닐론이라고 명명된 이 화합물은 일본은 물론이고 세계의 학계를 놀라게 한 업적이었다.

그러나 정작 이러한 업적을 세운 후 그는 나라 없는 과학자의 설움을 오히려 더 절감하게 된다. 뭇 일본인 동학들의 시기와 업적에 대한 무시에 가까운 과소평가, 일본군 당국의 강압적 태도 등을 겪으면서 그는 한동안 허탈상태에 빠지게 된다. 연구에 성공했기 때문에 오히려 더 서글픈 상황에 빠지게 된 것이다.

그의 업적은 나일론과는 달리 단지 실험실 수준에서의 성공이었기 때문에 그것은 공업적 대량생산으로 이어져야 했다. 그러나 당시 일본은 대규모 전쟁을 벌이고 있었기 때문에 그럴 여유가 없었다. 모든 산업과 기술력이 군수품 생산에 동원되어 있었다.

당국의 지원이 없는 상태였지만, 이 박사는 꾸준히 공업화 대량생산연구를 계속하여 1944년에는 섬유학회의 한 세미나에서 공업화 준비 완료를 공표하게 된다.

이 소식을 들은 일본군부는 이 합성섬유의 군수자재로서의 가능성을 감지하고 느닷없이 공업적 생산 추진을 결정하게 된다. 그리고는 이승기 박사에게 하루속히 대량의 합성섬유를 생산할 수 있도록 하라고 지시한다.

그때 일본은 오랜 전쟁으로 인하여 극심한 물자 부족에 시달리고 있었는데 섬유도 예외는 아니었다. 미국과의 전쟁으로 나일론과 같은 합성섬유를 들여올 수 있는 길은 막혀 있었고, 동남아시아 전선에서의 패퇴로 천연섬유 원료도 공급이 두절되다시피 한 형편이었다. 이때 국산 합성섬유의 공업화 준비 완료란 소식에 일본군부가 본격적 생산을 서두르게 되었던 것이다.

하지만 군부의 공업화 지시에 접한 이승기 박사는 사보타주(怠業)한다. 민간부분에서 공업화를 주문했다면 쌍수를 들고 환영했을 것이다. 그러나 군용의 경우에는 문제가 달랐다. 이승기 박사는 생각했다. 내가 하루라도 빨리 공업화를 완료하게 되면 그것은 잠시라도 전쟁의 종료를 지체시키게 될지도 모르고, 그러면 조국의 독립도 그만큼 늦어진다. 어떻게든 대량생산을 지체시키는 것이 조선인으로서 마땅히 택해야 할 태도인 것이다. 그는 이런저런 핑계를 대 가며 실제로 공업화완료를 지체시켰다.

실험실 내부의 사정을 알 리 없었던 군부도, 상당한 시일이 지나도록 아무런 진전의 보고가 없자 이상하게 생각하기 시작했다. 분명히 1944년 5월의 보고에서 공업화 준비가 거의 끝난 것으로 되어 있는데 그렇게 지체되는 것이 이상했던 것이다. 군부는 이승기 박사를 의심했다. 조선인이 일본에 저항하여 일부러 저러는 것이 아닌가. 실험실 요원이 아니고서는 상황을 제대로 파악하기가 힘들었기 때문에 군부는 정탐꾼을 쓰기로 했다.

마침 군부 내에 조선인 헌병이 있었기에 그를 정탐꾼으로 이승기 박사를 만나게 했다.

"박사님, 저는 일본군 졸병으로 왜놈들에게 굽신거리고 있어서 비위가 틀릴 때가 많지만, 그래도 박사님께서 일본인 제자와 조수들을 부리면서 일하시는 것을 생각하면 속으로 얼마나 위안이 되는지 모릅니다."

이 박사는 조선인 헌병에 대해 동족 간의 정을 느끼고는 자신의 진심을 털어놓고 말았다.

"그래, 우리가 하루속히 독립을 해야 이 수모를 벗어날 수 있지 않겠소. 사실은 내가 조국독립을 앞당기기 위해 일본군의 유익한 군수물자가 될 이 화학섬유의 공업화를 일부러 지체시키고 있는 것이라오."

정탐에 성공한 헌병은 상관에 이를 보고했고 1944년 말, 이 박사는 군법회의에 회부되어 오사카 육군형무소에 투옥되었다. 그러다가 1945년 8·15해방을 맞아 석방되어, 회한의 역사를 뒤로 하고 근 20년만에 벅찬 희망을 안고 귀국했던 것이다.

김봉한이 이 박사의 이야기를 듣고 있자니 나라 없는 설움과 위대한 업적에 대한 감동이 교차하면서 가슴이 뭉클해졌다.

"그러면 그 비닐론의 공업화는 어떻게 되어 가고 있습니까?"

김봉한이 궁금해서 물었다. 그러자 이 박사는 크게 한숨부터 쉬었다.

"내가 바로 그 희망을 안고 조국에 돌아와 보니 도리어 앞이 캄캄해집디다. 아무 것도 없어요. 이공학부는 건물조차 미군들이 접수해서 강의나 연구는 가건물을 빌려서 하는 형편이고, 실험기구도 아무렇게나 내팽개쳐져 있고, 필요한 시약들은 단 1g도 구할 수 없는 형편이라오."

"미군정이나 군정에 관계하는 조선인들에게 건의는 해 보셨습니까?"

"말도 마시오. 내가 몇 번이나 군정청의 문교부를 드나들면서 요청을 했는지 아시오? 맨 위에 있는 사람들은 만나기도 힘들고 중간 간부들에게 누차 설명을 했다오. 헌데 그들은 비닐론이란 세계적인 발명이나 조국의 과학기술 발전 같은 데는 전혀 관심이 없습니다. 어리석은 백면서생이 몇 번이나 허탕을 친 끝에야 그것을 깨달았다오."

김봉한은 조국의 현실을 듣자 더욱 가슴이 답답해짐을 느꼈다. 이런 식으로 가면 어떻게 될 것인가. 세계적인 과학자의 위대한 업적도 무시당하고 있는 판에 자신이 꿈꾸고 있는 소박한 조선전통의학의 과학화는 언제 실현할 수 있단 말인가. 기대했던 조헌영씨는 한의학은 완전히 잊어버리고 지금 정치판에 빠져 있지 않은가.

이 박사의 입원실에는 당시 이 박사와 가까운 경성대학의 과학자들이 자주 문병을 왔다. 그중에는 여경구(呂慶九) 교수와 도상록(都相錄) 교수가 있었다. 그들은 모두 이 박사와 마찬가지로 학문적 성숙과 업적을 갈망하는 과학자들이었다.

이상하게도 이런 과학자들은 대개 좌익을 지지했다. 역사과학이란 말이 있듯 좌익이 내세우는 모든 강령에는 반드시 '조국의 과학기술 발전을 위해 모든 노력을 기울이며, 과학자와 기술자들을 우대한다'는 조항이 포함되어 있었다. 반면 우익단체나 정당들은 과학기술보다 오직 자신들의 이익과 권력에만 집착하고 있었다. 좌익교수들은 모두 미군정과 학교당국의 주요 감시대상 인물들이었다.

여경구는 몽양 여운형의 조카로서 일본 와세다대학에서 응용화학을 전공하고 화공과 부교수로 있었다. 그는 몽양 못지않은 사회주의자로서 경성대학 화공과에 몸담고 있지만 마음은 이북에 가 있는 사람이었다.

도상록은 도쿄제대에서 물리학을 전공하고 경성대학 물리학과 교수로 있었다. 그는 고향이 함경남도 함흥으로서 가끔씩 고향에 들르기 위해 38선을 넘나들고 있었다.

여경구와 도상록이 이 박사의 입원실을 들르면 거기에 김봉한이 합세하여 시국과 학문에 대하여 난상토론이 벌어지곤 했다. 특히 도상록은 김봉한이 원자물리학을 깊이 이해하고 있는 데 대하여 놀랐다. 자신의 전공이 바로 원자물리와 방사선물리였던 것이다.

도상록은 38선을 자주 넘나드는 관계로 이북의 실정에 대해서 잘 알고 있었다. 그는 우선 미군정에 대한 불만을 털어놓았다.

"미군은 자기네가 일본을 대신하는 지배자 행세를 하고 있어요.

우리 학교만 해두 새파란 미군 대위가 총장 행세를 하고 있지 않습니까? 게다가 지금 남한은 거지와 창녀가 해방 전보다 부쩍 늘어났어요. 처녀들이 몸을 팔아 돈을 벌려고 미군부대 주변으로 몰려 들고 있구요."

"그럼, 이북 실정은 어떻습니까?"

김봉한이 이북도 비슷한 실정이 아닌가 싶어서 물었다.

"북은 전혀 그렇지 않습니다. 지금 이북에는 조선인들에 의한 자치정부가 거의 완성된 상태입니다. 금년 2월에 이미 북조선인민위원회가 결성되어 주석에 김일성 장군과 부주석에 김두봉 선생이 취임했습니다. 소련군은 완전히 측면지원 역할을 한다구요."

작은아버지 여운형의 영향으로 정치에 관심이 많고 이북 사정에도 밝은 여경구가 소상하게 대답했다.

"대학과 연구 사정은 어떻습니까?"

이승기 박사가 자신의 가장 큰 관심사에 대해서 물었다.

"지금 평양에는 대규모 종합대학 건립 준비가 한창입니다. 김일성 주석은 연설할 때마다 과학기술의 중흥을 강조하고 있고 과학자, 기술자들을 우대할 것을 약속하고 있습니다."

도상록이 자신 있게 말했다.

"지금 흥남에 대규모 화학단지를 확대하는 사업도 한창이랍니다. 아무 것도 없는 이남에서는 누구 하나 화학공업에 관심 있는 사람이 없습니다. 아무래도 우리 화공을 전공한 사람들은 화학단지가 있는 이북에서 연구하는 것이 절대적으로 유리할 듯합니다."

여경구가 도상록의 말을 거들면서 흘낏 이승기 박사의 눈치를 보았다. 이 박사는 과연 그 말이 맞겠다는 듯이 숨을 크게 내쉬며 고개를 천천히 끄덕였다.

"이북에서 그렇게 정치가 제대로 되어 간다면 요즘 왜 그렇게 38선을 넘어 남쪽으로 오는 사람들이 많습니까?"

김봉한이 의심스럽다는 듯이 물었다. 그즈음 동대문시장에 나가 보면 이북 말씨를 쓰는 상인들이 부쩍 늘어나 있었다.

"요즘 넘어오는 사람들은 모두 일제 때 한 밑천씩 챙겨 놓은 사람들이에요. 친일파, 지주, 상인들이 대부분이죠. 악질 친일행위에 대해 철저히 처벌하고, 소작을 주는 지주들의 토지를 몰수하고, 또 대규모 상행위를 금지시키니까 넘어오는 거예요. 여기서는 친일파라도 미군정에 거역하지만 않으면 아무 문제가 없지 않습니까?"

이 박사나 김봉한은 사회주의자는 아니었다. 그러나 여경구와 도상록과의 대화가 거듭되면서 과학자에게는 이북이 여건이 좋지 않겠나 하는 생각이 들기 시작했다.

"우리 전통의학에 대한 대접은 어떻습니까?"

김봉한이 자신의 결정적인 관심사에 대해 물었다. 이에 대해 여경구가 대답했다.

"숙부한테 들은 얘긴데, 김일성 장군의 부친이 한때 한의사였다고 합니다. 그래서 그런지 김일성 장군은 현대 종합병원에도 한의과를 설치해야 한다고 지도하고 있다고 합니다."

이 대목에서 김봉한은 마음이 이북으로 기울기 시작했다. 이제 서양의 자연과학과 의학에 대해서는 알 만큼 알았다. 이제부터는 전통의학을 심도 있게 연구하면서 그것을 과학화, 현대화할 작업만이 남아 있었다. 그러나 이남 한의학계의 현실은 일제치하 시절과 조금도 달라진 것이 없었다.

미군정은 일제의 한의학 말살정책을 그대로 유지하고 있는 셈이었다. 아버지 김 의원도 이 점에 대해 상당한 불만을 갖고 있었다. 나라가 해방되었는데도 나라의 전통의학이 푸대접을 받고 있으니 당연한 일이었다.

"38선 지나기가 점점 힘들어지고 있습니다. 검문이 아주 심해졌습니다. 조만간에 38선이 봉쇄될지도 모르겠어요. 그러기 전에 결단을 내려야겠습니다."

도상록의 이 말에 여경구가 고개를 끄덕였다. '결단'이라는 것은 물론 월북을 의미했다.

1946년 6월, 미군정은 '서울국립종합대학안', 세칭 '국대안'을 발표했다. 국대안은 경성제대 후신인 경성대에 경성공업전문학교 등 9개 대학을 흡수통합시켜 국립서울대학교로 발족시키고, 거기에 농림과대학, 상과대학, 치과대학, 사범대학, 공과대학, 예술대학, 법과대학, 문리과대학, 의과대학, 대학원 설치를 골자로 했다.

국대안이 발표되자 좌익진영을 중심으로 이를 반대하는 시위가 격렬하게 전개되었다. 좌익을 포함한, 민족자치를 표방하는 세력은 10개 대학을 미군정 직속으로 통합시키려는 조치라 하여 결사적인 반대운동을 벌였다. 국대안에는 총장과 이사진에 미국인을 임명한다는 조항이 들어 있었고, 통합에 의해 전체 학생수가 대폭 줄어들게 되어 있었다.

미군정은 국대안 반대운동을 구실로 좌익인사들을 대대적으로 탄압하기 시작했다. 여기에는 좌익이 아닌, 양심적인 교수와 학생들도 포함되어 있었다. 그리하여 많은 교수와 학생들이 학교를 떠났다. 도상록 교수와 여경구 교수 등 상당수 과학자들이 월북을 결행했고,

이승기 박사는 전라남도 담양으로 낙향했다.

능력 있는 교수들이 대거 월북하고 이승기 박사마저 낙향하자 김봉한은 한동안 실의에 빠졌다. 학교에는 학문에 뜻을 둔 사람들은 사라지고 정치색 짙은 사이비 교육자들만 우글거렸다. 전통의학의 과학화 문제에 대해서도 앞이 캄캄해지는 듯한 느낌이었다.

이제 누구와 민족을 논하고, 누구와 과학을 이야기한단 말인가. 설사 전통의학의 과학화 기회가 주어져도 해낼 자신이 없었다. 전통의학의 애매모호한 개념들을 과학화하자면 물리나 화학의 엄밀한 방법론을 동원해야 할 것이 분명했다. 자신이 그 분야를 어느 정도 섭렵했다고는 하지만 아무래도 자문을 구할 만한 실력자가 가까이 있는 것과는 다르다. 하다가 막히면 누구와 의논을 한단 말인가.

자신도 월북 쪽으로 마음이 흔들리고 있기는 했지만 월북을 결행할 처지는 아니었다. 조헌영의 영향을 많이 받고 있는 아버지를 비롯하여 가족들은 좌익과 이북에 대해 부정적이었다. 테러를 일삼고 스트라이크를 선동하는 집단으로 인식되어 있었다.

1947년 7월 19일, 여운형이 암살됨으로써 진보민족세력의 큰 기둥이 하나 무너졌다. 여운형은 미군정 인사들조차도 '그레이트 코리언'이라고 칭할 정도로 국내외에서 존경을 받던 인물이었다.

1947년 8월, 제2차 미소공동위원회가 결렬로 끝나자 김구, 김규식 등 임시정부 요인들을 비롯한 남북협상과 단일정부수립을 주장하는 민족주의세력은 사실상 설 자리를 잃었다.

1947년 9월, 미국은 자신들이 주도하고 있는 유엔으로 한국문제를 상정했다. 북한에 이미 친소정권을 확립해 놓은 소련은 당연히 이에 반대했다. 그럼에도 불구하고 유엔총회는 11월, 한국에서 총선거를 감시할 임시위원단 설치안을 가결했다.

유엔은 인구비례에 의해 선출될 국회를 구성(남한이 한반도 전체 인구의 3분의 2)하기 위해 한국 전역에서 선거를 감시할 '유엔한국임시위원단'을 한국에 파견했는데, 소련과 북한이 위원단의 38선 월경을 거부함으로써 북한에서의 활동이 불가능해졌다. 이미 정권이 수립되어 있는 마당에 선거감시단이란 것이 사실상 무의미한 것이었다.

유엔 소총회는 위원단의 보고에 입각하여 가능한 지역에서만이라도 선거에 의한 정부를 수립할 것을 결의했다.

유엔에 의해 남한 단독정부수립이 결의되자 김구, 김규식, 조소앙 등의 상해 임시정부 요인들은 남북한 단일정부수립에 대한 민족적인 염원을 안고 북한당국과 회담하기 위해 노구를 이끌고 38선을 넘었다.

남북협상은 1948년 4월 19일부터 5월 4일 사이에 열렸지만 사실상 그것은 무의미한 것이었다. 남과 북이 예정된 노선으로 내달리고 있었기 때문이다.

5월 10일, 남한에서의 총선거는 김구, 김규식을 포함한 남북협상파와 좌익세력이 불참하고, 4·3반란이 일어났었던 제주도가 제외된 가운데, 선거를 방해, 반대하는 소요가 전국적으로 확산된 분위기에서 실시되었다. 사실상의 준내란적 상태에서 시행된 것이다.

5·10 총선거에서는 948명의 후보자가 출마, 198명이 선출되어 약 4.7 대 1의 경쟁률을 보였는데, 이승만-한민당 계열이 압도적 다수를 차지했다. 한민당의 핵심간부인 조헌영도 고향인 경북 영양에서 출마하여 당선되었다.

이렇게 구성된 국회에서 7월 20일, 이승만 후보가 압도적 다수로 제1공화국의 초대 대통령으로 당선되었고, 8월 15일 제1공화국 선포식을 갖게 되었다.

이때 민중은 비록 반쪽정부이기는 하지만 미군정에서 벗어나 비로소 자치적 독립정부를 갖게 된 데 상당한 자부심을 느꼈다. 새로운 기분과 의욕으로 훌륭한 나라를 건설하겠다는 분위기가 확산되었다.

10월 23일 국회에 임정요인 출신 김상덕 의원을 위원장으로 하는 '반민족행위자 특별조사위원회(반민특위)'가 만들어지고 활동을 시작했다. 이어서 반민족해위자를 기소하고 재판할 특별검찰부와 특별재판부가 구성되었다.

이즈음 김봉한은 이승기 박사가 고향에서 학교에 복귀했고 이어서 공대학장에 취임했다는 소식을 듣고 축하인사도 할 겸해서 방문했다. 서울공대는 그때 공릉동에 있는 일제 때의 이공학부 건물을 미군정으로부터 되찾아 막 이전을 끝낸 때였다.

"박사님, 학장에 취임하시고, 또 교사도 되찾고 해서 경사가 겹쳤습니다."

먼저 김봉한이 인사를 했다. 이 박사는 왠지 무표정한 얼굴이었다.

"그거 다 소용없는 일이라오. 비닐론 연구는 한 치도 진전이 안되고, 학교 내에는 좌익을 경계한답시고 경찰들이 드나들어 면학분위기를 망치고 있어요. 학장자리가 가시방석이오."

이 박사가 탄식을 늘어놓자 김봉한이 위로의 말을 해야겠다는 생각이 들었다.

"이제 반민특위가 활동을 시작해서 민족정기가 세워지고 하면 좀 나아지지 않겠습니까?"

"글쎄 이미 정부 곳곳에 친일파들이 들어앉아 있는데 친일파 척결이 제대로 되겠소? 문교부와 우리 학교만 해두 일제 때 창씨개명과 학병 참여를 외치던 자들이 우글거리지 않소. 몇 명 되지 않는 특위위원들이 어떻게 그 많은 친일파를 다 처벌하겠소."

이박사가 '이북'이라고 하자 김봉한이 생각이 나서 물었다.

"박사님, 이북이 여기보다 학문하기가 나을까요?"

"내 아무리 생각해 보아도 그런 것 같소. 저 쪽에서는 진작에 자치정부가 생겨서 민족과학을 육성한다고 하지 않소. 그러니 내 비닐론 연구나 김 선생의 전통의학 과학화 연구는 이북에서라야 가능할 것 같소. 아, 여경구 교수하고 도상록 교수가 북으로 넘어갈 때 같이 갔어야 하는 건데."

이것은 김봉한이 어느 정도 예상하고 있던 대답이었다. 날이 가고 해가 감에 따라 생각을 점점 굳혀 가고 있었다.

그러나 문제는 이제 기회가 오기 힘들다는 것이었다. 38선이 완전히 봉쇄되었기 때문이다. 김구 선생 같은 어른도 허가 없이 38선을 넘다가 미군에 체포당할 뻔하지 않았다던가.

이승기 박사의 예상대로 반민특위는 친일 기득권 세력들의 저항에 부딪혀 이렇다 할 성과를 못낸 채 끝나고 말았다. 반민특위는 특히 경찰 내부의 악질 반민족행위자를 색출하려다 그들의 저항에 치명적인 타격을 입었다.

미군정의 일제 관리 중용은 특히 경찰부문에서 두드러진 바 있었고, 그것이 정부수립 이후에도 그대로 이어졌다. 경찰 고위간부의 80% 가량이 고등경찰 출신을 포함한 일제 경찰출신으로 채워져 있었다.

1949년 6월 6일 반민특위가 경찰간부를 연이어 체포한 데 반발하여 경찰 무장병력이 반민특위를 습격하는 사건이 발생한다. 경찰은 반민특위 산하 특경대의 무기와 장비를 압수하고 35명을 연행하여 심한 폭행을 가했다. 사실상 반민특위의 힘이 무력해진 것이었다. 국회가 이에 강력하게 항의했지만 역부족이었다.

국회에 공산당과 연결된 자가 잠입되어 있다가 발각된 '국회 프락치사건'으로 5월과 6월에 소장파 국회의원들이 체포되면서 국회의 저항이 한결 무디어질 수밖에 없었다.

민족정기의 정립이라는 기치 아래 시작된 친일파 척결사업은 용두사미로 끝났다. 일제에 적극 협력하고 동족을 유린한 악질 친일파들은 법적으로 사면을 받은 것과 같은 되어, 이후 아무런 제약 없이 각 부문에서 실질적 지위를 누리게 되었다. 참담한 현실이었다.

반민특위가 무력화되고 난 며칠 후인 6월 26일, 김구가 암살되었다. 민족의 독립과 통일을 외치던 거대한 산이 무너진 것이다. 김구를 따르던 많은 양심적 민족주의자들은 우리도 같이 죽어야 한다며 통곡했다.

이승기와 김봉한을 포함한 능력 있는 과학자들 역시 김구의 암살과 반민특위의 와해에 임하여 참담한 좌절을 겪었다. 그래도 실낱같은 희망을 갖고 있었는데 이제 이남에서는 희망이 없어졌다.

38선에 의한 분단이 고착되어 가자 남과 북에서 모두 분단을 깨뜨리려는 통일 논의가 활발해졌다. 들리는 소식에 의하면, 1950년에 접어들면서 이북에서는 남조선해방론이 일어나고 있다고 했다. 이남에서도 북벌론, 북진통일론을 외치는 사람도 있었다. 그러나 그것은 아무런 실질적 준비도 없이 말로만 외치는 공허한 소리였다. 어찌 되었든 김봉한과 이 박사는 간절하게 38선의 붕괴를 기대하고 있었다.

31

1950년 여름-한국전쟁

• • •

1950년 6월 25일, 김봉한은 일요일이라 집에서 쉬고 있다가 오후에 동네가게에 들렀더니, 가게주인이 시내에 들어갔다 온 이야기를 들려주었다. 오늘 아침 38선 전역에 걸쳐서 이북의 인민군이 침공해 와서 지금 격전 중이며, 그 때문에 시내에는 군인의 비상소집이 있고 거리의 분위기가 매우 긴박하다는 것이었다.

다음 날 아침, 버스를 기다리다가 오지 않아서 걸어서 출근했다. 돈암동에서 병원이 있는 연건동까지는 30분 정도면 걸아갈 수 있었다. 아마도 전투 때문에 버스가 징발된 것이 아닌가 싶었다.

병원에 가 보니 분위기가 술렁거리고 있었다. 어제 저녁 무렵부터 밤사이에 멀리서 천둥치는 듯한 소리가 은은히 들려왔는데 인민군이 이미 38선을 넘어 의정부 방면으로 쳐들어오면서 내는 대포소리라고 했다.

이날 하루 동안 신문들의 호외(號外)가 여러 차례 나왔다. 호외에는 큼직한 활자로 "괴뢰군, 38선 전역에서 불법 남침"이라 되어 있었다. 대포소리가 점점 가까이 들려오는 마당에 나중에 나온 다른 호외에는 '적의 전면적 패주'라느니, '국군 일부 해주시 돌입'등 이해하기 힘든 내용도 있었다. 과거 언론들의 행태로 보아 정부의 지시에 의한 억지 보도임의 분명했다.

김봉한은 그날 오후, 길 건너편에 있는 대학본부로 달려갔다. 거기에 이승기 박사가 와 있을 것이기 때문이었다. 공릉동에 소재한 공대의 학장인 이 박사는 매주 월요일 동숭동 대학본부에 들러서 학장회의에도 참석하고 문교부와 총장의 지시사항도 받아가곤 했다. 회의에 참석하는 것이 내키지 않았지만, 세상 돌아가는 것을 탐지하여 학생들이 다치지 않도록 인도하고자 본부에 들르는 것이었다.

"이 박사님, 소식 들으셨습니까? 드디어 38선이 붕괴되었다고 합니다."

김봉한이 자못 흥분된 어조로 이 박사의 동조를 구했다. 이 박사는 의외로 침착한 얼굴이었다.

"예상하고 있던 일이오. 여경구 선생으로부터 금년 내로 남조선 해방이 이루어질 것이라는 것을 듣고 있었소. 이북은 작년 말에 이미 중공업기지가 다듬어져 탱크와 기관총을 자체적으로 조립한다고 합디다. 아무튼 희생이나 최소한으로 줄이면서 끝나기를 바랄 뿐이오."

놀라운 말이었다. 우선 이 박사가 일찌감치 월북한 여경구 선생

등과 선이 닿고 있었다는 사실이 그러했다. 게다가 이 박사는 전에 볼 수 없는 단호한 태도였다. 김봉한은 자신도 정신을 바짝 차리고 있어야 한다는 생각이 들었다.

"옳습니다. 이왕 힘이 모자랄 바엔 무고한 시민의 희생을 내지 말고 선선히 물러서야 됩니다."

김봉한도 이왕 이렇게 된 바에야 그럴 수밖에 없다고 생각했다.

"당연하지요. 그렇지만 정치 모리배들이 무슨 일을 할지 모르니 조심해야 할 것이오."

나중에 알고 보니 이승만 일당들은 국군과 시민들에게 서울을 사수하라 해 놓고는 일치감치 수원으로, 대전으로 내빼고 있었다. 방송국에 서울을 사수하겠다는 내용의 녹음을 해서 반복하여 틀어 주게 해 놓고는 줄행랑을 쳤던 것이다. 그러면서 하루속히 미군을 끌어들일 궁리에 여념이 없었다.

6월 28일 아침, 출근길에 보니까 멀리 미아리고개로부터 자동차보다도 크고 육중해 보이는 것이 천천히 내려 오고 있었다. 그것이 대포알을 맞아도 움쩍하지 않는다는 이북의 탱크임에 분명했다. 돈암동 거리에는 낯선 군복을 입은 군인들이 떼지어 행진하고 있었다.

낮에 보니까 이미 거리에는 붉은 기를 흔들며 만세를 부르는 사람이 있었다. 학교 깃대에는 좌익학생들이 은밀히 지니고 다니던 인공국기(人共國旗)가 바람에 나부끼고 있었다.

혜화동 로터리 쪽으로 탱크며, 자동차며, 마차며, 또 보병들이 쏟아져 나오고 있었다. 그들 말소리는 억센 이북 사투리였다.

저녁 무렵에는 벌써 붉은 완장을 차고 거리를 왔다갔다 하는 이들이 보였다. 참으로 능청스럽게도 그들 중에는 어제까지만 해도 우익

청년단 감찰부 완장을 차고 거리를 누비던 청년들도 있었다.

7월 1일에는 인민군이 학교와 병원을 접수했다. 인민군에는 나이 어린 군인들이 많고, 일반적으로 영양이 좋지 못한 얼굴들을 하고 있었지만, 대체로 보아서 규율이 엄하고 훈련이 철저한 것 같았다.

그러나 그들은 역시 공산주의 이념과 적대감으로 무장한 군인들이었다. 이른바 '인민재판(人民裁判)'을 열어서 반동분자를 차단할 때는 매서운 찬바람이 일었다.

거리는 온통 벽보로 넘쳐흘렀다. '만고 역적 이승만 도당의 괴뢰 집단 전면적 괴멸' '우리의 영명한 지도자 김일성 장군 만세' '조선의 우수한 아들딸들인 영용무쌍한 인민군 만세' '조선민족의 친애하는 벗이시며, 세계 약소민족의 해방자이신 스탈린 대원수 만세'라거니 하는 벽보들이 집집마다, 거리마다 붙어 있었다. 너무 많아서 오히려 효력을 감소하지나 않을까 하는 느낌이 들 정도였다.

7월 초순 어느 날, 의과대학의 교직원과 대학병원의 의사들은 모두 큰 강의실로 모이라는 공고가 나붙었다. 강의실에 가 보니 인민군 군관과 전사로 보이는 몇 명의 군인들이 무장을 하고 단상에 버티고 서 있었다. 살벌한 분위기였다.

먼저 와 있던 한기호가 반색을 하면서도 말은 못하고 눈으로만 반긴다. 그의 얼굴이 상당히 창백해 보였다. 손도 좀 떨고 있었다. 전쟁 전에 의사들이 대개 그렇듯 우익의 적극 가담자는 아니었으나 좌익은 대단히 싫어했다. 과거의 그런 언동이 누구인가의 고발로 인민군의 귀에 들어갔을지도 몰랐다. 지금 곳곳에서 반동을 색출해서 처단한다는 말이 들리고 있어서 그런 전력이 조금이라도 있는 사람들은 전전긍긍하기 마련이었다.

교직원과 의사들이 얼추 모이자, 정치위원인 듯한 앳된 얼굴의 한 장교가 말문을 열었다.

"우리 인민공화국은 여러분들 의사동무와 같은 전문인들을 우대합니다. 과거에 다소 공화국에 반동적인 태도를 취했던 사람들도 반성을 한다면 관대히 공화국의 품에 안을 것입니다. 앞으로 인민보건사업에 혁명적으로 매진해 줄 것을 당부드립네다."

나중에 알고 보니 이것은 상부의 지침에 의한 것이었다. 당과 군의 고위급 회의에서 의사와 기술자 등의 전문인들은 앞으로의 공화국 건설에 필요한 인재들이므로 전력(前歷)을 크게 문제 삼지 말라는 결정이 있었던 것이다. 젊은 장교의 말이 끝나자 다소간의 희생을 염려했던 병원장이 소리쳤다.

"우리 모두 인민공화국과 영용한 인민군을 위해 박수를 보냅시다."

사람들은 안도의 숨을 내쉬면서 힘껏 박수를 보냈다.

인민군이 미덥지 못한 일을 하는 경우도 많았다. 하루는 그 정치위원인 듯한 젊은 장교가 일단의 군인들을 이끌고 병원에 와서 식량과 약품조사를 했다. 병원장과 과장들을 모아 놓고는 야전병원에 쓸 식량과 약품을 징발하겠다고 하면서 그 날부터 환자와 교직원의 급식을 대폭 줄이라고 했다.

그들은 극히 소량의 식량과 약품을 남기고는 모두 징발해 갔다. 그리고는 감감 무소식이었다. 나중에 북으로 쫓겨갈 때까지 징발량은 조금도 보충되지 않았다. 식량과 약품이 없으니 환자를 못 받고, 환자를 못 받으니 수입이 없어 식량과 약품을 구입하지 못하는 악순환 현상이 일어났다. 사실상 병원을 찾는 사람들도 대폭 줄었다.

전시에 우선 굶지 않는 것이 급선무여서 아플 여가가 없는 듯했다.

식량사정이 나쁜 것 이외에 의용군 문제가 있었다. 시(市)인민위원회에서는 직위와 노소를 가리지 않고 의용군 지원을 강요했다.

지원에 서명했다고 해서 다 의용군이 되는 것은 아니었지만, 언제 어디서 죽을지, 어떻게 될지 모르는 운명에 서명한다는 것은 참으로 꺼림칙한 일이었다.

각급 병원에서도 의사와 간호사들에게 야전병원에의 지원강요가 있었다. 다행히 대학병원은 요인들이 찾는 곳이라 하여 징집과 차출이 거의 없어 김봉한과 한기호는 계속 대학병원에 머무를 수 있었다.

7월 중순 어느 날, 이승기 박사에게서 인편을 통해 전갈이 왔다. 며칠 후 흥남으로 떠나는데 떠나기 전에 한 번 보았으면 한다는 내용이었다. 드디어 올 것이 온 것이다. 그러나 이렇게 일찍 가시다니, 이제 인민공화국 치하가 되었는데 그렇게 서두를 필요는 없지 않은가 하는 생각이 들기도 했다. 다음 날 퇴근 후 공릉동으로 이 박사를 찾았다.

이 박사는 전에 없이 활기를 띠고 있는 듯했다.

"지금 여경구 선생이 서울에 와 있소. 과학자, 기술자들을 대거 평양으로 안내하려는 임무를 띠었다더군요. 그리고 당군사위원회에서 특명을 내려 나를 흥남화학공업기지로 인도하라고 지시했다 하오. 며칠 안으로 떠나려고 하오."

"박사님 혼자 떠나십니까?"

김봉한이 다시 자기 혼자 남게 되는 것이 아닌가 하는 걱정이 들어서 물었다.

"아니오, 내 가족은 물론이고 학교에서 나를 따르던 선생들과 학생들을 모두 데리고 갈 작정이오. 어차피 그들도 대단위 화학공업기지가 있는 곳에서 활동하는 것이 좋으니까요."

"저는 어떻게 하면 좋겠습니까?"

"김 선생에게도 기회가 있을 것이오. 이북에 가서 자리 잡히면 평양으로 김 선생을 추천해 줄 터이니까 걱정 말고 기다리시오."

이승기 박사는 대화를 통해 김봉한이 비록 의학을 전공했지만 자기 못지않게 민족 과학기술 발전에 대한 열망을 갖고 있으며, 또 그럴 만한 역량을 갖추고 있음을 느끼고 있었다. 그리고 그가 전통의학의 과학화에 초점을 맞추고 있다는 것도 잘 알고 있었다.

며칠 후 이승기 박사는 서울역에서 많은 일행을 대동하고 흥남행 열차에 올랐다. 이 박사와 김봉한은 굳은 악수를 나누며 다시 만날 것을 기약했다.

7월이 저물어 가던 어느 날, 전에 한민당에 관계하다가 요즈음은 인민공화국을 위해 동분서주하고 있는 한 인사로부터 조헌영의 소식을 들었다. 남한의 고관을 지낸 조헌영이 현재 연금상태에 있다고 했다.

그에 따르면 김일성이 참석한 노동당 군사위원회에서 이른바 '군사위원회 제8호 결정'인 "남반부의 정치·경제·사회계 주요 인사들을 포섭하고 재교양하여 그들과 통일전선을 강화"할 것을 지시했다.

그 결정에 따라 '모시기 공작'이라 명명한 작전을 수행하고 있는

데, 서울에 남아 있던 많은 인사들이 자진 출두 또는 강제연행으로 성북동의 모처에 연금상태에 있다고 했다.

연금상태의 인사들 중에는 김규식, 조소앙, 안재홍 등의 임정요인과 조헌영, 명제세 등의 국회의원, 그리고 이광수, 정인보 등의 문인과 학자들을 비롯해서 많은 저명인사들이 포함되어 있었다. 그들은 심사를 받은 후 몇 개 그룹으로 나뉘어 평양으로 가서 재교양을 받을 것이라고 했다.

김봉한은 조헌영이 연행되었다는 소식을 듣고 적이 걱정되었다. 그는 대한민국 제헌국회의 헌법기초의원을 지냈고, 금년 봄의 선거에서, 또 다시 민의원으로 당선된 바 있었다. 그는 해방 후 정치적 비중이 높아지면서 점점 우익으로 기울어 나중에는 극우보수세력의 일원이 되어 갔다. 이런 전력 때문에 심한 고초를 겪게 될지도 모를 일이었다.

7월 하순부터 라디오에서는 이른바 '자수자들의 전향성명'이라는 것이 방송되고 있었다. 당국이 연행된 인사들을 정치선전에 이용하는 것이었다. 대한민국의 내무장관을 지냈다는 작자는 듣기 민망할 정도로 지나치게 비굴하고, 치사스러운 내용을 방송하고 있었다.

안재홍, 김규식, 조소앙 등 중립파들의 방송은 오히려 대한민국을 덜 욕하고 인민공화국에 덜 아첨하여 듣기 좋았다. 어느 세상에서나 아첨꾼은 아첨꾼 노릇을 하고, 균형잡힌 사람들은 균형을 잡으려 하는 듯했다.

8월 초 어느 날, 병원에 출근했더니 이력서와 자서전을 쓰라고 했다. 다른 대학에서는 교원들에게 벌써 이런 것을 여러 번 쓰게 했다고 들었는데 드디어 병원에도 이런 지시가 하달되었다. 당에서 개인의 성분을 정확하게 파악해 두기 위함이었다. 자서전에는 여덟 살 이후의 경력, 특히 투쟁경력과 사상경향, 정당관계, 숭배하거나 영향 받은 인물 등을 될수록 자세히 쓰라고 했다.

김봉한으로서는 솔직히 쓰자면 이력서 외에는 이렇다 하게 쓸 것이 없었다. 그러나 김봉한은 역으로 이것을 자신을 알릴 기회로 생각했다. 김봉한은 자서전에 자신의 과학에 대한 열정과 전통의학의 과학화에 대한 포부에 대해서 썼다.

서울시 인민위원회에서는 위원장 이승엽과 노동당 중앙당에서 내려온 연락부장 박금철이 대학교원 이상의 지도급 인사들의 성향을 직접 분류하고 있었다.

박금철은 저 유명한 보천보 습격사건에서 김일성 부대의 현지안내를 맡았던 사람으로 김일성의 막중한 신임을 받고 있는 인물이었다. 노동당의 연락부장은 당시의 대남 관련업무를 총지휘하는 요직 중의 요직이었다.

박금철이 인사들의 이력서와 자서전을 검색하다가 김봉한의 자서전을 보고 깊은 감명을 받았다. 이런 사람이야말로 어설프게 좌익운동을 한 사람보다 백 배 나은 진실된 공화국의 지지자라고 믿었다. 그리고 현실적으로도 필요한 사람이었다.

그는 김봉한을 '열성'으로 분류했다. 인사들의 성향은 열성, 준열성, 중간, 주의, 반동 등 다섯 부류로 분류되었다. 열성이면 당원후보가 되었고 반동이면 처단대상이었다.

어느 날 박금철은 서울대학교 시찰을 나왔다가 대학병원에 들러 김봉한을 찾았다. 김봉한이 보건성 지도원이 찾는다기에 원장실로 올라가 보니 지도원과 이정복 원장 이외에 한 사내가 와 있었다. 그즈음 원장실에서는 인민공화국 내각 보건성에서 나온 지도원이 상주하면서 병원행정을 관리하고 있었다.

지도원은 그를 노동당 중앙당 연락부장 박금철 동지라고 깍듯한 예우를 갖추며 김봉한에게 소개했다. 지도원이 그렇게 소개하는 것을 보니 보통 높은 사람이 아닐 것이 분명했다.

"혹시 보천보 사건에 관계되셨던 분 아닙니까?"

김봉한이 궁금해서 물었다.

"하하하, 그렇소. 내가 바로 갑산 보천보의 박금철 아이갔소. 남반부에도 나를 알고 있는 사람이 있는 줄 몰랐습네다."

박금철은 체구가 당당하고 잘 생긴 호남형이었다. 박금철은 환하게 웃으며 악수를 청했다.

"김 동무, 이리케 만나게 돼서리 정말 반갑습네다. 우리 공화국에 김 동무 같은 과학자가 있다는 거이 정말로 다행한 일입네다. 안 그래도 내레 수상 동지하구 동의학의 현대화에 대해서 여러 번 말씀 나누었시오. 수상 동지레 동의학에 애정 대단합네다. 틈만 나면 동의학을 현대화해서리 민족의 우수성을 알려야 한다고 하셨습네다."

아, 바로 이 사람이 보천보의 주인공이면서 또한 이승기 선생을 흥남으로 모시게 한 장본인이구나. 감개가 무량했다. 억센 함경도 사투리가 섞여 있기는 했지만 매우 조리 있는 말솜씨였다.

"그렇게 알아주시니 정말 감사합니다. 수상 동지께서도 그토록 관심을 갖고 계시다니 정말 놀랍습니다."

"아이요, 수상 동지 아바이 김형직 선생께서 만주에서 항일투쟁하시면서리 한때 동의사를 하지 않았겠소. 그러이 수상 동지인들 동의학에 관심이 없을 수는 없지비."

그의 말은 갈수록 사투리가 심해졌다. 이번에는 원장을 향해 말했다.

"지도원 동무, 우리 김 선생 대단히 훌륭한 생각을 갖고 있고, 또 훌륭한 과학자입네다. 김 선생이 원하는 대로 연구할 수 있게 지원을 해 주시라요."

"예, 잘 알겠습니다."

지도원이 허리를 크게 굽히면서 대답했다.

병원에 양식과 약품이 동이 나고 예산도 지급이 제대로 안 되는 상태에서 연구지원이라는 것은 사실상 공허한 이야기였다. 그러나 김봉한은 이북 고위층에 자신의 존재와 전통의학 과학화에 대한 의지를 알렸고, 또한 매우 호의적인 반응을 얻어냈다는 것이 무엇보다도 큰 수확이었다. 그야말로 이승기 선생이 이야기하던 '기회'가 온 것이었다.

32

9·28 퇴각-월북

• • •

9월 들어서는 식량사정이 더욱 나빠졌다. 하루 세 끼를 제대로 먹는 집이 드물어진 것 같았다. 1주일 내로 남반부 완전해방을 달성한다고 한, 그 1주일이 벌써 몇 번이 지났건만 해방전쟁이 끝났다는 소식은 들려오지 않았다. 대구 낙동강 전선에서 전진을 하지 못하고 있다는 이야기가 들리는데 그것이 사실인 듯했다. 그러나 공화국방송에서는 인민공화국의 업적과 인민군의 선전만을 알리는 판에 박힌 소리만 되풀이하고 있었다.

더군다나 그즈음에는 서울 시내에 유엔군 폭격기가 나타나 폭격을 하고 돌아가는 일이 있었다. 비행기를 싣고온 항공모함이 인천항에서 매우 가까운 곳에 와 있는 듯했다. 사람들 사이에서 인민군의 전황이 불리하다는 말이 돌기 시작했다.

9월 16일 출근길에서는 어디서인지 은은한 대포소리가 들려왔다.

말이 출근이지 별로 하는 일이 없었다. 병원에 도착하니 직원들 사이에서 유엔군이 인천에 상륙했다는 풍설이 돌고 있었다. 대포소리가 이쪽 들리면 대강 몇 리 밖에서 나오는 것이라는 추측들이 분분했다.

최근 유엔군 비행기의 폭격이 부쩍 심해져 근무 중에 몇 번씩이나 방공호로 대피하여야 했다. 성북동 일대에까지 폭격기가 나타나 건물들을 산산조각 내 버렸다. 설마 미군들도 그 위치를 잘 알고 있는 서울대병원을 폭격 목표로 삼지는 않겠지 하면서도 불안할 수밖에 없었다.

9월 20일경 보건성에서 나온 지도원은 의사와 간호사들에게 모두 퇴각할 준비를 하라고 지시했다. 갖고 갈 수 있는 병원의 설비와 약품은 모두 짐으로 꾸리라고 했다. 말로는 작전상 임시 후퇴라고 하지만 설비를 모두 가져가려 하는 것으로 보아 미덥지는 못했다.

직원들 중에는 인민공화국 치하에 있어 보니까 그래도 대한민국이 나았다고 생각하고는 국군과 유엔군의 진주를 기다리는 사람도 많았다. 한기호도 그중의 한 사람이었다.

"야, 나는 인민공화국 치하에서는 숨이 막혀서 못 살 것 같다. 우리 같은 지식인이나 자유주의자들은 도저히 배겨날 수가 없어. 허구한 날 김일성 장군이나 읊어대는 앵무새 같은 자들뿐이라구. 자네는 뭔가 뜻이 있어서 그들을 따라갈 이유가 있겠지만 나는 죽어도 그렇게 못하겠어. 그러니 우리 살아서 나중에 다시 만나자."

한기호는 어떻게든 인민공화국을 이탈할 결심이었다.

김봉한은 마음의 준비를 하고 있었다. 인민공화국이 여러 가지 문제점을 안고 있기는 하지만 자신의 입장에서는 선택의 여지가 없었다. 학문하는 사람으로서 승부를 거는 것이었다. 의사란 직업을 갖고 그런 대로 먹고 사는 데는 이남이 나을지 모르겠지만 자신의 운명은 분명 그런 것이 아니었다.

가족은 두고 혼자 떠나자.

김봉한은 경성제대 졸업 직후 아버지의 뜻을 따라 아는 분의 딸인 숙명여전 출신의 규수와 혼인했다. 그때까지 두 딸을 두었고, 뱃속에 한 생명이 자라고 있었다. 어린 딸들과 임신 중인 아내를 데리고 퇴각의 길을 떠나기는 어려웠다.

아버지는 김봉한이 단신 북으로 가야 한다는 사정을 헤아리고 있었다.

"부디 몸조심하고, 꼭 뜻하는 바를 이루어서 돌아오도록 해라. 네 아내와 애들은 내가 돌볼 테니까 염려 말고."

대국적인 명분과 아버지로서의 정이 듬뿍 담긴 말이었다. 아버지는 아들이 갔다가 '돌아오기'를 바랐다.

9월 20일이 넘어가면서 병원에는 이미 많은 직원들이 출근하지 않았다. 한기호도 보이지 않았다. 말을 들으니 야밤에 감시원의 눈을 피해 가족들을 데리고 어디론가 떠났다고 했다.

병원에 남은 사람들은 김봉한과 같이 자진해서 올라갈 결심을 하고 있는 사람들과 보건성 감시원의 감시를 피하지 못한 사람들이었다. 병원장 이정복은 '자신과 함께 가자'고 하면서 불안해하는 사람들은 독려했다.

병원장 이정복은 존경할 만한 인격자였다. 경성제대 의학부를 1930년 제1회로 졸업한 그는 1936년에 경성제대 연구조교로 다시 왔고, 2년 뒤인 1938년에 강사 촉탁발령을 받아 본격적으로 강의를 시작했다.

김봉한의 선배이자 스승인 셈이었다. 그는 민족과 진리를 사랑하는 정의파였다. 그런 사람들은 대개 심정적인 좌익 지지자들이었다. 그러나 그도 직접 인민공화국 치하에 있는 동안 실망한 나머지 불만 섞인 발언을 가끔 했다.

김봉한은 아끼는 후배인 김세욱에게 벌써부터 월북에 동행할 것을 다짐받아 놓고 있었다. 김세욱은 1949년에 경성대 의학부를 졸업하고 대학병원 수련의로 있었다. 그는 학부시절 김봉한의 생리학 강의를 들은 제자이기도 했다. 김세욱은 젊은 강사 김봉한의 과학과 민족의 장래에 대한 열정적인 강의를 들으면서 깊은 감명을 받았다.

'나도 김 선배처럼 되고 싶다. 민족에 대한 굳은 신념을 갖고 어느 곳에도 막히지 않는 해박한 지혜를 갖춘 그런 사람이…….'

김봉한은 자신을 따르는 김세욱에게 틈나는 대로 전통의학의 재정립과 현대화에 대한 필요성을 강조했다.

"여운형 선생과 김구 선생이 돌아가신 이 마당에 이승만정권에 기대할 수 있는 건 아무 것도 없어. 이승만은 양놈들만 떠받들고 민족의 미래에 대한 신념이 없다는 걸."

"그렇지만 김 선생님, 인민공화국은 온통 공산주의 붉은색으로 물들어 있고, 걸핏하면 사소한 일에조차 김일성 장군만 찾고 있는데 학문에 필요한 자유로운 연구 분위기가 만들어질 수 있을까요?"

"물론 나도 그런 점을 부정하지는 않아. 획일적이고 부자연스런 구석이 많기는 해. 하지만 그것이 과학기술분야에서는 좀 다르다구. 과학과 기술이 진리를 좇아가야지 공산주의나 김일성 장군을 좇아다니면 되겠나? 과학과 이념은 별개의 것이라구."

이런 식으로 김봉한은 김세욱의 우려를 해소시키곤 했다.

9월 25일에 접어들자 박격포소리와 콩볶는 듯한 기관총소리가 매우 가까이서 들려왔다. 아마도 시가전이 치열한 듯했다. 보건성 지도원은 다음 날 밤 후퇴를 단행한다고 알려 주었다.

9월 26일 밤, 서울대병원 앞마당에는 보건성 지프차와 트럭들이 늘어섰다. 더러 가족을 데리고 있는 직원들도 있지만 대개는 단신이었다. 아마 곧 가족들과 다시 만나게 되리라 기대하는 모양이었다.

트럭에는 병원의 설비와 직원들의 짐을 실었다. 사람들도 일부 올라탔다. 지프차에는 보건성 지도원, 병원장 그리고 고참의사들이 탑승했다. 젊은 의사와 간호사들은 트럭에 올랐다.

동승동, 종로, 수색을 거쳐 북쪽으로 질주하던 차는 일산과 문산을 거쳐 어디서인가 멈췄다. 인솔자가 모두 내리라고 했다. 임진강이 보였다. 인솔자는 저 강을 건너야 한다고 일행들에게 말했다.

배를 기다리고 있는데, 미군기가 어디서인지 번개처럼 날아들어 요란한 폭음을 내며 조명탄을 터트렸다. 지도원과 인솔자가 이리저리 뛰며 "엎드리시오"라고 소리쳐댔다. 사람들이 이리저리 흩어지는데 미군기는 대낮같이 밝아진 지상을 향해 사정없이 기총사격을 해 왔다.

미군기가 돌아가고 한참이 지나도 병원사람들은 일어날 줄을 몰랐다. 인솔자가 일일이 다니면서 일어나라고 해서야 겨우들 몸을 일으켰다. 일행은 잠시 후에야 정신이 드는지 "누구 다친 사람 없어요?"라고 서로 물었다. 다행히 크게 다친 사람들은 없었다.

일행이 임진강변에 몸을 숨기고 한참 있자, 강 건너 쪽에서 두 척의 거룻배가 물살을 헤치며 다가왔다. 배에 짐과 몸을 싣고 나서도 혹시 비행기가 나타나지 않나 걱정이었다. 뱃사공은 힘껏 노를 저었고 젊은 사람들이 그를 도왔다.

배가 빠른 속도로 미끄러져 가고 있을 때 서쪽에서 비행기 소리가 났다. 그 소리는 점점 가까워졌다. 사람들이 파랗게 질렸다. 뱃사공은 강 위에 배를 멈추고 "위장포를 쓰고 엎드려요!"라고 소리쳤다. 비행기는 조명탄을 터뜨리고 한참 동안 선회하면서 총알을 퍼붓다가 남쪽으로 사라졌다.

일행이 개성과 사리원을 지나 평양에 이르는 동안 수십 차례의 공습을 더 받았다. 이 과정에서 다행히 희생된 사람들은 없었으나 공습을 피한다고 밤길을 뛰다가 넘어지고 부딪혀서 다친 사람들이 나왔다. 지프차 한 대와 트럭 한 대가 박살이 나서 짐과 사람들이 좁은 공간에 끼어서 가야 했다. 일행은 몸과 마음이 매우 지친 상태로 평양으로 들어왔다.

미군기의 공습 때문에 밤에만 이동했고, 그나마 밤에도 공습 때문에 이동을 정지하고 몸을 피하는 경우가 다반사였기 때문에 서울을 떠난 지 이틀이 지난 9월 28일 새벽에야 평양 외곽에 도착할 수 있었다. 외곽 높은 지대에서 평양을 바라보니 공습의 피해가 심한 듯 곳곳에서 연기가 오르고 있었다.

일행은 평양시내의 평양의학대학 부속병원으로 들어가려 했으나 부속병원 건물이 폭격으로 폐허가 되었다는 말을 듣고 외곽의 큰 집에 일단 짐을 풀었다. 인솔자가 인근의 농가에 식사를 부탁하여 오랜만에 식사다운 식사를 했다. 그동안 잠을 제대로 못잤기 때문에 식사 후 잠에 떨어지는 사람이 많았다.

지도원이 공습이 좀 뜸해지면 시내로 들어갈 것이라고 하면서 현 위치에서 머문다는 것을 알려 왔다. 평양에서 식량과 취사원이 보충되어 일행들은 그런 대로 견딜 만하게 되었다.

그러나 미군기의 공습은 날이 갈수록 심해졌다. 평양에 대한 미군기의 폭격은 엄청난 것이었다. 밤낮을 가리지 않고 폭탄과 기총탄을 무차별적으로 퍼부어댔다. 평양시는 온통 불바다였다. 처참한 광경이었다.

10월 10일, 인민군 최고사령관 김일성의 '조직적인 후퇴'에 대한 특별방송이 있었다. 장황한 이야기였지만 요지는 평양까지 버리고 후퇴해야 한다는 것이었다. 방송이 나온 며칠 후 노동당 연락부의 지시를 받은 지도원이 의사와 간호사들을 모아 놓고 결정사항을 전달했다.

"우리 서울대병원 의료일꾼들은 이제 새로이 제2후방병원으로 재편성되어 안전지대인 평안북도 강계까지 이동하도록 명령받았습네다. 동무들을 특별히 배려하여 야전병원이 아닌, 후방병원으로 편성하도록 한 당에 감사해야 합네다."

이때부터 일행에게는 일선에서 후송되어 온 부상병들이 할당되기 시작했다. 총상을 입거나 포탄파편에 맞아 피투성이가 된 부상병들이 도착하기 시작했다. 일행들, 즉 제2후방병원 일꾼들은 비로소 활기를 띠었다. 부상병들로 봐서는 처참한 신세지마는 제2후방병원으로 봐서는 해야 할 일이 생긴 것이다.

10월 15일 밤, 다수의 부상병들이 포함된 일행은 지프차와 트럭편으로 평안남도 개천과 자강도 희천을 지나 강계로 향했다. 희천으로 가는 크고 작은 길에는 피난 인파로 가득 차 있었다. 희미한 달빛으로 보이는 큰 길은 자동차와 우마차로 장사진을 이루었고, 작은 길도 등짐을 진 주민들로 가득 찼다.

미군기들은 여기까지 따라와서 조명탄을 터뜨리고 공습을 했다. 피난 인파는 공습 때마다 수라장을 이루었다.

일행은 새벽에 희천역에 도착하여 한나절을 보냈다. 여기서 개마고원으로 들어가는 길목은 도로가 험하기 때문에 기차로 갈아타기로 했다. 노동당 연락부 소속 간부인 김관섭이 화물열차를 수배하여 두었다. 일행이 자정이 넘어 다시 화물열차를 타고 강계로 향했다.

화물열차는 비행기에 발견되지 않기 위해 불빛 한 점 내보이지 않고 잘도 달렸다. 일행은 모퉁이에 가마니를 깔고 모포를 뒤집어쓰고 앉거나 누운 채 달리는 화물열차에 몸을 맡겼다. 워낙 길이 험한 산악지대라 열차의 요동에 여러 번 중심을 잡지 못하고 나뒹굴곤 했다.

희천역을 떠난 일행은 10월 17일 이른 새벽, 강계에 도착했다. 이들은 역 대합실에서 대기하라는 김관섭의 지시에 따라 날이 밝기를 기다렸다. 강계역 주변은 피난민들로 난장판을 이루었다. 배낭을 멘 군인들, 이마와 손, 다리에 붕대를 감고 지팡이에 몸을 의지해 걷는 사람들, 욕설을 퍼부으며 패싸움을 벌이는 민간인들이 역광장에 꽉 찼다.

공습경보는 강계에까지 울리고 있었다. 비행기는 실제로 하루에 한두 번 정도 날아들었다. 주변에 포진한 대공포의 화력이 워낙 센지 비행기들은 폭탄을 몇 발 떨어뜨린 뒤 잠시 기총을 갈기고는 순식간에 달아났다.

노동당 연락부 안내책인 김관섭은 제2후방병원이 강계에서 북쪽으로 40km 더 떨어진 만포 인근으로 이동해야 한다고 했다. 제2후방병원은 10월 17일 밤, 김관섭의 인솔로 지프차와 트럭 편으로 초겨울의 찬 바람을 맞으며 만포로 향했다.

10월 18일 새벽, 제2후방병원 일행은 집들이 띄엄띄엄 서 있는 만포 인근의 한 산골동네로 들어섰다. 얼마 전까지 주민들이 살고 있던 집들을 병원으로 쓰기 위해 비우게 한 것 같았다. 제일 큰 집을 식당으로 쓰고 각 가옥에 대기실, 진찰실, 내과실, 외과실, 수술실, 제약실, 간호사실 등이 마련되었다.

우리나라 북쪽의 맨 끝에 놓인 국경도시 만포, 압록강이 국경을 이루고 있는 곳, 가파른 철길을 따라 오르는 기차가 경적을 멈추는 만포선 종착역, 거기에서도 멀리 떨어진 첩첩산중이었다. 그러나 심산의 맑은 공기와 수려한 풍경은, 그 옛날 도인들이 도를 닦던 곳이 아닌가 하는 느낌이 들기도 했다.

33
만포 제2후방병원-경락의 관찰

• • •

10월 1일 북진을 개시한 한국군과 10월 9일 38선을 돌파한 유엔군은, 하루 25km의 속도로 진격 10월 19일 평양을 점령한 후, 계속 북으로 진격했다. 한국군 6사단 예하부대는 10월 26일, 중공과의 국경인 압록강변 초산(楚山)까지 진입하여 압록강의 물을 떠서 '이승만 대통령께 드릴 선물'이라고 기세를 올렸다. 전쟁이 이북의 참담한 패배로 끝나는가 했다.

그러나 10월 19일 저녁, 팽덕회(彭德懷)를 사령관으로 하는 중국인민지원군26만 명은 3개 방향에서 비밀리에 이미 압록강을 넘어 전투지역으로 옮겨가고 있었다. 이들은 철저하게 밤을 틈타 산악을 행군했기 때문에 첫 전투가 벌어질 때까지 유엔군과 한국군은 전혀 이 사실을 몰랐다.

중공군의 3개 방향 진입 루트 중에서도 가장 큰 통로가 만포지역이었다. 중공군은 밤새 행렬을 지어 산골짜기로 한없이 들어갔다. 수만 명이 넘을 것 같았다. 이들의 행렬은 날이 밝을 때까지 이어졌다. 이튿날부터는 밤낮으로 중공군들이 이 길을 넘어갔다. 며칠 사이에 10만 명 이상이 지나갔을 것으로 보였다.

행렬에서 자동차는 한 대도 볼 수 없었다. 짐을 실은 작은 말들이 지나갔고, 군인들은 수류탄과 소총, 기관총, 박격포로 무장하고 있었다.

이 중공군 행렬 중에는 김봉한이 잘 아는 사람이 하나 섞여 있었다.

이 중공군 행렬 중에는 김봉한이 잘 아는 사람이 하나 섞여 있었다. 그는 바로 보성고보 시절의 동기생 이명식이었다. 그는 고보 5학년 때 상해 독립운동단체를 찾아 조국을 떠났었다. 독립운동을 위해 전 중국을 떠돌던 이명식이 중공군의 일원이 되어 북조선에 들어 온 것이다.

제2후방병원에는 예상과는 달리 후송되어 오는 부상병이 그리 많지 않았다. 워낙 구석진 후방에 있는데다가 후송 자체가 여의치 않았기 때문이었다. 주로 부상한 군관들이 후송되어 왔고 당과 내각의 고위급 간부들이 찾기도 했다.

11월 하순 어느 날, 일단의 노인들이 한 환자를 부축해서 제2후방병원으로 찾아왔다. 병원입구 접수창구로 쓰는 막사로 병원장 이정복이 직접 찾아가 인사를 했다. 고위층 인사들인가 하고 모두들 궁금해 하고 있는데 병원장이 내과 담당인 김봉한에게 특별한 당부의 말과 함께 환자를 맡으라고 지시했다.

김봉한이 나가서 보니 놀랍게도 노인들 중에 조헌영이 보였다. 나머지 인사들도 어디서 많이 본 듯한 얼굴들이었는데 기억을 더듬어 보니 남한신문에 사진이 자주 실리던 저명한 정지치인들이었다.

조헌영 이외의 노인들은 조소앙, 안재홍, 조완구, 송호성, 엄항섭 등 임시정부 요인들로서 남한에서 한국독립당과 국민당을 이끌던 지도자들이었고, 환자는 김규식이었다.

김봉한과 조헌영은 서로 너무나 반갑고 놀라웠다.

"조 선생님, 여기서 이렇게 뵐 줄은 꿈에도 생각 못했습니다."

"그러게나 말일세. 여기서 자네를 만나다니, 정말 꿈만 같구만. 우선 김규식 선생님을 좀 돌봐 드리게나. 자초지종은 차차 이야기하자구."

김규식은 김구와 함께 상해 임시정부를 이끌어 왔던 독립투사이자 미국에서 철학박사학위를 딴 학자로서 김봉한도 평소에 존경하는 인물 중의 한 사람이었다. 그는 좌익도 우익도 아닌, 민족지향의 양심적 지도자였는데, 1948년 4월 남한의 단독정부 수립을 반대하며 김구와 함께 평양에 가서 남북협상을 벌이기도 했다.

김규식의 몸은 이미 쇠약해질 대로 쇠약해진 상태였다. 그는 개마고원의 찬 바람을 맞으며 북상하는 동안 지병인 천식이 악화되어 있었고, 음식을 거의 먹지 못해 기력이 소진된 상태였다. 납북인사들 중에는 고난의 행군과 이북의 매서운 찬 바람을 이기지 못하고 이미 사망한 사람도 있었다. 폐결핵이 악화되어 들것에 얹혀 경비병들에 의해 수송되던 춘원 이광수도 1950년 10월 25일, 지병이 악화되어 만포면에 가까운 어느 고개에서 숨을 거두었다.

김봉한의 판단으로는 김규식이 이미 때를 놓친 듯했다. 더군다나 병원에는 양식이라고는 조와 보리가 대종을 이루었고 쌀은 구경하기도 힘든 상태여서 양질의 영양을 공급할 수가 없었다. 김규식을 포함한 노인들은 대개 서울에서 북한요원들에 의해 연행되어 연금 상태에 있다가 9·28퇴각 때 북으로 이송되었다.

북한이 이들을 납북한 이유는 주로 정치적 목적에 이용하기 위함인 듯했다. 이들 명망 있는 인사들이 북한의 체제와 북한의 통일 정책을 지지한다는 것을 외부에 알림으로써 입지를 강화하고 민심을 끌어들이자는 목적이었다.

납북된 인사들은 모두 40여 명으로 병원과 그리 멀리 떨어지지 않는 마을에 기거하고 있었다. 서울에 있을 때 조헌영은 보수우익인 한민당의 핵심적 지도자로서 김규식, 안재홍, 조소앙 등의 민족중립 노선과는 상당히 대립해 있는 상태였다. 그러나 같이 납북되어 이곳까지 오는 동안 같은 배를 탄 동지라는 의식이 생겼다.

김봉한이 최선을 다했지만 꺼져가는 생명을 다시 살릴 수는 없었다. 전쟁 미망인인 간병하는 아주머니가 따뜻한 좁쌀 미음을 한 숟가락이라도 더 떠 넣어 주려 하는 모습이 애처로웠다. 김규식은 같이 납북되어 자신을 헌신적으로 돌보아 온 비서관 권태양과 김봉한에게 유언과도 같은 말을 남겼다.

"내 평생 민족의 독립과 통일을 위해 바쳤는데 나라의 통일도 못해 놓고 이렇게 눕게 되었으니…… 내 나이 70이지만 나라를 통일시켜 놓고 기뻐하는 남북겨레들의 얼굴을 보고 죽었으면 여한이 없으련만……"

"내가 일어나지 못하고 이대로 쓰러지면 조국통일의 완성은 누가 해 줄 것인가. 우리는 반드시 통일을 해야 해. 남도 북도 같은 민족이고, 좌익도 우익도 같은 민족이야. 조상과 핏줄이 하나인 민족이 왜 통일을 할 수 없겠는가. 반드시 할 수 있다는 신념을 가지고, 꼭 해야 한다는 의지와 책임감을 갖는 것이 무엇보다 중요해."

"민족의 지도자로 자처하고 있는 많은 사람들이 그런 신념과 책임감을 통감하고 나라와 민족의 이익을 앞세우고 개인을 희생할 줄 알아야 하는데, 그렇지 못한 것이 통탄할 일이지. 일부 지도자들이 개인의 정권욕 때문에 통일도 못하고, 민족끼리 피를 흘리며 싸워야 하는 이 참극을 가져왔으니 생각하면 비분을 금할 수 없어."

김규식은 목이 메인 듯 여러 차례 말을 잇지 못했다. 점점 기력이 없어져 혼수상태에 이르러서도 그는 '조국'과 '통일'이라는 말을 되뇌었다.

1950년 12월 10일, 북방의 겨울답지 않게 햇볕이 포근하게 내리쬐던 날, 김규식은 70평생을 마감했다. 김봉한과 간병인이 그의 임종을 지켰고 잠시 자리를 비웠던 권태양이 뛰어 들어와 통곡했다. 김봉한도 민족을 위한 그의 생애에 경의를 느끼며 눈물을 흘렸다.

남북된 인사들이 연이어 찾아와서 무릎을 꿇고 흐느끼며 고인의 명복을 빌었다.

조소앙은 "이 양반아, 이렇게 가면 어떻게 해요. 여기가 어딘데 통일도 보지 않고 어떻게 눈을 감을 수 있단 말이오. 통일을 누구에게 맡기고 혼자만 떠났소."라고 울부짖으며 싸늘한 시신을 붙잡고 흔들었다.

부수상 홍명희를 비롯하여 김원봉, 최창익 등의 북한고관들이 찾아와 분향하고 명복을 빌었다. 노동당 연락부 부장 박금철도 조문을 왔는데, 돌아가는 길에 김봉한과 짧은 담소를 나누었다. 그는 북한의 내각과 인민위원회도 만포 근처로 피난와 있다고 전해 주었다.

인민위원회 위원장 김두봉 등은 화환을 보내어 조의를 표했다. 북한당국은 홍명희를 위원장으로 하는 장례위원회를 구성하여 성의 있게 장례를 치러 주었다. 김규식이란 인물의 비중을 알 수 있게 하는 대목이었다.

1948년 4월, 민족의 장래를 염려하여 38선을 넘어 평양에 왔던 남한의 남한의 남북협상파 4요인들이었던 김구, 김규식, 조소앙, 홍명희의 운명은 서로 판이하게 달라져 버렸다.

불후의 명작인 ≪임꺽정≫의 작가 홍명희는 평양에 왔다가 서울로 돌아가지 않고 주저앉았다. 홍명희의 열렬한 애독자였던 김일성 수상은 그에게 부수상 자리를 주었다.

서울로 돌아간 김구는 다음 해인 1949년 6월, 극우 군인에게 암살되었다. 김규식은 그 다음해인 1950년 12월, 납북된 상태에서 사망했다. 그리고 같이 납북된 조소앙은 그의 장례식에서 통곡하고 있었다.

김규식의 장례 이후 조헌영은 가끔씩 김봉한을 찾아와 담소를 나누고 돌아갔다. 조헌영을 비롯한 납북인사들은 여전히 연금상태에 있어서 활동이 자유롭지 못했지만, 김봉한이 박금철에게 특별히 부탁하여 조헌영이 어느 정도 자유롭게 움직일 수 있도록 했다.

조헌영은 납북인사들이 연금상태에 있기는 하지만 대접은 잘 받고 있는 편이라고 알려 주었다. 납북인사들은 북한당국에 여러 차례 서울로 돌려 보내 줄 것을 요구했으나 관철되지 못하고 있다고 했다. 보수우익인 한민당 소속인 자신은 물론이고 조소앙, 안재홍 등의 중립적 지도자들조차도 서울로의 귀환을 간절히 기대하고 있다고 했다. 서울에 가야만 자신들의 입지가 생기기 때문이었다.

북한당국이 납북인사들에게 북한에서의 일정한 정치적 위치를 보장해 주겠다고는 하지만 그 말을 믿는 사람은 아무도 없었다. 북한에서는 이미 김일성을 중심으로 한 노동당 이외에는 그 어떤 정치세력도 존재할 수 없고, 설혹 있다고 하더라도 그것은 들러리에 불과하다는 것을 납북인사들은 잘 알고 있었다.

1950년 12월 5일, 라디오에서 조선중앙방송 아나운서는 힘찬 목소리로 평양 탈환 소식을 알렸다.

"우리 조선인민군과 중국인민지원군이 청천강과 함흥 이북 계선까지 침입했던 미군과 남조선 괴뢰군을 청천강 계선과 덕천 계선, 장진호 근방과 함주 계선에서 포위 섬멸하여 평양을 해방시켰습니다."

중공군과 인민군은 12월 25일, 38선을 넘어 남진을 계속, 1951년 1월4일 서울을 다시 점령했다. 그러나 대전까지 밀렸던 유엔군과 한국군은 곧바로 반격에 나서서 서울을 다시 점령했다. 이때부터 양측은 38선에서 서로 밀고 밀리는 이른바 '톱질전쟁'을 계속했다.

김봉한의 심정은 착잡했다. 격전을 치르고 있는 동안 동포들이 얼마나 많은 희생을 당했을 것인가. 동족끼리 피흘리며 싸우는 이 전쟁에서 외세까지 개입해서 확대된 살육전을 감행하고 있으니 얼마나 처참한 일인가. 김봉한으로서는 전쟁이 어서 빨리 끝나서 학문에 매진할 수 있게 되기를 기대할 뿐이었다.

1951년 봄부터는 동구권 여러 나라들에서 의료지원단이 들어오기 시작했다. 동독, 폴란드, 체코, 헝가리, 루마니아의 의사와 의약품이 들어왔다. 소련은 비밀리에 직접적인 군사개입을 하고 있었기에 국제여론을 감안해서인지 의료지원단은 보내지 않았다.

제2후방병원에는 동독의 의료지원단이 별도의 조직으로 배속되었다. 나머지 국가들의 의료지원단은 제1, 제3후방병원에 배속되었다.

제2후방병원에는 숫자는 많지 않았지만 부상병들이 끊임없이 후송되어 오고 있었다. 부상은 거의 모두 총상을 입거나 포탄의 파편을 맞은 것이었다. 따라서 내과 담당인 김봉한도 이러한 부상병을 맡아야 할 경우가 많았다. 총알이 박혀 있으면 빼내고 총알이 관통했으면 지혈과 처치를 했다.

부상 중에서도 가장 치명적인 부상은 가슴에 총알이나 포탄파편이 박혀 있는 경우였다. 다른 부분에 박힌 파편은 생명에 위협을 주지는 않지만, 가슴, 특히 심장 근처의 파편은 생명을 위협하기가 일쑤였다. 이러한 부상병들 중 김봉한 팀에게 1주일에 1~2명이 할당되었다.

내과전문의 자격을 딴 후로는 수술해 본 경험이 거의 없는 김봉한으로서는 매우 조심스럽게 수술에 임해야 했다. 마치 실습생 시절로 되돌아간 듯했다. 하지만 뛰어난 의대생이었던 김봉한은 곧 외과전문의 못지않게 능숙한 솜씨로 수술할 수 있게 되었다.

수술의 횟수가 늘어가면서 김봉한에게는 하나의 풀리지 않는 의문이 생겼다. 가슴과 복부의 총탄 제거수술을 할 경우 꼭 알 수 없는 조직이 눈에 띄었다. 그것은 가슴과 복부 내부의 장기 주변에, 특히 심장 주변에 많이 분포되어 있는 희뿌연 거미줄 같은 조직이었다.

그것은 어떠한 의학잡지나 논문에서도 보지 못했다.

그 조직은 어느 정도의 질서와 체계를 갖추고 있는 듯했기 때문에, 무시할 수 없는 중요한 조직으로 보였다. 그것이 장기들 근처에 집중분포되어 있었기 때문에 김봉한으로서는 수술이 더욱 신중해질 수밖에 없었다. 그 거미줄 같은 조직이 다치지 않도록 신경을 써야 했기 때문이다.

시일이 지나면서 제2후방병원에는 특이한 현상이 생기기 시작했다. 그것은 치명상을 입은 부상병들 중 외과에 할당된 환자보다 내과에 할당된 환자들의 소생률이 높다는 사실이었다. 이것은 누가 봐도 이상한 현상이었다. 수술전문인은 외과의다. 따라서 외과팀 환자의 소생률이 높아야 하는데 거꾸로 되어 있는 것이다.

또 하나의 주목할 만한 현상은 내과에 맡겨졌던 부상병은 불구가 되는 일이 드물다는 것이었다. 총상을 입어 뼈를 상했을 경우 뼈가 잘 붙지 않고 염증이 생기거나 하면 외과의들은 으레 다리를 절단했다. 염증이 퍼져서 사망하는 것을 방지하기 위함이었다. 그러나 김봉한의 내과팀은 비록 염증이 생기더라도 쉽게 절단하지 않았다. 처치를 계속하면서 기다렸다. 그러다 보면 어느 새 염증이 사라지고 뼈가 붙어서 정상으로 회복되곤 했다.

김봉한이 절단이나 제거라는 극단적인 수단을 보류하는 데는 나름대로 믿는 구석이 있었다. 그것은 우선 자신이 경성제대 의학부를 졸업하고 처음으로 의사에 입문하기 직전 아버지가 들려 준 '인체의 자연치유력'에 대한 조언 때문이었다.

다음으로 그는 서울대학병원 시절 미군 군의관이 가져다 준 제2차 세계대전에 관한 자료를 본 일이 있었다. 그 자료에는 전쟁 중에 치명적인 중상에서 회복되거나 참을 수 없는 고통에 아랑곳하지 않고 투병을 했던 병사들의 사례가 수집되어 있었다. 영국 육군의 군의관이었던 비치(H. K. Beeche) 중령은 제2차 세계대전 후에 그러한 사례를 225가지나 보고하고 있었다.

김봉한이 부상병들에게 이러한 회복의 믿음을 심어 주려고 애쓴 것이 병사들의 정상적인 회복에 도움을 준 것이 분명했다. 워낙 의약품이 부족했기 때문에 김봉한은 생약초를 쓰는 일이 많았다. 생약초는 아버지의 약초채취 여행을 따라 다니면서 어느 정도 눈에 익혀 둔 바 있었다. 그는 개마고원 기슭에 널려 있는 쑥, 칡, 당귀, 복령 등을 채집해다가 사용했다. 이러한 방법이 상처의 소염과 회복에 더욱 도움이 된 듯했다.

제2후방병원의 특이한 현상은 동독의 의료지원단장 베르크만(H. Bergmann)이 본국에 보내는 활동보고서를 작성하기 위해 인용한 제2후방병원의 업무통계에서 관찰되기 시작했다. 베르크만은 이러한 사실을 제2후방병원에서 매주 열리는 양국 협력회의에서 발표했다. 그러나 대부분의 다른 의사들은 우발적인 것이라 생각하고 그렇게 관심을 두지 않았다.

내과를 이끌고 있는 김봉한은 그 이유에 대해 생각해 보았다. 제2후방병원의 내과가 부상병을 다루는 데 있어서 외과와 뚜렷이 다른 점은 첫째 가급적이면 수술을 하지 않고 치료하려는 경향이 있고, 둘째 수술을 하더라도 매우 조심스럽고 신중하게 한다는 점이었다. 후자의 이유는 김봉한이 그 정체를 모르는 조직을 의식하고 있었기 때문에 더욱 그런 것이었다.

하루는 베르크만이 내과에 와서 김봉한의 수술 광경을 관찰했다.

김봉한은 수술 도중에 베르크만을 위해 특별히 핀셋이나 수술칼로 여러 차례 장기 부근에 분포되어 있는 거미줄 같은 조직을 가리켰다. 수술 도중이라 말을 하지 못하는 상태에서 그것이 중요한 것으로 보인다는 의사를 전달했던 것이다.

수술 후에 둘은 토론을 했다. 김봉한이 학창시절에 통달한 바 있는 독일어로 먼저 말문을 열었다.

"아까 핀셋으로 가리킨 조직은 나는 어떠한 책에서도 본 일이 없습니다. 그러나 그것은 살아 있는 중요한 조직이라는 느낌을 갖게 합니다. 그래서 우리는 수술할 때 그것이 다치지 않도록 주의를 한다는 것이 외과 수술과의 차이점일 것입니다. 유럽에서는 그런 조직에 대해 연구된 것이 있습니까?"

"당신이 여러 번 가리키길래 유심히 보았는데, 나도 수술 시에 본 적이 있어요. 그리고 가끔씩 학회의 논문에서도 그 조직에 대한 연구가 눈에 띕니다. 그러나 이렇다 하게 결론이 내려진 것은 없습니다. 분명한 점은 유럽의 의학자들이 그 조직을 그렇게 중요한 것으로는 보고 있지 않다는 것이지요."

"흐음, 역시 유럽의 의사들도 관찰한 바가 있군요. 하지만 저는 생각이 다릅니다. 저는 그 조직이 상당히 중요한 기능을 갖고 있다고 느끼고 있습니다. 결정적인 예를 하나 들겠습니다. 불행한 일이기는 하지만, 수술 도중에 환자가 사망할 경우, 그 조직이 급속하게 위축된다는 사실입니다. 아마도 이 조직이 생명의 유무와 깊은 관련이 있지 않나 추측합니다."

김봉한의 이 말을 듣고 베르크만은 상당히 놀라는 표정이었다.

"만약에 그것이 사실이라면, 바로 그것이 당신 팀에서 수술 후에 소생하는 부상병이 많은 이유인 것 같군요. 그런데 정말 그 조직을 설명하는 문헌이 전혀 없을까요?"

"확신할 수는 없지만 동양전통의학에서 이야기하는 경락이라는 개념과 무슨 관련이 있지 않나 추측됩니다. 경락은 피부와 장기를 서로 연결하고 있다고 하는데, 그 경락의 주요 지점인 경혈에 침을 꽂아 치료하는 것으로 되어 있습니다."

김봉한은 이해를 돕기 위해 손짓을 섞어가면서 설명했다.

"오호, 그거 재미있는 설명인데요. 그렇다면 그 조직을 한번 전자현미경으로 관찰해 보는 것이 어떨까요?"

"전자현미경이라구요? 학창시절에 그것이 독일에서 개발되었다는 소식은 들었습니다만, 지금 실용화되어 있습니까?"

김봉한이 반색을 하며 물었다. 전자현미경은 그가 오래 전부터 매우 탐내 왔던 연구장비였다.

"실용화되어 있습니다. 그러나 워낙 고가(高價)이고 작동이 까다로워 극히 일부의 연구소에만 보급되어 있습니다."

"전쟁이 끝나면 전자현미경으로 그 거미줄 같은 조직을 꼭 관찰하고 싶습니다. 나중에 베르크만 박사님께서 도와 주시기를 기대하겠습니다."

베르크만은 그러겠다고 약속을 하고 돌아갔다. 베르크만은 김봉한에게서 강렬한 인상을 받았다. 김봉한은 서양의 학문을 맹신만 하지 않는 매우 주체성 있는 의학자였다.

김봉한은 자신을 따라와 내과에 배속되어 있는 후배 김세욱과 마주 앉았다.

"아무래도 우리가 관찰한 그 거미줄 같은 조직이 동양의학의 경락이라는 개념과 관련 있는 것이 분명해. 자네두 왜 그 거미줄 같은 조직이 싱싱하면 부상병이 죽지 않는다는 것을 여러 번 경험하지 않았나. 그토록 중요한 기능을 갖고 있기 때문에 동양에서 그것을 오래 전부터 중요하게 여긴 것 같애."

사실상 그 거미줄 같은 조직의 상태가 양호하면 회복되는 확률이 많았고, 거미줄 같은 조직의 상태가 시원찮으면 생명을 잃는 경우가 많았다. 그러기 때문에 김봉한팀은 수술시에 그 거미줄 같은 조직을 다치지 않으려고 더욱 신경을 쓸 수밖에 없었다.

"그렇다면 선생님께서 전부터 말씀해 오신 전통의학의 과학화문제가 실마리가 잡힌 셈입니다."

34

평양 귀환

• • •

38선을 가운데 두고 서로 밀고 밀리는 톱질전쟁이 한창이던 1951년 여름, 병원에는 한 장령(장성)이 후송되어 왔다. 원무과 직원이 말하는 것을 들으니 제5군단 부군단장이라고 했다. 부대 이동을 지휘하다가 폭탄의 파편을 맞은 것이라 했다. 장령의 이름을 들으니 어딘가 귀에 익은 듯한 이름이었다.

이명식, 김봉한이 알고 있는 이명식은 보성고보 시절 유난히 민족의식과 의협심이 강한 친구였다. 그는 학교를 졸업하지 않은 채 상해로 독립운동단체를 향해 떠났다.

그래도 혹시나 해서 이명식이 입원해 있던 병동으로 찾아갔다. 그런데 이게 웬일인가? 그는 바로 보성고보 동기생 이명식이었다. 보다 강인한 인상으로 바뀌었을 뿐, 옛 모습을 그대로 갖고 있었다. 다행히 그의 부상은 크지 않았다.

“이봐, 명식이, 나를 알아 보겠나? 나, 보성고보 동기생 김봉한이야.”

이명식이 김봉한을 알아보는 데는 많은 시간이 걸리지 않았다.

“아니, 이거 보성고보 수재 김봉한 아닌가? 자네가 여긴 어쩐 일인가?”

“나야 의과대학 나와서 의사 자격증 있으니 병원에서 의사 노릇하는 것은 당연한 일이네만, 자네야말로 어떻게 해서 인민군 장령인가?”

이명식이 그동안의 역정을 간략하게 설명했다. 그는 민족 지도자들의 방침에 따라 장개석이 세운 황포군관학교를 졸업하고 장개석 정부군 장교 노릇을 하다가, 나중에 항일전을 위해 중공 홍군에 가담했다. 그는 일제가 항복한 후에도 조선으로 귀국하지 않고, 만주 지방에서 중국 해방전쟁을 계속했다. 중국 해방전쟁이 끝나고 쉬고 있던 중, 한국전쟁이 발발하여 중국 인민지원군의 일원으로 보성고보 선배 방호산과 함께 조선인부대를 이끌고 북조선에 들어 온 것이었다. 방호산부대가 서부전선을 잘 방어하는 등 많은 공을 세운 뒤, 방호산부대는 인민군 제5군단으로 편입되었고, 방호산이 군단장, 이명식이 정치위원에 임명된 것이다.

명식이 입원해 있는 동안 둘은 많은 얘기를 나누었다. 김봉한은 마치 소설과도 같은 명식의 중국에서의 파란만장한 역정을 들었고, 명식은 김봉한의 전통의학 연구에 대한 열정을 알게 되었다. 명식은 부상이 어느 정도 회복되자 다음에 평화 시에 만날 것을 기약하고, 아직도 전투가 치열한 전선으로 복귀했다.

1951년 9월 1일, 제2후방병원의 평양 귀환명령이 떨어졌다. 아마도 중공군의 지원을 얻은 북한이 북으로 밀리지 않겠다는 자신감에 의한 조치인 듯했다. 사람들은 물 맑고 경치 좋은 곳을 떠난다는 아쉬움이 있기는 했지만, 수도로 다시 입성한다는 데 마음이 설레었다.

부지런히 짐을 꾸려 지프차와 트럭에 올렸다. 1년 전 이곳에 올 때보다는 인원과 짐이 훨씬 불어나 있었다. 간호사를 포함한 인력이 현지에서 많이 보강되었고, 동독에서 보내 온 설비와 약품이 늘어나 있기 때문이었다.

강계에 도착했을 때는 이미 해가 저물었다. 강계에서 저녁식사를 하고 비행기 공습을 피해 밤길을 달렸다. 희천까지는 비행기 소리를 들을 수 없었다. 그러나 희천을 지나니 불시에 비행기들이 나타났고, 일행은 그때마다 도로를 벗어나 숲속으로 피신해야 했다.

일행은 이튿날 새벽, 평양 교외인 대동군 시족면 성문리에 도착했다. 거기에도 역시 농촌 소지주(小地主)의 비교적 큰 가옥을 비롯하여 몇 채의 가옥이 병원건물로 사용될 예정이었다. 아직도 평양시내에는 공습이 심해서 들어가기가 어려웠다. 일행들이 짐을 부리고 있는 사이에도 평양시와 주변 농촌, 도로와 철도에 대한 폭격이 10여 차례나 감행됐다.

노동당 연락부에서 나온 지도원에게 평양시내의 상황을 물었더니 평양은 미군 공습에 의해 폐허가 되었다고 했다. 지상에 있는 모든 건물과 구조물들이 폭격을 맞아 철저하게 파괴되었다면서 미국은 지구상에서 가장 악랄한 집단이라고 저주를 퍼부었다. 그러함에도 인민들은 지하 방공호를 깊이 파놓고 평양을 사수하고 있다고 덧붙였다.

병원의사들의 숙소도 병원 가까운 곳의 가옥 여러 채를 빌려 사용했다. 기혼 의사들은 집 한 채에 두 가구씩 들었다. 단신 월북한 의사들은 대개 제2후방병원의 간호사 중에서 짝을 찾아 가정을 꾸리고 있었다. 김세욱을 비롯한 몇몇은 아직 가정을 이루지 못하고 있었다. 김봉한은 남한의 처자식을 생각해서 독신을 고수했다.

김봉한과 김세욱은 다른 미혼 젊은 의사 몇 사람과 함께 집 한 채에 들었다. 젊은 미혼 의사들은 퇴근 후의 저녁시간이 무료하기 일쑤였다. 1주일 중 4,5일은 연장근무와 사상교육으로 채워지지만 나머지 하루이틀은 무료한 시간이었다.

하루는 의사들 사이에서 겁도 없이 평양시내를 구경하자는 제안이 나왔다. 대세가 구경을 하자는 쪽으로 기울어 모두들 평양 쪽으로 나섰다.

놀랍게도 처절하게 파괴되어 있기는 했지만, 평양 시내에는 시장이 서고 있었다. 밀주를 파는 술집도 있었다. 월급을 받기는 하는데 딱히 쓸 데가 없는 홀아비 젊은 의사들은 밀주를 사 마시면서 떠들고 노래 부르는 등 취기를 만끽했다.

이들은 밀주를 숙소로까지 가져와 마셨다. 참으로 오랜만에 잠시나마 처참한 동족상잔의 악몽에서 벗어난 듯했다. 그러나 이들은 결국 가족과 고향, 희생된 동포들을 생각하며 통곡하고 말았다.

제2후방병원에서 멀지 않은 곳에 노동당과 정부의 고위간부들이 집무실 겸 거처로 쓰고 있는 지하 방공호가 자리잡고 있었다. 북한당국은 간부들이 행정업무를 안전하게 집행할 수 있도록 지하안가

(安家)도 마련하고 있었다.

역시 제2후방병원에서 멀지 않은 곳에 조소앙, 안재홍, 조헌영을 포함한 납북요인들의 거처가 있었다. 그들은 만포에 있을 때보다는 비교적 자유로운 상태였다. 조헌영은 가끔씩 병원에 와서 김봉한을 만나 많은 이야기를 나누었다.

김봉한은 뜻있는 의사들이 동의학을 공부하려 해도 교재가 부족하다는 말을 했다. 조헌영은 그렇다면 자신은 여기서 특별히 하는 일도 없고 하니 동의학 고전을 국역하는 일을 하는 것도 괜찮겠다고 말했다.

조헌영은 엄격한 한학자 집안에서 자라나서 한문에 능했다. 게다가 와세다대학에서 영문학을 전공하여 일어와 영어에도 능통했다. 그는 보기 드문 탁월한 언어학자라 할 수 있었다. 더군다나 동의학을 독학하여 어느 정도 윤곽을 잡고 있는 터였다. 따라서 동의학 고전을 번역하는 데 있어서 그 누구보다도 적임자였다.

조헌영은 남한정부에서 국회의원과 헌법기초위원 등 고관을 지낸 사람으로서 사실상 북한에서는 1차적으로 '반동'으로 분류되는 대상이었다. 그러나 북한에서도 조헌영이 신간회사건과 조선어학회사건으로 고초를 겪은 독립투사라는 것이 잘 알려져 있었다. 또한 한의학 부흥운동을 지도했다는 것과 〈통속 한의학 원론〉의 저자라는 것을 아는 사람들이 많아서 입지가 그리 나쁘지는 않았다.

마침 노동당 중앙당에서는 납북요인들에게 적당한 일거리를 주려고 하고 있었다. 그중에서 당시로서 가장 적합한 것이 고전국역 사업이었다. 납북요인들은 모두 정치인이기에 앞서 높은 학문을 한 학자들이었다. 어렸을 때는 한학을 공부하고, 커서는 신교육을 받았으며, 구미에 유학한 인사도 상당수 있었다.

당국에서는 납북요인들에게 〈리조실록〉을 포함한 상당량의 고전을 보내 왔고, 그중에는 〈동의보감〉과 같은 의서(醫書)도 포함되어 있었다.

북한의 역사적인 고전국역 사업은 바로 이때부터 납북인사들에 의해 시작되었다. 북한이 오늘까지도 자랑하는 업적 중 하나가 바로 이 고전국역 부분이다. 훗날 남한의 학자들도 그 번역의 방대함과 충실함에 놀라움을 금치 못했다.

조헌영이 동의학 고전국역의 책임을 맡은 것은 그의 운명을 다른 납북인사들과는 판이하게 다르게 만들었다. 그는 이때부터 이 부분의 최고권위자로 자리를 잡아, 무려 40년 가까이 북한에서 대우받는 생활을 하다가 세상을 뜬다.

한편 제2후방병원이 만포에 있을 때부터 시작된 특이한 현상, 즉 내과에 할당된 부상병들이 소생하거나 회복되는 비율이 높은 현상은 평양 교외에 와서도 계속되고 있었다.

이러한 사실은 일선 인민군 지휘관들 사이에 먼저 알려졌다. '심한 부상을 당한 부하들이 제2후방병원에 가서 살아났다'는 이야기가 나돌았다.

"제2후방병원의 내과는 약품은 가장 적게 쓰면서도 병사들은 가장 잘 회복시킨다."

이러한 사실은 결국 당과 군의 고위층에까지 알려지게 되었다. 로동신문에 "남반부 출신의 김봉한이란 의사가 있는 제2후방병원 내과는 영용한 인민군의 생명을 구하는 데 혁명적으로 헌신하고 있다.

의료사업에서 우리 모두 김봉한 의사를 따라 배우자!"는 내용의 기사가 게재되기도 했다.

김봉한은 그동안의 임상경험을 하나의 논문으로 엮어서 의학간행물에 발표했다. 논문의 제목은 〈흉부외과 수술시 장기 주변에 보이는 망상조직에 대하여〉였다. 논문의 요지는 "흉부외과 수술 시에 반드시 장기 주변에 어느 정도의 망상조직이 보인다는 것과 수술 시에 이 망상조직을 조심스럽게 다룸으로써 수술 후의 경과를 좋게 만들었다"는 것이었다.

김봉한은 당의 권유로 이 논문을 소련과학아카데미 간행물에도 기고했다. 소련과학아카데미는 세계 최대규모의 과학연구소로서 동구권의 우수한 과학자들을 배출하던 곳이었다. 소련과학아카데미 간행물 편집책임자는 김봉한의 논문을 주목할 만한 것이라 평가하고 간행물에 게재했다. 이로써 김봉한의 이름은 소련과 동구권에까지 널리 알려지게 되었다.

김봉한의 명성이 퍼져 나가자 대남업무를 총괄하고 있는 노동당 연락부장 박금철은 가슴이 뿌듯해졌다.

"내가 높은 점수를 주어 월북시킨 의사가 결국은 제 몫을 단단히 하는구만."

하루는 김일성 수상이 자신의 측근 중에 측근인 박금철에게,

"남반부 출신의 김봉한이란 의사레 어드런 인물이오?"라고 물어오자,

"아, 예, 보통 사람이 아니란 것을 알아게지구서리 제가 특별히 월북시킨 사람입네다"라고 공치사 섞인 설명을 했다.

이로써 김봉한은 북한의 최고위층에까지 강렬한 인상을 남기고

그 이름을 기억하게 만들었다.

제2후방병원이 평양 교외로 이동한 뒤에도 부상병이 예상보다 많이 오지는 않았다. 그것은 아마도 전선의 대부분을 책임지고 있던 중공군이 부상병을 자체적으로 처리했기 때문인 듯했다. 게다가 1951년이 저물어 가면서 휴전협정으로 전선이 교착상태에 빠져 대규모 전투가 없기 때문이기도 했다.

35
과학자 대회

• • •

1952년 어느 날, 병원장 이정복은 김봉한을 호출해서 종이쪽지 한 장을 건넸다. 받아 보니 과학자대회 참가증이었다. 4월 27일 평양에서 과학자대회가 열리는데 의과학 분야 대표로 참가하라고 했다. 유능한 의학자로 명성을 날리고 있는 김봉한이 참가하는 것은 당연한 일이었다.

병원장 이정복도 김봉한이 장래성 있는 후배라는 것을 경성제대 시절부터 알고 있는 터였다. 그가 서울대병원 원장으로 있을 때 한국전쟁이 터졌고, 그의 영향 아래 많은 의사들이 월북했다.

4월 27일, 김봉한은 모란봉 지하극장으로 안내되었다. 폭격 속에서도 지하에 그런 시설을 건설했다니 정말 의외였다. 무대와 약 500석의 관객석이 정연하게 마련된 꽤 큰 규모의 공연장이었다. 객석은 전국에서 모인 과학자들로 꽉 차 있었다.

김봉한은 거기서 반가운 사람들을 만났다. 이승기 박사, 도상록 교수, 여경구 교수 등이 모두 거기에 와 있었다. 너무도 반가워서 서로 얼싸안고 눈물을 흘렸다. 이들은 이승기 박사가 서울대병원에 입원해 있을 때 문병 와서 학문과 시국에 대해서 함께 토론했던 사람들이었다. 대회장에는 일제 때부터 명성을 날리던 농학자인 계응상 박사와 생물학자 원홍구 박사의 얼굴도 보였다.

모두들 먼저 월북한 사람들로서 김봉한을 환영해 주었다. 그리고 최근 의학계에서의 활약에 대해서도 치하해 마지않았다. 이들은 모두 전쟁 중이지만 활기에 찬 얼굴들이었다. 그들 모두 과학자로서 무엇인가 하고 싶은 연구에 몰두해 있다는 반증이었다.

이승기 박사는 북한당국의 특별한 배려로 흥남 북방 약 50km 떨어진 산악지대 지하동굴에 마련된 연구소에서 비닐론의 공업화에 대한 연구를 하고 있다고 했다. 일본에 있을 때 비닐론 공업화 준비가 끝났으나 북한에 오니 원료공급이 여의치 않아 다른 원료를 사용할 수 있도록 공정을 바꾸는 연구를 하고 있다고 했다.

도상록 박사와 여경구 박사는 평양 인근의 김일성종합대학교 가건물에서 강의와 연구를 하고 있었다. 도상록 박사는 특히 방사성 동위원소에 대한 연구에 상당한 진척이 있다고 전해 주었다.

전쟁 중임에도 불구하고 과학자대회의 열기는 대단했다. 그 대회는 3일간이나 계속되었는데, 발표할 성과가 많아서 일정을 오래 잡은 것이었다. 내각 산업상이 개회인사에서 인상적인 말을 남겼다.

> "과학자가 달성하는 성과는 조국의 중공업과 경공업, 농업의 미래를 보장하는 담보입니다. 과학자란 원래 미지세계의 단단한 철

문을 깨부숴 그 안에 감추어져 있는 비밀을 만천하에 드러내는 것을 임무로 합니다. 따라서 과학자는 항상 미래를 탐색하며, 미래세계에 살고 있는 인간입니다. 이러한 의미에서 과학이란 꿈의 학문이며, 과학자란 꿈 많은 인간이기도 합니다. 따라서 과학자는 조국의 미래를 꿈꾸는 사람이 아니면 안 됩니다."

이어서 각 분야의 연구성과들이 우레와 같은 박수 속에서 속속 발표되었다. 많은 연구가 전후의 부흥건설에 대한 것이었다. 중공업부에 있는 한 기사는 작년부터 여러 지역에 대규모의 기계공장을 세우고 있으며, 이 공장들이 준공되면 여기에 모인 과학자들의 모든 연구 성과를 공업화할 수 있는 자립적인 역량의 축적이 가능하다고 말했다. 그러자 장내에 우레와 같은 박수가 울려퍼졌다.

다음으로 교육상이 토론에 나섰다. 교육상은 1951년부터 각 대학이 전부 지하실에서 교육사업을 계속해왔다는 것, 특히 일선에서 전공(戰功)을 세운 우수한 청년들을 소환하여 공부시키는 조치를 취했기 때문에 학생의 구성이 지극히 뛰어나다는 것, 그리고 그중에 많은 학생을 형제국에 유학 보냈기 때문에 부흥건설이 시작되면 뛰어난 기술자가 일제히 활약할 수 있다고 보고했다.

이어서 농업, 강철공업, 화학공업, 전력공업, 지하자원의 조사와 개발, 보건의학 등의 각 분야에 걸쳐 시급히 해결해야 할 과제들이 제기되었다.

농업분야의 발표에서는 토양학연구, 육종연구, 잠사연구 등 계응상 박사와 원홍구 박사의 업적이 많이 포함되어 있었고, 화학공업에서 이룬 성과는 합성수지와 합성고무의 국산화 등 대부분 이승기 박사에 의한 것이었다. 보건의학부문의 발표에서는 역시 김봉한의 성과가 주된 것이었다. 보건의학부문에 대한 발표의 요지는 다음과 같다.

"보건의학부분에서는 가급적 수술을 하지 않고 약을 최소한으로 사용하여 인체의 자연치유력을 최대한 살리는 방법이 한층 제고되었다. 또한 대부분을 수입하고 있는 양약재 대신에 동약(한방약)을 사용하여 외화절감에도 공헌했다. 앞으로 의료부문에서 동의학과 동약을 적극적으로 활용하는 것을 연구해야 한다."

계속되는 토론에서 과학연구활동에 대한 국가적 원조를 한층 강화시킬 것, 필요한 예산을 아낌없이 지원하여 각종 연구설비기재와 문헌 등을 적시에 보장할 것 등이 강조되었다.

수상 김일성은 마지막 날의 치사에서 다음과 같이 말했다.

"과학연구 활동에서 주체성을 확립하고 우리 조상들이 남긴 과학적 유산을 전국가적 범위에서 수집하여 과학자들이 자유롭게 이용할 수 있도록 대책을 세워야 합니다. 연구활동, 탐구활동을 집단적으로 거행하기 위해 과학원을 창설해야 합니다.

전쟁은 우리 인민경제에 막대한 손상을 초래했습니다. 이 손실은 미군이 도시와 농촌에 대해 야만적인 무차별 포격을 계속하고 있기 때문에 점점 더 증가하게 되었습니다. 이와 같은 조건에서 우리들 과학자와 생산기술자는 전시의 난관을 극복하고 전후의 인민경제 부흥발전을 보장하기 위해 자기의 모든 힘과 지식과 경험을 경주하지 않으면 안 됩니다. 이것은 우리 인텔리의 조국에 대한 숭고한 과업입니다."

치사를 끝으로 과학자대회가 폐회되었다. 김일성 수상의 과학기술에 대한 높은 관심이 인상적이었다. 과학자대회에서는 사실상 '전통의학의 과학화'문제가 간접적으로 제시된 셈이었다. 보건의학부문의 발표에서 '의료부문에서 동의학과 동약을 적극 활용하는 것을 연구해야 한다'고 한 대목이 바로 이것을 암시하고 있었다.

과학자대회의 결정에 따라 전쟁이 아직 끝나지 않은 1952년 말에 과학원이 설립되었다. 과학원은 자연과학 뿐만 아니라 인문사회과학 분야도 포함하고 있었다. 12월 초 ≪로동신문≫은 과학원의 설립에 대하여 다음과 같이 보도했다.

> 조선민주주의인민공화국 과학원은 '조선민주주의인민공화국 과학원 조직에 관한 내각 결정 제18호(1952. 10. 9)'에 의하여 창설되었다.
>
> 과학원은 동년 11월 5일, 제1차 총회를 열고 과학원 상무위원 및 매개 연구소 소장을 선출했으며 12월 1일에 개원식을 거행하고 본격적으로 자기사업에 착수했다.
>
> 과학원 성원 : 원사, 후보원사, 과학연구사
>
> 과학원 상무위원회 : 위원장(과학원 원장), 부위원장(과학원 부원장, 서기장, 각 부문 위원장)
>
> 원장 : 홍명희
>
> 부원장 : 최삼열
>
> 서기장 : 장주익
>
> 과학원은 사회과학부문, 자연 및 기술과학부문, 농학 및 의학부문의 3개 부문에 9개 연구소, 43개의 연구실 및 편찬실로 구성된

다.

- 사회과학부문 : 력사학연구소, 물질문화사 연구소, 조선어 및 조선문학 연구소
- 자연 및 기술과학부문 : 물리 · 수학연구소, 화학연구소, 공학 연구소
- 농학 및 의학부문 : 농학연구소, 의학연구소

과학원의 원장은 저 유명한 〈임꺽정〉의 저자이고 내각 부수상으로 있는 벽초 홍명희가 맡았다. 부원장 최삼열은 일본 도호쿠대 화학과를 마치고 바로 북으로 들어가 김일성대학 교수로 재직하고 있던 사람이었다.

김봉한은 농학 및 의학부문의 연구원으로 등록되었다. 하지만 병원의 현업이 있었기 때문에 사실은 명목상의 연구원이었다.

36

휴전과 김일성

● ● ●

1953년 7월 27일 오후 2시, 라디오에서 기다리고 기다리던 휴전 소식을 알렸다. 아나운서는 "오늘 휴전협정이 조인되었으며 밤 10시를 기하여 휴전이 된다는 것과 내일 오전에 김일성 장군의 특별 방송이 있다"고 알렸다.

사람들은 깊은 안도의 한숨을 쉬었다. 전쟁이라는 히스테리 상태에서 비로소 본심으로 돌아온 기분이었다. 전쟁은 처참한 것이다. 휴전은 참으로 잘된 일이다. 승자와 패자를 가리지 않아도 좋다. 더 이상의 살육, 증오, 파괴는 막아야 한다. 그러나 휴전은 너무나 깊은 비애와 상처만을 남기고 왔다. 이 전쟁으로 떼죽음당한 사람들의 사무친 원혼이 얼마나 구슬프게 구천을 헤매고 있을 것인가. 깡그리 부숴진 생활의 터전, 민족의 자원을 어떻게 일으켜 세울 것인가.

7월 28일 오전 10시 정각.

김일성의 우렁우렁한 목소리가 흘러나왔다. 그는 만감이 교차하는 감정을 억누르면서 휴전이 성립되기까지의 과정과 전쟁의 성과를 '조선인민의 위대한 힘'이란 한마디로 압축하면서 설명해 나갔다. 그는 조선인민의 위대한 힘을 다시 한 번 발휘하여 전후 복구건설에 총력을 기울이자는 말로 결론을 맺었다.

김봉한은 생각했다. 김일성 수상도 전쟁이 이렇게 길어질 줄은 몰랐을 것이다. 전쟁 개시 후 3일 만에 서울을 점령하고 1주일 만에 대전 방어선을 함락하여, 채 한 달도 안 되어 인민공화국의 승리로 전쟁이 끝나는 듯했다. 그러나 미국이 개입하여 오히려 패전의 위기에 몰렸다가 중공군의 지원으로 겨우 원래의 전선을 유지한 채 전쟁이 끝났다.

아무튼 전쟁이 길어진 관계로 그만큼 인명의 희생이 더 늘었고 국토가 더 파괴되었다. 남조선 해방을 못이룬 채 끝났기에 전쟁의 책임을 면하기가 어려울 것이다.

그러나 10여 년에 걸친 가열찬 만주 항일무장투쟁에서 살아남은 그는 이번에도 돌아올 화살을 물리치고 살아남았다. 1953년 초, 그는 자신에게 돌아올 전쟁책임의 예봉을 부수상 박헌영 일파에게 향하게 함으로써 책임도 면하고 정적도 제거하는 일거양득의 전과를 올렸다.

김일성은 서서히 인텔리 사회주의자들을 숙청해 갔다. 심하게는 반당종파분자로 몰아서 처형하기까지 했다. 김두봉과 한빈은 당시 남과북을 막론하고 인텔리 사회주의자들에게서 존경받는 인물이었다. 김두봉은 1958년 평안북도 산골농장으로 추방당해서 거기서 죽었다. 소련 국적을 갖고 있던 한빈은 김일성으로서도 손을 대기가 만만치 않았다. 김일성은 그를 요직에서 끌어내려 중앙도서관 관장으로 좌천시켰다가, 결국 성대한 환송식으로 가장하여 소련으로 추방했다.

1948년 10월 어느 날, 김일성은 월북한 정치인, 지식인, 과학자들을 고려호텔로 초대하여 만찬을 베풀었다. 9월 9일 인민공화국을 수립하고 난 직후 사회주의 국가건설에 매진해 줄 것을 독려하는 자리였다. 여기에 도상록 교수도 초대받아 가 보니 박헌영, 이승엽 등의 정치인과 이기영, 한설야, 이태준, 임화 등의 문인도 와 있었다.

김일성의 얼굴에는 기미처럼 거무스름한 자국이 나 있었다. 사람들이 궁금해서 물어 보면 이렇게 대답했다.

"아, 이거요, 내레 만주에서 무장투쟁할 때 눈구덩이 속에서 자다가 동상을 입었던 자리입네다."

눈구덩이 속에서 잠을 자면서도 얼어 죽지 않을 정도로 강인한 체력을 갖고 있었다는 것을 은근히 암시하는 것 같았다. 사실상 김일성 측근들 중 무엇보다도 김일성의 엄청난 체력에 감복을 하고 추종자 되기를 자처하는 자들도 많았다.

김일성은 대단한 술꾼이었다. 술이 거나해지자 그는 자신의 가장 자랑스런 경력인 항일무장투쟁 시절의 무용담을 늘어놓기 시작했다. 나중에는 열중한 나머지 숟가락으로 술을 찍어 식탁에다 지형까지 그려 보이며 전투상황을 설명하는데 사람들은 참으로 '훌륭한 전략가구나'라는 생각이 절로 들었다. 그러나 무장투쟁의 경력이 있는 사람들은 아무래도 좀 과장이 되지 않나 하는 생각도 들었다. 하여간에 김일성은 1930년대 만주 항일무장투쟁에서, 비록 중국인민해방군 동북항일연군에 소속되어 일개 부대장으로 싸우기는 했지만, 수많은 전투에서 살아남은 백전노장인 것은 틀림없는 사실이었다.

좌중은 단연 김일성의 기세가 압도적이었지만 박헌영도 꽤 당당한 모습으로 앉아 있었다. 박헌영이 화제를 하나 꺼냈다.

"내 이북에 와 보니 교회가 아직 사회주의화가 안 된 곳이 많습니다. 아직도 반동사상을 설교하는 목사들이 있는 것으로 알고 있습니다. 어떻게 하면 이런 반동잔재들을 효과적으로 속히 정리할 수 있겠습니까?"

김일성이 바로 말을 받았다.

"그거 뭐 어려울 거 하나도 없시요. 믿을 만한 민청원 몇을 조직해 가지구 뒤를 밟다가 컴컴한 길목에서 한 번 즉살하게 패주라우요. 버릇이 뚝 떨어지게시리."

박헌영은 남에서 북으로 도주해 와서 부수상이란 직위를 유지하고 있기는 했지만, 남로당이 해체되어 북로당에 흡수되었기 때문에 정치적 기반을 상실하고 있었다. 그는 사실상 김일성의 식객정도에 불과했다.

박헌영은 6·25 전쟁의 승리를 통해 자신의 정치적 기반을 확립하려 했으나 전쟁이 교착상태에 빠짐으로써 야심은 물거품이 되었다. 그는 차선책으로 북에 들어온 남로당원들을 자신의 주위에 끌어모아 조직화하기 위해 음양으로 노력했다. 박헌영은 은연중 남로당 출신들의 애향심을 고취시키는 한편, "남한에서 피흘리며 싸웠는데 북에 들어오니 푸대접한다"는 불평불만을 조장했다.

이러한 분위기를 포착한 김일성은 정보요원을 잠입시켜 동태를 탐지하기 시작했다. 남로당 인물들이 박헌영과 이승엽의 집에 모여 술잔을 기울이는 빈도는 더욱 잦아지고 박헌영의 발언수위는 점점 높아졌다. 그는 결국 "미군이 다시 쳐들어오면 그 틈을 이용해서 당과 정부를 전복하고 권력을 장악해야 한다"는 발언까지 하고 말았다. 이 발언은 도청녹음되어 김일성에게 그대로 보고되었다.

더 이상 두고 볼 수 없게 된 김일성은 1953년 초, 이들에 대한 체포명령을 내렸다. '조선민주주의인민공화국 정권 전복음모와 미제국주의자들을 위한 간첩행위' 죄목이었다. 증거로 그들의 발언녹음이 제시되었다. 이들 중 이승엽, 조일명, 임화, 이강국 등을 즉시 처형하고, 박헌영은 몇 년 뒤 1955년에 처형당했다.

4부

37. 경락 실체의 예견

38. 납북인사들

39. 로동당의 동의학 과학화 추진 결정

40. 제1논문

41. 기(氣)의 정체를 밝히다

42. 제2논문

43. 제3논문 및 제4논문

44. 세계 의학계의 경악

45. 봉한학설의 위기

46. 숙청과 추방

47. 다시 태어나다

48. 신봉한학설과 질병의 극복

37
경락 실체의 예견

• • •

휴전은 되었지만 제2후방병원은 부상병들이 많이 남아 있었기 때문에 여전히 전시 분위기였다. 병원장의 말이 부상병들이 거의 퇴원하게 되면 제2후방병원은 해체되고 병원요원들은 다른 병원 또는 학교로 재배치 될 것이라고 했다.

가을에 접어들자 병원 근처에 들녘을 오가는 농민들이 보이기 시작했다. 이제 '밤농사'는 볼 수 없었다. 공습이 무서워 불빛을 감추고 달밤에 농사를 지어야 했던 농민들의 고달픔도 이제는 추억 속으로 사라졌다.

1954년 1월에 제2후방병원은 해산되었다. 병원요원들은 모두 근무평점과 희망에 따라 의학대학과 각급 병원에 배치되었다. 대개의 의사들은 평양시내의 종합병원을 희망했다. 당시 평양시내의 종합병원으로는 영예전상자병원, 평양중앙병원, 평양의대부속병원 등이 있었다.

북한 의학계의 최고 원로격이었던 병원장 이정복은 영예전상자병원 원장에 임명되었다. 영예전상자병원은 나중에 정부병원으로 개칭되어 북한 최고의 의료기관이 된다. 남산에 있기 때문에 남산정부병원이라고도 불리었던 이 병원은 중앙당의 상무위원과 부장급, 내각의 상급(장차관급) 이상을 대상으로 하는 특별병원이었다. 이미 의학계에 이름이 나 있던 김봉한은 당연히 평양의학대학으로 갔다. 그는 기초의학의 학문적 경력을 인정받아 의대 생물학과 정교수가 되었다. 그에게는 대학부속병원의 임상의무도 대폭 면제되었다. 김봉한은 아끼는 후배 김세욱을 생물학과의 조교수로 데리고 갔다.

평양시내에는 거의 모든 건물과 시설들이 미군기의 공습으로 철저하게 파괴되어 있었다. 사실상 평양뿐만 아니라 농촌을 포함한 전국토가 초토화되다시피 했다. 전국의 거의 모든 공공건물과 시설들이 복구건설에 여념 없었다.

평양시내에는 밤에도 전깃불이 어둠을 대낮처럼 밝히고 있었다. 사람들은 '어이샤 어이샤' 소리를 내며 건물을 복구하고 길을 넓혔다. 그들은 쉴 틈을 짜내 복구건설의 노래를 힘차게 합창하기도 했다. 도시도 농촌도 건설의 열기에 온 나라가 용광로처럼 들끓고 있는 듯했다.

현장에는 노동자, 농민뿐만 아니라 정부와 당의 고관과 사무원들도 복구작업에 참여했다. 남한의 장·차관에 해당하는 상(相), 부상(副相)까지도 복구현장에서 땀을 흘렸다. 심지어는 부수상과 김일성까지도 일정한 시간을 노동현장에서 보낸다고 했다.

이런 건설의 열기 때문인지 인민학교(남한의 초등학교) 어린이들까지

학교공부가 끝나면 복구건설의 노래를 부르며 현장으로 뛰어나가 아저씨들을 격려하며 돌을 들어 날랐다. 그들의 작은 얼굴이 이내 땀으로 범벅이 되어도 씩씩거리며 일을 계속했다. 고사리같은 손들이 대견하다못해 애처로워 보였다.

평양의대 역시 공습으로 철저하게 파괴되어 있었다. 강의실, 연구실, 병원 등이 모두 지하시설 일부와 가건물로 운영되었다. 따라서 본관건물들을 복구하기 위한 공사가 한창이었다.

평양의대 전담복구팀 이외에 교수와 학생들도 복구작업에 참여했다. 그들은 학사일정에 따라 자신의 일정을 잡아 복구현장에 뛰어들었다. 보건상과 교육상, 그리고 부상들과 과장들도 주 1~2일씩은 현장에서 복구노동을 했다.

김봉한과 김세욱도 한 달에 1주일 정도는 내일의 학문탐구를 위해서 하루라도 빨리 교사(校舍)와 병원이 들어서야 한다는 일념 아래 열심히 일했다. 김봉한으로서는 본격적인 노동은 처음이었다. 그러나 얼마 지나지 않아 노동이 손에 익었다. 뛰어난 체력을 갖고 있었기 때문에 적응에 어려움이 없었다. 다른 남한출신 의사나 교수들은 노동현장에 갔다오면 어깨와 손이 부르트고 피멍울이 지기 일쑤였다. 몸이 아프다는 등의 꾀를 내어 노력봉사에서 빠지려 하는 사람도 있었다.

김봉한과 김세욱은 건설현장에 나가는 날이면 특별히 병원의 식당 아주머니에게 부탁해서 도시락을 2, 3개씩 더 쌌다. 건설노동자들과 나누어 먹기 위해서였다. 노동자들은 식량사정이 어려워 몇조각의 보리떡으로 요기하기 일쑤였다. 김봉한 일행이 이들에게 여분의 도시락을 나눠 주려 하면 극구 사양했다. 어떤 사람은 사양하다 못해 자리를 뜨고 말았다.

의사와 교직원들은 복구건설장에서 짧은 시간이나마 노동자, 농민, 사무원, 군인, 여성, 어린이, 당과 정부의 간부들과 어울려 땀을 흘림으로써 근면, 성실, 헌신의 미덕을 배웠다. 노동의 중요성과 신성함도 배웠다. "복구건설장은 참인간이란 무엇인가를 가르쳐 준 학교였다"는 것이 그들의 공통된 소감이었다.

복구건설 현장경험이 축적되어 가면서 김봉한에게는 하나의 중요한 의문이 생기기 시작했다. 그것은 인체 내에 이제까지 발견되지 못한 제3의 조직이 존재할지도 모른다는 의문이었다.

김봉한이 건설현장에서 건물이 지어지는 모습을 관찰하다 보니, 의학도답게 인체의 발생도 그와 비슷한 과정을 거치리라는 생각이 들었다. 김봉한의 건축과 인체발생에 대한 추론은 다음과 같았다.

> 인체가 발생하는 과정도 일종의 건축과정과 같다고 볼 수 있다. 동물이 발생하는데 필요한 각종 조직, 즉 뇌신경, 혈관, 장기(臟器), 뼈, 근육, 피부 등의 조직은 모두 하나의 건축물에 해당한다고 볼 수 있다.
>
> 이러한 조직들은 얼핏 보기에는 대단치 않은 건축물 같지만, 자세히 들여다보면 지상의 어떠한 건축물보다도 더 복잡하고도 정교한 건축물들이다.
>
> 지상의 모든 건축물의 건설에 있어서 초기에 이루어져야 할 공사가 있다. 그것은 건축물의 뼈대를 만드는 골조(骨組)공사다. 예전

에 흔히 지었던 목조건축물일 경우에는 뼈대의 재료도 주로 목재였다. 최근에 들어서는 뼈대의 재료로 철근콘크리트가 주종을 이룬다. 철근콘크리트는 모래, 시멘트, 자갈로 이루어진 콘크리트의 중심에 철근을 넣어 굳히는 것이다. 골조를 보다 강하게 하기 위해서 철근 대신에 강철제 H빔이나 I빔을 넣기도 한다.

모든 건축물은 이러한 골조공사가 이루어져야 다음의 공사로 이어질 수 있다. 골조공사로 만들어진 기둥과 보를 토대로 벽과 천장이 들어서고 전력선, 통신선, 수도관, 가스관이 설치된다. 계속해서 여러 가지 부속물들이 들어서고 칠과 단장이라는 미화의 단계를 거쳐 완성된다.

골조공사와 계속해서 이어지는 공사에서는 반드시 자재가 공급되어야 한다. 건축물의 각 부분에 필요한 자재들이 다양하게 공급되어야 하는 것이다. 건설본부는 설계도와 부속문서들을 면밀히 검토하여 필요한 자재를 미리 구입하여 건설현장에 준비해 놓고 있어야 한다. 건설인력은 이러한 자재를 필요한 곳으로 운반하여 설계도에 따라 건설을 하게 된다.

인체로 돌아가서 인체에서의 골조공사는 무엇일까. 인체라는 전체 건축물의 골조는 이름 그대로 뼈조직이다. 각종 뼈들이 인체의 골조를 이룬다. 그런데 뼈보다 먼저, 발생 초기의 포배기(胞胚期)에 만들어지는 각종 조직과 기관이라는 건축물에도 골조는 필요하다.

포배기에는 외배엽, 내배엽, 중배엽의 3배엽이 생긴다. 외배엽에서는 신경계와 피부가 만들어지고, 내배엽에서는 소화와 호흡에 관련된 장기가 만들어지며, 중배엽에서는 뼈, 근육, 혈관계 등이 만들어진다. 이들 각 조직과 기관에도 각각의 골조가 필요하다. 각 조직과 기관은 이러한 골조를 따라 구조가 형성되고 자재가 공급되어 실체가 만들어진다. 이러한 각 조직과 기관의 골조는 과연 무엇일까.

근대 서양의학의 발생학과 해부학에는 이러한 골조조직이 무엇인지에 대해 밝혀져 있지 않다. 아니 골조조직에 대한 논의 자체가 없다. 골조조직은 각 조직과 기관 자체에도 필요할 뿐만 아니라, 조직과 기관 간의 상대적 위치를 설정하는 데도 필요할 것이다. 따라서 조직과 기관 외부에 존재하는 골조조직이 있을 수 있다.

제2후방병원에서 관찰한 희뿌연 거미줄 같은 조직도 아직 밝혀지지 않은 조직이다. 인체 발생시의 골조조직도 확인되어 있지 않다. 그리고 동양전통의학의 경락도 서양의학의 해부학에서 인정되지 않는 조직이다. 이 세 조직은 모두 공식적으로는 존재하지 않는 조직이다.

그러나 희뿌연 거미줄 같은 조직은 김봉한의 눈으로 확인한 실체였다. 골조조직도 심증적으로는 그 존재가 당연시된다. 동양전통의학의 경락은 동양의료인들이 수천 년 동안 그 존재를 인정해 온 조직이다. 세 조직 모두 분명히 존재하지만, 세계적 공인을 받지 못하고 있을 따름이다.

나아가서 이 세 조직은 모두 같은 하나의 조직일 수도 있다. 앞의 두 조직은 경락의 밝혀지지 않은 또 다른 면모일 수도 있다.

역사상의 위대한 과학적 발명과 발견들을 보면 이러한 연역적 접근이 먼저 이루어진 경우가 많다. 이론적으로 먼저 존재의 당위성을 입증하고 나중에 구체적인 실체와 증명이 이루어진 경우다. 특히 이론적으로 치밀하게 파고 들어가는 이론물리학자들에게서 그런 경우가 많다.

아인슈타인의 상대성이론이 그 대표적 경우다. 아인슈타인은 1905년 특수상대성이론을 발표했다. 그는 실험 없이 이론적으로만 여러 가지 결론을 유도했다. 그중에서도 가장 유명한 것이 $E=mc^2$이란 공식으로서 질량이 막대한 양의 에너지로 변할 수 있음을 나타내는 공식이다.

이 공식은 그로부터 30년 가까이 지나서 프랑스의 졸리오 퀴리, 이탈리아의 엔리코 페르미, 독일의 오토 한 등 유럽의 물리학자들에 의해 실험으로 입증되었고, 10여 년 후인 1945년에 원자탄이라는 무시무시한 현실로 나타났다.

아인슈타인이 이론적으로 내놓은 결론들 중에는 앞의 경우와 같이 증명된 것도 있고 아직까지 증명되지 못한 것도 있다. 그중에서는 아마도 영원히 증명이 되지 못할 가정도 있을 수 있다. 예를 들면, 광속도로 여행할 때 시간이 지체된다는 광속도이론 같은 것이 그것이다. 광속도 여행이란 것이 현실적으로 불가능하기 때문이다.

경락이라는 새로운 조직이 존재하여야 한다는 것은 아인슈타인의 상대성이론의 경우와 비슷하다고 볼 수 있다. 여러 가지 정황으로 보아 그것은 반드시 존재하여야 하는 것이다.

이 당시 김봉한이 품은 의문과 추론은 나중에 경락의 실체를 규명하는 데 커다란 도움이 되었다.

복구건설이 한창이던 1954년 봄, 참으로 오랜만에 조헌영이 김봉한을 찾아왔다. 조헌영이 설명하기를 자기네 납북인사들은 1952년 8월에 다시 강계로 옮겨갔다가 평양 부근 용성으로 돌아온 지 얼마 되지 않았다고 했다. 당시 미군공습이 심한데 납북인사들이 딱히 있을 만한 지하시설이 없어서 할 수 없이 북으로 이주하게 되었던 것이다. 조헌영이 납북인사들의 근황을 설명해 주었다.

조소앙, 안재홍, 조완구 등이 중심이 된 납북인사들은 매우 우울한 상태에 빠져 있었다. 1950년 9월 서울에서 납북된 이후 4년 가까이를 북한당국의 의지대로 이리저리 옮겨다니다 보니 심신이 지친 상태였다. 게다가 북한당국은 자신들의 주장이나 요구를 무시하고 있었다. 따라서 북한당국이 주선해 준 일거리인 번역사업도 지지부진이었다.

납북인사들은 북한당국에 한결같이 두 가지를 주장하고 있는데 들어 주지 않고 있었다.

납북인사들은 첫째, 자신들을 무조건 서울로 귀환시키라고 요구했다. 이에 대해 북한당국은 안전을 보장할 수 없다는 이유를 들어 거부했다. 북한에 들어와서 4년 가까이를 보내고 멀쩡하게 살아서 돌아간다면 이승만 정권이 가만 놔두겠냐는 것이다. 반공법 위반으로 처형되기 딱 알맞다는 것이다. 그럴 듯한 이유였다.

납북인사들은 둘째, 서울로의 귀환이 어렵다면 북한에서의 독자적인 정치활동을 보장해 달라는 것이었다. 이에 대해서 북한은 딱히 안 된다는 말은 하지 않으면서도 이런저런 핑계를 대가며 차일피일 답변을 미루고 있었다.

북한당국은 사실상 납북인사들에게 북한의 통일정책을 지지하는 활동 이외에는 독자적인 활동을 허용하려 하지 않았다. 오직 대외 선전용으로만 이용하려 들었다. 납북인사들은 이러한 요구를 완강하게 거부하고 있었다.

38
납북인사들

• • •

1954년 5월 1일 메이데이 행사가 열렸다. 메이데이는 미국의 노동자들이 8시간 노동제를 쟁취하기 위해 목숨을 걸고 궐기한 1886년 5월 1일 투쟁을 전세계 노동자들이 기념하고 단결과 투쟁을 다짐하는 날이었다. 철천지 원수이자 제국주의의 수괴인 미국에서 만든 기념일을 사회주의 국가들에서 더욱 성대하게 기념하고 있었다.

김일성은 메이데이 행사에 특별히 이남출신 인사들을 손님으로 초대했다. 이들에게 전쟁이 끝난 후 처음 맞는 북한의 메이데이 행사 광경을 보여 주고 싶었던 것이다. 초대 대상에는 월북한 저명한 과학자들이 포함되어 있었다. 김봉한도 초대를 받았다. 이남출신 인사들의 동정을 총괄하는 노동당 연락부장 박금철이 이들에게 하루 전에 연락을 주었다.

이남출신 인사들은 5월 1일 아침 일찍 평양 외곽 용성 부근의 집결지에 모였다. 김봉한은 여기에서 월북학자로서 초대받은 이승기 박사, 도상록 교수, 여경구 교수를 다시 만나 반갑게 인사를 나누었다. 특히 이승기 박사는 1952년 4월 과학자대회 이후 처음 만났다. 그는 당시 평안북도 삭주에 있는 청수화학공장에서 비닐론 생산을 위한 파일럿플랜트(중간시험공장) 실험에 여념이 없었다.

일행은 노동당 연락부 최달언 부부장의 안내를 받아 기념집회가 열리는 김일성광장을 향해 떠났다. 승용차와 버스 편으로 서평양에 도착하자 사람들이 큰 길을 가득 메우고 있었다. 일행이 겨우 가루게 고개를 넘어서니 대오를 지어 도열해 있는 군인들이 콩나물시루처럼 빽빽했다. 모란봉 고개에 차가 오르자 일행은 구경꾼 틈에 끼어 더는 나가지 못하고 차에서 내려 걸어서 만수대를 지나 김일성광장으로 향했다.

광장을 꽉 채운 수십만 명의 인파는 동평양 언저리까지 꼬리를 치고 있었다. 노동자, 농민, 사무원, 여성, 군인 들이 거무스름하게 탄 얼굴에 큰소리로 구호를 외치거나 노래를 부르고 있었다. 온 평양 시가지가 떠나갈 듯했다. 수많은 인민들이 외쳐대는 함성이 마른 하늘을 뒤흔드는 우레가 되고 그것은 다시 성난 메아리로 군중을 휘어잡았다. 도도히 흘러들어오는 저 인파는 전쟁의 폐허도 상심(傷心)도 모두 휩쓸어 버리고 '위대한 인민의 힘'을 용솟음치게 하고 있었다.

인파를 헤치고 대회장에 도착한 월북인사 일행은 임시로 만든 주석단 휴게실의 한 방으로 안내되었다. 접대원 아가씨들이 "선생님들, 어서 오십시오. 오시느라 고생하셨습니다"라고 공손히 인사하고, 일행에게 자리를 권하고 가슴에 꽃송이를 달아 주었다.

휴게실은 김일성, 김두봉 등 최고지도자들이 드는 큰 방, 주석단 상에 오를 당과 정부의 지도급인사들이 드는 다른 방, 그리고 주석단 관람석에 앉아 대회를 참관할 초청 인사들이 드는 또 다른 방 등 3개의 방으로 꾸며져 있었다. 평양주재 외국대사관 직원들도 월북 인사들이 든 방으로 들어왔다.

일행은 오전 10시 10분 전, 안내자의 뒤를 따라 주석단 왼쪽에 있는 관람석 상단에 자리를 잡았다. 군중들은 헤아릴 수 없을 정도로 많은 깃발과 기장과 김일성의 초상화를 들고 있었다. 그들이 일제히 주먹을 쥐고 소리높이 외치는 구호가 가지런히 뭉쳐 단상을 쿵쿵쳐 오는 것 같았다.

"전세계 노동자들이여, 단결하자!"

"미제를 몰아내고 조국을 통일하자!"

10시 정각, 김일성을 선두로 최고인민회의 위원장 김두봉, 민족보위상 최용건 등 당과 정부의 최고위급 지도자들이 주석단 단상에 모습을 드러냈다. 광장에 운집해 있던 군중들이 일제히 깃발과 손을 흔들고 발을 구르며,

"김일성 장군 만세!"

"조선로동당 만세!"

끊임없이 외쳐댔다. 감격을 못이겨 눈물을 흘리는 듯 눈자위로 연신 손을 옮겨가는 사람들도 보였다.

대회시작을 알리는 나팔소리가 군중들의 머리 위로 퍼져 나갔다. 그 순간 만세 소리는 딱 멎었다. 사회자의 개회선언에 이어 직업동맹위원장이 보고를 시작했다. 1시간 가량의 보고가 끝나자 군중들은 시가행진을 시작했다. 그들은 체육인, 노동자, 농민, 학생, 군인,

직장인 순으로 주석단 앞을 지나 일사불란하게 시내로 들어갔다. 주석단 앞에서 그들은 잠시 걸음을 멈추고 손을 흔들며 만세를 불렀다. 김일성은 팔을 높이 들어 답례했다.

이남인사 일행이 대회가 끝나고 휴게실 방에 들러 잠시 머무를 때였다. 낯선 사람이 들어와 일행을 인솔하고 있는 최달언 부부장에게 귀엣말을 하고 나갔다. 최부부장은 "김일성 수상님께서 여러분을 만나 뵙자고 이 자리에 들르신답니다"라고 전했다. 그의 말이 채 끝나지도 않았는데 김일성이 방문을 열고 들어왔다. 그는 환한 웃음을 띠고 우렁우렁한 목소리로,

"안녕들 하셨습네까? 우리 북반부에 오셔서 사회주의 국가건설에 매진하고 계시는 여러분들께 경의를 표합네다"라고 일행에게 첫마디를 던졌다.

그는 구면인 이승기 박사, 도상록 교수에게는 스스로 다가가서 "오랜만에 뵙습니다. 건강은 좋으신지요."라고 빠른 말로 인사하고 악수했다. 김일성을 수행한 노동당 연락부장 박금철은 김일성이 처음 만나는 사람들을 소개했다. 김봉한의 차례가 되었다.

"일전에 어드런 인물이냐고 물으신 바로 그 소련과학아카데미에 논문을 보낸 김봉한 선생입네다."

박금철이 김일성에게 김봉한을 그렇게 소개했다. 그러자 김일성이 역시 환하게 웃으면서 정말 반가운 듯 말했다.

"아, 김봉한 선생, 한번 만나 보고 싶었는데 이렇게 만나서 정말 반갑습네다. 소련에 우수한 논문을 보내서 국위를 떨쳤다고 들었습니다. 정말 장하십네다. 우리 공화국에 김 선생 같은 분이 많아야 속히 소련을 따라 잡을 겁네다."

뜻밖의 말이었다. 그는 소련을 추격대상으로 말하고 있었다. 소련이 비록 북한이 여러 면에서 신세를 많이 지고 있는 최대의 우방이기는 하지만, 소련을 맹목적으로 따르려만은 하지 않는 것 같았다. 소련의 국력을 따라잡으려는 기개를 가지고 있는 것 같았다.

"과찬의 말씀이십니다. 보잘것없는 논문을 평가해 주시니 정말 고맙습니다."

김봉한이 송구스러워하자 김일성이 다시 말했다.

"아니오. 김 선생, 우리 같이 노력합시다. 우리에게 전쟁 없는 기간이 10년만 주어지고, 또 김 선생 같은 분이 도와준다면, 나는 소련이나 중국을 따라잡을 자신이 있소. 그래, 앞으로 김 선생은 어드런 쪽에 연구를 할 생각이오?"

김일성이 마침 김봉한이 기다리던 질문을 던진 셈이었다. 김봉한은 주저 없이 대답했다.

"예, 저는 앞으로 우리 동의학의 과학화와 현대화 문제에 대해 연구하고자 합니다."

"바로 그거요, 김 선생. 내레 지난번 과학자대회에서도 강조했지만, 과학연구 활동에서도 주체를 확립하고 우리 조상들이 남긴 과학적 유산을 되살려야 한다고 말하지 않았소? 우리가 동의학을 과학화하고 현대화해야 돼요. 선친께서 한 때 동의사를 하셨기 때문에 나도 동의학에 대해서는 조금 아는 편이라오."

김일성이 이렇게 말하고는 옆에 수행해 있는 박금철을 향해 말했다.

"박 부장, 김 선생이 앞으로 연구사업하는 데 박 부장이 알아서 적극적으로 지원을 해 주라우요."

박금철이 그러겠다고 답했고, 김봉한은 감사의 인사를 했다. 김일성의 이 한 마디로 북한에서의 동의학 과학화 작업의 구체적인 움직임이 일어나게 되었다.

어느덧 해는 바뀌어 1955년이 되었다. 김일성의 지시가 있기는 했지만 동의학과학화 사업이 금방 착수되지는 못했다. 그것은 무엇보다도 온 나라가 아직도 전후 복구건설사업에 여념이 없기 때문이었다. 평양의학대학도 강의실과 병원복구에 여념이 없어 연구환경을 마련한다는 것이 불가능했다.

또한 김일성에게서 지시를 받았던 연락부장 박금철 역시 대남관련업무와 납북인사 처리문제로 너무 바빠 신경쓸 여유가 없었다. 박금철은 김봉한에게 숨을 좀 돌릴 수 있을 때까지 기다려 달라는 말을 던져 놓고는 감감 무소식이었다.

북한의 복구건설사업은 빠른 속도로 진척되었다. 1955년 2월 3일, 황해제철소 제2용광로가 완전복구되어 국내 각 부문의 강재 공급이 정상적이 되자 복구건설은 한층 그 속도를 높여 나갔다. 허천강과 부전강의 수력발전이 정상화되면서 전기의 공급도 안정되어 갔다.

1955년 2월에는 평양의학대학의 새 강의동과 병원건물이 거의 완성되었다. 돌아오는 학기부터는 새 건물에서 강의와 연구를 할 수 있게 되었고, 새 건물의 병원으로 환자를 받을 수 있게 되었다. 김봉한에게도 개인 연구실이 하나 할당되었다. 그러나 아직도 동의학과학화의 구체적인 움직임은 일어나지 않았다.

한편 조헌영을 포함한 납북인사들은 여전히 편치 못한 상태에 있었다. 고전 정리와 번역이라는 일거리를 갖고 있기는 했지만, 남한에 있을 때 정치활동으로 이름을 날리던 사람들이 그런 일에 만족하지는 못했다.

그들은 한결같이 북한당국에 남한귀환을 시켜 주든지, 아니면 북한에서의 정치적 입지를 확보해 달라고 요구하고 있었다. 그러나 북한당국은 북한의 체제와 통일방안을 전적으로 지지하는 입장에 서 달라고 요구했다. 납북인사들은 볼모의 몸이기는 했지만 꼿꼿하게 자기 목소리를 내려 했고, 북한당국도 이러는 그들을 성급하게 탄압하거나 제재하려 들지는 않았다. 오히려 좋은 대접으로 회유하려 했다.

때마침 세계공산주의운동의 변화된 기류가 김일성의 주체사상정립을 옹호해 주었다. 변화된 기류라는 것은 1956년 2월에 열린 소련공산당 제20차 당대회에서 흐루시초프가 서기장으로 등장하여 스탈린 격하운동의 포문을 열기 시작했고, 아울러 평화공존노선을 제시한 것이었다. 이것은 세계공산주의 국가에 여러 가지로 미묘한 파장을 일으켰는데, 결과적으로는 각국의 1인 독재를 강화시키는데 도움을 준 셈이 되었다.

납북요인들은 1956년 4월22일에 열린 노동당 제3차 전당대회에 초청받았다. 오전 9시경 최달언 부부장의 안내를 받아 모란봉극장의 초청석에 자리를 잡았다. 오전 10시 반, 김일성, 김두봉을 선두로 당정 고위층들이 주석단 상석에 앉고 우당 대표들인 기독교 민주당, 천도교 청우당 대표와 노동자, 농민, 각계대표들도 주석단에 자리를 같이 했다.

김두봉의 개회선언과 개회사로 시작된 이 대회는 4시간 동안 계속된 김일성의 노동당 중앙위원회 사업보고, 소련대표의 축하문 낭독, 각계 대표들의 토론, 우당대표들의 축하연설과 축하문 낭독의 순서로 이어졌다. 대회는 5일 동안 계속되었다.

당대회에 참석한 납북요인들은 참석한 당원들의 언행이 '기계적'임에 놀랐다. 모든 것이 기계가 맞물려 돌아가는 식으로 일사불란, 일사천리였다. 전폭지지, 절대찬성뿐이었다. 반대의사는 결코 없었다. 요인들은 김일성과 당의 카리스마를 절실히 느꼈다.

대회의 주된 기류는 김일성의 소련에서 비롯된 현대 수정주의 비판과 국내 종파분자들의 위험성에 대한 것이었다. 대회에서는 또한 '평화통일 선언문'이 채택되었고, 아울러 신경제개발 5개년계획이 발표되었다.

이 대회의 당인사 보고에서 주목할 것이 있었는데 그것은 당 조직지도부장 박금철이 노동당 중앙위원회 부위원장 겸 상무위원에 위촉되었다는 것이다. 그 자리는 위원장 김일성, 수석 부위원장 최용건, 동 부위원장 김일 다음 가는 당서열 제4위의 자리였다.

박금철의 승진은 또한 '동의학 과학화' 사업을 추진하는 데 있어서도 커다란 긍정적 변수가 되었다.

납북 및 월북인사들은 1956년 6월 20일 오전 11시, 중앙방송위원회 소회의실에서 발기인회를 개최했다. 월북인사들은 대개 일정한 직업을 갖고 있었기 때문에 발기인회에는 거의 나오지 못했다. 발기인 회의에서는 명칭을 '재북 평화통일촉진협의회'로 하는 조직체의 결성대회를 1956년 7월 2일 모란봉극장에서 개최하기로 했다.

결성대회는 7월 2일 오후 1시 모란봉극장에서 열렸다. 각지에서 모인 400여 납북 및 월북인사들과 300여 평양시내 각 기관, 업소인사들이 극장좌석을 꽉 메운 가운데 대성황리에 대회가 열렸다. 여기에는 평양의학대학과 김일성종합대학에 재직하던 김봉한, 도상록, 여경구 등은 참석했으나, 평안북도 삭주 청수화학공장에서 연구하고 있던 이승기 박사는 참석치 않았다. 집행부 주석단에는 조소앙, 안재홍, 오하영 등의 납북원로와 노동당과 정부 측에서 조국통일전선 중앙위원회 위원장 겸 과학원장 홍명희, 부위원장 강양욱, 여성동맹위원장 박정애, 노동당 중앙위원회 부위원장 박금철, 김원봉, 백남운 등의 최고위급 인사들이 자리 잡았다. 형식적으로는 노동당과 정부에서도 이 단체의 결성을 축하하는 모양새를 띠었다.

결성대회에서는 많은 인사들이 보고, 토론, 축하의 연설을 했다. 결성대회의 전체적 분위기는 조국의 평화적 통일을 위하여 독자적 민족세력을 대표한 단체로서 활동해 나갈 것을 다짐하는 것이었다.

이날 대회에서는 최고위원으로 조소앙, 안재홍, 오하영의 3인을 추대했고, 29명의 집행위원을 선임했는데 여기에는 조헌영이 포함되어 있었다. 이틀 동안 계속된 결성대회는 안재홍의 폐회사를 끝으로 앞으로 전개될 순탄치 않은 노정(路程)에 들어갔다. 협의회가 결성대회에서 독자적이고도 적극적인 활동을 표방하기는 했지만, 그렇게 하기란 사실상 불가능했다.

그것은 협의회 구성원 간에 입장이 달라서 단결된 모습을 띠기가 어려웠기 때문이었다. 우선 납북인사들과 월북인사들과의 입장이 천지차이였다. 월북인사들은 대부분 정부기관이나 학교에서 요직을 갖고 있었지만, 납북인사들은 노동당의 관리 아래 무위도식하고 있었다. 월북인사들은 협의회의 활동에 납북인사들만큼 적극적일 필요가 없었다. 게다가 노동당의 납북요인 각개격파 전략에 의해, 납북인사들조차 입장이 서로 달라서 의견 통일이 안 되고 있는 상태였다.

이날 밤 대동강호텔 연회장에서는 결성대회 축하연이 개최되었다. 이 자리에는 협의회 인사들과 정부관계자 200여 명이 참석했다. 여기서 박금철과 김봉한이 오랜만에 만나 환담했다. 박금철이 먼저 자신의 최근 상황을 이야기했다.

"내래 요사이 갑자기 중앙위원회 부위원장 자리 맡아 가지구 정신이래 하나두 없습네다. 그래, 김 선생은 어더렇게 지내시오?"

박금철은 그동안 김봉한의 일을 챙기지 못한 것에 대한 변명 겸해서 그의 근황을 물었다.

"금년 봄에 평양의대 강의동과 병원이 다 완성되어 연구와 임상에 전혀 지장이 없습니다. 요즘은 강의와 임상 이외에는 동의학 관련자료를 모으고 검토하고 있습니다."

김봉한은 박금철에게 자신의 근황을 알리면서 '동의학의 과학화'에 대한 문제를 상기시키고자 했다. 김봉한의 어조에는 이미 준비가 다 되었으니 박금철이 좀 더 적극적으로 나서 주었으면 하는 바람을 담고 있었다. 눈치를 챈 박금철이 대답했다.

"아, 기렇군요. 작년 메이데이 때 수상 동지께서 지시했던 것을 내레 기억하고 있디요. 마침 수상 동지께서 금년 신년사에서 밝혔듯이 올해는 공화국 모든 분야에서 주체를 확립하는 데 온 인민이 떨쳐 투쟁하고 있디요. 동의학 현대화 사업이레 여기 딱 부합되느만요.

김 선생, 내레 어떤 식으로 이 문제를 도와 주면 좋겠습네까?"

"아직 인류 유사 이래, 그 어느 곳에서도 시도된 바 없는 동의학 과학화 연구사업은 역사적인 사업일 수밖에 없습니다. 그러니만큼 연구에 상당한 지원이 필요합니다. 연구인력, 실험장비, 실험재료, 제반경비 등 모든 분야에서 지원이 필요한데, 아무래도 학교차원의 행정력으로는 한계가 있을 것입니다. 당 또는 내각차원의 결정을 내려서 이 연구에 필요한 것을 우선적으로 지원한다는 보장이 있으면 좋겠습니다."

김봉한은 내친김에 과감하게 요구했다. 단순히 학교차원에서의 연구테마로 정하여 매년 필요한 예산을 따고 인력을 요청하는 식으로 하여 완만하게 할 수도 있었다. 하지만 이런 일이야말로 성질 급하게 서둘러야 했다. 과학자라는 개인적 입장에서도 그랬고, 국가와 민족의 장래를 위해서도 그랬다.

따지고 보면 민족이 분단되고 또 참혹한 전쟁을 겪은 것도 다 민족고유의 힘이 없기 때문이었다.

지금 민족은 강대국의 산업화 근대사회를 따라가는 데 여념이 없다. 인민공화국만 해도 소련에서 산업기술이 들어오고 있다. 이렇게 강대국의 기술을 전수만 받고 따라가기만 하다가는 언제 민족고유의 힘이 생길지 기약이 없다. 민족고유의 힘은 민족고유의 전통에서 비롯된 원천기술에서만이 가능하다. 따라서 동의학의 과학화 작업은 민족의 장래를 위해 한시도 미룰 수 없는 일이었다.

"수상 동지레 지시도 있었으니까 그 정도는 내가 해 줄 수 있을 것 같소. 얼마 동안만 기다려 주시오."

박금철은 마침 잘 되었다고 생각했다. 다음 달인 8월에 금년 들어

처음으로 노동당 중앙위원회 전원회의가 개최되는데 이 자리에서 이 문제를 제기하면 되겠다고 판단했다.

박금철이 다른 요인들과 이야기를 나누기 위해 자리를 뜨자 조헌영이 다가와서 말을 걸었다.

"여, 김군, 박 부위원장하고 친한 사이인 것 같은데, 이거 김군 다시 봐야겠어. 그래 무슨 이야기를 그렇게 긴하게 나누었나?"

"예, 선생님, 친하기보다도 서울점령 시절부터 마침 공통적인 관심사가 있었습니다."

"그래? 그 공통적인 관심사가 무언가?"

"전통의학의 과학화 문제입니다. 김일성 수상께서도 지원해 주시겠다는 언급이 있었습니다."

"무어, 수상이? 아니 그게 정말인가?"

조헌영은 박금철뿐만 아니라 김일성까지도 동의학 과학화문제에 관심을 갖고 있다는 데 대해 적잖이 놀랐다. 동의학이라 하면 자신도 일가견이 있지 않은가. 그렇다면 앞으로 자신의 처신에 대해서 다시 한 번 생각해 볼 필요가 있었다.

지금 재북 평화통일촉진협의회에서 집행위원 자리를 맡기는 했지만 아무래도 성에 차지 않았다. 노동당의 꼭두각시 같은 단체에서 무슨 실속 있는 일을 할 수 있겠는가. 남한에 있을 때는 정부와 입법부에서 막강한 영향력을 갖고 있었던 그였다. 그래서 납북인사들 중에서도 가장 강력하게 서울 귀환을 요구해 온 것이었다.

그러나 서울 귀환은 좀처럼 이루어질 것 같지 않았다. 그래서 얼마 전부터는 최근에는 동의학고전 번역에 마음을 붙이고 있었다.

김봉한의 말대로 고위층에서 동의학에 관심을 갖고 있는 것이 사실이라면 실속 없는 협의회 일보다는 동의학 쪽으로 활동 방향을 바꾸는 것이 낫지 않을까 생각했다.

"조 선생님, 동의학고전 번역 작업은 어떻게 진행되고 있습니까? 저희들이 기다리고 있습니다만."

"아, 그거. 요즘 협의회 일로 정신이 없어서 통 신경을 못 썼구만. 〈동의보감〉은 반 정도 국역되었으니 그거라도 속히 마무리해야 되겠네."

조헌영은 정말 번역 작업에 힘을 쏟아야겠다고 마음먹었다.

39

로동당의 동의학 과학화 추진 결정

• • •

1956년 8월 30일, 노동당 중앙위원회 전원회의가 열렸다. 회의에 상정된 주된 안건은 모두 두 가지로, ①형제국가를 방문한 북한 정권대표단의 사업총결과 우리 당의 몇 가지 문제에 대하여 ②인민보건사업을 개선 강화함에 대하여였다. ①의 안건은 김일성이 6월 초부터 한 달여에 걸쳐 북한대표단을 이끌고 소련과 동구를 방문하고 돌아와서 처음 열리는 전원회의였기 때문에 올려진 것이다.

그런데 이 회의에서는 예기치 않았던 사건이 벌어졌다. 그것은 세칭 '8월 종파사건'이라고 불리는 것으로서 김일성에 대한 마지막 저항세력의 몰락을 가져온 사건이었다.

30일 오전회의에서 화북에 있던 조선독립동맹 요인들, 세칭 연안파의 윤공흠과 최창익이 당정책 전반에 대한 비판을 시작했다. 이어서 소련파의 박창옥도 가세했다. 사실상의 비판대상은 김일성의 1

인독재체제였다. 그들이 감히 김일성의 비판에 나섰던 것은 최근에 있었던 소련에서의 스탈린 격하운동에 고무되었기 때문이었다. 1인 독재에는 오류가 있을 수밖에 없다는 비판이었다.

나중에 알고 보니 이 김일성에 대한 도전 계획은 김봉한의 보성고보 동기생 이명식이 수립한 것이었다. 그러나 그것은 무모한 도전이었다. 우군의 열세에다가 중립을 지켜 줄 것으로 믿었던 최용건이 김일성을 지지하고 나섬으로써 대세는 결정적으로 불리해졌다. 이명식을 비롯해서 사태가 절망적임을 깨달은 연안파의 주요 인사들은 오후 회의에 참석치 않고 바로 중국을 향해 도주했다. 김봉한으로서는 이후 이들의 소식은 알 길이 없었다.

종파사건에 관계없이 상정된 안건은 무난하게 처리되었다. 인민보건사업 강화에 대한 안건에서는 역사적인 동의학 계승, 발전과 동의학 과학화에 대한 다음과 같은 결정이 들어 있었다.

①동의사들을 국가의료기관에 편입시킬 것과 협동단체에 망라시켜 그들을 예방치료사업에 적극 참가시킴으로써 인민들에게 더 많은 동의학적 치료 혜택을 줄 것을 보장하다.

②동의학 연구기관을 설치하여 동의학의 우수한 점들을 과학적으로 연구, 분석하여 이론적으로 체계화한다.

참으로 기구한 운명이었다. 김봉한의 일생일대의 숙원사업이 시작되는 그날, 그 회의에서 동기생 이명식은 기약 없는 처절한 도주를 해야 했던 것이다.

김봉한은 '동의학 과학화 추진'이라는 통보를 받고 감격에 겨워 눈시울이 뜨거워졌다.

'드디어 나의 운명적 과업이 추진되게 되었구나. 내 나이 마흔, 더 늦어지면 어려울 수도 있는데 딱 알맞은 때다. 나이 마흔은 자신의 운명을 찾아가는 불혹(不惑)의 나이라는 말이 정말 들어맞는구나.'

김봉한은 계획서 작성에 착수했다. 그런데 가만 생각해 보니 가장 시급하게 해야 할 것은 동의학의 전체상을 객관적으로 파악하는 것이었다. 동의학의 현재 모습을 제대로 알아야 무엇을 어떤 식으로 과학화하겠다는 계획이 나올 수 있기 때문이었다.

김봉한 자신이 동의학에 대해 어느 정도의 윤곽은 잡고 있었다. 과거 아버지가 환자 대하는 광경이나 공부하는 모습을 어깨 너머로 보아서 분위기는 익힌 바 있었다. 그리고 조헌영의 〈통속 한의학 원론〉으로 동의학에 대한 체계를 섭렵했다. 그러나 동의학자 또는 동의사로서의 경험이 없는 자신으로서는 혼자서 동의학의 전체상을 정립하는 데는 자신이 없었다.

그는 협조자를 구하기로 했다. 그러자면 평양의학대학에 동의학과나 동의학 강좌를 개설하는 것이 좋은 방법이었다. 강좌가 개설되면 관련학자들이 운집하기 마련이다. 또한 대학에서 어떤 주제의 연구를 하자면 반드시 그 주제와 관련된 학과나 강좌가 있기 마련인 것이고, 또 그래야만 원활하게 연구를 진행할 수 있다.

10월 초, 김봉한은 다음과 같은 요지의 1차 계획서를 제출했다.

①평양의학대학에 동의학 강좌를 개설하고, 나아가서는 동의학과를 설치한다.

②동의학 강좌로부터 동의학의 현재의 상태를 파악한다.

③파악된 동의학의 상태를 분석하여 과학화할 주제의 목록과 순

서를 정한다.

④연구팀을 만들고 예산을 확보한다.

⑤정해진 순서에 따라 과학화를 추진해 나간다.

김봉한은 계획서를 학장의 서명을 받아 보건성에 제출했다. 그런데 동의학 과학화 사업의 핵심적인 두 인물, 즉 김봉한과 박금철은 너무 멀리 떨어져 있었다. 김봉한이 제출한 서류는 평양의대 학장을 거쳐 보건성으로 보내지고, 보건성에 가면 담당과장을 거쳐 보건상과 부상이 서명을 하게 된다. 그래야 비로소 서류는 박금철에게 올라간다.

중간에 거치는 관리들은 사실상 동의학 과학화에 대한 인식이 부족한 사람들이었다. 이 사람들은 계획서를 무한정 잡고 있었다. 결재가 늦어지는 데 이상하게 여긴 김봉한이 보건성에 가서 독촉을 한 다음에야 조금씩 진행이 되곤 했다. 계획서가 박금철에게 전달된 것은 해가 바뀌어 1957년이 되어서였다.

계획서를 접수한 박금철은 바로 보건상과 교육상에게 계획서대로 시행할 것을 지시했다. 계획서의 시행을 위해서는 우선 교육성이 움직여 주어야 했다.

이 무렵 북한사회는 정치적으로, 사회적으로 상당히 긴장된 상태였다. 1956년 8월부터 김일성 최후의 저항세력이던 화북계 중국 공산당 세력, 즉 연안파에 대한 대대적인 숙청이 시작되었고, 아울러 김일성에 조금이라도 저항적인 세력을 색출하려는 살벌한 분위기가 조성되었다.

1956년 12월 11일의 중앙당 전원회의에서는 '중앙당의 현지집중지도 본격화'의 방침이 결정되었다. 북한 전국은 벌집을 쑤셔놓은 듯 어수선하면서도 긴장된 분위기였다.

1957년 상반기까지 내내 이런 분위기가 계속되었다. 교육상과 보건상은 지방출장으로 자리 비우는 일이 잦았다. 5월 말에는 노동당 정치위원회에서 '중앙당의 집중지도사업을 전국적으로, 전당적으로 보다 강화한다'는 결정이 내려졌다.

게다가 8월 말에는 9년만에 최고인민회의 대의원 선거가 있었다. 새로 구성된 최고인민회의 제2기 제1차 회의가 9월 18일에 열렸고, 여기서 새로운 내각의 구성을 승인했다. 보건상, 교육상이 모두 다른 사람으로 바뀌었다.

새로 임명된 교육상이 김봉한의 연구계획서를 검토하게 된 것은 1957년이 거의 저물어 갈 무렵이었다. 연구계획서의 시행은 빨라야 1958년으로 기대할 수밖에 없었다. 교육상과 의학대학 담당과장은 김봉한에게 동의학 강좌를 어떤 과목, 몇 학점, 강사는 누구로 할지에 대해서 자문을 구해 왔다.

김봉한은 초기 단계이니까 과목은 우선 '동의학 개론'과 '동의임상실습'으로 하고, 학점은 각각 주 3시간씩 2학기 6학점으로 할 것을 제안했고, 강사로는 월북한 동의학자 조헌영과 김규동 그리고 북에서 신망이 있던 동의사 강주언을 추천했다.

김규동은 1902년생으로 한국전쟁 때 월북하여 〈동의 내과학〉을 펴내는 등 실력 있는 동의사로 알려져 있었다. 강주언은 1897년생으로 함경남도 운흥 출신으로 해방 이후 북에서 가장 알려진 동의사로 〈동의학 개론〉을 펴냈다. 이 세 사람은 모두 이때부터 북한 동의학계의 대부로서 자리를 확고히 하게 되고, 북한 동의학계를 이끌어가는 3두마차를 형성하게 된다.

김봉한은 1957년 말, 교육성에 동의학 강사로 추천한 사실을 알리기 위해 재북 평화통일촉진협의회 사무실로 조헌영을 찾았다.

"조 선생님, 협의회 일은 잘 진행되고 있습니까?"

"웬걸, 말도 말게. 말로는 독자적인 활동을 보장한다고 해 놓고 막상 뭔가 좀 하려고 들면 사사건건 트집을 잡으니 죽을 맛이라네. 요즘 협의회 사람들 모두 의욕을 잃고 자포자기 상태에 있다구."

"지금 정부차원으로 동의학 과학화 사업이 추진되고 있고, 그 일환으로 평양의대에 동의학 강좌를 개설하려 하고 있습니다. 그 강좌를 좀 맡아 주시죠."

"그런 기회가 주어진다면 기꺼이 맡겠네. 이거 원, 일같은 일을 해야지 답답해서 살 수가 있나. 헌데 동의학을 과학화하는 것이 잘 될는지 모르겠네."

조헌영으로서는 그것이 정말 의문이었다. 그는 동의학이 철학적 바탕 위에 서 있기 때문에 과학적으로 접근하기는 어렵다고 믿고 있었다. 그 자신 과학에 일가견이 있는 사람이었지만 한계가 있었다. 하지만 김봉한은 세상에 과학적으로 분석될 수 없는 사물은 없다고 믿고 있었다.

조헌영은 재북 평화통일촉진협의회 집행위원 자리를 미련 없이 버리고 김봉한의 제안에 응했다. 실속 없는 불안한 자리보다는 거창하지는 않지만 확실한 대학강사 자리가 낫다고 판단했다. 더욱이 자신을 돌보던 여인네와 혼례를 올려 가정을 가진 처지였기 때문에도 그래야만 했다.

보건성과 교육성에서는 추천된 강사 세 사람의 이력을 면밀히 검토했다. 모두들 대학교원으로 채용하는 데 특별한 하자는 없었다. 조헌영의 경우, 남한에서 한민당 간부로 있었다는 것이 문제시되기는 했지만, 일제시대 항일 민족운동의 경력이 그것을 덮어 주었다. 정치활동 관계로 임상경력이 상대적으로 적었던 조헌영에게는 의대 저학년의 '동의학 개론', 김규동과 강주언에게는 고학년의 '동의 임상실습'이 맡겨졌다.

이로써 우리나라 역사상 처음으로 대학에서의 동의학 강좌가 1958년 평양의학대학에서 시작되게 되었다.

평양의대에 동의학 강좌가 시작된 이후, 김봉한이 새삼스럽게 동의학을 주의깊게 관찰해 보니 서양의학과 가장 구별되는 부분은 바로 침구술(針灸術)이었다.

다른 부분은 비슷한 점이 많았다. 진료에 있어서 청진기를 쓰는 것과 손목의 맥을 잡는 것은 모두 몸에서 발생되는 신호로 신체의 상태를 알고자 하는 것이었다.

치료수단으로 약을 쓰는 것도 마찬가지였다. 동의학은 주로 생약을 쓰고, 서양의학은 주로 생약에서 추출한 물질이나 합성된 화학제제를 쓴다는 것이 차이점이기는 했지만, 결정적인 차이점은 아니었다. 양귀비를 통째로 고아 먹는 것과 거기에서 추출한 모르핀을 엑기스로 복용하는 것과 큰 차이가 없었다.

동의학은 여러 모로 서양의학에 비해 열세였다. 우선 해부학만 해도 그 양에 있어서 서양의학에 비해 빈약하기 짝이 없었다. 동의학에는 미처 파악하지 못하고 있는 신체의 조직이 너무도 많았다. 동의학에는 혈액학, 세균학, 면역학, 방사선학 같은 것은 아예 존재조차 없었다.

동의학이 서양의학에 비해 뛰어나다고 할 수 있는 것은 딱 한 가지, 침구뿐이었다. 침구는 극히 간단한 처치이면서도 탁월한 효과를 나타내었다. 만약에 침구가 확실한 과학적 근거를 갖게 된다면, 동의학은 다른 모든 분야에서의 열세를 만회할 수 있었다.

'그래, 바로 그거야. 침구부터 해야 해.'

동의학에서 침구술의 서술적 근거는 경락론(經絡論)이었다. 침구는 경락상의 주요 지점들인 경혈에 시술하게 되어 있었다. 경락은 기라고 일컬어지는 인체 생명에너지의 통로라고 되어 있고, 경혈은 경락상에 분포되어 있는 점들이었다.

그러나 서양의학의 해부학에서는 경락과 경혈이라는 조직이 존재하지 않았다. 서양의학자들은 존재하지도 않는 경락과 경혈이라는 것을 근거로 시술하는 것을 보고 동양의학을 비과학적 미신 같은 것이라고 업신여기는 경향이 있었다. 이렇게 볼 때 동의학의 과학화 사업에 있어서 가장 우선적인 것이 침구의 과학적 근거를 밝히는 일이고, 그러기 위해서는 경락과 경혈의 과학적 실체를 규명하는 것이 필요했다.

생각이 여기에까지 이르자 김봉한은 옛날 제2후방병원 시절 수술 시 수없이 관찰했던 그 희뿌연 거미줄 같은 조직이 떠올랐다. 그리고 평양의대 복구건설 현장에서 생각했던 인체의 골조조직이 떠올랐다.

"그래, 그것이 경락과 깊은 관련이 있는 것이 틀림없어."

김봉한은 인류 역사상 최초로 경락과 경혈의 실체를 과학적, 객관적으로 규명하는 작업에 착수하게 되었다.

이 무렵 북한에서는 사회주의 혁명의 물결이 전역을 휩쓸고 있었다. 1956년부터 '주체'와 '집중지도'의 기치를 내걸고 시작된 이 물결은 1958년에도 계속 북한 전역에서 자본주의적 요소를 잠재우고 사회를 붉은색으로 물들였다. 북한권력의 핵심부는 농촌에서 협동농장화와 도시에서 상공업의 사회주의화를 본격적으로 추진했다. 그들은 1958년 말에 가서는 전 북한을 사회주의적으로 개조하여 사회주의 혁명을 완수했다고 자부했다.

이러는 동안, 김봉한은 연구실을 지키며 경락과 경혈을 어떻게 파헤칠까에 골몰하고 있었다.

40

제1논문

• • •

김봉한은 경락과 경혈의 과학적 실체 규명을 시작하고자 1959년 초, 제2연구계획서를 보건성에 제출했다. 그는 계획서에 왜 경락과 경혈이어야 하는가에 대해 서술하고 다음의 사항을 요청했다.

①연구 인력 : 레지던트급 전임연구원 2명, 전공과정 비전임연구생 5명.

②연구 장비 : 전기측정기(저항측정기, 전도도측정기, 전압측정기), 현미경(보통현미경, 형광현미경, 전자현미경), 오토라디오그래피(자동방사선 추적기), 가스크로마토그래피(색소분석기), 저속도 촬영기.

③시약 및 실험재료 구입 예산 : 5만 원

김봉한의 계획서를 받아든 보건성 관계자들은 난감해 했다. ①의 연구인력 이외에는 승인하기가 만만치 않았던 것이다. ②의 연구장비는 전기측정기와 보통현미경을 제외하고는 그것들이 어디에 쓰이는지, 어디에서 구할 수 있는지, 그리고 값은 얼마나 하는지에 대해 전혀 감을 잡을 수 없었다. 그리고 ③의 예산도 확보하기가 쉬운 금액이 아니었다. 장관급인 보건상의 봉급이 200원 정도였으니까, 5만 원이면 보건상의 월급을 20년 모아야 만들 수 있을 정도로 꽤 큰 금액이었다. 지금 온 나라가 천리마운동으로 허리띠를 졸라매고 경제건설에 매진하는 마당에 그렇게 큰돈을 일개 연구사업에 선뜻 내놓는다는 것은 쉬운 일이 아니었다.

김봉한도 계획서의 요구가 승인되기 어렵다는 것을 잘 알고 있었다. 나라 형편을 알기 때문이었다. 그럼에도 불구하고 연구를 제대로 본때 있게 추진하기 위해 필요한 사항을 일단 열거할 필요는 있었다. 나라 형편이 나아지면 언젠가는 가능할 수도 있는 일 아니겠는가.

김봉한이 계획서를 작성할 때, 제2후방병원 시절에 보았던 사람 체내의 그 희뿌연 거미줄 같은 조직이 눈에 아른거렸다. 그는 그것을 제대로 관찰해 보기 위해서 필요한 인력과 장비와 예산을 염두에 두고 계획서를 작성했던 것이다. 단정지을 수는 없었지만 그는 경락의 실체가 이미 밝혀지기 시작했다는 느낌이 들었다.

김봉한의 계획서는 보건성에서 잠을 자고 있었다. 보건성 사람들로서는 그것을 어떻게 처리해야 할지 막막했다. 이러지도 저러지도 못하고 묵혀 둘 뿐이었다. 그렇게 시간이 흘러 1959년이 저물도록 계획서는 처리되지 못했다.

승인이 언제 떨어질지 기약이 없었다. 김봉한으로서는 마냥 계획서의 승인만 기다릴 수는 없었다. 장비와 예산이 지원되지 않은 상태라도 일단 시작을 해야겠다고 결심했다. 그는 1960년 새해를 맞아 조교수 김세욱과 약간 명의 대학원생을 데리고 연구에 착수했다.

그는 우선 사용가능한 장비를 챙겨 보았다. 보통현미경은 의대에 있는 것을 쓰면 되었다. 전기장비는 김일성대학 물리학과 도상록 교수의 소개를 받아 평양의대 인근에 있는 김책공업대학 전기과에서 차용할 수 있었다.

동물실험이 필요한 경우, 자신의 제자 김익수가 강사로 있는 평남수의(獸醫)대학에 협조를 구하면 되었다. 평남수의대학에는 해부학 강의와 동물실험을 위해 자체적으로 개, 토끼, 돼지, 닭 등의 동물들을 사육하고 있었다.

김봉한팀은 우선 고전경락 이론을 다시 한 번 검토했다. 고전이론에서 침구의 시술에 사용되는 주요 경락은 양팔과 다리에 분포하고 있는 12쌍의 경락과 신체 정중선을 달리는 2경락으로서 모두 14경락이었다. 팔에 6쌍, 다리에 6쌍이 달리고 정중선의 전면에 하나, 후면에 하나가 분포하고 있었다. 김봉한은 우선 관찰하기 용이한 팔과 다리에 대해서 생각했다.

팔과 다리피부 위를 달리고 있다고 하는 경락이라고 하는 선, 그것은 무엇일까. 객관적인 실체가 있다면 분명히 그것을 드러낼 방법이 있을 것이다. 과연 어떤 방법이 있을까.

김봉한은 며칠을 두고 생각했다. 그는 자신이 과거에 탐닉했던 물리학의 전 주제를 생각했다. 세상에 존재하는 사물치고 물리학을 도구로 탐구될 수 없는 사물은 없다. 역학, 열역학, 광학, 전자기학, 원자물리학, 우주물리학 등 우주만물은 모두 이러한 주제들의 적용으로 여지없이 분해될 수 있다.

모든 물질의 궁극적인 본질이 원자라는 것과, 그 원자의 형태가 어떠하다는 것이 밝혀져 있다. 태양계에서 지구를 비롯한 각 행성들이 태양 주변을 한 바퀴 도는 데 걸리는 시간도 다 밝혀져 있다.

그는 새로운 조직에 반응할 수 있는 물리적 변수를 생각해 보았다. 힘, 열, 빛, 전기, 방사선, 육안으로는 분명히 아무것도 보이지 않기 때문에, 보이지 않는 실체를 확인할 수 있는 물리적 변수인 열, 전기, 방사선을 생각했다.

전기가 가장 적합했다. 세상에 존재하는 많은 물질들은 모두 전기적 특성, 그중에서도 전도도(傳導度) 특성으로 구분될 수 있다. 모든 물질은 고유의 전도도를 갖고 있다. 전도도가 가장 높은 것이 금·은·동 등의 금속류이고, 실리콘·게르마늄 같은 물질이 중간 정도 되고, 고무·수지 같은 것은 전혀 전기가 통하지 못한다. 인체생리학에서도 인체 여러 조직의 전기적 특성을 연구하는 전기생리학이란 분야가 있다.

그러나 당장 전기를 적용할 수는 없었다. 인체의 피부상에서 피부와 구별되는 다른 조직은 없다. 온통 피부일 뿐이다. 어디를 어떻게 전기측정을 한단 말인가. 물론 고전이론에서의 경락의 위치를 어림하여 측정해 볼 수는 있다. 그러나 고전이론에서의 경락의 위치는 정확한 기준이 없다. 고전의 그림에 따라서도 약간씩의 차이가 있다. 전기측정 이전에 경락의 위치를 어림해 볼 수 있는 방법은 없을까.

김봉한은 자신의 지식과 상상력을 총동원하여 방법을 모색했다. 팔, 피부, 조직, 세포…… 현미경. 생각이 '현미경'에 이르자 한 가지 아이디어가 떠올랐다. 현미경으로 시료를 관찰할 때, 잘 보이게 하기 위해 시료를 적당한 염료로 염색한다. 이때 시료에 따라 다른 염료를 사용하는데 그것은 시료에 따라 잘 맞는 염료나 색소가 따로 있기 때문이다.

그렇다. 바로 염료다! 피부 위에 피부와 다른 조직이 존재한다면 그것은 특정한 염료로 구분될 수 있을 것이다. 피부조직보다 경락의 존재에 우세하게 작용하는 염료가 있을 수 있다. 우세한 정도가 문제이기는 하지만 어느 정도 차별성을 보이는 것이 분명히 있을 것이다.

김봉한은 이것으로 첫 번째 난관을 극복한 듯했다. 며칠간 잠도 제대로 못 자면서 궁리한 보람이 있었다. 그는 의과대학 내에 있는 염료와 색소를 모조리 수집했다. 그것만으로는 아무래도 부족한 감이 들어서 인근 평양예술대학 미술과에 가서 각종 물감을 얻어 오기까지 했다.

김봉한팀은 모두 자신들의 팔과 다리에 염료를 칠하기 시작했다. 어떤 때는 붉은색으로, 어떤 때는 노란색으로, 또 어떤 때는 파란색으로 온통 팔다리를 칠했다. 학교의 다른 교직원들은 이런 김봉한팀의 실험을 보면서 저 사람들이 무슨 유격전의 변장술 같은 것을 연구하는 것이 아닌가 생각할 정도였다.

김봉한팀은 드디어 수상한 염료를 찾아냈다. 그것은 메틸렌블루라는 청색계통의 염료였다. 그것은 팔과 다리 피부상의 특정한 지역에 잘 흡착했다. 그 특정한 지역은 고전이론에서의 경락의 주행선과 상당히 닮아 있었다. 더욱 놀라운 것은, 그것이 경혈지역에서 더욱 강한 흡착력을 나타낸다는 것이었다. 그 이외에 헤마톡실린, 에오신의 중염색(重染色)도 경혈에서 우세한 흡착력을 보였다.

염료는 특히 고질병에 가장 많이 사용되는 경혈인 합곡(合谷), 족삼리(足三里), 삼음교(三陰交) 등이 경혈에서 강력한 흡착력을 보였다.

이것은 인류 역사상 최초의 경락, 경혈 염색실험 시도였고, 또한 성공이었다. 염색실험으로 경락과 경혈의 위치를 파악한 김봉한팀은 다음으로 전기특성실험으로 넘어갔다. 특정한 염색반응을 보인 지역에 대해 전기적 특성을 측정하는 것이었다.

김봉한팀은 김책공업대학 전기과에 가서 전도도측정기, 저항측정기, 전류·전압측정기를 빌려왔다. 김책공업대학은 1948년 9월 1일 김일성종합대학에서 분리되어 평양공업대학으로 발족되었다가 1952년에 다시 김책공업대학으로 개칭되었다. 김책은 김일성의 만주 빨치산 시절의 동료로서 6·25때 전사했다.

그들은 결국, 경락과 경혈이 피부의 다른 부분에 비해 독특한 전기적 특성이 있음을 알아냈다. 경혈부위는 비경혈부위에 비교해서 전류가 흐르기 쉬웠고, 전위도 높았다. 경혈의 전위는 운동이나 식사 등의 여러 가지 생체기능 과정을 반영하여 규칙적으로 변화한다는 사실을 관찰했다.

다음으로 김봉한팀은 동물실험으로 넘어갔다. 동물실험은 평남수의대학의 김익수가 연락해 주면 팀이 그리로 이동했다. 수의과대학에서는 동물의 수술이 빈번하게 있었다. 동물에게도 병이 생기거나 사고가 나는 경우가 있었으므로 수술을 해야 할 경우가 생기는 것이다.

김봉한팀은 김익수의 도움으로 수술팀의 양해를 얻어 수술대에 근접하여 동물을 관찰했고, 필요한 경우 핀셋으로 동물의 조직을 건드릴 수도 있었다.

김봉한이 예상대로 인체에서 관찰한 바 있던 그 희뿌연 거미줄같은 조직이 동물에서도 발견되었다. 그러나 인체의 경우와 마찬가지로, 죽은 동물에서는 그 거미줄 같은 조직이 보이지 않았다. 제2후방병원 시절, 병사가 수술 도중 사망하면 그 거미줄 같은 조직이 급속히 위축된다는 것을 관찰한 바 있었다.

내장 근처에서는 어떤 동물이든 간에 틀림없이 관찰되었다. 문제는 그것이 고전경락이론에서 말하는 체표(體表)와의 연결이 있느냐는 것이었다.

김봉한팀은 동물의 대수술시, 즉 가슴이나 배를 크게 열어 놓고 하는 수술에서 내장 근처의 거미줄 같은 조기의 주행(走行)을 좇아가 보았다. 육안으로 겨우 보이는 거미줄 같은 조직들을 좇아간 결과, 놀랍게도 앞다리와 뒷다리까지 뻗어 있었다. 거미줄 같은 조직이 다리로 뻗어 있다는 것을 확인하는 순간, 환희가 솟구쳐 올랐다.

과연 고전이론대로 전개되고 있구나!

내장 주위에서 앞뒤의 다리로 뻗어 들어가는 거미줄 같은 조직! 그것은 분명히 혈관도 아니고, 림프관도 아니었다. 그것은 어떠한 의학책에서도, 어떠한 해부학책에서도, 어떠한 자연과학책에서도 본 적이 없었다. 김봉한팀은 이제 세상의 모든 자연과학 책에 새로이 기재되어야 할 사실을 발견한 것이었다.

내장 주위에서 앞뒤의 다리로 뻗어 들어간다는 것은 내장과 팔다리의 체표를 연결하고 있다고 하는 경락에 대한 설명과 일치하고 있었다. 경락의 실체가 드러나고 있는 장엄한 순간이었다.

이제 해야 할 일은 저 거미줄 같은 조직의 조직표본을 만드는 것이었다. 그러면 보다 상세한 관찰이 가능하게 되고, 또한 객관적인 근거자료로 남길 수 있기 때문이었다. 조직표본을 위한 거미줄 같은 조직을 얻는 방법은 동물의 장기 또는 다리조직의 적출물이 있을 때 그 적출물에 붙어 있는 거미줄 같은 조직을 채취하는 것이었다.

김봉한팀은 수의대학에 머무르는 시간이 많아졌다. 동물의 적출물이 나오는 족족 가능한 한 많은 거미줄 같은 조직을 채취하기 위함이었다. 그러나 거미줄 같은 조직은 그렇게 쉽게 채취되지 못했다. 장기조직의 일부, 즉 적출물을 떼어내 공기에 접하게 되면 급속히 건조하면서 마치 양털을 태웠을 때와 같이 곧바로 오므라들었다. 그러면 완전히 원래의 형태를 잃어버렸다. 관찰이 불가능해지는 것이다. 그것이 큰 문제였다.

김봉한팀은 어떻게든 그 거미줄 같은 조직이 오므라들거나 변형되지 않도록 안간힘을 썼다. 그들은 식염수, 식초, 알코올, 포르말린 등과 같은 갖가지 보존용매를 여러 가지로 배합하여 실험하면서 거미줄 같은 조직을 보존하는 방법을 터득해 갔다. 그리하여 마침내 적어도 몇 시간 정도는 거미줄 같은 조직의 원형을 유지시키는 데 성공했다. 이제는 현미경 관찰도 할 수 있고, 사진도 찍을 수 있게 되었다.

보통현미경으로 관찰해보니 역시 그것은 이제까지 볼 수 없었던 새로운 조직이었다. 우윳빛의 반투명한 관 모양을 하고 있는 그것은 신경다발, 혈관 그리고, 림프관과는 분명히 다른 관이었다. 관내부는 텅 비어 있는 것이 아니고 다른 어떤 조직이 있었다.

그것이 어떤 조직인지는 식별하기 어려웠다. 보통현미경의 확대 배율에 한계가 있기 때문이었다. '아, 형광현미경이나 전자현미경이 있었으면!'

장비의 부재가 참으로 아쉬웠다. 또한 관의 중간 중간에는 타원형의 조직이 있었다. 아마도 그것이 경락상에 존재한다는 경혈의 실체인 듯했다. 염색실험을 해 보니 과연 그러했다. 조직표본상의 그 타원형은 피부에서 했던 염색실험과 똑같은 결과를 보여 주었다. 보통현미경으로 사진을 찍으면 그것은 분명히 관부분과는 다른 뚜렷한 타원형을 보여 주었다.

수의대학에서 동물실험이 거듭되어 가면서 다리로 들어가는 그 거미줄 같은 조직이 체표에서 염료를 통해 관찰한 선과 거의 같은 위치에 분포한다는 것을 확인했다. 그리고 그것이 바로 전기전도도를 높게 하는 원인조직이라는 것도 확인되었다.

그러는 동안 어느 새 한 해가 다 가고 1961년에 접어들었다.

김봉한팀은 연구와 실험을 계속하는 한편, 이제까지의 성과를 학계에 공표하여 반응을 한번 체크해 보기로 했다.

드디어 경락의 객관적인 실체의 존재를 알리는 역사적인 한 편의 논문이 완성되었다. 논문의 제목은 〈경락의 실태에 관한 연구〉로 정했다. 거기에는 인체 염색사진, 수많은 동물실험에 의한 검증, 분포사진 및 조직표본의 현미경 사진이 첨부되었다. 논문의 결론은 다음과 같이 맺었다.

①우리는 새로운 방법을 고안하여 경혈과 경맥의 실체를 발견했다.

②경락과 경혈의 분포상태는 고전이 가르치고 있는 분포와 대체로 일치하며, 일부의 경혈은 새로운 부위에도 존재한다.

③경락은 관(管) 모양의 구조물 다발로 되어 있으며, 그 조직학적 및 실험생리학적 성질에 있어서 신경계통, 혈관 및 림프계통과는 명확히 구별된다.

④경락의 실체는 이제까지 알려지지 않은 새로운 해부조직학적 계통을 형성하고 있다.

김봉한은 논문을 대외적으로 공표하기 전에 그 사본을 보건성과 박금철에게 각각 보냈다. 논문의 말미에 "세계 최초로 경락의 객관적인 실체를 규명한 것으로 사료된다"는 간단한 부연설명을 달았다.

김봉한은 평양의학대학의 동의학부에도 물론 이 사실을 알렸다. 평양의대에는 1960년부터 동의학부가 설치되어 있었다. 1958년부터 동의학 강좌 몇 학점을 개설한 이후 1960년에 동의학부로 독립하여 본격적으로 동의사를 양성하기 시작했다. 동의학부장은 조헌영이었고, 강주언, 김규동 등이 교수로 있었다.

조헌영은 놀라움을 금치 못했다. 객관적인 실체가 그렇게 쉽게 발견되리라고는 상상도 못했다. 하지만 김봉한이 해냈다면 그것은 틀림없을 것이다. 자신의 생각에도 그것은 가히 세계 의학계에 일대 바람을 일으킬 만한 성과였다. 침구술을 보유하고 있는 동의학이 이제 세계 의학계의 첨단의학으로 나서는 것은 시간문제였다.

그런데 동의학부의 다른 교수들은 의외로 반응이 없었다. 교수 강주언과 김규동은 과연 김봉한의 논문이 사실인가에 대해 의심스러워했다. 속으로는 그런 일이 있을 수 있겠느냐고까지 생각했다. 이들이 생각하기에 동의학은 서양의학이나 자연과학과는 다른 차원의 것이었다.

그것은 그럴만한 이유가 있었다. 조헌영은 일제시대 때 경북고보와 와세다대학에서 고등교육을 받은 인텔리였다. 자연과학에도 상당한 식견을 갖고 있었다. 그는 합리적 분석적 사고가 가능한 사람이었다. 그러나 강주언과 김규동은 그렇지 못했다. 독학과 경험으로 동의 진료술을 익힌 사람들이었다.

한편 당부위원장 박금철은 논문을 보고 눈이 휘둥그레졌다. 정확하게는 알 수 없었지만, 논문의 분위기가 '드디어 해냈다'고 자신감 있게 공언하고 있었다. 그것은 바로 5년 전 당중앙위원회에 자신이 안건으로 올려서 채택된 주제였다. 그것이 현실적인 성과로 나타났으니 자신의 업적이 하나 추가되는 셈이었다. 별로 지원해 준 것도 없었는데 이렇게 성과를 올리다니 놀라운 일이다.

그는 이것을 국내는 물론 세계적으로 널리 알릴만한 것이라고 판단했다. 그야말로 '주체의학의 빛나는 승리'였다. 그는 평양의대 동의학부의 의견을 물어 보았다.

그는 논문의 공개적 발표에 때맞추어 국내외 통신사에 논문의 사본과 설명서를 보낼 것을 지시했고, 내각 외무성에 각국 주재 재외공관이 적극 홍보에 나설 것을 지시했다.

김봉한팀은 1961년 8월에 열린 조선의학자대회에서 발표했다. 대회에 참가한 의대 교수와 의사들은 놀라움을 금치 못하고 반신반의했다. 대회소식은 즉각 중앙통신사를 통해 전세계에 타전되었다. 재외공관들도 논문과 설명서를 러시아어, 독일어, 중국어 등으로 번역하여 각국의 관련기관에 배포했다.

소식을 접한 각국의 의학자들은 어리둥절해 했다. 소련과 유럽의 의학자들은 대부분 동양전통의학을 접해 본 극소수를 제외하고는 이게 무슨 소리인가 했다. 도대체 경락과 경혈은 무엇이고 또한 그것의 실체가 어떻다고 하는데 도저히 납득이 가지 않았다.

중국에서는 한동안 반응이 없었다. 중국은 워낙 움직임이 느린 나라였다. 게다가 중국의학계는 북한의 경우와 마찬가지로 자신들의 전통의학인 중의학과 도입의학인 서양의학을 병존시키기 위해 한창 노력하고 있던 과도기였다. 그러나 시간이 지남에 따라 차츰 전 세계 의학계가 술렁거리기 시작했다.

41

기(氣)의 정체를 밝히다

1961년은 북한의 과학기술과 공업이 만개하는 한 해였다. 북한은 1961년에 과학기술의 많은 분야에서 선진국을 따라 잡는 성과와 기계설비들을 국산화하는 성과를 올렸다. 뿐만 아니라 어떤 분야에서는 세계 최고 및 최초라는 성과를 올리기도 했다.

1961년 5월, 흥남화학단지에서는 연산 2만톤으로서 최대규모의 비날론공장이 완공되었다. 그것은 물론 비날론의 발명자인 이승기 박사의 총지휘에 의해 이루어진 것이었다. 나일론은 석유가 원료인데 비하여 비날론은 석회석을 사용한다. 일본은 비닐론이라고 지칭했다. 소련을 비롯한 동구권에서 비날론플랜트 기술을 전수받기 위해 기술자들이 몰려들었다.

1961년 8월, 희천 정밀기계공장이 완공되어 각종 정밀기계들이 국산화되었다. 이로써 황해제철소와 김책제철소에서 강철이 생산되고 있던 북한은 자동차, 트랙터, 기관차, 선박 등을 자체 기술과 부품으로 생산할 수 있는 길을 열었다. 8월에는 북한 최초로 기관차, 객차, 자동인쇄기가 생산되었다. 자동차와 트랙터는 이미 1960년부터 대량 생산되고 있었다.

5개년 경제계획을 성공적으로 마무리했다고 판단한 노동당은 9월의 제4차 전당대회에서, 북한산업기술을 선진국과의 격차를 줄이고 경제를 한 단계 더 도약시키기 위한 인민경제발전 7개년 계획(1961-67)을 채택했다.

1961년 8월, 김봉한팀의 논문발표 이후 세계 의학계의 반응은 크게 두 가지로 나타났다. 하나는 긍정 쪽이었고, 다른 하나는 부정 쪽이었다.

긍정적 그룹 즉 새로운 진리에 열린 마음을 갖고 있는 의학자들은 서서히 관심을 증폭시키기 시작했다. 시간이 지남에 따라 관심은 차츰 놀라움으로 변하고 있었다. 그들이 동양전통의학의 침구술의 효과를 알게 되면서 김봉한팀 논문의 진가가 인식되기 시작한 것이다.

그러나 기득권을 갖고 현실에 안주하며 변화를 싫어하는 의사들은 언급할 가치도 없는 이야기라고 일축했다. 새로운 진리탐구보다 권위 내세우기에 익숙한 그들에게 있어서, 과학기술이 낙후된 북한에서 서구에서 아직 이룩해 내지 못한 과학기술상의 발견이 이루어졌다는 것도 용납할 수 없는 일이었다.

긍정적 그룹의 의학자들은 반응을 보이기 시작했다. 논문과 관련된 상세한 자료를 요청한다든지, 공동연구를 하자고 제의해 온다든지, 견학을 위한 사절단을 파견하겠다는지 하는 반응들이었다. 이러한 소식은 소련을 비롯한 동구권의 여러 언론에 보도되었고, 북한의 각국 주재공관으로부터 북한으로 날아오기도 했다.

이러한 소식에 접한 박금철은 외국의 보도내용과 각국 공관의 보고자료들을 묶어 정리하여 김일성에게 직접 보고했다. 보고를 들은 김일성은 기뻐해 마지않았다.

"수고했소, 박 비서."

보고를 마치고 나온 박금철은 김봉한의 연구를 적극적으로 챙겨주어야겠다고 마음을 먹었다. 아울러 개인적인 욕심이 하나 생겼다. 작년에 평양의학대학에 진학한 딸을 김봉한팀의 연구에 합류시키려는 것이었다.

'공부하기 좋아하는 딸을 김봉한 교수 밑에서 동의학을 공부시켜 세계적인 동의학자가 되게 하자.'

박금철은 김봉한을 불러 격려하며 연구하는 데 뭐 도와 줄 것이 없느냐고 물었다. 김봉한은 즉시 대답했다.

"재작년에 올린 제2연구계획서대로 해 주시면 고맙겠습니다."

"아니, 재작년에 올린 연구계획서의 요청사항이레 아직 집행이 안 되었단 말입네까?"

박금철이 짐짓 놀라는 체하면서 되물었다. 사실 그것이 집행되지 않은 데는 자신에게도 일말의 책임이 있었다. 연구계획서에 접하여 당황한 보건성 관계자들이 박금철에게 실행의 난감함을 보고해 왔을 때, 그 자신도 확답을 못하고 차일피일 미루었던 것이다. 그러나 이제는 사정이 달라졌다. 그 연구는 김일성 수상을 포함하는 온 나라가 아니 더 나아가서는 전세계가 주목하는 연구가 되었다. 웬만한 비용이 들어가더라도 그것은 문제가 되지 않을 것이다.

“알겠소, 김 선생. 내 당장 집행되도록 하리다. 그러구 말이외다. 내 딸이 김 교수 밑에서 같이 연구할 수 있도록 좀 도와 주시구레.”

김봉한은 쾌히 승낙했다. 그것은 유능한 연구자 한 사람을 확보하는 셈이었기 때문에 마다할 이유가 없었다. 그러나 김봉한은 나중에 이 때문에 치명적인 타격을 입게 된다.

박금철은 김봉한이 있는 자리에서 즉각 보건상과 교육상에게 전화를 걸어 우선 연구계획서의 집행이 미루어진 데 책망하고, 당장 연구계획서대로 집행할 것을 지시했다. 박금철은 또한 김봉한에게 결혼을 해서 가정을 가질 것을 종용했다. 당의 방침으로 월북한 주요 인사들에 대해서는 결혼을 해서 새 가정을 꾸리도록 강력하게 권하고 있었다. 그래야 남한에 대한 미련을 떨쳐 버리기가 쉽기 때문이다.

그러나 김봉한은 그것만은 한사코 거절했다. 물론 남한에 처자식을 두고 온 이유도 있지만 무엇보다도 그는 자신의 운명을 과학 연구라 믿고 있었다.

1962년 1월, 김봉한은 국가학위·학직수여위원회 제4차 상무위원회에서 박사학위를 받았다. 아울러 생물학과 강좌장에 취임했다. 북한에서는 박사학위를 유일하게 국가심사기관에서 받을 수 있다. 1962년 당시 국가에서 내 준 박사학위는 열 손가락으로 꼽을 정도였고, 의학박사는 김봉한이 유일했다. 따라서 박사학위는 대단한 권위를 갖고 있었다.

물론 정부병원장 이정복과 같이 남한에서 월북한 의사들 중에는 이미 박사학위를 갖고 있는 사람도 있었다. 그러나 북한에서는 이를 인정해 주지 않았다. 김봉한도 전쟁이 나던 해에 서울대에서 박사학위를 받게 되어 있었다. 전쟁이 나서 월북하는 통에 그것이 이루어지지 못했다. 그로부터 12년 만에 비로소 박사학위를 받은 것이었다.

북한에서 학자의 최고 직급은 원사이고, 다음이 후보원사, 그 다음이 박사였다. 1962년 당시에는 원사, 후보원사가 각각 5명이 채 안 되었다. 이승기 박사가 원사였고, 여경구 박사와 도상록 박사가 후보원사로 있었다.

1962년 봄학기가 시작되기 직전 교육성에서 김봉한에게 필요한 연구원을 지목하라고 하여 평양의대 조교수 김세욱과 평남수의대 강사 김익수를 지목했다. 교육성은 즉각 김세욱과 김익수를 김봉한 연구팀 파견근무로 발령을 내주었다. 이로써 김봉한은 24시간 함께 연구할 수 있는 전임연구원 두 명을 확보했다.

보건성에서는 제2연구계획서의 연구장비를 구할 수 있는 곳에 대해 문의해 왔다. 당시 형광현미경, 전자현미경, 오토라디오그래피 등의 첨단기기를 보유한 곳은 독일과 소련밖에 없었다. 그는 한국전쟁 때 제2후방병원에서 함께 근무했던 동독의 베르크만 박사를 생각했다. 그에게 부탁하면 장비를 구해 주리라.

김봉한은 베를린종합병원 외과과장으로 있는 베르크만에게 편지를 냈다. 편지에는 논문을 발표한 사실과, 논문내용의 경락이라는 것이 과거 제2후방병원에서 함께 관찰했던 바로 그 조직으로 보인다는 것과 끝으로 더욱 세밀한 관찰을 위한 장비 도입을 알선해 달라는 내용을 담았다. 이에 대해 베르크만은 독일에서도 김봉한의 논문이 주목을 받고 있다는 내용과 함께 장비 도입을 적극적으로 도와주겠다는 답을 보내 왔다. 김봉한팀은 장비의 도착을 기다리는 중에도 연구와 실험을 계속해 나갔다. 그들은 우선 제1논문의 부족한 부분이었던 인체실험을 대폭 보강하기로 했다.

경락은 그 생명과 생사(生死)를 같이 하고 있었다. 경락의 유무(有無)가 생명의 생사 여부와 일치한다는 것은 어쩌면 당연할지도 몰랐다. 동양전통의학에서 경락을 질병을 치료하는 요체라 하여 그토록 중요시하고 있는 이유가 바로 거기에 있는 듯했다. 따라서 경락을 관찰하기 위해서는 살아 있는 인체내부를 들여다보아야 했다. 살아 있는 인체내부를 들여다 보자면 역시 수술 중인 환자를 들여다보는 수밖에 없었다. 그들은 평양의대 외과 및 응급실과 비상연락체계를 세웠다. 주요한 수술이 있을 경우 김봉한팀을 입회시키도록 했다.

그러나 김봉한은 예전 제2후방병원 시절 자신이 직접 수술을 지휘하면서 인체내부를 관찰할 기회를 충분히 가졌었다. 그는 예외없이 모든 인체가 희뿌연 거미줄 같은 조직을 갖고 있음을 확인한 바 있었다. 지금은 연구팀 구성원에게 그것을 확인시키는 작업만이 필요할 뿐이었다. 인체내부에 근접하여 사진을 찍을 수 있는 시간도 얻을 수 없었기 때문에 김봉한팀은 그림으로 그것을 기록했다.

1962년 여름, 평양의대에서 열린 전국의학자대회에서 김봉한은 장시간에 걸쳐 주제발표를 했다. 경락으로 사료되는 거미줄 같은 조직을 발견한 것, 조직의 중요성을 감안하여 수술시에 주의를 요한다는 것, 앞으로 계속되는 연구에서 거미줄 같은 조직이 더욱 상세하게 밝혀지리라는 것을 발표했다.

이때부터 봉한학설이란 말이 돌기 시작했다. 세미나에서 그가 발표한 주제를 중심으로 한 내용을 일반적으로 봉한학설이라 불렀고,

그것은 전국 의학대학의 교정과정에 들어가기 시작했다. 봉한학설의 채택 이후 전국의 병원에서는 수술에 의한 의료사고가 대폭 감소되고, 환자들의 수술 후의 회복도 눈에 띄게 좋아졌다.

김봉한팀은 다음으로 제1논문에서 제기된 중요한 의문 하나에 집중했다. 그 의문은 다음과 같은 것이었다.

> 자신들이 발견한 경락은 관 모양을 하고 있었다. 단순한 선조직이 아닌 관 모양이라면, 그 안에 어떤 물질이 흐르고 있다는 가정이 성립될 수 있었다. 과연 어떤 물질이 존재할까? 고전이론에 의하면 경락은 동양의학에서 생명에너지라고 알려져 있는 기(氣)의 통로다. 그렇다면 기와 관련된 어떤 물질이 존재하는 것일까.

아주 미세한 거미줄 같은 조직 안에 무엇인가가 존재하는지 육안으로는 도저히 식별할 수 없었다. 김봉한팀은 관 속에 존재할지도 모를 액체를 추출하기 위해 보존용매를 일체 묻히지 않은 건조하고 부드러운 천에 거미줄 같은 조직을 직접 놓았다. 거미줄 같은 조직이 건조된 천 위에 놓이면 즉시 수축되어 뭉쳐졌는데, 이때 천의 색깔이 약간 변한다는 것이 관찰되었다. 관에서 무엇인가가 나와 천에 묻었고, 그것이 천의 색깔을 변하게 한 듯했다. 관 속에 어떤 액체가 있다는 의미였다.

그들은 천의 색깔이 변한 부분을 즉시 분리하여 원심분리기와 정성분석기를 사용하여 성분을 조사했다. 그러나 변색된 부분이 워낙 적고, 색깔 또한 미미했기 때문에 성분조사까지 가기가 여간 어렵지 않았다.

성분분석이 횟수를 거듭해 가면서 하나의 놀라운 사실이 굳어져 갔다. 그것은 거미줄 같은 조직의 관 속에 액체의 다량의 DNA(디옥시리보핵산)가 들어 있다는 사실이었다. 액체 속에는 DNA뿐만 아니라 아드레날린 같은 고에너지 호르몬 물질도 다량 들어 있었다.

DNA는 1940년경부터 생명체의 모든 비밀을 담고 있는 유전물질이라 하여 생물학계의 총아로 각광받기 시작했다. 특히 당시로부터 9년 전인 1953년에 영국에서 제임스 왓슨과 프랜시스 크릭이 DNA의 구조를 밝힘으로써 전세계는 DNA의 연구에 전력을 쏟기 시작했다. 경락 속에 생명의 전체상을 담고 있는 물질인 DNA와 고에너지 호르몬 물질이 다량 존재한다는 사실은 경락을 통해 생명에너지인 기가 흐른다고 하는 고전이론과도 합치되는 것이었다.

여기서 김봉한은 고전이론에서 말하는 기(氣)의 영위(營衛) 개념이 떠올랐다. 김봉한이 발견한 경락은 전기를 잘 통하는 전도체였고, 또한 그 속에는 고에너지 액체가 흐르고 있었다. 고전이론에서 영(營)의 개념은 경락의 내부를 흐르며 신체 각 조직과 기관에 영양물질을 공급하는 기능이고, 위(衛)의 개념은 경락 바깥쪽을 달리며 신체를 방어하는 기능이라 했다. 그렇다면 경락 속의 고에너지 유체가 바로 영이고, 경락 밖을 달리는 전기가 바로 위라고 볼 수 있다.

바야흐로 경락과 함께 기의 실체도 확연하게 드러난 것이 분명했다.

42
제2논문

• • •

한편 김익수는 동물수술 시 나오는 적출물에서 거미줄 같은 조직의 채취를 계속하고 있었다. 그는 피부조직에서 장기 주변에서 들어간 거미줄 같은 조직을 채취하는 데 성공했다. 피부의 거미줄 같은 구조는 장기의 거미줄 같은 구조와 거의 비슷했다. 거미줄 같은 조직의 중간중간에는 굵어진 마디 같은 부분이 있었는데 그것은 고전이론에서의 경혈 부위와 대체로 일치했다.

김익수는 동물실험을 계속하던 중 또 하나의 놀라운 사실을 발견했다. 그것은 혈관과 림프관에도 그 거미줄 같은 조직이 존재한다는 것이었다.

혈관과 림프관 속에도 존재하다니!

여기서 김봉한팀은 잠시 생각을 가다듬어야 했다. 고전이론에서의 경락은 장기와 체표를 연결하는 통로다. 그런데 혈관과 림프관에 존재하는 거미줄 같은 조직은 무엇인가.

거미줄 같은 조직은 생체의 모든 주요 조직에 존재하는 듯했다. 그리고 그 모든 조직에서의 거미줄 같은 조직은 체표에서 발견되는 것과 같은 것이었다.

여기서 김봉한은 전후 복구건설현장에서 품었던 생각을 떠올렸다.

모든 건축물공사에서는 골조공사가 우선되어야 한다. 마찬가지로 인체발생 시에도 골조에 해당되는 조직이 있어야 할 것이다. 그러한 골조조직은 인체 내 모든 조직과 기관에서 존재해야 한다. 지금 우리는 전혀 알려지지 않은 새로운 조직, 즉 희뿌연 거미줄같은 조직을 탐사하고 있다.

김봉한팀에서는 거미줄조직에 새로운 이름을 붙여 놓아야 한다는 당위성이 생겼다. 김봉한팀은 그들이 지금까지 발견한 모든 희뿌연 거미줄 같은 조직을 일단 팀장의 이름을 따서 '봉한관'이라 하고 중간중간에 있는 마디부분을 '봉한소체'라 하기로 결정했다.

이들은 일단 생체피부에서 발견되는 것을 '표층봉한관', 생체 심부에서 발견되는 것을 '심층봉한관', 그리고 거기에 각각 부속되어 있는 봉한소체를 '표층봉한소체'와 '심층봉한소체'로 구분하기로 했다.

한편 김세욱은 피부의 거미줄 같은 조직의 마디부분, 즉 봉한소체에 대해 집중연구하고 있었다.

김세욱과 몇 명의 연구원이 봉한소체에 대해 연구하던 어느 날이었다. 김세욱은 자신의 다리경혈에 침을 꽂고, 침을 꽂은 후의 감각의 변화를 느끼고 있었다. 고전이론의 족양명위경락(足陽明胃經絡)의 경혈족삼리에 일반적으로 많이 쓰이는 호침을 꽂았다.

그런데 조용히 침을 쳐다보고 있으려니 왠지 침이 움직이는 것 같다는 느낌이 들었다. 침자루의 위치가 처음 꽂았을 때와 변한 듯했고, 잠시 후에는 또 다른 방향으로 움직였다. 침자루의 위치변화로 보아 침이 회전운동을 하는 듯했다.

김세욱은 최근에 소련으로부터 들여온 저속도촬영기를 써서 그 현상을 촬영해 보기로 했다. 저속도촬영기는 씨앗의 발아나 꽃의 개화 같은, 육안으로는 느끼기 힘든 완만한 움직임을 육안으로 느낄 수 있도록 해 준다. 저속으로 촬영을 했다가 고속으로 회전시켜 보면 발아나 개화의 과정이 확연하게 보이는 것이었다.

침을 꽂고 저속도촬영을 해서 고속으로 재생을 해 보니 과연 침은 확실한 원운동을 보여 주었다. 침을 피부의 특정한 위치 즉 경혈에 꽂았을 때, 그것이 원운동을 한다는 사실은 그 어떠한 책에도 없고, 그 어떤 논문에도 탐구된 적이 없었다. 김봉한팀은 이러한 침의 원운동을 '김세욱 현상'이라 명명했다.

김봉한팀은 제1논문 발표 이후 얻어진 엄청난 성과들을 묶어 제2논문을 작성했다. 제2논문의 제목은 〈경락 계통에 관하여〉로 했다. 제1논문의 경우와 마찬가지로 제2논문의 사본도 당부위원장 박금철, 보건성, 그리고 평양의대 의학부와 동의학부에 각각 1부씩 발송했다.

김봉한팀은 형광현미경의 도움을 받아 표층봉한소체의 자세한 구조를 볼 수 있었는데 논문에 상세한 그림이 포함되었다.

제2논문은 제1논문에서 미진했던 부분을 보완하고 있었을 뿐만 아니라, 제1논문을 훨씬 뛰어넘는 획기적인 내용을 담고 있었다. 따라서 의학에 관심이 있는 사람이라면 누구라도 놀라움을 금치 못할 것이 너무도 당연했다.

제1논문 때와 같이 소식은 북한 중앙통신사를 통해 전세계에 타전되었다. 각국의 재외공관들도 논문과 설명서를 번역하여 관련기관과 대학에 배포했다.

제2논문에 대한 세계 의학계의 반응은 제1논문 때와 마찬가지로 긍정적 반응과 부정적 반응으로 나타났다. 그런데 이번에는 긍정적 반응이 눈에 띄게 많아졌다.

그들은 모임을 갖고 김봉한팀의 논문을 연구하기 시작했는데, 자신들의 견해를 학술지에 발표하기도 했다. 이러한 현상은 소련, 동독, 폴란드, 체코, 헝가리 등 동구권 제국뿐만 아니라, 스웨덴, 프랑스, 서독 등 사회주의권과 가깝게 지내던 서구 선진국에서도 나타났다. 그들이 발표하는 견해는 대개 다음과 같은 공통적인 내용을 담고 있었다.

'김봉한팀의 발견은 충분히 객관적으로 검토해 볼만한 내용을 담고 있다. 그들의 연구방법론으로 보아 그들의 결론은 상당한 타당성을 갖고 있고, 그것은 현대의학의 결함을 훌륭하게 보완할 수 있는 가치를 지닌 것으로 여겨진다. 따라서 우리는 세계 의학계에서 김봉한팀의 연구가 보다 광범위하게 논의하고 검토되어야 한다고 본다.'

각국의 언론과 통신사들도 이러한 의학계의 움직임을 주요한 기사로 다루었다. 전세계는 김봉한이 누구이며, 그의 업적이 무엇인가에 대해 주목하기 시작했다. 바야흐로 전 지구가 1953년 왓슨-크릭의 DNA 분자구조 발표 이후 사상최대의 과학적 이슈를 맞게 된 것이다.

이러한 세계적 소동을 오직 한 나라만 외면하고 있었는데, 그곳은 같은 민족, 가장 가까운 나라인 남한이었다. 남한에서는 북한에 관한 사항은 엄격한 보도통제가 가해지고 있었다. 특히 북한에 대한 긍정적 내용의 보도는 용납되지 못했다. 북한이 스포츠 경기에서 우승했다든지, 세계 신기록을 세웠다든지, 과학자가 세계적인 발명을 했다든지 하는 것은 철저한 봉쇄대상이었다.

1963년 말부터 김봉한팀의 연구를 직접 견학하려는 외국의 학술연구단이 북한을 방문하기 시작했다. 방학을 맞아 조용해야 할 평양의대 교내에 외국인들이 심심찮게 눈에 띄었다. 어떤 때는 2개국 이상에서 동시에 온 사절단 때문에 연구팀과 관계자들은 바쁜 시간을 보내야 했다.

김봉한의 열의와 자신감에 찬 설명을 듣고 실험과정을 확인한 견학자들은 새로운 세계에 접하면서 감탄을 금치 못했다. 많은 견학팀들이 연구생이나 유학생의 파견을 받아 줄 것을 요청했다. 때아닌 외국인 방문객들 때문에 외교부와 정치보위부의 관계자들이 바빠졌다. 비자를 발급하고, 통행증을 발행하고, 보호감시원을 붙이느라 분주했다.

중앙방송과 로동신문은 연이은 외국인들의 방문사태와 함께 김봉한의 업적을 연일 보도했다. '수상의 교시를 높이 받든 우리식 과학기술의 승리' '조선인민의 우수성을 세계에 떨친 위대한 과학자 김봉한' '인류 역사상 최초로 경락의 실체 발견' '외국의 과학자들 김봉한 박사에게 배우기 위해 연일 방문' 등 찬사가 끝없이 이어졌다.

북한에서는 전례가 없던 일이었다. 1945년 9월, 조선민주주의인민공화국 건국 이래 김일성 이외의 개인의 이름이 그토록 오랫동안 언론의 주목을 받는 것은 처음 있는 일이었다. 북한주민들에게는 그것은 신선한 충격이었다. 북한에서는 바야흐로 '김봉한 현상'이란 것이 생겨날 정도였다.

당과 정부에서도 이러한 김봉한 현상에 부응하여 무슨 조치를 취해야 할 판이었다. 김일성은 1964년 2월 초, '김봉한의 연구성과'에 관련된 조치를 논의하기 위해 노동당 중앙위원회를 소집했다. "의학과학원과 동의학연구실이 있기는 하지만, 김봉한 박사의 성과처럼 세계적인 것을 내놓지는 못했습니다. 지금 김봉한 박사의 성과에 대해서는 세계가 놀라고 있습니다. 그것을 계속 발전시켜 나갈 수 있도록 독자적인 연구소를 설립하는 것이 타당하리라 봅니다."

회의는 박금철의 이런 의견을 채택했다. 사실상 김봉한과 그의 연구를 위해서 별도의 연구소를 설립하기로 한 결정이었다. 연구소의 이름은 '경락연구원'이라 하고 내각 직속으로서 의학과학원과 동격의 지위와 규모를 유지하게 했다.

당시 북한의 국가직속 연구기관은 과학원, 사회과학원, 농업과학원, 건설과학원, 의학과학원 등 5개 기관이 있었다. 여기에 경락연구원이 추가된 것이다. 국가직속 과학원 원장은 장관급 또는 차관급 대우를 받았다. 김봉한은 세계적인 명성을 얻음과 동시에 신분도 급

상승했다.

의학과학원은 그 산하에 동의학연구소, 위생연구소, 미생물연구소, 임상의학연구소, 수혈연구소, 약학연구소, 광천물리치료연구실 등 7개의 연구소가 있었다. 의학과학원 산하 동의학연구소는 11개의 연구실을 갖고 있었는데, 새로 설립된 경락연구원은 40여 개의 연구실을 갖추었다. 따라서 과학원 산하 동의학연구소는 과학원과 동격의 경락연구원이 생기는 바람에 그 위상이 현저하게 떨어졌고, 동의학연구의 중심은 동의학연구소에서 경락연구원으로 옮겨가게 되었다.

43

제3논문 및 제4논문

• • •

김봉한은 경락연구원이 설립된 후 한동안 연구에 신경을 쓸 여유가 없었다. 인력을 선발해서 배치하는 일과 각종 실험장비와 기자재를 설치하는 일로 정신이 없었다. 막상 연구를 도와주기 위해 설립된 연구소 때문에 오히려 연구가 잠시 방해받고 있었다.

그러나 무엇보다도 전자현미경, 오토라디오그래피, 가스크로마토그래피, 분광분석기 등 첨단측정장비들을 사용할 수 있게 되었다는 것이 다행스러운 일이었다. 이 장비들은 1962년부터 평양의대에 들어오기 시작했으나 설치할 장소와 운영할 인력이 마땅치 않아서 창고에서 잠자고 있었다. 그러다가 이제 널찍한 연구소가 생겨서 각자의 위치를 얻을 수 있게 된 것이다.

사실상 의사가 이러한 장비들에 대해 모두 알고 있는 경우는 드물었다. 대개의 의사들은 전혀 접해 보지 못했거나 들어 보지도 못한 장비들이었다. 학창시절 물리학을 비롯한 기초과학의 토대를 단단하게 다져 놓은 김봉한이기 때문에 이러한 장비들을 알고 있었고, 연구에 필요하다고 판단할 수 있었다.

김봉한이 오토라디오그래피, 즉 자동방사선 측정장치가 필요하다고 판단한 것은 해부학적 방법만으로는 봉한관의 연결을 추적하는 데 한계가 있었기 때문이다. 생체 내의 그 희뿌연 거미줄 같은 조직은 사방팔방으로 달리고 있었고, 때로는 조직 속으로 들어가기도 했기 때문에 일일이 추적하기가 불가능했다.

따라서 방사성 동위원소, 즉 아이소토프를 거미줄 같은 조직에 집어넣어 그 동위원소의 주행을 추적하면 봉한관의 주행이 자연히 드러날 것이 분명했다. 방사성 동위원소는 원래의 원소와 화학적 성질은 같지만 방사선을 방출한다는 것이 차이점이다. 방사선을 방출하기 때문에 원소의 위치 추적이 가능한 것이다. 방사선 추적장치에 필요한 방사성 동위원소는 김일성종합대학 물리학과의 도상록 교수로부터 공급받을 수 있었다. 도상록 교수는 방사선 물리학계의 권위자로서 소련에까지 알려진 인물이었다. 그는 소련을 비롯한 동구권의 방사선 물리학 학회에도 여러 번 초청받아 다녀온 바 있었다. 도 교수는 김일성종합대학교에서 1950년대 중반부터 이미 우라늄, 라듐, 테크니튬, 인 등의 방사성 동위원소를 자체적으로 생산하고 있었다.

김봉한은 방사성 인(燐: P.32)을 경락계통의 각 부위에 주입하여 봉한액의 움직임을 추적했다. 봉한액은 순환하고 있었고, 순환로는 조직세포에서 시작되어 표층봉한소체와 심층봉한소체를 겨쳐, 다시 조직세포로 돌아오는 폐쇄성 순환로였다. 생체 내에는 이와 같은 순환로가 많이 있었고, 그것들은 상대적으로 독립해 있으면서도 상호 결합되어 있었다. 혈관계가 단순환체계(單循環體系)를 이루고 있는 데 반해서 복합적인 다순환체계(多循環體系)를 구성하고 있었다.

그는 결국 방사선 추적의 원리를 이용하여 거대한 봉한관체계를 밝혀내게 된다. 밝혀 놓고 보니 그것은 상상을 초월하는 거대한 조직체계였다. 그것은 인체의 거의 모든 조직에 분포하고 있었고, 심지어는 모든 주요 세포에까지 뻗어 있었다. 게다가 각 조직과 세포 속에 뻗어 있는 봉한관은 별개의 것이 아니라 전부 연결된 하나의 통합적 조직이었다.

'모든 세포는 직접 경락계통과 연결되어 있다'고 하는 것은 또 하나의 도발적인 명제였다. 김봉한팀은 세포핵에 미세한 봉한관이 직접 출입하고 있다는 것을 확신했다. 그것은 분자수준의 연구로 일대 변혁을 맞고 있던 현대생물학과 의학에 전혀 새로운 연구방향을 제시하는 것이었다.

김봉한은 방사선 추적을 계속했다. 방사선 추적은 개체발생 시의 봉한관 형성에 관해서도 밝혀 주었다. 거기에는 또 하나의 놀라운 사실이 숨어 있었다. 그것은 봉한관 계통의 발생분화(分化)는 맥관계통, 신경계통 및 그 밖의 기관보다 조기에 일어난다는 것이었다.

김봉한팀은 방사선 추적법을 사용하여 병아리 발생을 관찰했다. 병아리의 발생시, 품은 지 15시간 이내에 봉한관이 형성되었다. 이 때에는 다른 어떠한 조직도 생기기 전이었다. 봉한관은 발생과정에서도 중요한 역할을 하는 것이 분명했다.

봉한관이 모든 주요 기관의 세포핵에까지 이르고 있다는 것과 개체발생 시에 봉한관이 가장 먼저 발생한다는 것은 사실상 한 가지 진리를 설명하는 두 측면이다.

즉 봉한관이 가장 먼저 발생한다는 것은 봉한관이 다음에 발생하는 조직과 기관들의 공간적, 기능적 방향을 관할한다는 것을 의미한다.

다시 말하면 개체발생 시 봉한관은 어떤 조직이나 기관보다도 먼저 생겨서 각종 조직과 기관의 형성을 유도한다. 따라서 봉한관이 모든 세포의 세포핵에 연결되어 있다는 것은 당연한 이치다. 세포증식의 구심점인 세포핵에 연결되어 있으면서 세포의 증식과 그 공간적, 기능적 방향을 제어하는 것이다.

김봉한팀은 계속해서 방사선 추적대상을 확대하여 이 계통이 단지 고등동물뿐 아니라 식물에도 존재한다는 사실, 따라서 다세포 체제를 가지고 있는 모든 생물에 보편적으로 존재한다는 사실을 밝혀냈다.

연구팀은 1964년 말까지의 성과를 제3논문으로 작성했다. 제3논문에는 방사선 추적법으로 파악한 봉한관의 분포와 전자현미경으로 관찰한 상세한 구조에 대한 그림과 사진이 다수 포함되었다. 인체 내 봉한관에 대해서는 관찰을 기초로 한 몽타주를 첨부했다.

세포와 봉한관의 연결성을 추적하던 김봉한팀은 세포증식의 형식에 관한 경이적인 현상을 발견했다. 그것은 1840년 독일의 생물학자 피르호(R. Virchow)가 "세포는 세포에서만 생긴다"고 말한 이래, 1세기 이상의 긴 세월이 지나는 동안 세포학, 유전학, 분자생물학 등의 검증을 거쳐, 현대생물학에 있어서의 가장 확실한 기본적 명제로 지목되고 있는 세포분열학설이 갖는 한계성을 지적하는, 그야말로 수소폭탄적이라고나 해야 할 학설의 개진(開陣)이었던 것이다.

김봉한팀은 세포는 세포분열에 의해서만 증식되는 것이 아니고, 그들이 발견한 특별한 매개체를 통해서도 만들어지는데, 그들은 그것을 '살아 있는 알'이라는 뜻으로 '산알'이라고 명명했다. 산알은 봉한관을 통해서 생체의 피부와 심부를 순환하고 있었다.

세포의 생성과 사멸과정은 '산알'이라고 불리는 핵산(核酸)의 미립자가 봉한관 계통 안을 순행하는 사이에 증식하여 세포로 자라고, 그 세포가 다시 '산알'로 변하여 봉한관 계통 안을 순행하는 순차적인 반복 속에서 영위된다는 것이다. 이것은 봉한산알, 세포환(細胞環)에 의한 세포의 자기갱신과정이라고 불려지고 있다.

김봉한팀이 그때까지 발견한 것들은 모두 의학사상 그 유례를 찾아볼 수 없을 정도로 획기적인 것들이었지만, 이 산알관련학설에 이르러서는 그 도가 극에 달했다. 따라서 산알과 관련된 학설을 특별히 '산알학설'이라고 불렀다.

산악학설에 의하면, 세포분열에 의한 세포증식은 부정되는 것이 아니고, 봉한산알, 세포환에 근거한 특수형식의 것으로써 산알학설에 포함되고 마는 것이다.

산알학설은 모든 생명현상의 밑바닥에는 산알의 변화과정이 있다고 하는 원칙적인 관점에서 생명현상을 산알의 수준에서 연구할 필요성을 제창하고 있었다. 그리고 이와 같은 연구는 생명현상의 본질에 접근하는 큰 성과가 약속되는 것이 분명했다.

김봉한팀은 제3논문에 보완적으로 수록하려던 계획을 바꾸어 산알학설에 관련된 부분을 별도의 제4논문으로 작성했다. 제3논문의 제목은 〈경락학설〉로 하고, 제4논문의 제목은 〈산알학설〉로 했다.

제3논문과 제4논문은 경락연구원이 설립되고, 또한 경락학회가 결성된 지 꼭 1년 만인 1965년 4월 15일에 열린 '조선경락학회 제1회 학술보고회'에서 발표했다.

제3논문과 제4논문의 발표시, 그동안의 주요 실험장면들을 저속도 촬영한 영화 〈경락의 세계〉를 상영하여 참석자들에게 깊은 감동을 주었다. 이 필름 역시 전 세계에 논문과 함께 배포되었다.

44
세계 의학계의 경악

• • •

세계 과학계에서의 파문은 점점 증폭되었다. 소련을 비롯한 동구권에서는 김봉한팀의 논문을 연구하는 모임이 점점 늘어나고, 서구 여러나라에서도 그런 움직임이 증가 추세였다. 일본에서도 봉한학설을 연구해야 한다는 주장이 나오기 시작했다. 일본의학계의 봉한학설 지지자들은 김봉한을 일본에 초청하여 강연회를 열겠다는 제의를 했다.

그런데 정작 북한 내에서의 반응은 1963년 제2논문을 발표했을 때와는 달리 방송과 신문에 그렇게 크게 보도되지 못했다. 논문의 학술적 가치와 중요성으로 볼 때, 제2논문 때보다 더 다루어 주어야 할 터인데도 거의 다루지 않았다. 그렇게 된 데는 몇 가지 요인이 겹쳐 있었다.

첫 번째 요인은, 북한의 군국주의화 경향이었다. 1965년 신년사에서 김일성은 "선방위력증강, 후경제개발"이라고 하면서 방위력증강을 강조했다. 군사력 강화문제가 모든 것을 우선하게 된 것이다. 이런 분위기에서 과학자의 학문적 업적은 별로 주목을 받을 수가 없었다.

두 번째 요인은, 국내외 정세의 긴장이었다. 북한은 가까운 관계에 있던 공산 베트남, 즉 베트민과 전쟁을 벌이고 있는 미국에 대해 줄곧 비난공세를 가하고 있었다. 그런데 1965년 1월, 남한이 베트남에 군대를 파견할 것이라는 보도가 나오자, 연일 신문과 방송을 총동원하여 이 파병을 미제침략에 동조하는 행위라고 격렬하게 비난했다. 신문과 방송은 오직 베트민이 요청하기만 하면 당장이라도 인민군을 지원하여 미제와 남조선 괴뢰군을 격퇴시킬 것이라고 호언했다.

세 번째 요인은, 국내 관련학자들과 인사들의 침묵이었다. 동의학자들이 보기에 봉한학설은 이미 동의학이 아니었다. 자신들이 알고 있는 동의학을 훨씬 뛰어 넘어 있었다.

이런 요인들이 겹쳐서 봉한학설에 대한 보도와 관심은 축소되고 있었다. 봉한학설에 대한 관심은 축소되고 있었고, 나아가서는 견제와 무시풍조까지 생기기 시작했다.

당국에서의 지원도 전보다 점점 못해졌다. 외국에서 봉한학설과 관련해서 견학을 오겠다고 쇄도하는 요청에 대해 당국의 반응은 시큰둥했다. 비자발급을 미루거나 미수교국인 경우에는 거절하기 일쑤였다.

외국에서의 김봉한팀 초청 요구도 무시되었다. 가까운 일본에서 봉한학설 연구자들이 김봉한을 초청했다. 그들은 일본에서 김봉한

참석하에 봉한학설에 대한 세미나를 연다고 대대적으로 선전을 했는데 정작 세미나가 열리는 날에 김봉한은 참석하지 못했다.

한편 외국에서의 봉한학설에 대한 관심은 점점 더 고조되었다. 열린 마음을 갖고 냉철한 시각으로 보는 학자들은 대개 봉한학설에 대해 긍정적이었다. 경락 존재의 진위 여부를 떠나서라도, 학설의 현란한 연구방법론과 서술의 치밀한 전개가 도저히 진실이 아닌 것을 꾸며댔다고는 볼 수 없었다. 그들은 점점 더 봉한학설에 심취되어 갔다.

1966년에 들어서서 전세계의 참된 과학자들은 봉한학설에 대해 이야기하고 있었다. 그들은 무엇보다도 우선 일본의 식민지로 있다가 1945년에 독립한 나라에서 그런 성과가 나왔다는 데 대해 놀랐다.

봉한학설에 대한 논의가 점점 확대됨에 따라, 봉한학설을 무시하고 있던 학자들도 더 이상 침묵만 지키고 있을 수 없는 상황이 되어갔다. 전세계의 무심하던 의학자들도 어떤 식으로든 봉한학설에 대한 평가를 내려야 한다는 압력을 받게 되었다.

각국 정부의 정보기관은 자국의 학자들에게 봉한학설에 대한 평가를 하라고 지시하기도 했다. 남한에서도 그랬다. 일반인들에게는 거의 알려지지 못한 채, 남한의 중앙정보부는 서울의대의 남기영 교수에게 봉한학설에 대해서 검토해 달라고 요청했다.

전세계의 보수적 의학자들은 한껏 젖혀 앉았던 안락의자에서 천천히 몸을 앞으로 기울여 도대체 봉한학설이 무엇이길래 이렇게 사람을 성가시게 하느냐는 듯이 들추어 보기 시작했다. 김봉한은 학창시절, 전공인 의학뿐만 아니라 물리학, 화학, 수학 등의 인접 기초과학을 폭넓게 섭렵했다. 이러한 폭넓은 학문적 지식을 토대로 그는 종횡무진 기발한 방법론들을 구사하여 수많은 새로운 사실을 밝혀냈다. 그가 경락 연구에 구사한 방법론들은 의학만 공부한 사람으로서는 도저히 접근하기 어려운 것이었다.

봉한학설은 마치 16세기 과학계의 대사변인 코페르니쿠스의 발견과 비슷하게 보였다. 폴란드의 천문학자였던 코페르니쿠스는 1534년, 지구가 태양을 중심으로 돈다는 지동설(地動說)을 발표하여 그때까지 지구가 우주의 중심이라는 카톨릭의 우주관이 지배하고 있던 사회에 일대파문을 일으켰다. 그의 학설과 그를 지지하던 후대의 과학자들은 당시 정치 및 종교계를 장학하고 있던 카톨릭교단으로부터 혹심한 박해를 받았다.

김봉한이 연구결과를 발표한 1960년대 초반만 해도 서양 기계 문명사회는 동의학이나 중국의 한의학을 도무지 과학적 의학이라고 받아들이지 않고 있었다. 심지어는 일종의 미신이라고 생각하는 사람들까지 있었다. 우선 한의학의 핵심적 개념인 경락이란 것이 모호하기 짝이 없었다. 그들의 자랑스런 해부학 교과서에는 경락이란 것이 존재하지 않았다. 그리고 '기(氣)' 어쩌고 하는 것이 도무지 과학적 사고방식으로는 납득하기 힘들었기 때문이기도 했다.

특히 경락이 개체발생시에 가장 먼저 발생되고, 또한 생명현상에 있어서 핵심적 역할을 한다는 것은 도무지 믿기 어려운 내용이었다. 산알학설에 이르러서는 그 정도가 극에 달하고 있었다. 그 모든 것이 사실이라면 그들로서는 이만저만한 수치가 아니고, 또 자존심의 엄청난 붕괴를 초래하게 되는 것이다.

그것이 사실이라면 그들의 의학이나 생물학에서는 경락의 존재와 그 중요한 기능을 전혀 모르고 있었다는 말이 되었다. 또한 그들의 의학이 정작 중요한 것을 빠뜨리고 있었던 반쪽 의학으로 전락될 판이었다. 생명현상의 가장 중요한 요소를 모른 채 어떻게 사람의 질병은 제대로 진료하고, 또 어떻게 생명이 무엇이라는 것을 논할 수 있겠는가.

그들은 봉한학설의 약점을 찾기 시작했다. 약점이 의외로 쉽게 나타났다. 그것은 역시 인체실험에 의한 입증이 미약하다는 것이었다. 주로 동물실험을 통해서 얻은 결론을 인체에 그대로 적용하려 한 무리가 포착되었던 것이다.

서구의 비판적 학자들 중의 일부는 매우 공격적으로 나왔다.

봉한학설의 평가문제는 학설 자체의 진위 여부를 떠나서 엉뚱하게 인체생체실험 논쟁으로 옮겨 갔다. 학문적 관심이 지대한 사람 몇몇을 제외하고는 오히려 이러한 생체실험 논쟁에 더 관심을 기울였다.

봉한학설에 대한 논의가 분분하던 1966년 4월 어느 날, 김봉한은 박금철을 찾아갔다. 김봉한은 먼저 세계학계의 반응에 대해 설명했다.

"지금 서구학계에서는 학설의 진위 여부에 대한 평가는 뒤로 한 채 엉뚱하게 인체실험 여부에 대해 꼬투리를 잡고 있습니다. 꼭 인체실험에 관한 자료를 첨가하지 않더라도 학설은 현재의 서술로 그 인과관계가 명확하다고 봅니다." 김봉한이 완강하게 인체실험을 거부했다.

"허허, 김 선생은 아직두 그 남반부에서의 개인주의, 감상주의 습관을 완전히 버리지 못했구만. 아무튼, 그건 김 선생이 알아서 하는데 다만 공화국 혁명정신에 어긋나지 않도록 하시오. 그건 그렇고 내 딸이 금년에 학사학위 받는 데 어려움이 없갔소? 어려서부터 공부하기 좋아하더니만 기어코 박사까지 되려는 모양이오."

박금철의 딸은 1965년 평양의대를 졸업하고 경락연구원에 들어가 보조연구원으로 근무하면서 학사학위를 밟고 있었다. 박금철은 봉한학설 문제보다 오히려 딸의 장래에 더 관심이 많았다.

"따님이 열심히 하니까 문제 없을 것입니다. 그런데 요즘 당과 내각에서는 우리 학설의 홍보와 뒷받침에 너무 미온적입니다. 작년 10월에 발표한 제5논문은 국외는 물론 국내에조차 제대로 소개되지 못했습니다. 학설이 제대로 홍보될 수 있도록 위원장님께서 신경을 좀 써 주시면 감사하겠습니다."

제3, 4논문을 발표한 지 불과 반 년 후인 1965년 10월, 다시 새로운 논문이 발표되었다. 그것은 산알학설에 근거해서 행한 혈구의 발생기전(發生機轉)의 해명을 내용으로 하는 제5논문 〈혈구의 봉한산알, 세포환〉이었다. 이 논문은 세포분열학설을 기초로 해서 성립되어 있는 현대의 혈액학(血液學)이 혈구의 발생과 분화에 관해서 아직 최종적으로 해명하지 못하고 있는 제 문제를 명쾌하게 풀어내고 있었다.

"알았소, 내레 홍보도 힘쓰고, 외국의 국가차원의 평가와 공인을 받도록 힘써 보리다. 김 선생은 내 딸 학사 따는 데 신경 좀 써 주시구레."

김봉한은 박금철의 집무실을 나오면서 정말 외국의 공인이 국내에서의 연구 뒷받침에도 도움이 될 것이라고 생각했다. 점점 경직되는 국내의 분위기가 스스로 풀린다는 것은 기대하기 어려울 것 같았다.

봉한학설에 대한 외국의 국가차원의 공식적 반응은 소련과 동독에서 가장 먼저 나오는 것이 순리였다. 그것은 북한정권수립 이후 가장 빈번하게 과학기술 교류가 이루어졌던 나라들이기 때문이었다. 두 국가는 거의 매년 과학기술 협조사절단을 교환하고 있었다. 따라서 북한에서 나온 엄청난 과학적 업적이 과학기술협조회의에서 언급되는 것은 지극히 당연한 일이었다.

그런데 1960년대에 들어서서 북한은 소련을 수정주의라고 비난하는 일이 잦아졌다. 그것은 소련에서 스탈린 격하운동이 벌어지면서 공산주의 노선에 수정이 가해졌고, 또한 서방과의 평화공존정책이 채택되면서 북한지도부의 입지가 곤란해졌기 때문이었다. 이러한 북한, 소련 간의 불화 분위기는 1966년까지 계속되었다. 따라서 이 기간 동안 북한은 선진공업기술을 습득하는 데 주로 동독과 체코슬로바키아와 같은 나라와 협조할 수밖에 없었다.

1966년 4월 16일, 마침 평양에서 북한과 동독 간의 문화 및 과학협조에 대한 회의가 열렸다. 박금철은 중앙당 문화과학부에 봉한학설에 대한 평가문제를 정식 의제로 올릴 것을 지시했다. 김봉한은 회의에 초청되어 봉한학설에 대한 브리핑을 했다.

다음 날 김봉한은 동독대표단을 경락연구원으로 초청하여 봉한학설의 연구과정에 대해 상세히 소개했다. 그러나 동독대표단에는 봉한학설을 평가하기는커녕 제대로 이해할 수 있는 인사도 드물었다.

동독대표단은 동독과학원 고위층 인사와 산업기술자 출신 당관료들로 이루어져 있었고, 생물학과 의학에 대해 깊은 지식을 가진 인사는 드물었다.

동독대표단은 봉한학설이 생물학과 의학계에서의 무엇인가 획기적 업적이라는 감은 들었지만 구체적으로 어떻게 평가해야 좋을지 몰랐다. 대표단은 "봉한학설에 대한 평가는 유보한다"는 짤막한 성명과 함께 다음 회의 때 관련전문가를 데려와서 정식으로 평가하겠다는 약속을 남기고 평양을 떠났다.

동독과의 다음 과학기술협조회의는 다음 해 초에 열릴 예정이었다. 김봉한은 베를린종합병원 원장으로 승진한 베르크만에게 편지를 썼다.

베르크만은 김봉한팀에게 형광현미경, 위상차현미경, 전자현미경, 방사선 추적장치, 분광분석기 등을 수배해서 보내 주었다. 김봉한은 연구에서 주요 성과가 나올 때마다 그에게 편지로 알려 주었고, 그는 계속해서 좋은 성과를 기대한다는 격려의 편지를 보내오고 있었다. 독일대표단에 베르크만이 합류되면 봉한학설의 평가에 도움이 될 것은 분명한 사실이었다. 베르크만은 꼭 참석하도록 하겠다는 답을 보냈다.

45
봉한학설의 위기

• • •

1967년 1월 30일, 평양에서 동독과의 과학기술협조회의가 다시 열렸다. 약속대로 베르크만은 참석했다. 베르크만은 김봉한을 만나서 평양에 오기가 쉽지 않았음을 털어 놓았다.

"내가 봉한학설에 긍정적인 생각을 갖고 있다는 것을 알고는 당국에서 나를 대표단에 끼워 주지 않으려 했습니다. 나는 그들이 봉한학설에 대해 미리 부정적 결론을 내리고 있다는 감을 잡고 더욱 참석해야겠다는 마음을 먹었습니다. 내 손이 닿는 모든 배경을 총동원하여 겨우 대표단에 들었습니다. 오기는 왔지만 얼마나 도움이 될 수 있을지 걱정입니다."

"천만에요. 오신 것만 해도 저에게 큰 힘이 됩니다."

말은 그렇게 했지만 사실은 김봉한도 걱정이었다. 그렇지 않아도 요즘 외신에서는 봉한학설의 인체실험 문제를 들고 나오는 뉴스가 심심치 않게 나왔다. 인체실험문제는 풀기 어려운 골칫거리였다.

생각 끝에 김봉한은 이번 동독과의 회의에서는 그 부분을 집중적으로 설명해야겠다고 생각했다. 한국전쟁 당시 제2후방병원에서 수술 도중에 관찰한 이야기부터, 평양의대병원 외과수술실과 협조하여 수술 시에만 입회하여 생체관찰을 한 것 모두를 털어 놓기로 마음먹었다.

경락연구원에서의 동독대표단을 위한 봉한학설 설명회는 하루 종일 계속되었다. 설명회는 학설의 개요와 연구과정 소개, 〈경락의 세계〉 영화관람, 그리고 현장 실험 재현으로 이어졌다.

동독대표단은 무엇보다도 학설의 웅장함에 놀라지 않을 수 없었다. 봉한학설은 실로 현대첨단과학의 성과를 충분히 활용하면서 심오하고도 방대한 내용을 담고 있었다. 내용이 심오하면서도 방대한 만큼 학설의 전반적 내용을 이해하기가 힘들었다.

사실상 독일은 근대서양의학의 메카라 할 정도로 서양의학을 발전시켜 온 의학 선진국이었다. 근대서양의학의 종주국이라 해도 과언이 아니었다. 동독과 서독으로 분단이 되기는 했지만 그런 자존심은 동독에도 여전히 승계되었다.

숙소인 고려호텔로 돌아온 동독대표단은 토론에 들어갔다. 대표단으로서는 긍정이든 부정이든 이번에는 어떤 식으로든 결론을 내려야 했다. 그러나 결론을 내리기에는 너무나 의견이 분분했다. 베르크만과 같이 학설이 상당한 진실성이 보인다고 하는 사람, 인정할 수 없다고 하는 사람, 그리고 잘 모르겠다고 하는 사람 등 가지가지였다.

그리고 인체실험 문제를 들고 나오는 사람도 있었다. 수술중의 환자를 관찰했다고 하는데 그것을 어떻게 믿느냐, 경황이 없는 수술 중에 어떻게 신중한 관찰을 할 수 있었겠느냐는 것이다.

동독대표단 사람들은 모두 인체실험 문제에 상당히 심각한 감정을 가진 이들이었다. 그들에게는 제2차 세계대전 중 나치정권에 의한 유태인학살과 생체실험이라는 잔혹한 역사가 있었다. 동독정권의 지도층 인사들은 대개 나치정부에 반대하여 박해를 받았던 사람들이었기 때문에, 그들은 모두 그러한 잔혹행위에 대해 치를 떨며 진심으로 사죄하고 있었다.

동독대표단의 토론은 초점에서 벗어나 표류했다. 학설의 진실성에 대한 논의를 하다가 인체실험 문제가 나오자 거기에만 매달리는 분위기가 되었다. 베르크만이 토론의 중심을 잡으려고 애를 썼지만 역부족이었다. 결국 토론은 아무런 결론을 내리지 못하고 끝났다. 동독대표단의 공식적 입장은 대표단장에게 일임되었다.

대표단장은 세 가지 결론을 놓고 고민했다. 인정, 불인정 또는 입장표명 유보 중에서 한 가지 결론을 내려야 했다. 그중에서 유보는 지난번 회의의 입장이었기 때문에 이번에는 택할 수 없었다. 인정과 불인정 중에서 택해야 했다.

단장은 결론을 내렸다. 쉬운 쪽을 택하기로 했다. 그것은 불인정이었다. 인정을 택한다면 문제가 복잡해질 것이 뻔했다.

그러나 불인정도 그렇게 쉬운 일만은 아니었다. 인정하지 못하는 타당한 이유를 밝혀야 했기 때문이었다. 막상 불인정 결론을 내려놓고 보니 타당한 이유가 궁색했다. 단장은 결국 "인체실험과정의 상세한 설명이 없다"는 궁색한 이유를 다는 수밖에 없었다.

동독대표단은 '비공식적'이라는 단서를 달아서 "봉한학설은 과학적으로 인정할 수 없다"는 입장을 남기고 평양을 떠났다. 베르크만이 떠나면서 김봉한에게 대표단의 토론분위기를 전해 주었다.

동독대표단의 불인정 발표는 봉한학설에 상당한 타격을 주었다. 그것은 비록 '비공식'이라는 단서가 붙기는 했지만 외국에서의 최초의 국가적 입장표명이었다. 국내외에 지지세력들이 있기는 하지만 모두 개인 또는 소규모 집단의 지지였다. 그렇지 않아도 경락연구원에 대한 당의 지원이 약화되어 가고 있었는데 동독의 반응 때문에 그 도가 더욱 심해졌다.

경락연구원을 설립한 것이 너무 성급한 조치였다는 말이 나오기 시작했다. 심지어는 많은 예산이 들어가는 경락연구원을 폐쇄해야 한다는 말까지 나왔다.

그것은 곧 박금철에게도 타격이 되었다. 음으로 양으로 자신과 밀접하게 연결되어 있는 김봉한과 그의 경락연구원의 운명은 자신의 입지에도 일정한 영향을 주게 되어 있었다.

안 그래도 그는 항일빨치산 경력도 없는 사람이 너무 높은 자리에 앉아 있다는 눈총을 받고 있었다. 당 최고위층 4인 중 그를 제외한 김일성, 최용건, 김일은 모두 항일빨치산 출신이었다. 그는 당시 점점 요직을 차지해 들어오고 있는 김광협, 오진우, 최현, 최광 등 김일성 항일빨치산 직계의 압박을 받고 있었다.

박금철에게는 빨치산 경력이 전혀 없었다. 그는 고향 갑산에서 공산주의 청년운동을 하다가, 김일성부대의 갑산군 보천보 습격시 길안내를 맡았을 뿐이었다. 그것 때문에 일본경찰에 체포되어 감옥에 있다가 해방과 함께 풀려났다.

김봉한에게서 동독대표단과의 회의경과를 전해들은 박금철은 어떻게든 대책을 세워야 했다. 그는 소련을 대안으로 생각했다. 중국은 기대할 형편이 못 되었다.

1966년, 중국은 한창 문화대혁명이 시작되어 전국이 혼란스러웠다. 문혁에서는 특히 많은 지식인들이 공격을 받았다. 이런 분위기에서 봉한학설에 대한 평가가 제대로 이루어질 수 없었다. 게다가 북한이 소련쪽으로 기울어지면서 양국관계가 악화되고 있었다. 1967년 들어 북경에서는 김일성 개인의 비리를 고발하는 대자보들이 곳곳에 나붙기도 했다.

1960년대 초, 수정주의 논쟁으로 얼어붙었던 북한과 소련의 관계가 소련에 브레즈네프 제1서기-코시긴 수상 체제가 들어서면서부터 풀리기 시작했다. 1966년도부터는 양국간의 각종 협력회의가 활발하게 열렸다. 1967년 3월 4일에는 양국간의 경제 및 과학기술 협조회의가 예정되어 있었다. 여기서 소련은 봉한학설에 대한 입장을 발표하게 되어 있었다.

소련은 모든 사회주의 국가들의 종주국이었다. 소련에서 인정을 받으면 그것은 곧 모든 사회주의 국가들의 공인이나 다름없었다. 게다가 소련은 일찌감치 중국과 의학교류가 활발하여 침술도 상당히 보급되어 있는 것으로 알려져 있었다. 따라서 경락의 존재도 어느 정도 인정하고 있으리라 생각되었다. 그러나 그것은 오산이었다.

소련 역시 근대 서양의학의 자존심을 고수하고 있는 나라였다. 학문적 성격이 강한 기초의학 부분에서는 독일보다도 앞서 있었다. 그런 소련의 의학자들이 경락의 존재에 적극적인 관심을 갖고 있을 리 없었다. 그리고 역시 봉한학설에 접해서는 경악과 당황함을 금치 못했다.

소련도 봉한학설에 대해서 동독과 거의 같은 과정의 반응을 보였다. 1966년도 몇 차례 열린 과학기술협력회의에서 소련대표단은 '공식적 입장표명을 유보한다'는 입장을 고수했다.

소련의 마지막 입장 표명은 동독의 경우보다 훨씬 치명적이었다. 1967년 3월 4일 모스크바에서 북한, 소련 간 문화 및 과학기술협조 회의가 열렸다. 세계 최대의 과학연구기관인 소련과학아카데미는 여기 참석한 북한대표단에게 공식적으로 "경락에 대한 실태 발견은 과학적으로 인정할 수 없다"는 입장을 전달했다. 동독의 반응에 영향을 받았는지, 주된 불인정 이유로 덧붙인 것이 바로 "인체실험의 과정에 대한 상세한 설명이 없다"는 것이었다. 이 사실은 소련의 타스통신을 통해 전세계에 알려졌다.

소련의 공식적 입장은 적어도 다시 동구권 국가들에서는 그것이 바로 법칙이요, 진리였다. 동구권에서 봉한학설에 대해서 긍정적이었던 학자들도 이제는 적어도 공식적으로는 봉한학설을 지지하지 못하게 되었다.

46

숙청과 추방

• • •

김일성에게는 봉한학설이 점점 커다란 부담이 되어 갔다. 소련의 공식적 불인정 발표가 나오면서부터는 그것이 또 다른 측면에서 심각한 부담이 되었다. 즉 동독의 경우와 마찬가지로 불인정 이유로 든 것이 '인체실험' 운운한 것이기 때문이다.

인체실험 여부가 사실이든 아니든 간에, 그 말이 거론된다는 자체가 자신과 북한의 이미지에 심각한 손상을 입힐 수 있었다. 어쩌면 자신에게 포악한 독재자의 이미지가 붙을 수도 있었다. 그것은 자신에 대한 비난거리를 찾는 데 혈안이 되어 있는 남한과 서방국가들에 더없이 좋은 재료가 될 것이 분명했다. 그로서는 봉한학설 문제를 한시바삐 덮어버려야 했다.

당시 한창 제3세계에서는 북한지도자 김일성의 인기가 높아지고 있었다. 강대국에 의존하지 않는 독자적 노선을 택하고 있는 주체성이 제3세계 국가들에게 높이 평가를 받고 있었다. 그래서 그는 더욱 봉한학설 문제가 불거져 나온 것이 불쾌했다.

1967년 5월 4일, 개최된 노동당 중앙위원회 제4기 제15차 전원회의는 북한정권 역사상 중요한 분수령이 되는 회의 중의 하나였다. 회의에서 가장 눈에 띄는 대목은 김일성의 장남 김정일이 정치무대에 등장하면서 '당의 유일사상체계를 강화할 것'을 채택한 것이었다. 여기서 '당'이라 함은 사실상 김일성 개인이나 다름없었다.

회의에서는 또한 1956년 8월 전원회의에서의 종파분자 숙청 이후 최대의 문책인사가 단행되었다. 이른바 '갑산파 숙청사건'이라고 알려져 있는 사건이었다. 여기서 매우 불행스럽게도 갑산파의 맹주 박금철이 숙청됨으로써 김봉한에게도 그 불똥이 튀게 된 것이다.

김정일은 불과 27세의 나이로 정치 중앙무대에 나타났다. 김정일은 김일성종합대학을 거쳐 모스크바 유학을 마치고 돌아온 직후 바로 정치일선에 뛰어들었다. 그는 가장 먼저 김일성 경호업무를 맡고 있는 호위총국의 별동대를 조직했다. 말하자면 경호실 위에 또 하나의 친위대를 조직한 셈이었다. 이로써 김정일은 사실상 김일성의 가장 가까운 측근으로 공식화되었다.

김정일은 제15차 전원회의에서 김일성이 그 처리를 망설이고 있던 인사들에게 가혹한 공격을 가하여 김일성의 역할을 대신했다. 회의에서는 박금철을 위시한 갑산파가 모조리 공격을 받았다. 이때 노동당은 비서국을 두고 있었다. 김일성이 총비서였고, 나머지 10명의 비서에는 최용건, 김일, 박금철, 리효순, 김광협 등이 자리하고 있었다.

회의결과, 당서열 제4위인 조직비서 박금철을 위시하여 서열 제5

위인 대남공작비서 리효순, 당선전선동부장 김도한, 과학연구담당 부수상 고혁(高赫), 당문화예술부장, 국제부장, 중앙통신사장, 사로청 위원장, 검찰총장, 문화상 등이 숙청되었다.

북한에서 당의 주요한 회의는 공개하는 것을 원칙으로 하고 있었다. 다만 당내부의 미묘한 문제가 걸려 있을 때는 당원들에게만 공개했고, 특히 제4기 제15차 회의는 당 내부의 특별한 문제를 취급했기 때문에 3급 기업소 당비서 이상 간부들만 그 내용을 녹음으로 청취할 수 있었다. 녹음되어 전하는 내용은 다음과 같다.

회의는 먼저 사회자인 최고인민위원회 상임위원장 최용건이 당 내부에 있는 문제를 비판하면서 시작됐다.

"먼저 당조직비서인 박금철 동무에 대한 문제를 비판하겠습니다."

그의 목소리는 우렁우렁하면서도 쉰 목소리였다.

"이에 대한 당중앙위원회의 집중지도결과를 김정일 동무께서 보고하시겠습니다."

잠시 후 깨지는 젊은 사람의 목소리가 튀어나왔다.

"박금철 동무는 당조직비서로서 도당책임비서를 비롯하여, 군당책임비서 등 중앙당에서 비준하는 인물을 등용, 배치, 해임, 철직시키는 사업을 하면서, 당책임비서 자리를 자기의 측근자로 배치해서 추종자를 꾸려 놓고, 봉건유교사상까지 주입시키는 많은 잘못을 저질렀습니다."

비판하는 김정일의 목소리는 매몰찼다. 박금철에 대한 비판항목은 한두 가지가 아니었다. 일제 시절 김일성부대의 보천보습격

사건 때 일본경찰에 체포되었다가 변절해서 동료들을 고발한 사실, 김일성의 현지지도를 멋대로 바꾼 행위, 자신의 고향 갑산에 양옥집을 크게 지어놓고 아내를 혁명가로 과장하여 비석을 세우고 부각시킨 행위가 비판받았다.

사실상 박금철이 비판받은 행위는 김일성을 모방한 것이었다.

박금철의 마지막 비판항목이 김봉한과 직접적으로 관련된 것이었다. 박금철의 24세 된 맏딸을 경락연구소에 배치하여 김봉한 박사 등 경락연구소 연구원들에게 논문을 쓰게 해서 학위를 받게 했다는 것이다. 또한 봉한학설의 홍보를 잘못하여 북한이 국제적인 웃음거리가 되게 했다는 것이다.

회의가 끝난 후 곧바로 숙청이 시작되었다. 북한에서의 숙청은 경우에 따라 그 구체적 형태가 달랐다. 박헌영 사건의 경우처럼 반란 또는 반당혐의가 들어가면 숙청은 곧 사형을 의미했다. 직무상 과오에 의한 숙청은 대개 벽지의 농장이나 공장에 가서 노동자로 일하게 한다. 숙청된 갑산파는 모두 평안북도와 함경북도의 농장과 공장으로 배치되었다.

북한에서 당과 내각의 고위급간부로서 대우받고 지내다가 하루아침에 노동자로 전락하여 막노동을 하게 된 사람들은 혹독한 중노동과 열악한 생활환경에 적응하지 못하고 일찌감치 삶을 마감하는 사람들이 많았다. 드문 일이기는 하지만 나중에 복권되어 애초의 직위에 버금가는 직위를 회복하는 사람들도 있기는 했다.

노동당 전원회의 소식을 전해 들은 김봉한은 숙청의 바람이 곧 자신에게도 닥칠 것을 각오하고 있었다. 북한 고위층이 한 사람 숙청되면 그를 따르던 인물들이 모두 함께 된서리를 맞았다. 그는 북한에서 17년 동안 살면서 그런 경우를 무수히 보아 왔다. 그것은 연좌제(連坐制) 처벌 중에서도 매우 지독한 것이었다.

'아, 조국 과학기술발전에 대한 나의 열망과 노력이 이렇게 무산되다니…… 그것을 위해 부모와 처자식을 다 버리고, 의사로서 누릴 부와 명예도 버리고 북한에 들어왔는데, 그 연구가 빛을 발하기는커녕 조국의 명예를 더럽혔다는 누명을 쓰게 되다니, 세계적인 업적이 되고 조국의 번영과 발전에도 크게 도움이 될 연구를 이렇게 내팽겨치다니.'

참으로 안타까웠다. 그러나 자신의 힘으로는 어쩔 도리가 없었다. 그는 자신의 연구에 심정적 지원을 아끼지 않았던 이승기 박사와 도상록 교수를 떠올렸다. 그러나 그들도 힘이 되지 못할 것이 너무도 뻔했다. 북한은 점점 김일성만을 숭배하는 획일주의가 판을 쳐갔다. 이성적 시각을 가진 양심적인 지식인들은 점점 더 몸이 움츠러들어 갔다.

북한 동의학연구의 원로들인 조헌영, 강주언, 김규동 제씨는 도움이 되기는커녕 오히려 봉한학설의 폐기를 지지하는 입장에 서 있었다.

김봉한은 모든 책임을 자신이 지려 노력했다. 당검열위원회에 소환되어 심문을 받을 때도 그저 모두 자신의 잘못이라고 강변했다. 그 결과, 봉한학설에 대한 문책은 그렇게 확대되지 않았다. 김세욱과 김익수는 평안북도 벽지의 군인민병원에 전보되어 직능은 잃지 않을 수 있었다. 뒤늦게 연구팀에 합류한 평양의대 연구조교 김일봉(金一峰)은 문책을 면하고 현직을 지킬 수 있었다.

어느 날 밤 김봉한의 숙소에 사회안전부 소속 지도원이 나타났다. 지도원은 김봉한에게 짐을 최소한으로 꾸려서 자신을 따라오라고 했다. 김봉한은 절망감에 힘이 빠져 짐을 제대로 꾸릴 수도 없었다. 지도원을 따라 기차를 타고 꼬박 하루 밤낮을 달려 함흥과 청진을 거쳐 아오지에 도착했다. 기차간에서 지도원들에게 들으니 김봉한을 함경북도 아오지탄광 총본부 산하의 한 수용소로 보내라는 명령이 떨어졌다고 했다.

김봉한은 또 한번 절망했다. 그 수용소는 반동반당행위자들을 수용하는 곳으로 한번 가면 다시는 돌아나오기 어렵다고 알려져 있던 곳이다. 이제 자신을 반당분자로까지 취급하고 있다고 생각하니 절망감에 몸을 가누기조차 힘들었다.

그것은 김봉한과 봉한학설의 흔적을 없애려는 김일성의 특별명령에 의한 것이었다. 김일성은 당시의 모든 문서에서 김봉한과 봉한학설에 대한 기록을 삭제하라고 명령했다. 그리고 그것을 입에 담는 것조차 금지시켰다.

김봉한은 다음 날부터 노동에 동원되었다. 수용소는 탄광에 들어가는 갱목을 만드는 곳이었다. 외부에서 원목이 들어오면 그것을 수용소 작업장으로 옮긴 다음 톱질하고 다듬어서 갱목으로 만들어 내보냈다. 김봉한은 들어온 원목을 작업장으로 옮기는 일을 맡았다. 그것은 다른 일은 못하는 신참에게 맡기는 일이었다.

수용소에는 아무런 중장비도 없었다. 모든 작업을 재래식 수레, 톱, 대패로 해야 했다. 수용소 입구에 쌓여 있는 원목들을 수레에 실어 작업장으로 옮기는 일은 엄청난 중노동이었다. 강인한 체력의 김봉한에게도 그것은 정말 힘든 일이었다. 그것은 생산성을 따진 노동이 아니라 가혹한 징벌이었다.

그러나 혹독한 중노동과 형편없는 식사보다도 더 김봉한을 괴롭히는 것이 있었다. 그것은 시시때때로 엄습해 오는 절망감이었다. 자신과 자신의 봉한학설의 운명은 여기서 끝나고 마는구나. 이 수용소로 보내졌다는 것은 회복과 복권의 가능성이 없다는 것을 뜻했다. 당은 완전히 자신과 자신의 봉한학설을 버린 것이다.

그는 어려서부터 조국과 민족을 위해 무슨 보탬이 되는 일을 하겠다고 다짐하며 살아왔다. 과학을 접하게 되면서부터는 조국의 과학기술 도약에 공헌하여 조선에도 과학자가 있다는 것을 세계만방에 알리겠다고 다짐했다. 그러다가 한국전쟁을 맞아 공산당정권에 기대를 걸고 월북해서 마침내 해내고야 말았다. 그런데 결과가 이렇게 되다니…….

언젠가 부모님과 처자식을 만나서 기어코 해냈다고 자랑스럽게 말하고 싶었는데, 내가 이 꼴이 되어 있다는 것을 알면 그 얼마나 실망할 것인가.

그런 가운데에서 모든 것을 잊고 심혈을 기울여 이룩해낸 업적이 억울하게 폐기되고, 또한 더 이상 학문을 할 수 없게 된 자신은 사실상 산 목숨이 아니었다. 그는 마침내 스스로 목숨을 끊기로 결심했다. 자신의 명예회복과 봉한학설의 진실성을 죽음으로써 항변하고자 했다.

어느 날 오전 노동을 마친 점심시간이었다. 김봉한은 식당으로 가지 않고 작업장 옆의 작은 숲 속으로 들어갔다. 손에는 밧줄을 들고 있었다.

늘 작업을 같이 하던 동료가 식사를 마칠 때까지 김봉한이 보이지 않으니까 아까 김봉한이 걸어갔던 쪽으로 가 보았다. 무슨 큰 물체가 나뭇가지에 매달려 있었다. 가까이 가 보니 김봉한이었다. 스스로 목을 매단 것이었다. 급히 줄을 끊고 김봉한을 내렸다. 그러고는 지도원에게 알렸다. 달려온 지도원은 내뱉듯이 말했다.

"아오지 군인민병원 영안실로 보내라우."

동료는 수레에 김봉한을 싣고 아오지 군내로 끌고 갔다. 동료가 가면서 찬찬히 살펴보니 김봉한이 아직 숨을 쉬고 있는 것 같았다. 그는 김봉한을 병원 영안실이 아닌 응급실로 데려갔다. 의사가 나와 보더니 깜짝 놀라면서 말했다.

"아니, 김봉한 선생님 아니십니까? 아이고, 어쩌다 이 지경이 되셨단 말입니까?"

그는 한눈에 김봉한을 알아보았다. 1960년대 전반기에 북한에서 김봉한과 봉한학설의 명성은 대단했다. 특히 의학대학 학생들과 의사들은 신문과 방송에 자주 나타났던 김봉한의 얼굴을 기억하고 있었다. 그도 역시 의학대학 시절부터 김봉한을 잘 알고 있었고, 또한 봉한학설에 대한 강의도 들은 바 있었다.

의사는 아직 의식이 깨어나지 않은 김봉한의 상의 주머니에 약간 삐져나와 있는 종이쪽지를 펼쳐보았다.

"이승기 박사님, 먼저 갑니다. 나중에라도 꼭 진실을 밝혀 주시면 감사하겠습니다. 죄송합니다."

의사는 역시 북한에서 명성이 자자하던 이승기 박사에 대해서도 잘 알고 있었다. 그는 이승기 박사에게 이 사실을 알리기로 했다. 이 박사는 당시 과학원 부원장이자 함흥분원 분원장으로 주로 함흥에서 근무하고 있었다. 의사는 함흥분원의 이 박사에게 전화를 걸어 상황을 알렸다.

이 박사는 소식을 듣고 놀랐다. 김봉한이 숙청되었다는 소식은 들었지만, 아오지의 그 무시무시한 수용소로 보내진 줄은 몰랐다. 게다가 자살시도까지 했다니……. 이 박사는 해방 직후 서울대학교 시절부터 자신과 막역하게 지내온 김봉한을 위해 큰 용기를 냈다. 김일성 수상에게 탄원서를 올리기로 결심한 것이다.

이 박사는 북한의 과학자들 중에서 가장 김일성의 신임을 받는 사람이었다. 1961년 세계 최대의 비날론공장을 완공함으로써 이박사의 명성은 세계적으로 알려져 있었다. 1962년에는 동구권의 노벨상이라고 할만한 레닌상을 수상했고, 1966년에는 북한에서 최초로 소련과학아카데미의 명예원사 칭호를 받았다.

> '조국의 위대한 영도자 김일성 장군님께,
>
> 김봉한 교수는 한때 조국의 주체과학 발전을 위해 온몸을 불사른 과학자입니다. 애국적 열정이 넘쳐 본의 아니게 실수를 한 것을 헤아려주시고 그의 재능을 아끼시어 관대한 처분을 내려 주시기를 탄원합니다.'

김일성은 한 번 내린 결정을 좀처럼 바꾸는 일이 없는 사람이었다. 그러나 막상 다른 사람도 아닌 이승기 박사의 탄원서를 받고나니 난감했다. 그렇다고 김봉한을 세상에 노출시킬 수는 없었다. 봉학학설에 대한 이야기가 돌아다닐 것이 꺼림칙했기 때문이다. 그는 함경북도 도당위원장에게 다음과 같이 지시했다.

"김봉한을 주을온천 휴양소의 외딴 가옥에 연금하라우. 경비병을 충분히 붙여 외부와 철저히 차단시키라우."

김봉한은 그래도 수용소보다는 나은 휴양소의 외딴 가옥에 연금되었고, 그로부터 20여 년간 세상 사람들에게는 잊혀진 존재가 되었다.

47
다시 태어나다

• • •

김봉한에 대한 추적과 함께 전생 여행을 마치고 돌아온 동현은 며칠 동안 멍한 상태로 보냈다.

참으로 기구한 운명이었다. 동현의 전생인 이명식이 죽음의 질곡으로 빠져들어간 그날, 북한에선 또한 동의학 과학화 사업이 결정되었다. 그로부터 11년 뒤인 1967년 과학화의 주역이었던 박금철과 김봉한이 숙청되고 행방불명되었다.

생각해보면 참으로 신기한 일이었다. 명식이 전생에 못 이루고 품고 죽은 한은 그대로 동현에게 현세의 열망으로 재현되었다. 어쩌면 그렇게 고스란히 전해졌을까?

동현은 자신의 전생을 알게 되면서 자신의 운명을 다시 한 번 확신하게 되었다. 동현은 전생에서 김봉한 박사와 보성고보 동기생이었던 이명식이었다. 이명식은 북조선에서 중국으로 도주 중에 입은 총상으로 중국에서 사망했다.

이제 모든 것이 분명해졌다. 동현이 왜 그렇게 민족의 분단에 대해 남다른 안타까움과 통일에 대해 남다른 열망을 갖고 있는지. 왜 그렇게 일본과 미국에 대해 유별난 자존심을 갖고 있는지.

과거를 돌아보고 나서 동현은 깨달았다. 전생에 못 이룬 한을 이 생에서 반드시 풀어야 한다고. 만약에 이 생에서 못 풀면 또 다시 태어나서 고난에 찬 삶을 거듭 살아야 한다. 그것이 불교에서 말하는 고해이고 해탈이 아닐까?

동현이 다시 태어난 부산은 전생의 한과 관련된 모든 것이 녹아 있는 도시였다. 어린 동현에게 부산은 혼잡, 궁핍, 악다구니로 가득 찬 도시였다. 명색이 국내 제1의 항구도시라고 하는 부산은 사실상 규범과 질서와는 동떨어진 채 정돈되지 않은 어수선한 도시였다.

부산은 일제의 조선 침략의 관문이었다. 일본의 모든 문물이 부산을 통해서 들어왔다. 따라서 아직까지도 일제의 잔재가 가장 많이 남아 있는 곳이다. 부산 사투리 속에는 일본말이 많이 섞여 있다. 일본 TV방송이 잡히기 때문에 현지의 일본 문화가 침투되고 있는 유일한 도시이기도 하다.

부산은 미국의 영향도 많이 받은 도시였다. 미국은 한국으로 볼 때는 제1의 교역국이었기 때문에 부산항을 출입하는 무역선은 대개 미국을 오가는 선박들이었다. 그래서 부산항 제2부두 인근에는 소위 '텍사스촌'이라고 하는 외항선원을 위한 환락가가 형성되어 있었다.

부산의 북쪽 변두리에 전 주한 미군의 군수품을 공급하는 군수기지가 있었다. 동현은 이 군수기지와 접한 동네에서 오래 살았다. 부산에서는 이 군수기지에서 흘러나오는 군수품 때문에 전국 최대의 시장인 국제시장이 조성되었다.

동현이 대학에서 전기공학을 전공하고 전기와 관련된 산업체를 두루 섭렵한 것은 바로 미국과 일본의 기술력에 대한 학습과 경험이었다. 이즈음의 주요 산업체에는 모두 미국과 일본의 설비와 기술이 90% 이상을 차지하고 있었다.

또한 부산은 한국전쟁의 여파가 가장 오래 남아 있는 도시였다. 한국전쟁 발발 후 서울이 점령되자 임시 수도가 되었다. 아울러 북에서 피난 내려온 사람들이 가장 많이 정착한 곳이었다.

원래 부산은 많은 인구가 살기에는 부적당한 곳이었다. 해안을 따라서 평지는 적고 야산이 계속 이어지기 때문에 많은 인구가 거주하기 어려웠다. 그러나 워낙 많은 사람들이 몰려드니까 야산 꼭대기까지 주거지가 형성되었다. 1950년부터 피난민들이 살았던 고지대 달동네는 1990년대인 지금도 여기저기에 그 흔적을 남기고 있다.

인구는 많고 일자리는 적었던 그 시절, 도처에 건달들이 넘치고 있었다. 그들은 주로 술집이나 극장 주변에서 어슬렁거렸다. 몰려다니면서 여기저기서 푼돈을 뜯고 다녔다. 그러다가 이권 때문에 패싸움을 벌이기 일쑤였다. 따라서 건달들은 싸움꾼들이기 마련이었다. 건달세계의 두목은 그중에서도 가장 노련한 싸움꾼이었다.

조무래기들은 건달에게서 무용담을 듣고 유행가를 배우면서 차세대 건달로서의 소양교육을 받았다. 동현은 조무래기들과 어울려 다니면서 그들이 가끔 하는 말을 들었다.

"역시 싸움에는, 싸움 많이 해 본 놈이 최고야."

제 아무리 운동을 많이 한 친구라도 싸움에 이골이 난 싸움꾼한테는 못 당한다는 말이다. 건달들의 두목은 대개 아무런 간판도 없었다. 저 싸움 자체의 실전에 의해 싸움의 고수가 되었던 것이다. 실제로 뭐가 몇 단이라고 폼 잡다가 건달에게 떡이 되도록 얻어터지는 경우도 심심치 않게 있었다.

어린 동현은 이때 이미 '백전노장(百戰老將)'의 의미를 깨닫고 있었다. 그것은 동현 자신이 전생에서 수많은 전투를 치러낸 백전노장이었기 때문이었다. 과학적 진리나 역사의 순리를 거스르는 일을 마주칠 때마다 참을 수 없어하는 것도 이런 까닭인지 몰랐다.

48
신봉한학설과 질병의 극복

● ● ●

급속한 산업화가 이루어지던 1970년대, 80년대를 지나면서도 우리 기업에는 아직 이렇다 할 산업적 원천기술이 없었다. 모조리 구미와 일본으로부터 도입한 것이었다. 무엇을 하나 제대로 만들자면 기술도입을 하지 않을 수 없었다. 심지어는 자전거 하나 만드는 데도 기술도입을 했다. 막대한 기술료를 물고 나면 제품의 경쟁력이 떨어졌다.

유동현도 물론 우리 원천기술의 중요성에 대한 생각을 갖고 있었다. 동현은 공과대학을 나와 산업현장에서 오랫동안 일한 사람이었다. 그는 산업현장의 기술 현황을 잘 알고 있었다. 번듯한 기계나 설비는 대개 선진국에서 도입한 것이었다. 우리의 원천기술은 거의 없었다. 선진국의 국력을 따라 잡자면 우리에게서 쓸 만한 원천기술이 나와야 했다.

선발국이 후발국에 기술과 경험을 양도할 때는 항상 더 우위의 기술을 확보해 놓은 다음이거나, 기술양도를 대가로 새로운 기술투자 자본을 획득하기 때문에 후발국이 선발국을 추월하는 것은 구조적으로 불가능하게 되어 있었다.

최근 한국이 많은 산업기술 분야에서 장족의 발전을 이루었다. 그 하나의 예로 한국이 최근의 세계 반도체시장을 주름잡고 있다고 자부심이 대단하다. 물론 과거의 산업기술력에 비하면 격세지감이 드는 장한 일임에 틀림없다. 그러나 그 상세한 실상을 알고 보면 그렇게 기뻐하고만 있을 일이 아니라는 것을 깨닫게 된다.

한국은 많은 종류의 반도체 중에서 유독 기억기능반도체 부분만 강하다. 보다 차원 높은 기술이 요구되는 CPU반도체와 연산기능 반도체 부분은 아직도 선진국과는 커다란 격차가 있다.

후발국이 선발국을 추월하기 위해서는 서구의 산업화 전통이 아닌, 전혀 새로운 문화와 전통에 바탕을 둔 작품이 나와야 하는 것이다.

동현은 김봉한 박사가 연구해 놓은 봉한학설을 새롭게 복원하고자 하여 구체적인 방법을 모색하기 시작했다.

기업인들 중에서 한얼제약의 박 사장이 적극적으로 나왔다. 한얼제약은 한국고유의 한약처방을 기업적으로 생산해서 외국에 수출을 하고 있는 기업이었다. 박 사장도 우리의 원천기술이 필요하다는 것을 절실히 느끼고 있는 사람이었다. 박 사장은 유동현에게 봉한학설을 복원하는 데 필요한 자금을 대겠다고 제의해 왔다.

봉한학설을 복원하자면, 우선 북한에서 연구했던 자료를 가능한 한 많이 입수하는 것이 필요했다. 김봉한 연구팀은 1950년대 후반부터 1960년대 후반까지 거의 10년 동안을 경락연구에 몰두했다. 따라서 연구과정 동안에 축적된 자료의 양이 상당할 것이었다. 봉한학설의 복원작업에 있어서 우선적으로 해야 할 일은 바로 이 축적되었던 자료들을 찾아내는 것이다.

새로운 연구팀을 결성하여 김봉한 연구팀이 이루어 놓았던 성과를 다시 이루어내는 데는 엄청난 노력과 자금이 들어갈 것이 분명했다. 또한 그들의 성과를 완벽하게 재현시킨다는 보장도 없었다. 따라서 가능한 한 남아 있는 자료를 최대로 확보해야 했다.

1960년대 말에 북한당국이 연구팀의 성과들을 폐기하면서, 축적된 자료들을 어떻게 처분했는지 알아내는 것이 시급했다. 먼저 북한당국이 봉한학설 폐기를 집행하면서 자료들을 소각하거나 매장하지 않고 일정한 곳에 은폐시켰다면, 그것은 가장 다행스런 경우다. 은폐되었던 자료들을 다시 꺼내기만 하면 되기 때문이다. 그러나 만약 북한당국이 폐기 명령의 집행을 엄중 감시하여 완전한 소각이나 매장과정을 확인했다면, 연구팀 멤버들의 기억이나 개인적으로 빼돌린 자료들에 기대할 수밖에 없다. 이 경우에는, 당시 연구에 직접 참여했던 사람들을 가능한 한 많이 복원작업에 초빙하여야 하는 것이다.

1994년 7월에는 김봉한의 운명을 결정지은 한국현대사의 중요한 인물이 세상을 떠났다. 그는 바로 북한의 김일성 주석이었다.

봉한학설 복원에 대한 논의가 계속되고 있던 어느 날, 유동현에게는 놀라운 소식이 전해졌다. 김봉한 박사가 생존해 있다는 것이다. 그 소식은 미국 영주권을 갖고 있는 이승기 박사의 누이동생이 1994년 여름 함흥의 이승기 박사를 방문했을 때 직접 들은 이야기였다. 이승기 박사가 휴가를 내 주을온천에 갔을 때 그 곳의 경비병으로부터 확인한 사실이었다. 김봉한은 여든의 나이에 비해 건강은 양호한 편이라고 했다.

유동현은 가슴이 뛰었다.

아, 살아 계셨군요. 조금만 기다리십시오. 선생님을 복권시키고 봉한학설을 복원할 날이 얼마 남지 않았습니다.

이제는 봉한학설을 복원시키기 위한 방법이 뚜렷해졌다. 김 박사를 모셔오는 것이다. 유동현과 박 사장이 머리를 맞대고 묘책을 찾았다. 그러나 뾰족한 방법이 떠오르지 않았다.

1995년 봄, 가능성이 보이기 시작했다. 북한이 남한에 대화를 제의해 온 것이다. 북한이 대화를 제의해 온 것은 남한에서 식량을 얻기 위해서였다. 식량사정은 극도로 악화되고 외화는 부족하고 해서, 차마 내키지 않는 일이지만 남쪽에 식량지원을 요청해 온 것이다.

쌀공여 조건을 두고 몇 차례의 협상을 벌인 끝에, 1995년 7월 초 드디어 남북간에 쌀협상이 타결되었다. 남한은 우선 쌀 15만 톤을 북한에 무상으로 제공한다고 합의했다. 참으로 오랜만에 같은 민족으로서 상조정신을 보여 준 경사였다.

합의사항 중에서도 가장 인상적인 부분은 쌀을 남한의 항구에서 북한의 항구로 직접 수송한다는 것이었다. 그것은 역사적인 일이었다. 남북 간의 합의하에 공개적으로 남한의 항구와 북한의 항구를 배로 직업 연결하는 것은 남북으로 갈라진 이래 처음 있는 일이었다.

쌀은 5000~1만 톤씩 화물선에 실어 목포, 부산, 포항 등지의 항구에서 북한의 남포와 청진으로 운송했다.

이때 한얼제약 박 사장이 유동현에게 제안을 했다. 미화 100만달러 상당의 쌀 1000톤을 내놓을 테니 김봉한 박사와 연구성과물을 남한으로 갖고 올 수 없겠느냐는 것이다. 화물선이 남한과 북한의 항구를 오가는 마당에 한번 시도해 봄직한 일이었다. 더군다나 쌀이 내려지는 항구의 하나인 청진은 주을온천에서 가까운 곳이다.

유동현은 특히 함경북도에서 식량난이 심하다는 것을 알고 있었다. 그것은 평양에서 가장 먼 거리에 있기 때문에 중앙의 보급이 원만하게 잘 이루어지지 않기 때문이다. 유동현은 쌀 1,000톤을 함경북도에 직접 전하는 대가로 김 박사를 모셔오는 비상 작전계획을 세웠다.

그는 우선 통일원에 북한주민접촉신청을 냈다. 북한의 인사를 접촉하기 위해서는 통일원의 승인이 필요했다. 더군다나 쌀 1,000톤을 비공식적으로 공여하는 문제가 있어서 승인이 더욱 필요했다.

그러고는 이승기 박사의 누이동생 이 여사에게 이 박사를 한 번 더 방문해 달라고 요청했다. 그리고 김 박사를 남한으로 보내는 대가로 함경북도 도당위원장에게 쌀 1,000톤을 제공하겠다는 제의를 전해 달라고 했다. 이 여사는 90세의 고령인 오빠를 죽기 전에 한 번 더 만나고 싶은 생각에 유동현의 제안을 흔쾌히 승낙했다.

이 박사는 여전히 과학원 함흥분원장으로 있었다. 함흥에서 동생인 이 여사를 만나 이야기를 들은 이 박사는 한번 해 보겠다고 대답했다.

“내 김 박사를 복권시키지 못하는 것이 늘 가슴 아팠는데 잘 됐지 뭐냐. 마침 함경북도 도당위원장하고는 잘 아는 사이니까 이야기가 잘 될지도 몰라.”

전화로 이 박사의 제안을 받은 청진의 함북 도당위원장은 처음에는 펄쩍 뛰었다. 그러다가 이 박사가 간곡하게 청하기를 계속하자 한번 생각해 보겠다고 하면서 전화를 끊었다.

함북 도당위원장은 생각했다. 김일성 주석이 연금상태로 둘 것을 명령한 인사를 남한으로 빼돌리는 것은 상상도 할 수 없는 범죄행위였다. 그러나 명령을 한 장본인 김 주석은 작년에 사망했다. 그리고 중앙정부는 집중력이 떨어져서 지방에 대한 통제력이 잠시 약화되어 있는 상태였다.

게다가 쌀 1,000톤은 엄청난 매력이었다. 함경북도 주민은 북한에서도 가장 혹심한 식량난에 시달리고 있었다. 남한으로부터 쌀이 올라오고 있다고 하지만, 그것이 평양으로 들어갔다가 언제 다시 함경북도로 배분될지 기약 없는 일이었다.

며칠을 고민한 끝에 결심했다. 이 박사에게 전화를 걸어 유동현의 제의를 승낙한다고 하면서 상황이 급변하여 김봉한 박사를 보내지 못할 경우에는 대신 김박사의 연구 성과물이라도 실어보내겠노라고 했다. 다음번 청진항에 들어오기로 예정되어 있는 쌀수송선을 통해서 실행하자고 약속을 잡았다. 수송선에 쌀 1000톤을 실어오고 김 박사는 그 수송선에 승선시켜 보내겠다고 했다.

북한을 떠나 일본 도쿄에서 이 박사의 전화를 기다리고 있던 이

여사는 이런 전갈을 건네듣고 바로 서울로 전화를 했다. 유동현은 다시 가슴이 뛰었다.

'이제 며칠 안 있으면 김 박사를 모셔 오게 되겠구나.'

그해가 가기 전에 남해바다 모처에서 칠성호가 쌀 5,000톤을 싣고 청진항으로 가게 되어 있었다. 한얼기업의 박 사장은 여분으로 쌀 1,000톤을 더 선적하기로 칠성호 측의 양해를 얻었다. 쌀 1,000톤에 대한 운임과 하역료 및 부대경비는 별도로 지불하기로 했다.

박 사장은 직접 내려가 쌀 1,000톤의 선적작업을 지휘했다. 그것을 사람들의 눈에 잘 띄지 않도록 배의 한쪽 구석에 싣고 장막을 쳤다. 박 사장은 칠성호 선장에게 쌀 1,000톤을 내주고 꼭 연금된 과학자를 데려와야 한다고 신신당부했다. 선장은 정확한 인물이 누구인지는 알 수 없었다.

칠성호는 일몰 전에 쌀 6,000톤을 싣고 청진항을 향해 출발했다. 배는 영해를 벗어나 공해 상으로 들어가서 북쪽으로 방향을 바꿔 항진했다. 공해상에서 청진 부근의 북한 영해로 들어가 다음 날 오후 3시경 청진항에 도착했다. 청진 외항에서 1박한 칠성호는 이튿날 내항으로 들어가서 쌀을 하역하기 시작했다. 중앙당 대외무역부 소속간부가 와서 하역작업을 감독했다.

쌀 5,000톤을 하역하는 데 꼬박 3일이 걸렸다. 중앙당 관리는 쌀 5,000톤이 청진항 창고에 입고된 것을 확인한 후 평양으로 돌아갔다.

김봉한 박사는 도당 지도원의 안내로 청진시 모처에 대기하고 있었다. 중앙당 관리가 돌아가자 나머지 쌀 1,000톤 하역작전이 전개되었다. 사람들의 눈을 피하기 위해 하역작업은 밤에 하기로 했다. 칠성호를 일단 청진 외항으로 물러가게 한 다음, 함경북도 소속 화물선 1척을 수배하여 김봉한 박사를 싣고 칠성호에 접근했다. 화물선을 칠성호에 붙여서 쌀 1,000톤을 인계받은 다음 김봉한 박사를 칠성호에 승선시키기로 되어 있었다. 그런데 갑자기 변수가 생겼다. 박사는 화물선으로 떠나기 직전 도당 간부에게 부탁했다.

"남한사람들에게 고맙다는 말을 꼭 전해 주시오. 난 여기 남겠소."

예기치 않은 일에 도당간부는 깜짝 놀랐다.

"지금 칠성호에서는 박사님을 모셔가려고 남반부 동무들이 기다리고 있습니다만……"

"나도 남쪽 인사들을 하루바삐 보고 싶소. 두고 온 가족도 있어 잘 살고 있는지 생사가 궁금하오. 하지만 오랫동안 지내다보니 여기도 또 하나의 고향이 되었소, 남도 북도 내게는 하나의 조국이니깐. 나 대신 여기 그동안 연구해온 자료를 보내니 나처럼 소중하게 다뤄주시오, 부탁하오. 그리고 꼭 우리 살아서 통일되는 날 다시 만나자는 말도 같이 전해주시오."

희끗한 머리의 김봉한 박사는 소중하게 품고 있던 묵직한 서류 가방을 도당간부에게 건네주고 고개를 끄덕였다. 얼굴에는 잔잔한 미소가 서려있었다.

"내겐 여생이 얼마 남지 않았소. 나는 의사요. 아픈 사람이 있는 곳이라면 내가 있어야 하는 자리요. 이 세상에 어디든 고통이 있는 자리라면…… 거기에 있을 거요."

돌아보니 긴 세월이었다. 그리 좋다고만 볼 수 없는 격동과 고통의 세월이었다. 과학자로서 성과도 얻었고 굴욕적인 처지도 당했지만 세상은 조금씩 앞으로 나아가고 있었다. 명예도 고통도 있었지만 긴 역사 앞에서 겸허해지는 느낌이었다.

거듭 재촉해 보았지만 결국 어쩔 수 없이 도당간부는 박사 대신 묵직한 서류가방을 들고 칠성호가 기다리고 있는 바다로 나아갔다. 서류가방을 든 도당 간부가 탄 배가 칠성호로 다가가고 있었다. 이 때였다. 갑자기 저쪽에서 서치라이트를 번뜩이며 배가 한 척 달려오고 있었다. 달려오는 기세와 불빛으로 보아 해안경비사령부 소속 쾌속정이 분명했다. 해안을 순시 중이던 경비병이 어떤 배가 허가도 받지 않고 칠성호에 가까이 가고 있는 것을 발견했던 것이다.

경비병들은 총을 들고 배에 올라 살펴보았다. 별다른 사항은 없어 보였다. 도당간부는 칠성호에 들러 마지막 마무리를 하고 남쪽인사들에게 잠깐 작별인사를 하러 가는 길이라고 경비병들을 안심시켰다. 소중한 성과가 담긴 가방은 일부러 배 한켠으로 방치해 두었다. 별다른 이상을 발견하지 못한 경비병들은 간단한 수인사를 하곤 쾌속정으로 돌아갔다.

김봉한 박사의 연구성과가 담긴 가방을 건네받은 칠성호의 선장은 아쉽지만 머지않은 훗날을 기약하고 작별인사를 건넸다. 그리고 출항 명령을 내렸다. 칠성호는 곧 닻을 올리고 남쪽을 향해 출발했다.

남쪽 바닷가에 닿은 선장은 김봉한 박사의 가방을 기다리고 있던 유동현과 한얼제약 박 사장에게 전달했다.

선장이 궁금해서 가방 속에 뭐가 있느냐고 동현에게 물었다.

"음, 이건 김봉한 박사가 북한에서 연금생활 26년 동안 쓴 책과 연구노트요. 인간의 건강과 질병에 대한 이야기들이 담겨 있소. 서양의학에서 빠뜨리고 있는 부분을 나름대로 정리해서 우리 의학을 한 단계 도약시킬 수도 있는 실마리를 얻을 수도 있을 거요."

연금생활 동안 김 박사는 사색과 집필로써 그 오랜 세월을 버틸 수 있었다. 그토록 오랜 세월 동안 역경을 감내하고 사색하고 집필한 것은 오로지 인간에 대한 깊은 사랑과 이해 때문이었고 노트에는 그런 통찰과 혜안이 녹아들어가 있었다.

서울로 올라오는 승용차 속에서 유동현은 한얼제약 박 사장에게 봉한학설 복원계획에 대해 간단히 설명을 했다.

김 박사가 보낸 가방을 열어보니 거기에는 낡은 노트 수십 권이 들어 있었다. 그가 20여 년 간의 연금생활 동안 연구하고 사색해서 집필한 것이었다. 거기에 인간의 질병과 건강에 대해 연구한 모든 것이 들어 있었다. 봉한학설은 경락의 실체와 기능만을 밝혔을 뿐 정작 질병의 발생과 치료에 대해서는 다루지 못했는데 노트다발 속에는 그 부분을 충분히 보완한 것이었다. 거기에는 인간의 질병을 정확하게 진단하고 완벽하게 치료할 수 있는 여러 비법들이 담겨 있었다. 봉한학설의 단순한 복원이 아니라 새로운 생명력을 불어 넣은 재탄생이었다. 유동현팀은 이 새로운 학설을 연구검토하여 '신봉한학설'로 명명하고 세상에 내놓기로 결정했다.

신봉한학설은 난치병과 불치병을 포함한 그동안 인류의 오랜 골칫거리였던 질병을 다스리는 데 기여할 수 있을 것이다. 또한 이것은 우리 민족의 귀중한 원천기술이 될 수 있을 것이다. 동현은 이렇게 결정하고 하루속히 복원작업에 착수하기로 했다. 그것은 또한 김봉한 박사의 오랜 염원이기도 하였다.

"인간이 질병을 극복하고 건강한 삶을 누리기를 소원합니다. 이 원천기술의 혜택은 1차적으로 갖은 고통과 절망의 세월 속에서도 꿋꿋하게 버티어 온 우리 민족에게 돌아갈 것입니다. 우리 민족은 분단된 조국이 통일되고 그동안 못 이룬 번영을 누려야 할 것입니다. 다음으로는 전 세계의 고통 받는 민중들에게 혜택이 돌아가야 할 것입니다. 그것은 우리나라의 건국이념인 홍익인간의 정신이기도 합니다. 더 건강하고 밝은 세계로 나아가는 곳이라면 어디든 저도 함께하고 싶습니다." 〈끝〉

개정판을 내면서

소설 김봉한을 펴내던 시기에 보았던 저자의 모습을 기억한다.

역사를 바로 세우고 민족의 밝은 미래를 앞당기기 위해서 실험과 집필로 밤을 지새우며 열정을 불태우던 저자의 모습은, 냉혹한 역사의 강을 건너오던 우리 대다수의 모습과도 많이 겹쳐있다. 밀레니엄을 앞두고도 냉전과 분단이란 상처는 여전하고 앞날에 대해 희망과 불안이 교차하고 있을 때, 이 책은 저자가 새롭게 열릴 민족의 앞날을 위해서 분투한 기록이라고 봐도 무방할 것이다.

당시 봉한학설은 거의 잊혀져가고 있던 상태라서 연구환경은 매우 척박하였다. 저자는 여기저기 자료를 찾아다니고 관계된 인물을 탐문하면서 봉한학에 대한 체계를 조금씩 복원해내기 시작하였다. 하지만 국내외를 막론하고 연구환경은 거의 조성되어 있지 않아서, 저자 홀로 집필실에서 상상의 연구실을 만들어 그 안에서 공부하고 연구하고 실험하고 집필하고 했다. 그러니까 이 책에 소개된 봉한학설 연구는 저자가 상상의 실험실에서 연역적인 방법으로 복원해낸 것이며, 나중에 여건이 허락된다면 실제로 연구를 해서 현실적인 성과물을 보고 싶어 했다. 하지만 병약한 몸으로 집필과 연구에 몰두했던 저자는 밀레니엄을 갓 넘긴 2002년 겨울에 모진 추위를 견디지 못하고 세상을 뜨고 말았다. 몸이 약하니 평소에는 집필실 방안의 벽에 비스듬히 기대어 앉아서 책을 보거나 생각에 몰두해 있는 경우가 많았지만, 마지막 순간에는 책상 앞에 단정하게 앉은 모습으로 영원한 휴식에 들었다.

무정한 시간이 흘러서 저자는 세상을 떠났고, 이곳의 삶은 더욱 빠르고 복잡하게 펼쳐지고 있다. 돌아보니 아픈 몸을 추슬러가면서 공부와 연구에 전념했고, 진리를 위해서 순교했던 저자의 삶이 안타깝기만 하다. 하지만 진리는 제 스스로 길을 밝혀낸다고 믿고 있다.

고인의 유지를 잇고자 하여 책을 펴내는 작업이 막바지에 이르렀을 때, 마침 정신세계원의 송순현 원장님께서 제주에서 방문하시어 책에 대한 깊은 관심을 보이며, 후속연구를 하고 계신 방건웅 박사와 이병천 교수를 소개해주셔서 귀한 글을 싣게 되니 의외의 기쁨이며 깊은 감사를 드린다. 더불어 이 책이 나오기까지 도와준 분들께도 이 자리를 빌어 다시 한 번 감사를 드린다.

이 글을 만든 초기부터 치열하게 토론했던 기억과 저자가 남긴 초고를 참고하여 개정판을 내니 독자들의 많은 관심과 질정을 바란다.

2019년 6월

문학의문학 대표 홍행숙

천재 공학도의 20세기 역사산책

소설 김봉한

1판 1쇄 발행 | 2019년 6월 20일
1판 1쇄 인쇄 | 2019년 6월 26일

지은이 | 공동철
펴낸이 | 홍행숙
펴낸곳 | 문학의문학
디자인 | 김경일

등록 | 제25100-2015-000070호(2014년 2월 6일)
주소 | 서울시 마포구 토정로 222 한국출판콘텐츠센터 4층 422호
대표전화 | (02) 722-3588
팩스 | (02) 722-3587

ISBN 979-11-87433-15-6 (03810)